Pour tes
90 ans
une nouvelle saga
à lire
xxx
Dominique.

LA POUSSIÈRE DU TEMPS

DU MÊME AUTEUR

Saga Le Petit Monde de Saint-Anselme :
Tome I, *Le petit monde de Saint-Anselme, chronique des années 30*, roman, Montréal, Guérin, 2003, format poche, 2011.
Tome II, *L'enracinement, chronique des années 50*, roman, Montréal, Guérin, 2004, format poche, 2011.
Tome III, *Le temps des épreuves, chronique des années 80*, roman, Montréal, Guérin, 2005, format poche, 2011.
Tome IV, *Les héritiers, chronique de l'an 2000*, roman, Montréal, Guérin, 2006, format poche, 2011.

Saga La Poussière du temps :
Tome I, *Rue de la Glacière*, roman, Montréal, Hurtubise, 2005, format compact, 2008.
Tome II, *Rue Notre-Dame*, roman, Montréal, Hurtubise, 2005, format compact, 2008.
Tome III, *Sur le boulevard*, roman, Montréal, Hurtubise, 2006, format compact, 2008.
Tome IV, *Au bout de la route*, roman, Montréal, Hurtubise, 2006, format compact, 2008.

Saga À l'ombre du clocher :
Tome I, *Les années folles*, roman, Montréal, Hurtubise, 2006, format compact, 2010.
Tome II, *Le fils de Gabrielle*, roman, Montréal, Hurtubise, 2007, format compact, 2010.
Tome III, *Les amours interdites*, roman, Montréal, Hurtubise, 2007, format compact, 2010.
Tome IV, *Au rythme des saisons*, roman, Montréal, Hurtubise, 2008, format compact, 2010.

Saga Chère Laurette :
Tome I, *Des rêves plein la tête*, roman, Montréal, Hurtubise, 2008, format compact, 2011.
Tome II, *À l'écoute du temps*, roman, Montréal, Hurtubise, 2008, format compact, 2011.
Tome III, *Le retour*, roman, Montréal, Hurtubise, 2009, format compact, 2011.
Tome IV, *La fuite du temps*, roman, Montréal, Hurtubise, 2009, format compact, 2011.

Saga Un bonheur si fragile :
Tome I, *L'engagement*, roman, Montréal, Hurtubise, 2009, format compact, 2012.
Tome II, *Le drame*, roman, Montréal, Hurtubise, 2010, format compact, 2012.
Tome III, *Les épreuves*, roman, Montréal, Hurtubise, 2010, format compact, 2012.
Tome IV, *Les amours*, roman, Montréal, Hurtubise, 2010, format compact, 2012.

Saga Au bord de la rivière :
Tome I, *Baptiste*, roman, Montréal, Hurtubise, 2011, format compact, 2014.
Tome II, *Camille*, roman, Montréal, Hurtubise, 2011, format compact, 2014.
Tome III, *Xavier*, roman, Montréal, Hurtubise, 2012, format compact, 2014.
Tome IV, *Constant*, roman, Montréal, Hurtubise, 2012, format compact, 2014.

Saga Mensonges sur le Plateau Mont-Royal :
Tome I, *Un mariage de raison*, roman, Montréal, Hurtubise, 2013.
Tome II, *La biscuiterie*, roman, Montréal, Hurtubise, 2014.
Rééditée en un seul tome en format compact, 2015.

Le cirque, roman, Montréal, Hurtubise, 2015.

MICHEL DAVID

LA POUSSIÈRE DU TEMPS

TOME 1: RUE DE LA GLACIÈRE

Hurtubise

Catalogage avant publication de Bibliothèque et Archives nationales du Québec et Bibliothèque et Archives Canada

David, Michel, 1944-2010

La poussière du temps

Édition originale : 2005-c2006.

Sommaire : t. 1. Rue de la Glacière -- t. 2. Rue Notre-Dame -- t. 3. Sur le boulevard -- t. 4. Au bout de la route.

ISBN 978-2-89723-981-7 (vol. 1)
ISBN 978-2-89723-982-4 (vol. 2)
ISBN 978-2-89723-983-1 (vol. 3)
ISBN 978-2-89723-984-8 (vol. 4)

I. David, Michel, 1944-2010. Rue de la Glacière. II. David, Michel, 1944-2010. Rue Notre-Dame. III. David, Michel, 1944-2010. Sur le boulevard. IV. David, Michel, 1944-2010. Au bout de la route. V. Titre.

PS8557.A797P68 2017   C843'.6   C2016-942217-8
PS9557.A797P68 2017

Les Éditions Hurtubise bénéficient du soutien financier du gouvernement du Québec par l'entremise du programme de crédit d'impôt pour l'édition de livres et de la Société de développement des entreprises culturelles du Québec (SODEC). L'éditeur remercie également le Conseil des arts du Canada de l'aide accordée à son programme de publication

Financé par le gouvernement du Canada | Canadä

Conception graphique : René St-Amand
Illustration de la couverture : Luc Normandin
Maquette intérieure et mise en pages : Andréa Joseph [pagexpress@videotron.ca]

ISBN 978-2-89723-981-7 (version imprimée)
ISBN 978-2-89647-532-2 (version numérique PDF)
ISBN 978-2-89647-654-1 (version numérique ePub)

Dépôt légal : 1er trimestre 2017
Bibliothèque et Archives nationales du Québec
Bibliothèque et Archives Canada

Diffusion-distribution au Canada :
Distribution HMH
1815, avenue De Lorimier
Montréal (Québec) H2K 3W6
www.distributionhmh.com

Diffusion-distribution en France :
Librairie du Québec / DNM
30, rue Gay-Lussac
75005 Paris
www.librairieduquebec.fr

Imprimé au Canada
www.editionshurtubise.com

La vie n'est qu'un fil éphémère.
Chacun la tisse à sa manière
À la mesure de son talent
Depuis la nuit des temps.

Yves Duteil

Les principaux personnages

LA FAMILLE D'ERNEST DIONNE

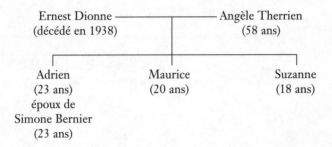

Ernest Dionne —————— Angèle Therrien
(décédé en 1938)   (58 ans)

Adrien   Maurice   Suzanne
(23 ans)   (20 ans)   (18 ans)
époux de
Simone Bernier
(23 ans)

LA FAMILLE SAUVÉ

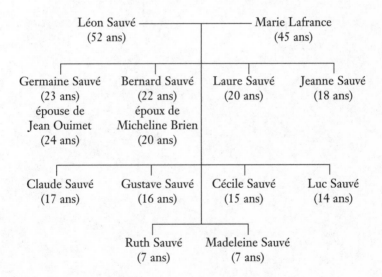

Léon Sauvé —————— Marie Lafrance
(52 ans)   (45 ans)

Germaine Sauvé   Bernard Sauvé   Laure Sauvé   Jeanne Sauvé
(23 ans)   (22 ans)   (20 ans)   (18 ans)
épouse de   époux de
Jean Ouimet   Micheline Brien
(24 ans)   (20 ans)

Claude Sauvé   Gustave Sauvé   Cécile Sauvé   Luc Sauvé
(17 ans)   (16 ans)   (15 ans)   (14 ans)

Ruth Sauvé   Madeleine Sauvé
(7 ans)   (7 ans)

LES ENFANTS DE MAURICE DIONNE
ET DE JEANNE SAUVÉ

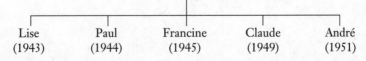

Lise   Paul   Francine   Claude   André
(1943)   (1944)   (1945)   (1949)   (1951)

---

* Entre parenthèses, l'âge de chaque personnage au début du roman (1941), ou son année de naissance

Chapitre premier

La rencontre

Après avoir poussé la lourde porte d'entrée de l'édifice, le jeune homme enleva son chapeau et s'arrêta devant le guichet situé à la gauche du hall de l'hôpital Notre-Dame.

— Le numéro de la chambre de madame Deslauriers, s'il vous plaît ?

— Chambre 322, au troisième, répondit la préposée après avoir rapidement consulté la liste des patients posée près d'elle, sur son bureau.

— Merci, madame.

Le visiteur s'éloigna du guichet. Il jeta un bref regard à sa montre avant de se joindre à la vingtaine de visiteurs attendant devant les portes des deux ascenseurs. D'un geste machinal, il passa l'index de sa main droite sur sa fine moustache avant de vérifier la position de son nœud de cravate. Il en profita aussi pour glisser un doigt entre son cou et le col en celluloïd qui l'étouffait un peu. Du bout des doigts, il vérifia ensuite la correction de sa mince chevelure châtain clair peignée vers l'arrière et il repoussa sur son nez ses lunettes à monture métallique qui avaient légèrement glissé.

À son avis, la chaleur écrasante de ce premier samedi après-midi du mois de juillet 1941 incitait beaucoup plus au farniente qu'à une visite de courtoisie à une vieille tante hospitalisée. Il aurait mille fois préféré être assis à l'ombre d'un arbre du parc Lafontaine, à regarder les canots rouges et verts glisser sur l'eau.

Lorsque l'ascenseur s'arrêta au rez-de-chaussée, les visiteurs s'y engouffrèrent. Le jeune homme le quitta au troisième étage et il chercha immédiatement à repérer la chambre occupée par la sœur cadette de sa mère. Il se sentait un peu mal à l'aise à la vue de quelques patientes, vêtues d'une légère robe de chambre, qui déambulaient lentement dans le couloir en traînant les pieds.

— Vous cherchez quelque chose? lui demanda sèchement une petite religieuse à l'air méfiant.

— La chambre 322, ma sœur.

— Au bout du couloir, à droite.

Le jeune homme s'empressa d'aller frapper à la porte qu'il ne poussa que lorsqu'une voix lui offrit d'entrer.

— Ah ben! si c'est pas de la belle visite, s'écria la tante Gina. Entre, Maurice. Viens t'asseoir.

Maurice Dionne s'avança dans la chambre en se déplaçant sur le bout des pieds. Une faible brise venue du parc Lafontaine agitait doucement les rideaux qui ornaient l'unique fenêtre de la pièce. Deux lits séparés par une petite table de nuit occupaient pratiquement tout l'espace.

Le visiteur adressa un sourire timide à la jeune occupante du premier lit et se rendit jusqu'au lit placé près de la fenêtre. Il se pencha maladroitement vers une imposante quinquagénaire à la tête frisottée pour l'embrasser sur une joue.

— Bonjour, ma tante. Comment ça va? demanda le neveu à voix basse.

— Parle-moi pas bas de même, fit la tante, on dirait que tu te penses à une veillée au corps. Je suis pas morte, maudit!

— Ben non, ma tante, je le sais ben, protesta Maurice Dionne en rougissant. Je voulais juste pas déranger l'autre malade, ajouta-t-il en désignant de la tête le lit voisin occupé par la jeune femme. Comment allez-vous ?

— Je vais mieux. Il paraît que mon opération au foie a réussi… Assis-toi, reste pas debout comme une chandelle, lui ordonna Gina Deslauriers, née Therrien. Tiens, prends la chaise au pied du lit et rapproche-la.

Le neveu approcha la chaise de la patiente et s'y assit.

— Tant mieux, poursuivit-il sans grande conviction. Est-ce qu'ils vont vous garder longtemps ?

— Le docteur m'a dit que j'en ai encore pour une bonne semaine. Et je veux pas rester plus longtemps. Les sœurs sont ben fines, mais elles me tombent sur les nerfs. Madame Deslauriers par-ci, madame Deslauriers par-là, ça me fatigue de me faire traiter comme une enfant, bout de Viarge !

— Oui, je vous comprends, fit le jeune visiteur en jetant un bref regard vers la voisine de sa tante.

— Je pensais que ta mère viendrait cet après-midi, reprit Gina avec un rien de reproche dans la voix.

— Elle va venir avec Suzanne ce soir, ma tante. Vous connaissez m'man. Elle aime pas prendre les p'tits chars toute seule. Suzanne travaillait cet après-midi.

— Ta sœur travaille toujours à la compagnie qui répare les bas de nylon ?

— En plein ça.

Il y eut un long silence pendant lequel Maurice Dionne en profita pour regarder à la dérobée la patiente qui partageait la chambre avec sa tante.

La jeune femme était assise dans son lit et elle s'était retranchée derrière un livre. Maurice ne voyait que son épaisse chevelure brune ondulée et les traits fins d'un visage pâle à la forme allongée.

Gina Deslauriers saisit le regard intéressé de son neveu et elle s'en amusa.

— Si tu te décides à me donner le paquet que tu tiens depuis que t'es arrivé, promit la tante Gina à voix basse, je vais te la présenter.

Maurice sursauta, rougit légèrement et remit à la malade la petite boîte de bonbons achetée pour l'occasion au magasin Laura Secord de la rue Mont-Royal, près de chez lui. La quinquagénaire s'empressa de la développer et d'y prendre un bonbon acidulé. Ensuite, elle tendit la boîte à son neveu en lui adressant un clin d'œil.

— Jeanne, veux-tu un bonbon ? offrit-elle à sa voisine.

Maurice se leva précipitamment et présenta la boîte ouverte à la jeune fille en affichant son plus beau sourire.

— Au fait, je te présente mon neveu, Maurice Dionne, fit Gina. C'est le deuxième garçon de ma sœur Angèle. Il est mouleur de statues.

— Bonjour madame, salua le visiteur en rougissant un peu.

— Mademoiselle, le corrigea la jeune fille en lui adressant un sourire chaleureux après avoir abandonné son livre.

— Vous êtes de Montréal ?

— Non, de Saint-Joachim, près de Drummondville.

— J'espère que c'est pas trop grave ce que vous avez.

— Non, le pire est passé.

— Jeanne a été opérée la semaine passée pour une crise d'appendicite, intervint la tante. Elle aurait pu y rester s'ils l'avaient pas opérée d'urgence.

— Vous avez été chanceuse. Est-ce qu'ils vont vous garder encore longtemps ?

— Le docteur m'a dit que j'allais rester à l'hôpital deux ou trois semaines.

— Vous avez pas peur de finir par trouver le temps long ? demanda Maurice Dionne pour dire quelque chose.

— As-tu envie de dire que je suis plate, toi ? intervint sa tante, sarcastique.

— Ben non, ma tante. Je voulais juste dire que rester au lit à rien faire aussi longtemps, ça doit finir par être ennuyant.

La jeune fille eut un petit rire avant d'admettre :

— Surtout que je risque pas d'avoir trop de visites. En plein mois de juillet, chez nous, c'est le temps des foins. Toute la famille va être très occupée. Ça me surprendrait que mon père et ma mère trouvent le temps de prendre le train pour venir me voir. Proches de Montréal, j'ai juste deux oncles qui restent à Longueuil. Ils ont leur famille et ils travaillent…

Durant l'heure suivante, la conversation se déroula à trois dans la chambre 322. Elle ne s'interrompit que lorsque la cloche annonça la fin de la visite.

◆

Le soir même, Gina Deslauriers eut la surprise de voir entrer dans sa chambre sa sœur Angèle, suivie de sa nièce Suzanne et… de Maurice.

Angèle Dionne était une veuve bien en chair à l'air revêche. Des lunettes à fine monture en fer dissimulaient mal un regard assez dur accentué par une bouche aux lèvres minces. Par contre, Suzanne était une jeune fille de dix-huit ans au visage mobile. Elle se donnait beaucoup de mal pour avoir l'air à la page.

Après avoir été embrassée par sa sœur et sa nièce, Gina Deslauriers ne put s'empêcher de faire une remarque moqueuse à son neveu en le voyant s'approcher d'elle.

— Ma foi du bon Dieu, mon Maurice, c'est rendu que tu m'aimes sans bon sens pour venir me voir à l'hôpital deux fois dans la même journée. Je serais mourante, je finirais par croire que tu veux que je te mette sur mon testament.

— Voyons, ma tante! protesta Maurice Dionne, gêné par la remarque.

— Il tenait absolument à nous accompagner, fit sa mère en se laissant tomber sur la chaise placée au pied du lit de la malade.

— Ah oui! Pourquoi? fit la quinquagénaire d'un air goguenard.

— Ben, je voulais vous voir, puis je me suis dit que je pourrais peut-être tenir compagnie à mademoiselle Jeanne pendant que vous auriez de la visite, ma tante, s'empressa d'intervenir le jeune homme… À condition que ça la dérange pas trop, ajouta-t-il en se tournant vers la jeune fille qu'Angèle Dionne dévisagea un bref moment sans vergogne.

— Vous avez eu une bonne idée, fit la jeune malade, contente d'avoir quelqu'un à qui parler.

Sans y être invitée, Suzanne quitta immédiatement le chevet de sa tante et s'avança près du lit voisin à la suite de son frère pour se présenter.

— Je m'appelle Suzanne Dionne. Je suis la sœur de Maurice.

— Jeanne Sauvé.

— T'as quel âge? demanda la jeune fille en passant sans aucune gêne au tutoiement.

— Dix-huit ans. Et toi?

— On a le même âge.

— Qu'est-ce que tu fais dans la vie? demanda Suzanne en s'assoyant sur l'une des chaises placées au chevet de la jeune patiente.

Son frère prit possession de l'autre, se contentant d'écouter l'échange entre les deux jeunes filles.

— J'aide ma mère à la maison. L'ouvrage manque pas. On est huit chez nous. J'ai une sœur mariée qui reste à

Québec avec son mari et j'en ai une autre qui est maîtresse d'école. Toi, qu'est-ce que tu fais ?

— Je suis remailleuse de bas de nylon.

— C'est difficile ?

— Non, mais ça prend de bons yeux et c'est dur pour le dos de passer douze heures par jour, six jours par semaine, assise à faire les mêmes gestes.

Pendant qu'Angèle Dionne écoutait sa sœur lui raconter à mi-voix les mesures prises par sa fille Berthe pour lui faciliter la vie lors de son retour prochain à la maison, les trois jeunes gens tenaient une conversation à bâtons rompus.

— À la shop, on est presque cent filles, toutes des filles à la mode qui veulent avoir le temps de profiter un peu de la vie avant de se marier, chuchotait Suzanne de manière à ne pas être entendue par sa mère et sa tante. Tu comprends, elles veulent pas être comme leurs mères, des femmes poignées avec une trâlée d'enfants, obligées de servir leur mari comme des esclaves.

En entendant sa jeune sœur parler ainsi, Maurice ne put réprimer une grimace de mécontentement.

— Nos mères sont pas si mal prises que ça, fit remarquer doucement Jeanne Sauvé.

— Ça dépend, rétorqua Suzanne avec conviction. Depuis l'année passée, les choses sont supposées avoir changé. Je sais qu'à cette heure, les femmes ont le droit de voter aux élections.

Jeanne et Maurice eurent une moue pour signifier qu'ils ne considéraient pas la chose comme très importante.

— Remarque que ça changera peut-être pas grand-chose pour nous autres si cette loi-là est pas mieux appliquée que celle du salaire minimum, concéda Suzanne Dionne en grimaçant. Par exemple, mon boss, lui, refuse de nous donner le salaire minimum et il se passe rien.

— Vous pouvez pas vous plaindre ? demanda Jeanne Sauvé, étonnée.

— À qui veux-tu que les filles se plaignent ? Tout ce qu'il nous dit : « Si vous êtes pas contentes de l'argent que je vous donne, les filles, vous avez juste à aller travailler dans une usine d'armement. » Il y en a qui lâchent et qui y vont pour avoir un meilleur salaire.

— Et toi, ça te tente pas ?

— Ma mère voudrait jamais, chuchota la jeune fille en jetant un bref regard vers cette dernière. J'ai juste dix-huit ans. Ça fait que je reste avec mon petit salaire. Ma mère dit que le seul moyen d'avoir une vie normale, c'est encore de se marier. Mais moi, je pense que se marier va devenir de plus en plus difficile. L'année passée, c'était l'entraîne-ment militaire obligatoire pour les hommes de dix-huit à quarante ans. Cette année, ils viennent de voter le service militaire obligatoire : c'est encore pire.

Jeanne tourna la tête vers Maurice qui, depuis de longues minutes, n'avait rien dit.

— Est-ce que tu risques d'être enrôlé ? demanda-t-elle en le tutoyant tout naturellement.

— Oui, parce que j'ai vingt ans. Mais il paraît que je serai pas appelé tant qu'il y aura pas conscription parce que je suis soutien de famille. Mon frère Adrien est marié depuis un an et il ne reste à la maison que ma sœur Suzanne et moi pour faire vivre ma mère.

— Mon père est un libéral, dit Jeanne. Il est certain que le premier ministre King va respecter la promesse qu'il a faite au mois de juin. Il paraît qu'il a promis qu'il y aurait jamais de conscription au Canada. Il a même fait voter une loi sur ça.

— Moi, je suis pas la politique, affirma Maurice. Mais j'ai pas confiance pantoute en King, Lapointe ou Maxime Raymond qui promettent toujours n'importe quoi.

— Il faudrait pas que tu dises ça devant mon père, fit la jeune patiente en simulant l'horreur. Les Sauvé ont toujours voté pour le Parti libéral. J'espère au moins que tu fais pas plus confiance à Maurice Duplessis ? demanda Jeanne, moqueuse.

— Pas plus. Le seul que j'haïs pas trop, c'est Camillien Houde. Notre maire, c'est pas un visage à deux faces. C'est de valeur que l'armée l'ait arrêté l'été passé pour l'enfermer dans un camp en Ontario.

— Pourquoi ?

— Parce qu'il nous a dit de pas aller nous enrôler. Les Anglais ont pas aimé ça. Eux autres, ils sont en faveur de la conscription. Nous autres, ça nous intéresse pas d'aller nous battre pour l'Angleterre.

— En tout cas, à la campagne, reprit la jeune fille, la conscription n'a pas l'air d'énerver grand monde.

— Il reste quand même qu'on a annoncé à la radio qu'il y avait déjà 125 000 Canadiens qui se sont enrôlés volontairement, dit Suzanne pour prouver qu'elle se tenait au courant des nouvelles.

— La plupart ont choisi l'armée parce qu'ils n'avaient pas d'ouvrage, fit remarquer Jeanne Sauvé, répétant ce qu'elle avait entendu dire à la maison.

— Ou pour voir du pays, ajouta Maurice. Je connais un gars qui s'est engagé au commencement de l'été parce qu'il voulait voir l'Europe.

— Et si on arrêtait de parler de la guerre et de l'armée ? proposa Suzanne.

— Oui, parlez-moi de Montréal. C'est la première fois que je viens en ville et je peux même pas la visiter.

— Tu peux pas repartir sans aller te promener au moins une fois au parc Lafontaine. C'est juste en face de l'hôpital, dit Maurice avec enthousiasme. On peut se promener dans les allées et s'asseoir à l'ombre sur les bancs. Le soir, on peut aller en canot sur l'eau ou faire un tour de gondole ; il y a rien de mieux et ça coûte presque rien. Il y a toujours une fanfare au kiosque à partir de huit heures et il y a en plus la fontaine lumineuse.

— J'aimerais aussi voir l'oratoire Saint-Joseph et la cathédrale, déclara Jeanne.

— Oui, il y a ça, mais tu peux aussi venir voir atterrir des avions au nouvel aéroport de Dorval. J'y suis allée au mois de juin, fit Suzanne. Je te dis que c'est impressionnant.

— Avant de repartir pour Saint-Joachim, j'aurais au moins aimé aller faire un tour dans les grands magasins de la rue Sainte-Catherine. Ça fait longtemps que je veux voir Dupuis Frères et Eaton.

— Pourquoi tu pourrais pas y aller ? demanda Suzanne.

— Aussitôt que je vais être guérie, tu peux être certaine que quelqu'un de chez nous va se dépêcher de venir me chercher, répondit la jeune fille en éclatant de rire.

À neuf heures, une sonnerie annonça aux visiteurs la fin de la visite et une religieuse commença la tournée des chambres pour inciter les retardataires à quitter les lieux.

Angèle Dionne embrassa rapidement sa sœur sur une joue, salua Jeanne d'un bref coup de tête avant de se diriger vers le couloir, suivie de près par Suzanne, qui eut à peine le temps de souhaiter une bonne nuit à sa tante et à sa jeune voisine. Maurice laissa sa mère et sa sœur sortir de la pièce avant d'embrasser sur une joue Gina Deslauriers à qui il souhaita un prompt rétablissement.

— J'espère que je t'ai pas trop ennuyé à soir, mon beau Maurice ? demanda la quinquagénaire avec un sourire narquois.

— Ben non, ma tante, protesta le neveu en rougissant un peu.

— Es-tu sûr que c'était moi que tu venais voir ? Il me semble que t'as beaucoup plus parlé avec Jeanne qu'avec moi.

— Je voulais pas vous déranger, ma tante. Vous aviez l'air d'avoir ben des secrets à dire à ma mère, rétorqua le jeune homme avec un certain humour.

— On dit ça… En tout cas, gêne-toi pas pour revenir NOUS voir. Ça NOUS fait plaisir, pas vrai, Jeanne ?

— Bien sûr, confirma la jeune fille en souriant.

— Si ça vous dérange pas, je vais revenir, dit le jeune homme avant de se diriger vers la porte.

Au même moment, une religieuse pénétra dans la chambre.

— Les visites sont finies depuis cinq minutes, dit-elle sèchement au visiteur.

⟶

La semaine suivante, Maurice Dionne se présenta en trois occasions à l'hôpital Notre-Dame et à chacune de ses visites, il attendit d'être chassé de la chambre avant de quitter les lieux.

Le samedi après-midi suivant, il découvrit avec stupeur sa tante Gina, vêtue d'une robe fleurie, en train d'ajuster un chapeau devant l'unique miroir fixé à l'arrière de la porte de la chambre. Une petite valise en carton bouilli était posée sur son lit.

Maurice, surpris de ne pas la voir étendue dans son lit, ne pensa même pas à saluer Jeanne et sa tante.

— Qu'est-ce qui se passe, ma tante ? demanda-t-il.

— Comment ça « qu'est-ce qui se passe » ? Je m'en retourne à la maison, fit Gina Deslauriers, la mine réjouie. Tu pensais tout de même pas que j'étais pour prendre racine ici jusqu'à la fin de mes jours, non ? J'ai reçu mon congé il y a une heure. Berthe s'en vient me chercher en taxi.

Le jeune homme se contraignit à faire bonne figure en apprenant la nouvelle. Il n'avait pas songé un instant au départ prochain de sa tante, trop centré sur sa joie de retrouver la jeune fille de Saint-Joachim. Comment allait-il justifier dorénavant d'autres visites à l'hôpital si sa tante n'était plus là ?

En rentrant de son travail, il s'était empressé de faire sa toilette et il avait avalé son dîner sans tenir compte des remarques acerbes de sa mère.

— Veux-tu ben me dire ce que t'as à aller traîner à Notre-Dame aussi souvent ? avait fini par demander Angèle Dionne sur un ton exaspéré.

— …

— J'espère au moins que c'est pas pour la fille qui est dans la chambre de ta tante. Une fille de la campagne ! Elle vient juste d'avoir dix-huit ans ! Et Élise dans tout ça ? Ça fait au moins un an que tu sors avec elle…

— Mêlez-vous donc pas de ça, m'man, s'était contenté de dire Maurice Dionne en claquant la porte derrière lui.

Élise Trépanier était déjà de l'histoire ancienne.

La voix de Gina Deslauriers le ramena à la réalité.

— Est-ce que tu viens me reconduire à la maison avec Berthe ou tu restes planté là comme une statue ?

Le jeune homme adressa un large sourire à Jeanne Sauvé avant de répondre :

— Je pense, ma tante, que je vais juste vous porter votre valise jusqu'en bas et laisser Berthe s'occuper de vous.

— C'est correct, mais je trouve ça de valeur que tu sois venu pour rien, ajouta la grosse dame sur un ton moqueur.

— Si ça dérange pas Jeanne, je vais revenir la voir aussitôt que vous aurez pris votre taxi.

— Sans chaperon? demanda Gina, l'air faussement sévère, en s'avançant vers la jeune fille pour l'embrasser sur une joue avant de la quitter. Je devrais peut-être avertir la sœur responsable de l'étage…

— Faites pas ça, madame Deslauriers, l'implora Jeanne, en entrant dans son jeu. Sœur Saint-Paul est déjà ben assez méfiante comme ça. Elle m'a déjà posé toutes sortes de questions sur Maurice, il y a deux jours. Je pense qu'elle hésiterait pas une minute à le renvoyer si elle s'apercevait que vous êtes partie.

— Ouais… Non, je disais ça pour faire une farce, voyons! Bon, je m'en vais. Soigne-toi ben, ma belle fille, et si mon neveu te dérange, t'as juste à le renvoyer chez sa mère.

La jeune fille éclata de rire et souhaita une bonne convalescence à la quinquagénaire.

Maurice, un peu fâché d'être considéré comme un importun, ne put s'empêcher de murmurer entre ses dents : «La vieille maudite!» en quittant la chambre à la suite de sa tante.

Quinze minutes plus tard, le jeune homme était de retour, mais il dut attendre un long moment dans le couloir, à la porte de la chambre 322. Une infirmière était déjà en train d'installer une nouvelle patiente dans le lit libéré par sa tante.

Quand il put enfin entrer dans la pièce, il découvrit une vieille dame geignarde étendue dans le lit voisin de celui de Jeanne Sauvé. Soudainement, le jeune homme fut intimidé de se retrouver pour la première fois seul face à Jeanne. Il fit un effort méritoire pour afficher une assurance qu'il était loin de ressentir.

— Un lit reste pas vide longtemps ici, dit-il en approchant une chaise du lit de la jeune fille.

— On le dirait, fit Jeanne en lui adressant son plus beau sourire.

— J'espère que je te dérange pas trop.

— Non, ça me fait plaisir d'avoir de la visite. Il n'y a que mon oncle Norbert et ma tante qui sont venus me voir depuis que je suis ici. Il paraît que j'en ai encore au moins pour une semaine.

Pendant près d'une heure, les deux jeunes gens se racontèrent et, au moment de partir, Jeanne offrit à Maurice Dionne de venir la voir aussi souvent qu'il le désirerait.

Le jeune mouleur de statues s'empressa de profiter de l'invitation et il se présenta à la chambre 322 tous les soirs de la semaine suivante.

Le vendredi soir, Maurice fut tout décontenancé quand Jeanne Sauvé, rayonnante, lui annonça que le médecin était venu l'examiner l'après-midi même et qu'elle avait reçu enfin son congé de l'hôpital. Elle rentrait chez elle le lendemain avant-midi. Tout en sachant que ce moment finirait par arriver, le jeune homme ne pensait pas qu'il surviendrait aussi rapidement.

— Comment vas-tu retourner à Saint-Joachim ? parvint-il à lui demander.

— Mon oncle Norbert et sa femme doivent venir me chercher vers neuf heures demain matin. Ils vont me ramener à la maison.

Un court silence tomba entre les deux jeunes gens.

— Sais-tu que je vais m'ennuyer de toi, finit par admettre Maurice d'une voix un peu étranglée.

Il était évident que le jeune homme était peu familier avec les épanchements sentimentaux. Il semblait singulièrement mal à l'aise.

— Moi aussi, répondit impulsivement Jeanne. On pourrait peut-être s'écrire ? proposa-t-elle.

— Oui, mais j'aimerais mieux aller te voir chez vous si c'est possible, fit timidement Maurice, craignant une rebuffade.

Jeanne eut une brève hésitation avant de répondre :

— Je pense pas que mes parents refusent que tu viennes me voir, mais tu vas trouver que Saint-Joachim est pas mal plus loin que l'hôpital Notre-Dame.

— Inquiète-toi pas, je suis capable de me débrouiller, affirma Maurice, tout ragaillardi. C'est de valeur que tu partes aussi de bonne heure demain. Moi, je travaille jusqu'à midi. Si t'étais partie après le dîner, j'aurais pu venir te dire bonjour.

Lorsque Maurice dut quitter la chambre à la fin de la période accordée aux visites, Jeanne eut l'impression qu'elle le voyait pour la dernière fois et elle en fut toute retournée. À ses yeux, son visiteur n'avait rien de commun avec la plupart des jeunes de Saint-Joachim qu'elle connaissait. Il était travailleur et il ne buvait pas. En plus d'être un bel homme, il était toujours bien habillé et il possédait de belles manières.

En fait, sans se l'avouer, la jeune fille était tombée amoureuse du mouleur de statues dès ses premières visites. Au fil des jours, son attachement n'avait fait que grandir. Peu à peu, les journées lui avaient semblé interminables, et elle s'était mise à compter les minutes qui la séparaient de l'heure de la visite. Bref, au moment de quitter l'hôpital, elle était certaine d'avoir trouvé le prince charmant dont elle rêvait depuis le début de son adolescence.

Lorsque Maurice la laissa ce soir-là sur une brève poignée de main, elle eut un pincement au cœur. Elle avait vaguement espéré que le jeune homme l'embrasserait au moins sur une joue avant son départ.

Pour sa part, ce soir-là, Maurice Dionne prit le tramway de la rue Papineau en échafaudant les plans les plus farfelus pour revoir le plus rapidement possible sa belle. Il descendit au coin de la rue De La Roche et parcourut mécaniquement la centaine de pieds qui le séparait de l'étroit escalier conduisant au premier étage de la maison où était situé l'appartement qu'il occupait avec sa mère et sa sœur. Au moment où il posa le pied sur le palier, il était si profondément plongé dans ses pensées qu'il répondit à peine au salut de son frère Adrien et de sa jeune femme, Simone, assis tous les deux devant leur porte, prenant le frais en cette fin de soirée du mois de juillet.

Il pénétra dans l'appartement voisin, chichement éclairé par le plafonnier de la cuisine.

— Qu'est-ce que t'as à avoir l'air bête de même, toi ? lui demanda sa mère qui lisait *La Presse*, installée à une extrémité de la table de cuisine.

— Elle part demain matin.

— Qui ça ?

— Faites-moi donc pas parler pour rien, m'man, explosa Maurice avec humeur.

— Ah ! ta fille de la campagne. C'est pas grave, ça. Une de perdue, dix de retrouvées.

Maurice ne se donna même pas la peine de répliquer à sa mère. Il entra dans sa chambre et n'en sortit pas du reste de la soirée.

— Ah, la maudite tête de cochon ! grommela Angèle Dionne en se penchant à nouveau sur son quotidien après avoir entendu claquer la porte de la chambre.

Chapitre 2

Les Dionne

Angèle Dionne, née Therrien, replia *La Presse* et la déposa sur le rebord de la fenêtre. Puis elle alla éteindre le plafonnier de la cuisine avant de s'asseoir dans sa chaise berçante placée près de l'unique fenêtre de la pièce qui donnait sur le balcon arrière. Elle se mit à se bercer doucement dans le silence de l'appartement. Elle n'irait se coucher que lorsque Suzanne serait rentrée du cinéma dans quelques minutes.

Elle ne voyait vraiment pas ce que son fils pouvait trouver à cette Jeanne Sauvé. Elle n'était pas laide, mais à dix-huit ans, où était le mérite ? Une fille d'habitant qui ne connaissait rien de la vie en ville...

Sans s'en rendre compte, la quinquagénaire considérait avec un certain mépris toute personne vivant à la campagne. À ses yeux, c'étaient de pauvres gens ignorants et un peu arriérés. La veuve avait oublié depuis longtemps que ses parents et ceux de son second mari avaient quitté leur petite terre rocheuse de Sainte-Sophie dans les Laurentides moins d'une génération auparavant pour venir s'installer à Montréal. Aucune des deux familles n'y avait fait fortune. Elles n'avaient survécu dans la grande ville que grâce au maigre salaire rapporté chaque semaine à la maison par les hommes.

Comme cela lui arrivait de plus en plus souvent ces derniers temps, elle se réfugia dans son passé. Les yeux fermés et la tête appuyée confortablement contre le dossier de sa chaise berçante, elle ressuscita avec une facilité déconcertante des images d'une vie qui n'avait pas été facile.

—

Elle se revit d'abord enfant en compagnie de sa jeune sœur Gina dans le petit appartement de la rue Marquette que ses parents avaient toujours habité. Après avoir quitté Sainte-Sophie à l'automne 1885, son père, Joseph Therrien, un gros homme à la figure rubiconde, n'avait pu trouver mieux qu'un emploi de laitier. Il avait travaillé pour la laiterie J.-J. Joubert jusqu'en 1899. Cette année-là, à la mi-janvier, le quadragénaire avait pris froid et il avait succombé à une pneumonie trois semaines plus tard.

Combien de fois la petite Angèle s'était-elle levée sur la pointe des pieds un peu après quatre heures et demie pour voir son père atteler la jument grise à la vieille voiture stationnée devant l'écurie au fond de la cour ? Elle entendait encore le crissement des roues cerclées de métal sur l'asphalte de la petite rue silencieuse à cette heure matinale. Elle s'efforçait d'oublier les nombreuses fois où son père, totalement ivre, avait obligé sa femme et ses deux filles à passer la nuit sous un balcon du voisinage pour échapper à ses coups. C'était connu dans le quartier : le père Therrien devenait mauvais quand il avait bu un coup de trop.

Après la mort du père, sa veuve et ses deux filles alors adolescentes, n'avaient survécu que grâce à des petits travaux mal payés que certaines compagnies confiaient à des femmes prêtes à travailler à la maison.

En 1903, l'année de ses vingt ans, Angèle avait épousé un jeune veuf, propriétaire d'une petite épicerie située sur la rue Saint-André. Même si Amédée Dionne avait douze ans de plus qu'elle, elle avait été fortement encouragée à ce mariage par sa mère et sa sœur qui y voyaient une issue à leur pauvreté.

La jeune femme eut de la chance. L'épicier était un brave homme doux et compréhensif qui l'aimait réellement. Durant leurs fréquentations, il l'amena à plusieurs reprises au parc Sohmer le dimanche après-midi, tant pour lui faire écouter de la musique que pour la faire assister aux tours de force de Louis Cyr et d'Émile Maupas. Le nouveau couple emménagea au-dessus de l'épicerie et attendit avec impatience l'arrivée de son premier enfant. Malheureusement, les années passèrent sans que le ciel consente à exaucer leur vœu le plus cher.

Pendant ce temps, sa sœur Gina eut la chance d'épouser Bruno Deslauriers, un jeune imprimeur, et elle donna naissance à la petite Berthe dès l'année suivante.

À l'automne 1918, la grippe espagnole emporta Amédée Dionne en quelques heures, laissant derrière lui une jeune veuve de trente-cinq ans, sans enfant. Propriétaire de la petite épicerie que lui avait léguée son époux, Angèle n'était pas riche, mais elle gagnait suffisamment pour subvenir à ses besoins. Cependant, après un veuvage d'un an, elle écouta les belles promesses d'Ernest Dionne, un cousin de son défunt mari, et elle convola en justes noces après quelques mois de fréquentations. C'était une semaine après l'incendie qui avait rasé toutes les installations du parc Sohmer. On en avait beaucoup parlé dans le voisinage, d'autant plus que de nombreux voisins y travaillaient.

Si la jeune veuve avait cru que le plâtrier qu'elle venait d'épouser était de la même pâte que son Amédée, elle dut vite déchanter. Elle découvrit avec stupéfaction qu'elle avait lié son sort à un homme totalement différent.

Ernest Dionne était un homme emporté, sujet à des colères aussi violentes qu'imprévisibles. De plus, ce travailleur acharné, au demeurant très religieux, avait la fâcheuse habitude d'occuper son samedi après-midi à boire à la taverne du quartier. Avant de rentrer à la maison, même s'il était sérieusement imbibé, l'homme ne manquait cependant jamais d'aller se confesser à l'église de la paroisse de l'Immaculée-Conception pour être en mesure d'aller communier à la messe du lendemain.

Angèle se rappelait encore d'un certain samedi soir où son nouveau mari était rentré ensanglanté de sa sortie hebdomadaire. Selon ses dires, un paroissien avait tenté de s'engouffrer avant lui dans le confessionnal à la porte duquel il attendait déjà depuis de longues minutes. Le plâtrier, passablement ivre, avait vu rouge. Il avait alors extirpé l'effronté de l'endroit *manu militari*. Il s'en était suivi une belle échauffourée dont la porte du confessionnal avait fait les frais. Le confesseur et le bedeau avaient eu toutes les peines du monde à séparer les deux belligérants…

À ce souvenir, Angèle eut un bref sourire dans le noir. Son Ernest était vraiment différent des autres.

Avec les années, elle était devenue une forte femme capable d'imposer sa volonté dans son foyer. Quand elle s'aperçut des travers de son nouvel époux, elle entreprit de le transformer, de le «mettre à sa main», comme elle disait, mais elle n'y arriva jamais. Sans s'en douter le moins du monde, elle était tombée dans le même piège que sa mère : elle avait lié son sort à un homme attiré par l'alcool. Il était moins doux que son défunt cousin, mais lui, il lui donna des enfants.

Moins d'un an après son mariage, l'épicière accoucha de son premier-né, Adrien. Maurice apparut deux ans plus tard, suivi de près par sa sœur Suzanne.

À cette époque, la vie des Dionne était décente et sans grandes surprises. Ils vivaient à cinq, entassés dans le petit appartement de quatre pièces situé au-dessus de l'épicerie. Pendant que son mari travaillait sur divers chantiers, Angèle élevait sans aide ses trois enfants tout en s'occupant de son commerce. Durant plusieurs années, elle sut résister aux pressions d'Ernest qui l'incitait à se départir de l'épicerie pour investir dans un immeuble locatif. La mère de famille alléguait que les gens auraient toujours besoin d'acheter de la nourriture.

La situation changea brusquement en 1930, au plus fort de la crise économique. En quelques mois, des dizaines d'usines fermèrent leurs portes et des centaines de milliers de Montréalais perdirent leur emploi. L'argent se fit de plus en plus rare. Ce fut l'époque des soupes populaires et de la misère noire. Évidemment, le chiffre d'affaires de l'épicerie chuta de façon dramatique et Angèle eut toutes les raisons de s'en inquiéter. Elle dut consentir à ouvrir des comptes à ses clients les plus fidèles, comptes qui avaient de moins en moins de chance d'être réglés un jour. La situation devint d'autant plus alarmante qu'Ernest eut également moins de travail parce qu'il ne se construisait pratiquement plus de maisons.

Quand ce dernier dit à sa femme avoir entendu parler d'une grosse maison neuve mise en vente pour une bouchée de pain par un propriétaire incapable d'acquitter ses mensualités, elle n'hésita que quelques minutes avant de demander à aller la voir.

La maison de deux étages, en brique et en pierre, était située rue De La Roche, un peu au nord de la rue Mont-Royal. L'édifice construit l'année précédente offrait un grand rez-de-chaussée occupé par un pompier et sa famille ainsi que quatre appartements de quatre pièces aux étages supérieurs, étages auxquels on accédait par un escalier extérieur. Après quelques jours de réflexion, Ernest Dionne et sa femme décidèrent d'acquérir l'immeuble et ils vendirent l'épicerie sans trop de mal.

À leurs yeux, cet achat présentait un double avantage. Il leur permettait de liquider une affaire qui battait de plus en plus de l'aile tout en leur offrant une sorte de promotion sociale. Pour la première fois de leur vie, ils quittaient ce qu'Ernest appelait le « bas de la ville » pour aller demeurer au nord de la rue Sherbrooke.

———

Après son emménagement dans l'un des petits appartements du premier étage, la vie d'Angèle changea sensiblement. Elle n'était plus écartelée entre l'épicerie et sa famille. Dorénavant, elle pouvait consacrer tout son temps à l'éducation de ses trois enfants. Elle ne s'inquiétait pas trop de son aîné, Adrien, un enfant sans problème. Par contre, la nervosité de Suzanne et la mauvaise santé de Maurice la préoccupaient passablement. Selon sa sœur Gina, c'était le prix à payer pour les enfants qu'on avait au seuil de la quarantaine.

La famille Dionne traversa la Grande Dépression en se serrant la ceinture, n'ayant souvent pour tout revenu mensuel que le salaire de quelques jours de travail du père, ajouté aux maigres loyers versés par les quatre locataires de leur maison. Pour Angèle, l'important était de sauver la face devant les voisins et de ne susciter la pitié sous aucun prétexte. À cette époque, elle fit des miracles avec bien peu, mais son caractère s'aigrit passablement de cette misère qui collait à sa vie.

Par ailleurs, la mère de famille apprit peu à peu à se passer du soutien de son mari quand elle rencontrait des difficultés. Ce dernier avait alors trop tendance à exploser en de violentes colères avant de s'enfermer dans de longs silences boudeurs.

Après une quinzaine d'années de mariage, Angèle devait reconnaître qu'elle n'était pas parvenue à « mettre à sa main » son second mari. Il était toujours aussi imprévisible que lors des premières années de leur union. Par exemple, elle ne le voyait jamais à la maison durant la période des fêtes. Chaque année, le même scénario se répétait invariablement. Quelques jours avant Noël, le plâtrier disparaissait pour ne réapparaître à la maison qu'à la fin de la première semaine de janvier. Amère, sa femme n'ignorait pas qu'il était allé boire quelque part, mais elle avait eu beau lui faire des scènes et essayer de lui faire comprendre à quel point il faisait de la peine aux siens en s'absentant durant cette période : rien n'y fit. Ernest se contentait d'un : « Mêle-toi de tes maudites affaires ! » et il s'enfermait dans une de ses bouderies habituelles durant plusieurs jours.

Puis, les enfants vieillirent. À quatorze ans, Adrien résista – avec l'appui de sa mère – aux tentatives de son père d'en faire un apprenti plâtrier. L'adolescent, sérieux, aimait l'étude et il désirait compléter sa 9e année dans l'espoir de devenir pompier.

Il en fut tout autrement de Maurice. Le garçon détestait l'école et sa discipline, faisant l'école buissonnière aussi souvent qu'il le pouvait. Sa mauvaise santé servait alors souvent d'excuse à ses absences prolongées. Au début de son adolescence, il était sujet à des inflammations subites des ganglions et aucun traitement médical ne semblait en mesure de juguler le mal. Évidemment, les succès scolaires n'étaient pas pour lui. Malgré tous les efforts de sa mère pour le contraindre à étudier, il dut reprendre sa 4e puis sa 5e année. Bref, à 14 ans, il décida que ses études étaient terminées et il se mit à suivre son père sur les chantiers pour lui servir d'apprenti.

Maurice Dionne était en passe de devenir un excellent plâtrier lorsque son père tomba subitement malade au début du printemps de 1938. Hospitalisé d'urgence, les médecins diagnostiquèrent un diabète avancé et le quinquagénaire dut subir durant les semaines suivantes l'amputation de ses deux jambes pourries par la gangrène. Le père de famille ne survécut que quelques jours à l'intervention chirurgicale. Il fut inhumé au cimetière de la Côte-des-Neiges le premier samedi de mai.

À cinquante-six ans, Angèle avait déjà enterré trois de ses proches. Après la disparition de son père, de sa mère et de son premier mari, voilà que son second mari venait de la quitter, la laissant seule à l'aube de la soixantaine avec trois adolescents et sans aucun moyen de subsistance. Mais elle n'était pas femme à se donner en spectacle et à vouloir susciter la pitié d'autrui. Sa peine, elle la garda pour elle.

Au rappel de ce deuil, le cœur d'Angèle se serra. Mais la veuve n'en continua pas moins à revivre ces sombres journées de son passé.

Elle se rappelait très bien le triste retour à la maison après les obsèques. Elle avait réuni ses enfants autour d'elle pour leur expliquer comment elle voyait l'avenir. Adrien, pompier de la Ville de Montréal depuis quelques mois, continuerait à lui verser une pension. Maurice avait déjà dix-sept ans et il apporterait sa quote-part puisqu'il avait trouvé un travail de mouleur de statues quelques jours après l'hospitalisation de son père. Enfin, Suzanne finirait son année d'école avant de se chercher un emploi de vendeuse dans l'un des nombreux magasins de la rue Mont-Royal.

—

L'absence d'Ernest Dionne ne fut jamais comblée. Même s'il n'avait jamais été un mari très attentionné ni un père très proche de ses enfants, son départ laissa un vide considérable. Angèle se rendit compte que son autorité lui manquait pour faire obéir ses enfants, surtout Maurice et Suzanne, qui avaient tendance à ruer de plus en plus dans les brancards.

Quelques mois après le décès de son père, Adrien présenta à sa mère Simone Bernier, une jeune fille tranquille demeurant avec ses parents dans la rue voisine. Après quelques mois de fréquentations, le jeune pompier de vingt et un ans l'épousa et il emménagea dans l'appartement voisin de celui occupé par sa mère. Ce mariage était cependant loin d'arranger les finances déjà chancelantes de la famille. Angèle perdait ainsi la pension versée par son fils aîné. Par conséquent, il lui fallut encore serrer plus durement les cordons de la bourse pour boucler son maigre budget.

—

— Comme si c'était pas assez, voilà que l'autre tombe en amour avec la première fille qu'il rencontre, dit-elle à mi-voix dans le noir. Comment je vais faire, moi, pour tout payer ? J'arriverai jamais juste avec la petite pension de Suzanne…

La porte d'entrée s'ouvrit et le plafonnier du couloir s'alluma.

— Qu'est-ce que vous faites toute seule dans le noir, m'man ? demanda Suzanne en découvrant sa mère assise au fond de la cuisine, devant la fenêtre qui donnait sur la ruelle.

— Je pensais. Il est quelle heure ?

— Onze heures et demie.

— Tu rentres ben tard.

— Ben, m'man, on est vendredi. Le film finissait à onze heures. Le temps de m'en revenir avec Thérèse. On n'a même pas pris le temps de boire un Coke au restaurant. On n'a pas niaisé.

— Ça fait rien. J'aime pas ça te voir courir les rues à cette heure-là. Les filles correctes traînent pas dehors la nuit. C'est trop tard. C'est la dernière fois que tu rentres passé onze heures, tu m'entends ? Si tu tiens tant que ça à aller voir un film, tu iras le voir au Château, le dimanche après-midi.

— Ça va être le fun encore, répliqua la jeune fille.

— Si t'aimes mieux rester sur le balcon avec moi, tu peux le faire.

Suzanne enleva son chapeau sans rien rétorquer. Elle connaissait assez sa mère pour savoir qu'elle ne gagnerait rien à l'affronter quand elle était de cette humeur-là.

— Ça vous tentait pas de prendre l'air avec Adrien et Simone sur le balcon. Ils sont encore là. Il fait pas mal doux dehors.

— Non. J'ai passé ma journée à faire du ménage ; j'étais pas pour aller écouter Simone se plaindre toute la soirée de ses maladies imaginaires. J'aime mieux rester enfermée.

— Est-ce que Maurice est revenu de l'hôpital ? demanda Suzanne.

— Ça fait longtemps. Bon, on va aller se coucher. Oublie pas que tu travailles demain matin.

Quelques minutes plus tard, la dernière ampoule de l'appartement fut éteinte et, par les fenêtres ouvertes, on n'entendit plus que les derniers tramways et les rares voitures circulant encore rue Mont-Royal.

Chapitre 3

Les Sauvé

Blottie derrière des érables centenaires, la maison en bardeaux gris des Sauvé était prolongée par une cuisine d'été et une remise. Un large balcon courait le long de sa façade et d'une partie de son côté gauche. À faible distance derrière la maison se trouvaient une étable et un poulailler. Devant, de larges parterres de fleurs faisaient la fierté des propriétaires et provoquaient l'envie des autres habitants du rang Sainte-Marie de Saint-Joachim.

Lorsque le gros Chevrolet rouge vin 1939 de Norbert Lafrance s'arrêta près du balcon, la porte moustiquaire de la cuisine d'été s'ouvrit immédiatement. Elle livra passage à Léon et à Marie Sauvé, suivis par sept de leurs enfants. Et tout ce beau monde entoura le véhicule en parlant en même temps. De toute évidence, l'arrivée de la voiture était guettée depuis un certain temps.

— Enfin ! s'exclama la mère avec un large sourire. J'espère que tu nous ramènes notre fille d'aplomb, dit-elle à son frère aîné au moment où le gros homme rougeaud s'extirpait difficilement du Chevrolet.

La quadragénaire était une grande et grosse femme énergique dont la chevelure poivre et sel était tirée en un strict chignon.

— Ça, je le sais pas, répondit sur un ton badin son frère, commis voyageur de la biscuiterie Viau. Moi, je suis juste le chauffeur de taxi. C'est pas moi qui l'ai opérée. Tu sais qu'en ville, ils sont pas ben ben habitués à voir des filles de la campagne. Je serais pas surpris qu'ils lui aient enlevé deux ou trois morceaux de trop.

— Aïe, mon oncle ! C'est de moi que vous parlez ! protesta Jeanne en riant.

La jeune fille n'était pas encore sortie de la voiture.

— Sois donc sérieux une minute, Norbert, le tança Jeanne-Mance, sa femme, une grande mince à la bouche pincée.

Quand la jeune fille sortit avec précaution du véhicule couvert de poussière, ses frères Luc et Claude devancèrent leur père pour venir l'aider.

— Non, c'est correct. Je suis capable de marcher toute seule, protesta la jeune fille en repoussant les mains qui voulaient la soutenir.

— Allez plutôt porter sa valise dans sa chambre, leur conseilla Léon Sauvé.

La joie du petit homme qui mesurait à peine cinq pieds six faisait plaisir à voir. Il était heureux de voir revenir sa fille préférée en bonne santé. Il l'embrassa sur une joue avant d'entraîner ses invités dans la maison.

— J'aime autant vous dire qu'il était temps qu'on vous la ramène, votre Jeanne, fit Norbert Lafrance avec un bon gros rire. D'après ce qu'on a pu entendre, il y avait un petit gars de Montréal qui la trouvait pas mal à son goût.

— Voyons donc, mon oncle ! protesta faiblement Jeanne Sauvé en rougissant.

— Qu'est-ce que c'est que cette histoire-là ? demanda Marie Sauvé d'une voix sévère en dévisageant sa fille.

— C'est rien, m'man, répondit la jeune fille. Mon oncle fait une farce.

— Ben oui, intervint Jeanne-Mance Lafrance en jetant un regard furibond à son mari. Tu connais ton frère ; il peut pas s'empêcher de faire des farces plates.

— Bon. C'est correct. Vous arrivez juste à temps pour dîner, déclara Marie Sauvé, rassurée. On vous attendait.

Tout le monde s'engouffra dans la maison sans se faire prier et on prit place autour de la grande table qui trônait au centre de la cuisine d'été.

— Assis-toi, Jeanne, lui ordonna sa mère, on est assez pour servir.

— Profites-en, ma sœur, ajouta Laure, son aînée de deux ans. On te ménagera pas longtemps.

— Est-ce que ça veut dire qu'elle nous aidera même pas à laver la vaisselle ? demanda Cécile, sa sœur de quinze ans.

— Vous deux, vous êtes pires que les jumelles, les gronda Marie Sauvé. Vieillissez donc un peu.

Ruth et Madeleine, des fillettes de sept ans, s'approchèrent de leur mère pour l'aider à distribuer les bols de soupe.

Le repas fut des plus animés. Le retour de Jeanne ramenait joie et sourires. Chez les Sauvé, on adorait se taquiner. Lorsque les Lafrance reprirent la route à la fin de l'après-midi, ils regrettèrent plus que jamais de n'avoir pas eu d'enfant.

Après le départ des invités, Léon et ses fils allèrent faire le train pendant que Marie installait Jeanne dans sa chambre en lui recommandant de faire une bonne sieste avant le souper.

— Repose-toi une heure ; la soirée va être pas mal longue, lui dit sa mère. Tu connais la parenté. J'ai l'impression que la maison va se remplir durant la soirée. Les Sauvé, les Lafrance et même les voisins vont vouloir venir prendre de tes nouvelles.

— Je me sens pas fatiguée, m'man, protesta mollement Jeanne.

— Couche-toi pareil et dors un peu ; ça va te faire du bien, ordonna Marie Sauvé sur un ton sans appel en refermant derrière elle la porte de la chambre.

La mère de famille alla rejoindre ses quatre filles demeurées dans la cuisine d'été, affairées à remettre de l'ordre dans la pièce.

— Ruth et Madeleine, allez nourrir les poules pendant que je prépare le souper avec Laure et Cécile, commanda la mère aux jumelles.

Le silence retomba dans la cuisine. Pendant que Cécile et Laure épluchaient les légumes du souper, Marie Sauvé, debout devant le comptoir, se mit en devoir de préparer un pudding. Elle était heureuse d'avoir retrouvé sa fille.

———

Même si elle était une Lafrance de Saint-Zéphirin, le village voisin, Marie était devenue une véritable Sauvé au fil des années.

La famille de son mari était implantée à Saint-Joachim depuis la fin du XVIIIe siècle et le frère aîné de Léon Sauvé occupait encore la maison seigneuriale de l'endroit. Si on en croyait la légende familiale, le premier Sauvé, Jean-Baptiste, avait été officier dans le régiment de Carignan et on lui avait concédé la seigneurie de Saint-Joachim. Depuis cette époque, les Sauvé avaient toujours exploité des terres de Saint-Joachim, épousant habituellement des filles du village ou des villages voisins.

Xavier Sauvé, le père de Léon, avait eu quatre fils et trois filles. Léon était le troisième de ses quatre fils. Comme le voulait la coutume dans la famille, le père s'était donné à son aîné, Joseph, en lui cédant la terre ancestrale.

Par contre, avant d'en arriver là, il avait eu le temps d'aider chacun de ses autres fils à s'établir sur une petite ferme des alentours.

Né en 1889, Léon avait attendu 1914 avant de convoler en justes noces avec Marie Lafrance, une jeune fille de dix-huit ans éduquée chez les religieuses de Nicolet. Le nouvel époux apprit très rapidement que sa femme était très pieuse et qu'elle était intransigeante sur les principes. Comme beaucoup de femmes de l'époque, elle obéissait d'abord au curé avant de se préoccuper de l'opinion de son mari. Par ailleurs, elle ne manquait pas d'humour et le travail ne lui faisait pas plus peur que les maternités.

Par conséquent, la petite maison grise à un étage du rang Sainte-Marie se remplit progressivement des cris et des rires des onze enfants du couple. La vie s'était montrée généreuse à l'égard des Sauvé, même si elle était venue leur ravir le petit André, l'année précédente.

L'enfant de trois ans n'avait pas survécu à l'absorption d'acide caustique. Marie avait eu beaucoup de mal à surmonter le drame et seul son sens aigu du devoir l'avait empêchée de sombrer dans une profonde dépression.

Les enfants grandirent dans un véritable foyer chrétien. Ils apprirent vite qu'il n'était pas plus question de rater la messe du matin à l'église du village que d'échapper à la récitation quotidienne du chapelet, récitation suivie d'une longue, très longue prière.

Par ailleurs, si la mère avait peu à dire sur la formation de ses garçons qui quittèrent l'école assez tôt pour venir prêter main-forte à leur père sur la ferme, elle ne recula pas d'un pas lorsqu'il fut question de l'éducation de ses filles. Elle tint tête à son mari aussitôt qu'il parla de les retirer de l'école à la fin de leur septième année pour qu'elles l'aident dans la maison.

— Je suis capable de faire ma besogne toute seule, affirma-t-elle. J'ai pas besoin de les avoir dans les jambes toute la sainte journée. Tu leur feras pas lâcher l'école pour en faire des servantes, tu m'entends, Léon Sauvé ? Si elles ont du talent, elles vont étudier.

Bon gré mal gré, le petit homme dut plier et accepter que Germaine, son aînée, ainsi que Laure, Jeanne et Cécile poursuivent leurs études au couvent. Il consentit même à ce que Germaine et Laure fréquentent l'école normale de Nicolet dans l'intention de devenir institutrices, même si l'argent était rare à la maison. Les parents durent se priver pour payer les études de leurs filles. À cette époque, Marie, déjà surchargée de travail, accepta même de confectionner des chapeaux pour dames à la maison afin d'aider son mari à défrayer le coût de l'instruction dispensée à leurs filles.

Puis, en 1937, Germaine annonça soudainement à ses parents son intention d'épouser Jean Ouimet, un agent d'assurances de Québec, qui la fréquentait depuis quelques mois à peine. La jeune fille de vingt ans aurait pu enseigner, mais elle avait préféré demeurer à la maison.

— Tu vois ce qui arrive, s'emporta alors Léon Sauvé en s'adressant à sa femme. Elle aura même pas fait l'école. On va avoir dépensé tout cet argent-là pour rien.

Le mariage eut lieu et le jeune couple alla habiter à Québec.

Deux ans plus tard, ce fut au tour de Bernard, l'aîné des fils, de quitter le nid. Ulric Brien venait de lui accorder la main de sa fille. Léon ressentit beaucoup plus durement ce départ que celui de Germaine. Incapable de verser un salaire à son garçon, il dut se résoudre à le voir s'installer à Drummondville, avec sa Micheline, pour travailler à la fabrication de tissus à l'usine de la Celanese. Pour la première fois dans l'histoire familiale des Sauvé, l'aîné ne prendrait pas la relève du père sur la ferme.

Léon Sauvé finit tout de même par se consoler en pensant qu'il lui restait Gustave, Claude et Luc, trois adolescents qui ne craignaient pas le dur travail de la terre.

Mince consolation, Laure adorait enseigner et elle avait trouvé un poste à Saint-Cyrille dès sa sortie de l'école normale. Depuis quelques mois, elle était même courtisée par le jeune Florent Jutras, le fils d'un cultivateur de l'endroit. Par ailleurs, si sa sœur Cécile rêvait, à seize ans, de faire carrière elle aussi dans l'enseignement, ce n'était pas le cas de Jeanne. Malgré tout son talent, celle-ci s'était empressée de quitter le couvent dès l'obtention de son diplôme de 9e année. Pour elle, pas question de s'éloigner de la maison paternelle pour aller à l'école normale et ensuite «faire la classe» dans un village voisin. Elle préférait aider à la maison. Sa mère accueillit son aide avec plaisir et, en peu de temps, la jeune fille devint, sous sa tutelle, une femme d'intérieur accomplie. À dix-huit ans, Jeanne savait cuisiner, coudre, tricoter et entretenir la maison mieux que toutes ses sœurs.

Par contre, elle montrait tant de mauvaise volonté quand il s'agissait de participer à des travaux à l'extérieur de la maison, que son père finissait par s'emporter en lui criant :

— Retourne à la maison. Tu nuis plus qu'autre chose.

Même si Jeanne était sa préférée, Léon Sauvé n'hésitait pas à crier sur les toits qu'elle ne valait rien pour aider aux bâtiments. Elle craignait la plupart des animaux et elle ne possédait pas la robustesse nécessaire pour accomplir certains gros travaux. On aurait pu croire que ce genre de jugement aurait humilié la jeune fille : pas du tout. Chaque fois que son père la renvoyait, elle avait du mal à cacher sa satisfaction d'échapper à une corvée déplaisante.

— T'as encore gagné, hein! lui disait alors sa sœur Laure, furieuse de constater que sa cadette s'en tirait encore une fois.

43

Jeanne se contentait alors de lui adresser une grimace triomphante en lui murmurant un «Jalouse!» qui faisait sortir l'autre de ses gonds.

Est-il nécessaire de préciser que la jeune fille jouissait de la réputation bien méritée d'être taquine et d'adorer s'amuser? Selon ses frères et sœurs, aucun mauvais coup ne se fomentait dans la maison sans qu'elle en ait été à l'origine.

— Plus haïssable que toi, ça se peut pas, déclarait souvent sa mère en lui faisant les gros yeux. Quand est-ce que tu vas vieillir, sainte bénite? Arrête de faire étriver les autres et sois donc sérieuse un peu.

Mais les parents ne se faisaient guère d'illusion sur leur fille et depuis sa plus tendre enfance, ils avaient pris l'habitude de l'amener en visite avec eux parce qu'aucun de ses aînés ne consentait à la garder.

Bien sûr, Jeanne avait mûri avec les années, mais sa mère la tenait tout de même à l'œil.

À la fin juin, quand la jeune fille avait eu cette violente crise d'appendicite, la chance avait été du côté des Sauvé parce que Norbert Lafrance était de passage à la maison ce jour-là. Sans aucune hésitation, le frère de Marie avait proposé de transporter sa nièce à l'hôpital Notre-Dame de Montréal en faisant valoir que sa femme et lui y avaient été très bien soignés quelques années plus tôt et qu'elle recevrait là de bien meilleurs soins qu'à l'hôpital de Drummondville.

⟩

Le retour de Jeanne à la maison paternelle marqua la fin d'une période angoissante pour les Sauvé. On avait beaucoup prié pour sa guérison. La savoir hospitalisée au loin avait été difficile à supporter, d'autant plus difficile qu'on n'avait ni le temps ni les moyens d'aller la voir. À la maison, l'argent était peut-être rare, mais on s'aimait et on n'avait jamais manqué de nourriture.

Dès le lendemain du retour de la jeune fille, Germaine et son mari arrivèrent de Québec pour venir passer la journée avec la famille. Le couple précéda de peu Bernard et sa femme, venus de Drummondville. Tout le monde voulait s'assurer que Jeanne avait recouvré une bonne santé, tout en profitant de l'excellente cuisine de Marie Sauvé.

Les derniers visiteurs partirent au début de la soirée. À la vue de l'amoncellement imposant de vaisselle sale laissée sur la table et dans l'évier, Jeanne ne put s'empêcher de faire remarquer à sa mère :

— Si ça vous dérange pas trop, m'man, je pense que je vais monter me coucher tout de suite. Je me sens pas mal fatiguée.

Ses sœurs allaient crier à l'injustice quand leur mère les fit taire en leur adressant un coup d'œil sévère.

— Fais donc ça, ma Jeanne, lui répondit-elle sur un ton sec qui cachait mal et volontairement ce qu'elle pensait réellement. Après tout, on peut attendre demain matin pour laver cette vaisselle-là. Tu pourras t'asseoir sur un banc devant l'évier et la laver tranquillement, toute seule, pendant qu'on ira travailler dans le jardin, ajouta-t-elle encore.

La jeune fille s'empara alors d'un linge à vaisselle sans dire un mot, soudainement très heureuse de pouvoir compter sur l'aide de sa mère et de ses sœurs.

Chapitre 4

L'attente

Le mois d'août 1941 s'achevait sur des journées particulièrement chaudes et humides. Malgré cela, on ne chômait pas chez les Sauvé. Pendant que les hommes travaillaient aux champs, les femmes s'activaient dans la cuisine d'été autour du poêle à bois. Toutes sortes d'odeurs appétissantes s'échappaient de la pièce où Marie et ses filles étaient occupées à cuisiner les conserves qu'on consommerait durant l'hiver. Après les confitures de fraises et de framboises, on était passé à la confection des ketchups et des marinades.

— Où est-ce que Jeanne est encore passée? demanda la mère en pénétrant dans la pièce.

— Le facteur vient de passer. Elle est partie chercher la malle, répondit sa sœur Laure en jetant un coup d'œil par la fenêtre vers la boîte aux lettres.

— Je te dis qu'elle est pas pressée de revenir nous aider, fit remarquer aigrement Cécile. Ça fait au moins dix minutes qu'elle est partie.

Marie s'approcha de la porte moustiquaire et cria à sa fille, immobile, debout près de la boîte aux lettres, au bord du chemin:

— Veux-tu ben me dire ce que t'as à prendre racine là? Grouille et viens nous aider.

La jeune fille replia sans se presser la lettre qu'elle était en train de lire et la mit dans la poche de son tablier avant de revenir lentement vers la maison. Le large sourire de bonheur qui illuminait son visage disait assez qu'elle venait de recevoir ce qu'elle attendait déjà depuis trois semaines : une lettre de Maurice Dionne.

Quand elle entra dans la cuisine d'été, ses sœurs, intriguées, se tournèrent vers elle avec un bel ensemble. Sa mère, occupée à manipuler la pompe à eau lui tournait le dos.

— As-tu décidé de devenir facteur, toi ? lui demanda Laure avec acrimonie.

— Pourquoi tu me demandes ça ? fit Jeanne en affichant un faux air ingénu.

— Ben, depuis que t'es revenue de la ville, tu te garroches sur la boîte à lettres chaque matin, aussitôt que le facteur est passé.

— C'est vrai, ça, confirma Cécile. On dirait que tu le guettes.

— Aïe ! Est-ce que vous travaillez pour la police, toutes les deux ? protesta Jeanne. Vous saurez que je guette pas le facteur. Si je vais chercher la malle, c'est que ça s'adonne que je suis jamais loin de la boîte à lettres quand le facteur passe.

— Bon, ça va faire, trancha Marie d'un ton autoritaire. Mêlez-vous de vos affaires, les filles. Toi, Jeanne, est-ce que je peux savoir ce que tu lisais ? lui demanda sa mère.

— Une lettre, m'man.

— Une lettre de qui ?

— De quelqu'un que j'ai connu à l'hôpital, fit la jeune fille avec une réticence évidente.

— Qui ?

Il y eut un court silence pendant lequel Jeanne se demanda si elle devait révéler ou non l'identité de son correspondant. Elle finit par se résoudre à tout avouer à sa mère.

— Le neveu de madame Deslauriers qui était dans la même chambre que moi à l'hôpital.

— Il s'appelle comment, ce neveu-là ? fit sa mère sur un ton tranchant. Il fait quoi dans la vie ?

— Il s'appelle Maurice Dionne et il est mouleur de statues.

— Ah ! Ah ! firent en chœur Laure et Cécile.

— Le chat est enfin sorti du sac, on dirait, poursuivit Laure d'un air content.

— Laure, ça te regarde pas. Ébouillante les tomates et mêle-toi de tes affaires, encore une fois, l'interrompit sa mère avec impatience.

— Pourquoi il t'écrit ? reprit Marie Sauvé, soupçonneuse.

— Pour prendre de mes nouvelles, m'man.

— Pour prendre de tes nouvelles… Et tu vas lui répondre ?

— Oui.

— Fais attention à ce que tu vas lui raconter, ma fille. Tu le connais pas, ce garçon-là. C'est pas comme un garçon de par ici dont on connaît la famille…

— Est-ce que t'aimerais ça que je te lise sa lettre ? demanda Cécile, taquine. Je t'ai regardée par la fenêtre. T'avais l'air à avoir pas mal de misère à lire son écriture.

— Laisse faire, toi.

— Moi, je pourrais corriger ses fautes, proposa Laure. Après tout, je suis pas maîtresse d'école pour rien.

Jeanne lui jeta un regard furieux, mais elle ne répondit rien.

La mère secoua la tête et se remit à trancher les pieds de céleri qu'elle venait de laver.

— Bon, les filles, assez de temps perdu, fit-elle. Jeanne, fais-moi tremper les pots dans l'eau bouillante et prépare la paraffine.

Jeanne s'empressa de faire ce que sa mère venait de lui demander, trop heureuse de constater qu'elle n'avait pas exigé de lire la lettre qu'elle venait de recevoir. Tout en ébouillantant les pots vides, elle se promit de relire en toute quiétude, et plusieurs fois, la lettre qu'elle avait attendue avec tant d'impatience.

Deux jours à peine après sa sortie de l'hôpital, elle attendait déjà la première lettre de celui qu'elle appelait intérieurement son «amoureux». Elle était certaine qu'il allait lui écrire. Sans se l'avouer, elle faisait de son empressement la mesure de son attachement. À ses yeux, s'il lui écrivait dès la première semaine, c'était un signe assuré qu'il l'aimait vraiment beaucoup. C'est pourquoi la jeune fille prit très vite l'habitude de guetter le passage du facteur pour être la première à dépouiller le courrier adressé aux Sauvé. Elle ne voulait surtout pas que ses parents ouvrent par inadvertance une lettre qui lui aurait été adressée.

Puis les jours passèrent sans nouvelles de Maurice. Chaque passage du postier ne faisait qu'accroître la déception de Jeanne. L'avait-il déjà oubliée ? Pouvait-elle se permettre de lui écrire la première ? Si elle faisait cela, ce serait comme se jeter à sa tête. Sa mère, scandalisée, lui dirait sûrement qu'une fille bien éduquée ne faisait pas cela. Malgré tout, la jeune fille était si perturbée par le silence inattendu de Maurice qu'elle envisageait sérieusement de lui écrire la première.

Eh bien, elle ne serait pas obligée d'en venir là : il lui avait écrit. Elle n'avait qu'une hâte : s'isoler pour relire à tête reposée la courte missive qu'elle venait de recevoir.

Un peu avant dîner, Jeanne profita d'un moment de répit pour aller s'asseoir quelques minutes dans la balançoire installée sous le grand érable argenté planté près de la maison. Après s'être assurée de n'être pas surveillée, elle tira la lettre de Maurice de la poche de son tablier et la relut lentement.

L'écriture était soignée et régulière. Le jeune homme s'informait de sa santé et donnait de ses nouvelles. Mais, plus important encore, c'était les deux « XX » qui précédaient sa signature au bas de sa lettre. À leur vue, le cœur de la jeune fille battit plus rapidement. Elle allait lui répondre sans tarder, mais oserait-elle tracer des « X » semblables au bas de la sienne ? Elle avait tout le reste de la journée pour en décider. Elle replia encore une fois la missive et quitta la balançoire en se demandant, cette fois, où elle pourrait bien la dissimuler pour que personne ne puisse la lire.

Il ne lui fallut que quelques instants de réflexion pour trouver l'endroit idéal : une vieille boîte métallique de thé Salada qu'elle avait repérée sur une étagère, dans la remise qui jouxtait la maison. Personne n'aurait l'idée d'aller fouiller là.

À l'heure du dîner, Léon et ses fils rentrèrent à la maison et toute la famille Sauvé prit place autour de la table. Après le bénédicité, Gustave, un adolescent de seize ans plutôt espiègle, ne put s'empêcher de demander en bégayant d'un air innocent à son père :

— Est-ce que c'est vrai, p'pa, qu'on… qu'on va encore aller aux noces cette an… année ?

Surpris, son père leva la tête de son assiette.

— De quoi tu parles, toi, torrieu ?

Jeanne, qui avait saisi l'allusion, jeta un regard assassin à son cadet à la tête frisée.

— Ben, il pa… il paraît qu'un gars de Mon… Montréal est fou d'une de mes sœurs. Il lui é… écrit des vraies lettres d'a… d'amour, expliqua l'adolescent bègue.

— Il doit parler de Jeanne, p'pa, intervint son frère Claude en feignant d'être sérieux. Pour moi, ce gars-là, il l'a pas ben regardée s'il pense à la marier.

— C'est qui, ce gars-là? demanda le petit homme sans s'adresser à Jeanne en particulier.

— J'ai en… entendu dire, bégaya de plus belle Gustave, qu'il s'appelait Mô… Mô… Môrice.

— Pas comme Duplessis! s'exclama Claude, faussement scandalisé en jetant un regard de connivence à son père.

Il y eut des ricanements autour de la table en entendant cette dernière réflexion de l'adolescent au visage poupin. Léon et Marie, amusés, se gardèrent d'intervenir.

— Ça, c'est le même nom, par ex… exemple, reconnut Gustave en dévisageant sa sœur aînée. En plus, il doit pas co… connaître le caractère de cochon de notre sœur. Quand il va s'en aper… s'en apercevoir, il va vite chan… changer d'idée. On le re… reverra pas de sitôt dans… dans le coin.

— Pour moi, on n'est pas prêts de lui voir la fraise à Saint-Joachim à ce gars-là, s'il est normal, reprit Claude sur un ton sentencieux.

— Pour… Pourquoi il viendrait à la cam… campagne quand tout le monde sait ben que la… la ville est plei… pleine de belles filles? conclut Gustave.

— Vous autres, mes niaiseux! explosa finalement Jeanne, incapable de se retenir plus longtemps, je…

— Jeanne! la prévint sa mère, l'air sévère. Fais attention à ce que tu vas dire.

— Ça va faire, les comiques, finit par laisser tomber Léon en voyant à quel point Jeanne était en colère. Laissez-nous manger tranquilles et arrêtez vos niaiseries.

Gustave adressa une grimace significative à sa sœur avant de s'attaquer à son assiette avec un bel appétit.

—

À compter de ce jour, on taquina Jeanne de moins en moins à propos de son mystérieux correspondant. On prit l'habitude de la voir déposer une lettre dans la boîte aux lettres chaque lundi matin, en réponse à celle qu'elle avait reçue durant la semaine précédente.

Aiguillonnés par la curiosité, ses frères et ses sœurs tentèrent tout de même de savoir où elle dissimulait les missives qui lui étaient adressées, mais ils en furent pour leurs frais. De toute évidence, Jeanne se méfiait et ils furent incapables de trouver l'endroit. En désespoir de cause, Gustave, Claude et Luc songèrent durant quelques jours à chaparder l'un des envois du mystérieux Maurice Dionne, mais il s'agissait d'une tentative vouée d'avance à l'échec tant leur sœur exerçait une surveillance étroite du passage quotidien du facteur dans le rang Sainte-Marie. Alors, de mauvaise grâce, ils durent reconnaître qu'il leur était absolument impossible de subtiliser la lettre hebdomadaire de l'amoureux de leur sœur.

— Ça… ça doit être un gars pas mal riche, fit remarquer un Gustave moqueur. Il gaspille deux… deux cennes en timbre par se… semaine pour rien.

—

Avec septembre, l'automne s'installa peu à peu. Les champs se dénudèrent et les feuilles des érables commencèrent à se teinter de jaune, de rouge et d'orangé. Les nuits refroidirent sensiblement et on parla des prochains labours d'automne et de l'épandage de fumier.

Laure retourna alors enseigner à Saint-Cyrille une autre année. Cécile partit peu après pour le couvent pendant que Luc et les jumelles retournaient à l'école du village.

Durant le jour, il ne resta bientôt plus à la maison que Claude, Gustave et Jeanne avec leurs parents. Pendant que Léon et ses fils récoltaient le sarrasin, Marie et Jeanne se dépêchaient de vider le jardin avant de faire le grand ménage de la cuisine d'été. Comme les journées raccourcissaient déjà, la mère avait hâte de regagner sa cuisine d'hiver, sa « vraie cuisine », comme elle disait.

Une semaine avant l'Action de grâces, Jeanne reçut une lettre de Maurice, lettre dans laquelle le jeune homme lui demandait, pour la première fois, s'il pouvait venir lui rendre visite le week-end suivant. Si ses parents étaient d'accord, il prendrait le train le samedi matin et viendrait la voir durant l'après-midi.

Après la lecture de la missive, Jeanne, tout heureuse, s'empressa de rentrer à la maison pour demander à sa mère la permission de recevoir son amoureux le samedi suivant.

— Juste à te voir aller, je gage que tu viens encore de recevoir une lettre de ton Maurice, lui fit remarquer Marie Sauvé, en train de préparer le dîner.

— Oui, m'man. Justement, il me demande s'il pourrait venir me voir en fin de semaine.

— Ça, ma fille, il va falloir que t'en parles à ton père à midi. C'est lui qui va décider ça.

En entendant sa mère remettre la décision entre les mains de son père, Jeanne cessa de s'inquiéter. Elle finissait toujours par obtenir ce qu'elle voulait de lui.

Lorsque son père rentra à la maison pour dîner, la jeune fille se dépêcha de lui demander la permission avant l'arrivée de ses frères et sœurs.

— Comment il va venir? demanda-t-il, pour se donner le temps de réfléchir à la demande.

— En train, p'pa.

— Oui, je le sais; tu viens de me le dire, fit-il avec agacement. Je veux dire de Drummondville jusqu'à Saint-Joachim? Moi, je peux pas lui envoyer une voiture. J'ai besoin de mes deux chevaux pour commencer à étendre le fumier en fin de semaine.

— Il me l'a pas dit, p'pa, répondit Jeanne, mais je suppose qu'il a dû penser qu'il pourrait se trouver un taxi à Drummondville.

— Je le souhaite pour lui, intervint Claude qui venait d'entrer dans la cuisine. S'il en trouve pas, il va trouver la marche pas mal longue jusqu'à Saint-Joachim.

— Est-ce que je peux lui répondre qu'il peut venir, p'pa? reprit Jeanne en feignant de n'avoir pas entendu les paroles de son frère.

Le petit homme jeta un bref coup d'œil à sa femme avant de répondre.

— Pourquoi pas. Torrieu! on va tout de même finir par voir de quoi il a l'air ce Maurice-là. J'espère juste pour lui qu'il ressemble pas à Maurice Duplessis…

— Oublie pas de lui dire d'apporter ses overalls, ajouta son frère Claude, sinon il va trouver ça salissant d'étendre du fumier avec nous autres avec son beau linge propre.

— Claude, va donc te laver les mains avant de passer à table plutôt que d'essayer de faire enrager ta sœur, intervint sa mère en lui indiquant l'évier avec la louche dont elle venait de se servir pour remplir une assiette de bouilli de légumes.

L'adolescent ricana et s'approcha de la pompe à eau dont il actionna le bras si vigoureusement que sa mère dut élever le ton pour le calmer.

— Si tu éclabousses mon plancher, mon énervé, je te garantis que tu vas l'essuyer.

Quelques minutes plus tard, elle dit à sa fille :

— Je suppose que tu vas écrire à ton ami aujourd'hui. Dis-lui qu'on l'invite à souper samedi soir.

— Merci, m'man. Ça va lui faire plaisir.

❧

Jeanne eut beau travailler tout le reste de la semaine au ménage d'automne de la maison entrepris par sa mère, elle n'en trouva pas moins le temps long. Le vendredi avant-midi, Marie se mit à la houspiller.

— Grouille, Jeanne. Tu vas me préparer de la pâte à tarte pendant que je fais du pain.

— Voyons, m'man, protesta la jeune fille, c'est pas monseigneur qu'on reçoit demain. Maurice est pas si difficile que ça.

— T'es une vraie tête folle, Jeanne Sauvé, la réprimanda sa mère. C'est pas juste pour ton Maurice qu'il faut faire à manger. Tu peux être certaine qu'on va voir arriver Cécile pour son congé de trois jours. Claude va aller chercher Laure, comme tous les vendredis. Et je serais pas surprise de voir arriver Germaine et Jean de Québec pour la fin de semaine.

— Bon, si je comprends, il va manquer juste Bernard et Micheline, fit Jeanne, amère.

— Même eux vont peut-être descendre de Drummondville. L'Action de grâces, c'est la dernière belle fin de semaine de vacances avant les fêtes. Ils vont tous vouloir en profiter.

— Ce pauvre Maurice, s'il prend pas peur devant autant de monde…

Marie Sauvé ne releva pas la remarque.

Le vendredi soir, la maison des Sauvé se remplit, tel que prévu. Tous les lits de la maison furent occupés.

Le samedi matin, Jeanne fut l'une des premières à se réveiller. Même si le jour n'était pas encore complètement levé, elle s'empressa de descendre rejoindre son père en train d'allumer le poêle à bois dans la cuisine.

— T'es ben de bonne heure, fit-il en l'apercevant, enveloppée dans son épaisse robe de chambre rose. Ta mère est même pas encore levée. Luc et Gustave viennent de sortir pour aller chercher les vaches dans le champ.

— C'est rendu pas mal frais le matin, dit Jeanne, enfouissant frileusement ses mains dans les manches de sa robe de chambre.

— C'est normal : on est en automne, laissa tomber son père. Oublie pas d'entretenir le poêle en préparant à déjeuner, ajouta-t-il en endossant sa vieille chemise à carreaux rouge et noir, accrochée derrière la porte, avant de sortir.

Jeanne ne répondit pas. Elle se contenta de s'approcher de l'une des fenêtres de la cuisine pour voir le temps qu'il ferait. Le ciel était nuageux et un petit vent d'est secouait les branches des érables à demi dépouillées de leurs feuilles. Durant les minutes suivantes, la maison reprit vie peu à peu. La mère rejoignit Jeanne. Debout au pied de l'escalier qui conduisait aux chambres, elle ordonna à Claude de réveiller Cécile et Laure avant de quitter pour l'étable.

Laure descendit dans la cuisine en ronchonnant.

— Il me semble qu'on pourrait me laisser dormir un peu le samedi matin. C'est ma seule journée de repos dans la semaine.

— Moi, c'est la seule journée où les sœurs peuvent pas m'obliger à aller à la messe, renchérit Cécile en se frottant les yeux.

— Ça va faire, les chialeuses, dit leur mère avec humeur. On n'est pas vos servantes. Ici, tout le monde fait sa part.

— Ah oui ! Où est Germaine d'abord ? demanda Laure, toujours prompte à relever les injustices.

Si Jeanne était la préférée de son père, il était par ailleurs impossible de nier que Germaine était la favorite de sa mère. La « grosse Germaine », comme le disait Laure avec une jalousie certaine, en profitait toujours pour paresser et en faire le moins possible.

— Germaine est fatiguée par le voyage. On va la laisser dormir un peu, répondit Marie sur un ton sans réplique.

— On sait ben, dit Laure entre ses dents, c'est fatigant sans bon sens de passer ses journées écrasée dans une chaise berçante.

— Qu'est-ce que tu marmonnes, toi ? lui demanda sa mère, l'air mauvais.

— Rien, m'man. Je me parlais.

À la fin du déjeuner, au moment où tous se levaient de table, Gustave ne put s'empêcher de faire remarquer :

— J'espère que… que m'man va donner con… congé à notre sœur pour le reste de l'avant… l'avant-midi.

— Pourquoi ? demanda naïvement son jeune frère Luc.

— Ben, elle va avoir be… besoin de pas mal de temps pour… pour être présentable.

— Gustave, mon maudit haïssable ! le réprimanda sa mère.

— Au fond, m'man, Gustave a peut-être raison, intervint Claude. Ce serait de valeur que ce pauvre Maurice ait fait tout ce chemin-là pour trouver une fille pas regardable.

— Aïe, vous deux, faites du vent, dit Laure, se décidant enfin à prendre la défense de sa sœur.

— S'il y en a un seul qui vient faire une farce plate pendant que Jeanne reçoit son cavalier, il va avoir affaire à moi, ajouta Marie Sauvé, l'air peu commode. À cette heure, débarrassez-moi le plancher et allez rejoindre votre père aux bâtiments. Il a de l'ouvrage pour vous autres.

—

Sitôt leur dîner avalé, Léon et ses fils retournèrent au travail pendant que Jean Ouimet, le mari de Germaine, montait à bord de sa grosse Dodge noire 1939 qu'il avait pris la peine de laver soigneusement durant l'avant-midi. Comme à chacune de ses visites, le grand et gros homme à l'air avantageux avait l'intention d'aller plastronner au restaurant du village.

Après avoir aidé à laver la vaisselle et ranger la cuisine, Jeanne s'empressa d'aller mettre sa plus belle robe et se coiffer. Le vent avait finalement chassé les nuages, mais le soleil timide de ce début d'octobre ne parvenait pas à réchauffer l'atmosphère. Pourtant, incapable de rester en place dans la maison, Jeanne finit par se couvrir d'une épaisse veste de laine quelques minutes plus tard et elle alla s'asseoir dans la balançoire après en avoir chassé les feuilles mortes qui s'y étaient déposées.

Pendant ce temps, rongées par la curiosité, ses sœurs scrutaient le chemin, à tour de rôle, par l'une des fenêtres de la cuisine. Chacune cherchait à être la première à annoncer l'arrivée de l'ami de cœur de Jeanne.

Finalement, vers deux heures, Laure vit un nuage de poussière sur la route.

— Je pense qu'il y a une auto qui s'en vient, dit-elle aux autres. C'est certainement pas Jean qui revient déjà du village.

Curieuses, les jumelles et Cécile se précipitèrent vers les fenêtres.

— Ôtez-vous donc de là, leur ordonna sèchement leur mère. De quoi vous avez l'air à sentir comme ça dans les fenêtres ? On dirait que vous avez jamais rien vu.

Une vieille Ford bleue couverte de poussière s'arrêta dans un grincement de freins devant la maison des Sauvé. Maurice Dionne, vêtu d'un léger paletot gris et coiffé d'un Stetson de la même couleur, descendit de l'auto en tenant deux petits paquets à la main. À la vue de Jeanne qui s'avançait vers lui, il eut un large sourire. Il s'empressa de remercier le chauffeur à qui il tendit de l'argent. Ce dernier le salua de la main et reprit la route.

Lorsque Jeanne arriva près de lui, Maurice enleva son chapeau et lui tendit cérémonieusement la main.

— Bonjour, Jeanne. Je pensais jamais arriver.

— Je te l'avais dit que Saint-Joachim était loin, répliqua la jeune fille en souriant.

— C'est pas que c'est loin, mais j'avais surtout hâte d'arriver pour te voir. T'as plus de couleurs que la dernière fois que je t'ai vue.

Il était vrai que la mince jeune fille semblait pleine de vie. Sa robe bleu marine ornée d'un petit collet de dentelle mettait en valeur son teint encore légèrement bronzé et sa chevelure ondulée.

— Merci. Viens, je vais te présenter à ma mère et à mes sœurs, proposa Jeanne. Elles sont en train de manger les fenêtres, ajouta-t-elle d'un air espiègle.

Intimidé, Maurice Dionne la suivit dans la maison où Marie, qui venait d'enlever son tablier, lui souhaita la bienvenue. Ensuite, Jeanne lui présenta chacune de ses sœurs et elle conclut en disant :

— Il ne manque que mon père et mes frères qui sont en train d'étendre du fumier dans le champ. Ils vont revenir à l'heure du train. Ah oui, il y a aussi mon beau-frère Jean qui est parti au village et mon frère Bernard et sa femme Micheline qui restent à Drummondville.

Marie suggéra à sa fille d'aller s'installer avec son ami au salon, loin de l'agitation qui régnait dans la grande cuisine. Avant de quitter la pièce, Maurice Dionne tendit à la mère de Jeanne l'un des paquets qu'il portait depuis son arrivée.

— Ce n'est pas grand-chose, madame Sauvé, mais c'est de bon cœur, lui dit-il d'une voix un peu changée par la nervosité.

Elle développa la petite boîte de chocolats et s'empressa de repousser les mains quémandeuses des jumelles.

— Touchez pas à ça, leur dit-elle en riant. Je vous en passerai peut-être après le souper. Merci, Maurice, pour le chocolat, mais c'était vraiment pas nécessaire.

Au moment où Jeanne et son ami allaient franchir les portes du salon, Laure ne put s'empêcher de dire à sa sœur cadette :

— Profitez-en pour vous dire tous vos petits secrets avant le souper, parce qu'après souper, Florent vient veiller et on va s'installer au salon avec vous autres.

Jeanne ne se donna pas la peine de répondre à sa sœur et elle entraîna Maurice dans la pièce voisine qu'elle avait époussetée avec un soin particulier le matin même. Elle aurait bien voulu fermer les portes à la française qui la séparaient de la cuisine, mais sa mère l'avait avertie qu'elles devaient demeurer ouvertes de manière à ce qu'elle puisse surveiller tout ce qui se passait au salon.

— Qu'est-ce que vous voulez qu'il se passe, m'man ? avait-elle fait remarquer avec agacement.

— Laisse faire, toi. Notre maison est une maison correcte et tu feras ce que je te dis de faire.

Le reste de l'après-midi se passa dans un calme relatif. Maurice et Jeanne, assis sur le grand divan du salon, à une distance décente l'un de l'autre, se racontèrent à voix basse ce qui leur était arrivé depuis la dernière fois qu'ils s'étaient vus à l'hôpital Notre-Dame. Il y eut des allées et venues presque constantes dans la pièce. Si Jeanne put chasser avec une certaine impatience les jumelles qui avaient pris place sur le banc du piano, elle ne put en faire autant de Laure, de Cécile et de Germaine, venues tour à tour faire un brin de causette durant l'après-midi.

Un peu avant l'heure du train, Jeanne vit apparaître la tête frisottée de Gustave dans le salon. L'adolescent salua poliment Maurice et il se retira presque immédiatement pour aller retrouver Claude et Luc qui s'en allaient rejoindre leur père à l'étable.

— Mau... Maudit, le chum de Jeanne m'a l'air pas mal fe... fe... feluette. Il est mai... maigre comme un clou. Pour moi, ça fait pas mal long... longtemps qu'il a man... mangé à sa faim, bégaya-t-il.

Ses deux frères éclatèrent de rire.

Cependant, contrairement à ce qu'on aurait pu s'attendre, le souper et la soirée se déroulèrent sans anicroche. Il y eut bien quelques taquineries dont Jeanne fit les frais, mais Marie veilla à ce que chacun se tint correctement devant Maurice. Ce dernier eut même de la chance. Bernard Sauvé, l'aîné des garçons, rendit une courte visite à ses parents en compagnie de sa femme après le repas. Vers huit heures, il offrit à Maurice de le laisser en passant à la gare de la rue Lindsay, à Drummondville, puisqu'il demeurait à quelques rues de là. Le jeune homme, heureux d'épargner le coût d'un taxi, accepta la proposition avec reconnaissance.

Au moment de partir, Maurice promit à Jeanne de continuer à lui écrire. Avant de quitter les Sauvé, le jeune homme les remercia de leur accueil chaleureux.

Ce soir-là, au moment de se mettre au lit, Léon ne put s'empêcher de demander à sa femme :

— Qu'est-ce que tu penses du cavalier de Jeanne ?

— Il a l'air d'un bon petit gars, mais je me méfie. Il est poli et ben habillé, mais c'est la première fois qu'on le voit. L'habit fait pas le moine. On connaît rien de sa famille. On verra s'il revient.

———

Il faut croire que Maurice Dionne tenait beaucoup à sa Jeanne puisqu'il continua à correspondre fidèlement chaque semaine avec elle et, au mois de décembre, il demanda la permission de revenir la visiter au jour de l'An parce qu'il aurait quatre jours de congé.

Consultée, Marie proposa à Jeanne de demander aux Turcotte, de vieux voisins sans enfant, s'ils n'hébergeraient pas son ami durant deux jours, à un prix raisonnable. Ces derniers acceptèrent sans hésiter et Maurice sauta sur l'occasion de pouvoir revoir la jeune fille. Il avait raté Noël et les fiançailles officielles de Laure, la sœur de Jeanne, avec Florent Jutras, mais il n'aurait pas voulu, pour tout l'or du monde, commencer l'année 1942 loin de Jeanne.

Pour cette seconde visite, il avait encore apporté un cadeau à Jeanne et à sa mère. Il n'était pas assis au salon depuis cinq minutes qu'il lui apprit avec une fierté évidente :

— J'ai une bonne nouvelle.

— Laquelle ?

— J'ai lâché la job de mouleur et je travaille depuis deux semaines au Canadien Pacifique.

— Qu'est-ce que tu fais ?

— Je vide les wagons de marchandises. C'est dur, mais c'est pas mal mieux que la job de mouleur.

— T'aimes mieux ça ?

— Non, mais c'est pas mal mieux payé. Je gagne deux fois plus qu'avant. C'est une job d'avenir. À cette heure, je peux commencer à faire des projets, ajouta Maurice, sans donner plus d'explications.

Intuitivement, Jeanne comprit qu'elle faisait partie de ces projets et elle s'en réjouit sans le pousser à préciser sa pensée.

Lors de cette visite de deux jours, Maurice Dionne découvrit pour la première fois l'esprit de famille et l'hospitalité qui régnaient chez les Sauvé.

— Tu coucheras chez les Turcotte, mais tu viendras prendre tous tes repas avec nous autres, lui déclara Léon à son arrivée.

— C'est une bonne précaution, ça, fit Claude en adressant un clin d'œil à sa sœur Cécile. On le sait pas, mais ça se peut que les Turcotte haïssent le monde de la ville et cherchent à t'empoisonner.

— Sans parler que si t'a... t'arrives assez de bonne heure pour dé... déjeuner le matin, ajouta Gustave, tu vas a... avoir la chance de voir notre Jeanne au na... naturel. Ça, Mon... Monsieur, ça... ça frappe.

Jeanne, l'œil mauvais, esquissa le geste de frapper son cadet, ce qui déclencha un rire général.

Maurice se sentit vraiment accepté par les Sauvé dès qu'on commença à le taquiner, comme tous les autres membres de la famille. Il apprécia au plus haut point la chaude ambiance qui régnait dans la maison et les traditions comme la bénédiction paternelle du jour de l'An et même la prière en famille...

À dire vrai, il ne découvrit cette dernière que parce qu'il ne se méfia pas de Luc, un adolescent de quatorze ans habituellement assez tranquille. La veille du jour de l'An, la soirée était passablement calme chez les Sauvé. Germaine n'arriverait de Québec que le lendemain matin. Laure avait été invitée chez les parents de Florent Jutras, à Saint-Cyrille, tandis que Cécile et Gustave étaient allés veiller chez des amis au village. Vers neuf heures, Léon, assis dans sa chaise berçante près du poêle à bois, bâillait sans retenue en jetant de temps à autre un coup d'œil au couple qui veillait au salon. Assise tranquillement au bout de la table de la cuisine, Marie lisait le dernier numéro des *Annales de sainte-Anne*. Près d'elle, les jumelles s'amusaient avec un vieux jeu de cartes.

Au moment où Claude revenait de la remise où il était allé chercher un outil, Luc demanda à mi-voix à sa mère :

— Vous trouvez pas, m'man, que ce serait une bonne idée de finir l'année en faisant notre prière tout de suite ? Comme ça, ceux qui s'endorment déjà pourraient aller se coucher après.

— Qu'est-ce que t'en penses, Léon ? lui demanda sa femme en retirant déjà ses lunettes qui ne lui servaient qu'à lire.

Son mari réprima difficilement une grimace avant de répondre :

— Pourquoi pas. Mais pour les jeunes ? demanda-t-il en désignant du menton Jeanne et Maurice, assis sagement au salon.

— Ils vont venir, eux autres aussi. Prier, ça fait jamais de mal, déclara la forte femme en quittant sa chaise pour aller inviter les deux jeunes gens à se joindre à la prière commune.

— Est-ce que c'est vraiment nécessaire, m'man ? fit Jeanne, horrifiée à l'idée d'imposer une telle épreuve à Maurice.

Marie ne se donna même pas la peine de répondre à sa fille qui dut venir s'agenouiller au centre de la cuisine en compagnie de son ami. Les jumelles et Luc les imitèrent immédiatement. Seul le père osa s'appuyer au dossier de sa chaise berçante quand sa femme commença la longue récitation du chapelet.

Jamais les cinq dizaines d'*Ave* n'avaient semblé durer aussi longtemps à Maurice. Agenouillé au centre de la cuisine aux côtés de Jeanne, le jeune homme ne savait plus si ses genoux le faisaient plus souffrir que ses reins après quelques minutes dans cette position inconfortable. Il maudissait intérieurement la mère de son amie de lui imposer une prière aussi longue. Il n'y avait pas de prière en commun chez les Dionne.

Du coin de l'œil, il s'aperçut que le père de Jeanne avait progressivement fait pivoter sa chaise de manière à pouvoir s'appuyer à l'aise sur le siège.

— Redressez-vous un peu, ordonna sèchement Marie Sauvé, visant particulièrement son mari avachi.

Ce dernier ne broncha pas d'un pouce et sa femme dut continuer la récitation. À aucun moment, Maurice ne remarqua les regards narquois que Luc et Claude lui lancèrent durant la récitation du chapelet. Cependant, le pire n'était pas encore passé. L'épreuve devint particulièrement douloureuse lorsque la mère de Jeanne enchaîna avec une suite interminable de prières. Les invocations à divers saints et saintes furent suivies par la récitation des actes de foi, d'espérance et de charité.

Quand le signe de la croix signifia la fin de cette interminable prière du soir, Maurice se demanda s'il allait être capable de se relever pour retourner au salon.

— J'espère que t'as aimé ça, dit Luc à Maurice quelques minutes plus tard, en s'arrêtant au salon un instant avant de monter se coucher.

— …

— C'est moi qui ai demandé à ma mère de faire la prière. Grâce à moi, elle va t'aimer pas mal plus parce qu'elle pense à cette heure que t'es un vrai bon catholique.

Lorsque Maurice Dionne quitta Saint-Joachim le lendemain du jour de l'An, il était maintenant officiellement reconnu comme l'amoureux de Jeanne Sauvé. Si la distance entre Montréal et le petit village l'empêchait de venir faire sa cour plus souvent, cela n'enlevait rien au sérieux du lien qui se tissait lentement entre les deux jeunes gens. Dès son retour à la maison, leur relation épistolaire reprit de plus belle, mais le ton changea progressivement. Maintenant, Jeanne et Maurice parlaient ouvertement de leurs projets d'avenir, d'un avenir commun.

—

Maurice ne put revenir à Saint-Joachim qu'à la fin de la première semaine d'avril, pour Pâques. En ce samedi saint, la neige avait disparu des champs depuis à peine quelques jours. Une petite brise printanière charriait les effluves d'une nature en plein renouveau lorsqu'il arriva chez les Turcotte, voisins des Sauvé.

Depuis plus d'une heure, debout devant l'une des fenêtres de la cuisine, Jeanne surveillait son arrivée. Quand elle le vit descendre de son taxi dans la cour des voisins, elle s'empressa d'endosser son manteau de printemps.

— Laisse-lui au moins le temps de dire bonjour aux Turcotte et de déposer sa valise dans sa chambre, la réprimanda sa mère en la voyant si excitée.

— Mais m'man, protesta Jeanne, ça fait des mois qu'on s'est pas vus.

LA POUSSIÈRE DU TEMPS

— C'est pas une raison pour se jeter à la tête d'un garçon, ma fille.

— Je peux tout de même aller au-devant de lui.

— Essaye au moins de pas courir sur la route, la
prévint sa mère avec un soupir d'exaspération.

Tiré de sa sieste par les éclats de voix entre la mère et
la fille, Léon n'émit aucun commentaire. Il se contenta de
regarder sa fille dévaler les marches du balcon et se diriger
vers le chemin.

Rayonnante de joie, Jeanne se précipita à la rencontre
de son amoureux dès qu'elle le vit quitter la maison voisine. Elle attendait ce moment depuis plus de trois mois.
Les deux jeunes gens se rejoignirent à mi-chemin et, main
dans la main, ils se dirigèrent vers la demeure des Sauvé.

Après avoir salué les parents de son amie, Maurice la
suivit au salon. Les jeunes gens s'y entretinrent longuement
à voix basse jusqu'à ce que soudainement, Jeanne aille
chercher son père et sa mère demeurés dans la cuisine.

— Maurice aimerait vous parler, leur dit-elle, contenant difficilement son excitation.

Les parents se jetèrent un coup d'œil entendu avant de
se rendre dans la pièce voisine. Durant les dernières
semaines, Jeanne avait laissé sous-entendre en quelques
occasions que son Maurice pourrait bien la demander en
mariage lors de sa prochaine visite.

Quand Maurice, le visage rouge, demanda la main de
Jeanne à Léon Sauvé, ce dernier ne put s'empêcher de
s'exclamer :

— Torrieu ! Si ça continue comme ça, la maison va se
vider le temps de le dire ! Il y a deux ans, c'était Germaine.
Cette année, il y a déjà eu Laure, et maintenant, c'est
Jeanne.

Mal à l'aise, Maurice attendait la décision du père.
Marie Sauvé dut donner un léger coup de coude à son

68

mari pour l'inciter à revenir à la demande formulée par le jeune homme.

— J'ai rien contre toi, Maurice, finit-il par dire en passant une main noueuse dans sa chevelure clairsemée, mais je vous trouve pas mal jeunes tous les deux.

— Voyons, p'pa, protesta Jeanne. Maurice a vingt et un ans et je vais en avoir dix-neuf dans trois mois.

— Ouais, on sait ben, fit Léon, l'air songeur.

Il laissa planer un bref silence sur la pièce avant de s'adresser à celui qui aspirait à devenir son gendre.

— Tu penses avoir les moyens de faire vivre une femme ? lui demanda le petit homme.

— Je fais un bon salaire, monsieur Sauvé, répondit Maurice d'un air avantageux. L'argent sera pas un problème.

— Bon. Dans ce cas-là, je te la donne, ma fille. On pourrait même annoncer vos fiançailles à toute la famille demain midi si ça fait votre affaire.

— Merci, p'pa, fit Jeanne en l'embrassant sur une joue.

— Quand voulez-vous vous marier ? intervint Marie qui n'avait pas prononcé un mot depuis le début de l'entretien.

Maurice regarda sa promise avant d'avouer :

— Savez-vous, madame Sauvé, je pense qu'on pourra pas le faire avant l'automne prochain. Je suis nouveau au Canadien Pacifique et je pourrai pas demander un congé avant octobre ou novembre.

— On pourrait peut-être se marier en même temps que Laure, proposa Jeanne, comme si l'idée venait juste de lui venir. Elle veut se marier le 14 novembre. Dans ce temps-là, vous avez moins d'ouvrage à faire et en plus, ça ferait juste une réception à organiser au lieu de deux.

— Qu'est-ce que t'en penses, Maurice ? lui demanda sa future belle-mère.

— Il y a pas de problème pour moi, madame Sauvé. Si ça vous convient, ce sera parfait.

— J'en parlerai à Laure quand elle reviendra du village, dit la mère.

— Pour la bague de fiançailles, ça pourra aller à plus tard, suggéra Léon.

— Mais je l'ai, affirma fièrement Maurice en tirant un petit écrin en velours rouge de l'une des poches de son veston.

— Dis donc, Maurice Dionne, on dirait que t'étais pas mal sûr que je te donnerais ma fille, fit le petit homme en feignant la colère.

— Disons que j'ai pris une chance, monsieur Sauvé. Je me suis dit que vous seriez peut-être content de caser une autre de vos filles…

— Maurice Dionne, mon effronté! s'exclama Jeanne.

— C'était une farce.

Sur ce, le jeune homme ouvrit l'écrin et le tendit à Jeanne qui y découvrit une petite bague toute simple en or jaune.

— Essaye-la, proposa Maurice, fier de son achat.

Elle passa le bijou dans l'annulaire de sa main gauche. Il était un peu grand, mais elle se garda d'en faire la remarque. Elle s'empressa ensuite de le retirer.

— Je vais attendre demain midi pour la porter. Il paraît que c'est malchanceux de porter sa bague de fiançailles avant le temps.

Quand la mère apprit à Laure les fiançailles de sa sœur Jeanne, la jeune institutrice à l'épaisse chevelure blonde ne parut pas autrement surprise. Cependant, à l'annonce que le mariage de sa cadette pourrait être célébré le même jour que le sien, elle ne put s'empêcher de grimacer.

— Pourquoi le même jour? protesta-t-elle à mi-voix de manière à ne pas être entendue des futurs fiancés assis au salon.

— Pour qu'on soit pas obligés d'organiser une deuxième noce la même année, répondit sa mère qui avait bien remarqué la déception de sa fille. Il faut être raisonnable, Laure. L'argent est rare. Que ta sœur se marie le même jour que toi t'enlève rien. Tu vas avoir autant de cadeaux. Ça va juste faire une plus grosse noce.

— Oui, mais c'était mon jour ! Florent et moi, on l'a choisi à Noël passé. Le 14 novembre, ajouta la jeune fille avec des larmes de rage, c'était pour NOTRE MARIAGE.

Marie ne dit rien, laissant passer l'accès de mauvaise humeur de sa fille.

— Bon, c'est correct, consentit sèchement la jeune femme, avant de tourner le dos à sa mère et de monter à sa chambre, à l'étage.

Son dépit était si vif qu'elle ne songea pas un instant à aller féliciter les futurs fiancés.

Maurice Dionne reprit le train le lundi après-midi, dûment fiancé à Jeanne Sauvé. Il lui restait une épreuve à subir : annoncer la nouvelle aux siens. Il était bien décidé à tout leur révéler dès son arrivée. Il avait jusqu'alors gardé ses projets de mariage secrets. Aucun Dionne ne savait qu'il avait dépensé toutes ses économies pour acheter une bague de fiançailles.

L'avant-veille, il avait affirmé au père de Jeanne que l'argent n'était pas un problème. Rien n'était plus faux. En fait, c'était un problème majeur. Maurice gagnait à peine un peu plus de vingt-cinq dollars par semaine. Une fois sa pension hebdomadaire versée à sa mère, il lui restait bien peu pour payer ses vêtements, son tabac et ses billets de tramway. Pour arriver à effectuer ses rares visites à Saint- Joachim, il avait dû économiser durant de longues semaines. Bien sûr, le jeune homme parvenait à jeter de la poudre aux yeux avec ses beaux vêtements, mais il ne s'agissait là que d'une façade trompeuse.

Ce soir-là, Angèle Dionne était d'une humeur massacrante et elle s'arrangea pour que son fils cadet, à peine rentré de Saint-Joachim, s'en rende compte. À son arrivée, peu avant l'heure du souper, elle ne lui adressa que quelques mots. Le jeune homme eut à peine le temps de vider sa petite valise que déjà sa mère, le visage fermé, lui criait de venir manger. Aussitôt qu'il fut assis à un bout de la table, elle laissa presque tomber devant lui une assiette de hachis Parmentier.

— Qu'est-ce qu'il y a encore, sacrement? s'exclama-t-il en repoussant l'assiette devant lui. Est-ce que ça va être une crise comme ça chaque fois que je reviens de Saint-Joachim?

— Il y a rien, dit sèchement sa mère.

— Pourquoi vous faites la baboune d'abord s'il y a rien?

Suzanne, assise près de la radio dans le salon qui s'ouvrait sur la cuisine, se pencha vers l'appareil pour en augmenter le volume. La voix de Roger Beaulu envahit la pièce.

— Si tu tiens à le savoir, éclata la mère, je trouve ça écœurant que t'ailles dépenser ta paye dans des voyages inutiles quand on a de la misère à arriver.

— Aïe, la mère! s'emporta Maurice. Mon argent, je le gagne et j'en fais ce que je veux. Je vous paye une pension. Je vous en donne assez pour vous débrouiller. Si ça fait pas votre affaire, je peux aller me louer une chambre ailleurs, et ça va me coûter pas mal meilleur marché.

À cette évocation, Angèle Dionne fit prudemment marche arrière. Elle ne pouvait vraiment pas se passer des huit dollars hebdomadaires de son fils. Dans sa colère, elle avait oublié un instant qu'avec lui, il fallait toujours y aller sur la pointe des pieds. Il explosait à la moindre contrariété. Il était pire que son père ne l'avait jamais été.

— Whow! Monte pas sur tes grands chevaux, le nerveux! Je t'ai rien demandé!

— Non, mais moi, j'ai quelque chose à vous dire, reprit Maurice en colère. J'achève de voyager entre Montréal et Saint-Joachim. Je me suis fiancé avec Jeanne hier soir. On va se marier au mois de novembre.

— Sans m'en parler? fit sa mère, estomaquée par la nouvelle.

— Ben oui, m'man, sans vous en parler, répliqua sèchement Maurice en se levant de table. J'ai pas besoin de votre permission pour me marier. J'ai vingt et un ans. J'ai décidé de me marier, un point c'est toute.

— Où est-ce que tu vas prendre l'argent pour la faire vivre?

— Je gagne assez pour ça.

— Tu gagnes combien par semaine?

— Ça, c'est pas de vos affaires.

Depuis son engagement au Canadien Pacifique, Maurice refusait de révéler à sa mère son salaire hebdomadaire. Si elle en avait connu le montant, elle se serait empressée d'exiger une plus forte pension.

— Et t'as l'intention de rester où une fois marié?

— J'y ai pas encore pensé, déclara-t-il sur un ton sans réplique.

Sur ces mots, Maurice quitta la cuisine, mit son manteau et sortit de l'appartement sans souper. Sa mère, bouleversée, se laissa tomber dans sa chaise berçante.

— T'as entendu ça, Suzanne? dit-elle assez fort à sa fille pour enterrer la « turlute » de la Bolduc que la radio diffusait.

— Oui, m'man, fit la jeune fille sur un ton exaspéré.

73

— Il faut être un maudit ingrat comme ton frère pour m'avoir fait ça. C'est ben le fils de son père ! Un têtu ! Un sournois !

Fait certain, le Maurice Dionne qui venait de quitter l'appartement du premier étage de la maison familiale de la rue De La Roche n'avait rien de commun avec le jeune homme affable et poli que connaissaient Jeanne et la famille Sauvé. Si Marie Sauvé l'avait entendu s'adresser ainsi à sa mère, elle aurait fait des pieds et des mains pour empêcher le mariage de sa fille.

Chapitre 5

Le mariage

Une semaine plus tard, une première surprise attendait Jeanne Sauvé.

En cette seconde moitié d'avril, le temps des sucres était terminé. Le printemps s'était définitivement installé. Les érables se couvraient déjà de petites feuilles vert tendre et le temps était assez chaud pour que les cultivateurs aient chassé leurs vaches des étables où elles étaient prisonnières depuis le début de novembre. Les hirondelles pépiaient dans les arbres, occupées à construire leur nid.

Le lundi matin, un peu avant le dîner, la jeune fille s'empressa d'aller chercher la lettre que le facteur venait de laisser dans la vieille boîte aux lettres plantée sur le bord du chemin. Peu désireuse de la décacheter devant sa mère, elle s'arrêta près du balcon pour la lire. Elle eut d'abord un choc. La lettre lui était bien adressée, mais elle ne reconnaissait pas du tout l'écriture de Maurice. Son nom et son adresse étaient rédigés en une écriture assez malhabile qui n'avait rien à voir avec les lettres régulières, rondes et bien formées de son fiancé.

Intriguée, elle se hâta d'ouvrir l'enveloppe et d'en tirer la courte lettre qu'elle contenait. La signature était bien celle de Maurice. La lecture de la missive lui fit tout comprendre. Maurice lui avouait dès les premières lignes qu'il avait toujours fait rédiger ses lettres par son frère Adrien parce qu'il écrivait mieux que lui. Maintenant qu'ils étaient fiancés, il ne voulait plus que son frère aîné mette son nez dans ses affaires et il avait décidé dorénavant d'écrire ses lettres lui-même, même si elles étaient moins bien rédigées.

Sur le coup, la jeune fille fut très fâchée que son Maurice ait eu recours à ce moyen peu élégant pour correspondre avec elle. Si elle s'était écoutée, elle lui aurait immédiatement écrit pour lui faire savoir son mécontentement. Puis après réflexion, elle comprit. Son fiancé n'avait même pas complété la 5e année de son cours primaire et il se sentait diminué quand il devait prendre une plume pour lui écrire. Au fond, il lui en avait sûrement coûté beaucoup de demander à Adrien d'écrire à sa place. Quelques jours plus tard, Jeanne lui mentit en lui écrivant qu'elle préférait son écriture à celle de son frère et qu'elle n'avait aucune peine à le lire. Elle l'aimait tel qu'il était et serait bientôt sa femme.

⎯

Les semaines puis les mois se succédèrent, ponctués par les échanges hebdomadaires de lettres entre les deux amoureux. Les fiancés étaient peinés de ne pas se voir plus souvent. Jeanne occupait tous ses moments libres à se constituer un trousseau. Pour sa part, Maurice aurait bien désiré venir voir sa belle, mais il travaillait six jours par semaine et ses horaires de travail variaient énormément. L'un et l'autre n'étaient intéressés que par leur prochain mariage. L'agitation politique suscitée par la possibilité de la conscription ne les touchait pas. Cependant, il en allait tout autrement pour le père de Jeanne. Si Léon Sauvé demeura absolument indifférent au lancement du Bloc populaire par André Laurendeau et Maxime Raymond, il se réjouit fort de ce que la conscription ait été repoussée par soixante-douze pour cent des habitants du Québec.

— Une chance que Duplessis est plus premier ministre, dit-il à sa femme au lendemain de ce référendum. Godbout va finir par s'entendre avec King et le gouvernement obligera pas les Canadiens français à aller se battre dans les vieux pays. Ernest Lapointe l'a promis.

— Depuis quand tu crois à leurs promesses ? lui demanda Marie d'un air narquois.

— Les libéraux sont pas des menteurs, tu sauras.

— C'est nouveau, ça, se moqua Marie.

— Occupe-toi pas de politique, laissa tomber son mari. C'est trop compliqué pour vous autres, les femmes.

— Évidemment. Vous autres, les hommes, vous êtes plus intelligents que nous autres, répliqua-t-elle, acerbe. Je te ferai remarquer que c'est ton Godbout, par exemple, qui nous a donné le droit de vote il y a deux ans.

— Ça a pas été ce qu'il a fait de plus brillant.

— Ça, c'est toi qui le dis, Léon. C'est peut-être parce que la politique est une affaire d'hommes que tout va de travers.

━

Le printemps céda le pas à l'été. Juin et juillet passèrent sans que Maurice ait pu se libérer une seule fin de semaine pour se rendre à Saint-Joachim. Ce fut du moins l'excuse qu'il servit à Jeanne.

— Pour moi, c'est... c'est un fiancé fan... fantôme, finit par dire Gustave à ses frères, en présence de Jeanne.

— Il est peut-être moins bête qu'il en a l'air, le Maurice, ajouta Claude. Je te gage qu'il a changé d'idée.

— Peut-être que notre sœur a fini par lui faire peur, suggéra Luc en feignant de se cacher derrière le dos de ses frères pour échapper au regard furieux de Jeanne.

— Dis-moi pas qu'on va être obligés d'aller le chercher par les oreilles pour le traîner au pied de l'autel ! s'exclama Bernard en visite chez ses parents avec sa femme Micheline.

— Vous êtes tous ben drôles, dit Jeanne, la larme à l'œil.

— Bon, vous allez la lâcher, commanda leur mère. Et toi, change d'air. C'est pas parce qu'il est pas venu depuis deux mois qu'il t'a oubliée, dit-elle à Jeanne. Quand ton père partait au chantier pour cinq mois, je pensais pas tout de suite qu'il m'avait oubliée, moi. Au lieu de te tourner les sangs avec ça, profite donc de tes derniers mois de liberté. Une fois mariée, tu vas t'apercevoir que c'est pas mal moins drôle.

Finalement, Maurice fit une brève apparition chez les Sauvé, le premier dimanche du mois d'août en s'excusant de ne pouvoir venir plus souvent.

— J'ai une job de fou, mais il paraît que ça va se replacer en septembre, affirma-t-il à ses futurs beaux-parents. En tout cas, je pouvais pas passer par-dessus la fête de Jeanne, même si je suis une couple de jours en retard.

Lorsque le jeune homme repartit, tôt après le souper, Jeanne se mit à envier sa sœur Laure. Elle, au moins, pouvait voir son Florent deux ou trois fois par semaine et surtout, elle allait emménager dans sa propre maison le jour même de son mariage. La jeune fille était amèrement déçue. Son fiancé lui avait appris à son arrivée qu'ils ne pourraient pas s'installer tout de suite dans leur appartement parce que les logis libres étaient pratiquement introuvables à Montréal. Il lui avait expliqué qu'il ne se construisait presque plus aucune habitation sur l'île depuis deux ans parce que les matériaux de construction étaient rationnés et consacrés à l'effort de guerre. Maurice avait fini par trouver quelques appartements à louer, mais les propriétaires exigeaient un loyer exorbitant. Pire encore, les futurs mariés étaient victimes d'une mode qui avait tendance à s'étendre à Montréal : le nouveau locataire devait acheter la plupart des meubles de son prédécesseur s'il voulait louer l'appartement. Par conséquent, Maurice avait été obligé d'accepter la proposition de sa mère, soit s'installer dans l'une des deux chambres de l'appartement de la rue De La Roche.

— Mais inquiète-toi pas, lui avait dit son fiancé, c'est la plus belle chambre de l'appartement, celle qui donne sur le balcon en avant. En plus, on restera pas là longtemps. Aussitôt qu'on va trouver un appartement dont le loyer sera pas trop cher, on va déménager.

— Qui couche dans cette chambre-là d'habitude ?

— Ma mère. Elle va déménager ses affaires dans mon ancienne chambre, pas mal plus petite. Ma sœur va dormir sur le divan, dans le salon.

— Pourquoi tu gardes pas ton ancienne chambre ?

— Elle est trop petite pour mettre le set de chambre que ton père va nous donner comme cadeau de mariage. En plus, la mère me charge le double de ma pension pour nous garder tous les deux. Pour seize piastres par semaine, c'est normal qu'on en ait pour notre argent.

— Ça me gêne de…

— Laisse faire, avait tranché Maurice, agacé. C'est arrangé. Je vais repeinturer la chambre et on va être là comme chez nous.

Ce soir-là, la jeune fille mit beaucoup de temps à trouver le sommeil. Elle ne cessait de revoir en pensée le visage sévère aux lèvres pincées de la mère de son fiancé. Elle s'interrogea sérieusement sur le genre de vie qu'elle allait connaître aux côtés d'Angèle Dionne et de sa fille, Suzanne. Elle n'avait jamais parlé à la quinquagénaire. Elle ne l'avait vue que quelques minutes lors de sa visite à sa sœur, à l'hôpital Notre-Dame, l'année précédente. Elle n'avait même pas jugé bon de lui envoyer un mot à l'occasion de ses fiançailles. Elle avait la nette impression que sa future belle-mère ne l'aimait pas du tout, même si cette dernière ne la connaissait pas.

Le lendemain, lorsque Jeanne avait fait part de son inquiétude et de sa déception à sa mère, cette dernière l'avait un peu rabrouée.

— Voyons donc, Jeanne, fais une femme de toi. C'est pas la fin du monde d'aller rester chez ta belle-mère. Elle te mangera pas. Elle peut pas t'haïr : elle te connaît même pas.

— Oui, mais Laure, elle…

— Laisse faire Laure. Elle marie un habitant qui a la chance de se faire aider par son père pour acheter une terre. Toi, tu vas rester en ville. Tu vas avoir une autre vie qu'elle.

———

Finalement, l'automne finit par arriver. Ce qui avait paru tellement lointain aux fiancés le printemps précédent se précisait de plus en plus. Le mariage approchait, apportant une foule de petits problèmes pratiques à résoudre.

Si Cécile et les plus jeunes étaient retournés à l'école, Laure était demeurée à la maison avec Jeanne et sa mère. La commission scolaire de Saint-Cyrille avait refusé de la réengager en apprenant son prochain mariage. Elle s'en tenait à la politique provinciale selon laquelle on refusait d'employer des institutrices mariées de crainte qu'elles ne deviennent enceintes durant l'année scolaire et quittent leur poste.

À la fin octobre, la plupart des travaux des champs étaient terminés et les hommes discutaient encore beaucoup du débarquement sur les plages de Dieppe. Pour leur part, Marie et ses filles se mirent à planifier le repas de noces après avoir travaillé pendant plusieurs semaines sur les toilettes que les membres de la famille allaient porter le jour du double mariage.

Le grand moment approchait. La publication des bans par le curé Biron du haut de la chaire de la petite église de Saint-Joachim, deux dimanches consécutifs, fit des deux filles de Léon Sauvé le centre de l'attention de la petite communauté. Ce n'était pas tous les jours que deux sœurs allaient convoler en justes noces le même matin.

Puis les cadeaux commencèrent à arriver et à s'entasser dans le salon des Sauvé. Pour leur part, les parents des futurs mariées avaient été les premiers à déposer dans la pièce les cadeaux destinés à leurs filles. Après avoir consulté ces dernières, ils avaient offert à Jeanne un mobilier de chambre à coucher et à Laure un service de vaisselle.

Deux semaines avant la noce, Marie Sauvé sonna le branle-bas de combat dès le lundi matin, après le train. Il fallait faire un grand ménage de la maison. Pour l'occasion, les hommes furent mis à contribution. Durant quelques jours, la maison bourdonna d'une intense activité. Les plafonds, les murs et les parquets furent lavés à grande eau et on nettoya les fenêtres. Toute la vaisselle contenue dans les armoires fut lavée et les meubles furent soigneusement astiqués. Pas une pièce n'échappa à l'examen sévère de la maîtresse de maison.

— On va recevoir plein de monde, répéta-t-elle aux siens. Il est pas question qu'on passe pour des cochons.

Enfin, durant les jours précédant la cérémonie, le centre des activités se déplaça vers la cuisine. La maison fut alors envahie d'odeurs appétissantes. Les poêles à bois des deux cuisines étaient utilisés. Laure faisait cuire des viandes sur l'un pendant que sa mère et Jeanne confectionnaient du pain, des brioches, des gâteaux et des tartes. On prépara même du sucre à la crème et de la guimauve. Comme on avait décidé de dresser deux longues tables, l'une dans la cuisine d'été et l'autre dans la cuisine d'hiver, Léon et ses garçons firent en sorte d'avoir assez de sièges pour tous les invités. La veille du mariage, Maurice arriva tôt chez les Turcotte et il vint immédiatement proposer ses services à sa belle-famille.

— Il y a plus rien à faire, lui déclara Léon en lui offrant une chaise. Tout est prêt. Es-tu monté tout seul de la ville ?

— Oui. Je voulais me rendre utile avant les noces. Ma mère et ma sœur vont descendre à Saint-Joachim demain matin avec mon frère Adrien et sa femme. Adrien va louer un char. J'ai déjà réservé un taxi pour la journée de demain. Demain matin, le chauffeur va venir me chercher chez les Turcotte et il va nous attendre à la porte de l'église après le mariage.

Jeanne se serra contre son fiancé qu'elle revoyait après plus de trois mois d'absence.

— Qu'est-ce que vous avez prévu pour demain soir ? demanda Marie Sauvé en déposant une tasse de thé chaud devant le visiteur.

— Voyons, Marie, tu parles d'une question à poser ! s'exclama Léon, faussement scandalisé.

— Léon Sauvé, tu devrais avoir honte ! répliqua sa femme d'un air dégoûté. Tu sauras que c'est pas à ça que je pensais. Je voulais juste savoir où ils avaient prévu coucher demain soir.

Le quinquagénaire ricana en voyant le regard furibond que lui jeta sa femme.

— On a prévu de coucher à l'hôtel Drummond, proche de la gare, à Drummondville, répondit Maurice. On va prendre le train pour Montréal dimanche après-midi. J'ai demandé à mon chauffeur de nous conduire à Drum-mondville demain après-midi, vers trois heures. J'espère que c'est pas trop de bonne heure.

— Ça a de l'allure, approuva son futur beau-père... Pendant que j'y pense, ajouta ce dernier, j'ai parlé à Bernard. Si ça fait ton affaire, on ira te porter ton set de chambre et tous tes cadeaux de noces en ville, la semaine prochaine.

❧

La nuit suivante, le vent du nord se leva, laissant derrière lui la première neige de l'année. Au matin, tout le paysage était uniformément blanc et un soleil radieux ne parvint pas à faire fondre le mince tapis qui recouvrait tout.

Lorsque les cloches de la petite église de Saint-Joachim se mirent à sonner, les invités à la noce et un bon nombre de curieux du village entrèrent dans le temple. À l'avant, quatre fauteuils recouverts d'un velours rouge élimé et quatre prie-Dieu avaient été disposés devant la sainte table. Florent Jutras et Maurice Dionne, vêtus d'un costume bleu marine finement rayé, avaient déjà fait leur entrée quelques instants plus tôt en compagnie de leurs témoins et ils occupaient deux des fauteuils. Soudainement, les chuchotements augmentèrent dans l'église et les deux fiancés, curieux, tournèrent la tête vers l'arrière, juste à temps pour apercevoir Léon pénétrant dans les lieux en donnant le bras à ses deux filles. Ces dernières s'arrêtèrent à l'arrière un instant pour retirer leur manteau. Jeanne et Laure portaient l'une et l'autre une belle robe blanche toute simple et un petit voile en tulle couvrait leurs cheveux.

Le trio se remit en marche. Plusieurs invités lui emboî-tèrent le pas et remontèrent l'allée centrale derrière lui.

Le père conduisit ses filles à l'avant de l'église, près de leurs fiancés, avant d'aller prendre place auprès de sa femme, dans le premier banc. Quand le gros curé Biron fit son entrée dans le chœur avec ses deux servants de messe, son église, plus qu'à moitié pleine, bruissait de murmures.

Les quatre membres de la famille Dionne étaient entassés dans un seul banc, à l'avant. L'aîné de la famille, Adrien, ressemblait à son frère Maurice avec une vingtaine de livres en plus. Le jeune pompier compensait sa large calvitie par une étroite moustache brune sur laquelle il ne cessait de passer ses doigts. À ses côtés, sa femme, Simone, était toute menue et sa chevelure noire était dissimulée sous un petit chapeau à voilette. Le visage impénétrable, Angèle Dionne jetait de brefs regards méfiants autour d'elle. Comme sa fille, Suzanne, debout près d'elle, elle se sentait mal à l'aise au milieu de tous ces cultivateurs. S'il n'en avait tenu qu'à elle, elle ne serait pas venue se mêler à tous ces Sauvé, ces Lafrance et ces Jutras qui s'étaient déplacés en grand nombre des villages voisins pour assister au mariage. Mais comment faire autrement?

Le digne pasteur parla longuement des devoirs des époux l'un envers l'autre. Il insista particulièrement sur l'obligation de la femme d'obéir à son mari et de créer un foyer chrétien. Enfin, il bénit les anneaux et invita les nouveaux mariés à s'embrasser. À la fin de la cérémonie, les invités s'entassèrent frileusement dans les voitures et se rendirent chez les Sauvé. La cour de ces derniers ne suffit pas à accueillir autant de véhicules et plusieurs conducteurs durent abandonner leur voiture sur la route, le long du fossé. En quelques minutes, la maison fut envahie par une foule de parents dont les manteaux furent empilés sur le lit de la chambre des maîtres.

Il y eut les félicitations d'usage aux mariés et à leurs parents avant que les gens prennent place bruyamment autour des grandes tables dressées dans les deux cuisines. La maîtresse de maison, aidée par ses sœurs, ses filles et sa bru, servit un dîner plantureux. Le repas très animé fut ponctué par les rires et quelques histoires lestes racontées par des invités. À plusieurs reprises, on frappa sur les tables pour inciter les jeunes mariés à se lever et à s'embrasser. Chaque baiser était ponctué par des cris d'encouragement et des applaudissements.

Après le repas, les hommes se rassemblèrent dans la cuisine d'été pour fumer à leur aise pendant que les épouses allaient admirer dans le salon les cadeaux offerts aux nouveaux mariés. À cause du manque d'espace, il n'y eut pas de danse. Par contre, les conversations allèrent bon train et on rit beaucoup.

Finalement, vers trois heures, Maurice et Jeanne saluèrent les invités avant de s'engouffrer dans la voiture taxi retenue la veille. Avant de partir, Jeanne embrassa son père et sa mère en les remerciant pour la belle fête qu'ils venaient de lui offrir. Debout sur le balcon, en compagnie de presque tous les invités, Marie vit partir sa fille, les larmes aux yeux.

— T'es pas pour te mettre à pleurer, la réprimanda doucement Léon en se penchant vers elle. Elle est pas morte ; elle se marie. Viens. Rentre ; on gèle.

— Il me semble que ce serait moins pire si elle s'en allait pas rester si loin, expliqua Marie à voix basse en reniflant avant de rentrer dans la maison à la suite des autres invités.

Quelques minutes plus tard, Adrien, Simone, Suzanne et Angèle Dionne remercièrent d'un air emprunté les Sauvé pour leur hospitalité et ils reprirent la route de Montréal à bord de la Plymouth louée par Adrien.

Sur le siège arrière de la voiture taxi qui les conduisait à l'hôtel Drummond, Jeanne était appuyée amoureusement contre l'épaule de son mari. Une nouvelle vie s'ouvrait devant elle. La jeune mariée ne songeait qu'à son bonheur tout neuf.

— Qu'est-ce que t'as fait de l'argent qu'on a reçu en cadeaux de noces ? lui demanda abruptement Maurice en s'allumant une cigarette.

— Je l'ai mis dans mon portefeuille.

— Combien on a reçu ?

— Quarante piastres.

— Donne-les-moi, exigea-t-il sèchement en tendant la main.

— Ça peut pas attendre ?

— Non. Avec quoi tu penses qu'on va payer le taxi et la chambre d'hôtel ? lui fit remarquer avec impatience son mari en agitant la main pour qu'elle se hâte de sortir l'argent de sa bourse.

Jeanne obéit et lui tendit tout l'argent que contenait son porte-monnaie.

—

Ce soir-là, après le départ du dernier invité, Marie se retint de faire part à son mari de ce qu'elle pensait de la belle-mère de Jeanne et de sa fille, Suzanne. L'une et l'autre lui avaient semblé particulièrement déplaisantes et d'un abord froid. Elle espérait de toutes ses forces que sa Jeanne n'éprouve pas trop de difficulté à vivre avec elles.

—

Le lendemain matin, dès les premières lueurs de l'aube, Jeanne, réveillée depuis longtemps, se glissa hors du lit en prenant bien soin de ne pas réveiller Maurice. Elle déposa son manteau sur ses épaules tant la chambre était froide et elle jeta un regard absent par la fenêtre sur la rue Lindsay encore déserte à cette heure matinale. Elle avait besoin d'être seule quelques instants pour faire le point.

La jeune femme était déçue et angoissée. Si elle s'était écoutée, elle aurait quitté sans bruit la pièce et serait retournée tout de suite chez ses parents. Les dernières heures avaient été éprouvantes en lui faisant découvrir un homme qui n'avait rien de commun avec le Maurice Dionne qu'elle avait cru épouser. L'amoureux prévenant et délicat s'était transformé en un être brusque, autoritaire et égoïste. Au bord des larmes, Jeanne eut besoin de longues minutes pour se persuader que le comportement de son nouveau compagnon ne pouvait être dû qu'à sa fatigue et à la tension engendrée par le mariage.

— Il peut pas être comme ça, finit-elle par se dire à mi-voix. Aujourd'hui, il va être plus reposé et ça va aller mieux.

Un heure plus tard, elle se composa un visage joyeux quand Maurice ouvrit les yeux et l'aperçut assise sur l'unique chaise de la chambre.

Au début de l'après-midi, un ciel couvert de lourds nuages gris accueillit les jeunes mariés quand ils quittèrent le petit hôtel Drummond situé à deux rues de la gare. Ils abandonnèrent sans trop de regret la petite chambre étriquée où ils avaient vécu leur nuit de noces.

— Il faut être des maudits voleurs pour demander quatre piastres pour une chambre sans toilettes et un lit avec un matelas défoncé, grogna Maurice au moment où il claquait la porte de la pièce.

Une heure plus tard, chargés chacun d'une petite valise, la nouvelle madame Dionne et son mari montèrent dans le train d'une heure en direction de Montréal. Le voyage de noces du jeune couple allait déjà prendre fin dans un peu plus de deux heures. Jeanne et Maurice trouvèrent un siège libre dans un wagon surchauffé où de nombreux voyageurs étaient déjà installés. Lorsque le train s'ébranla lentement en direction de Saint-Hyacinthe, de légers flocons de neige poussés par le vent commencèrent à tomber.

Jeanne, le front appuyé à la vitre, regardait défiler les champs déjà recouverts d'une mince couverture blanche pendant que Maurice fumait en silence, assis à ses côtés. La jeune femme était partagée entre l'excitation de vivre désormais en ville et l'inquiétude de s'installer dans le même appartement que sa belle-mère et sa belle-sœur. Durant la noce, la mère de son mari ne s'était guère montrée chaleureuse ni particulièrement heureuse de l'accueillir chez elle.

Le jeune couple descendit du train à la gare Windsor au milieu de l'après-midi. Jeanne, un peu perdue dans la foule plutôt dense des voyageurs pressés, fit remarquer à son mari :

— J'espère qu'on n'aura pas trop de misère à trouver un taxi.

— Es-tu malade, toi ? rétorqua bêtement Maurice. Me prends-tu pour Rockefeller ? On va prendre les petits chars. Ils vont nous débarquer presque à la porte et ça va coûter moins cher.

Sur ce, Maurice Dionne, contrarié par la remarque de sa femme, entraîna cette dernière vers la sortie.

Près d'une heure plus tard, les nouveaux mariés descendirent du tramway au coin des rues Mont-Royal et De La Roche. Durant tout le trajet, Maurice n'avait pas desserré les dents. Jeanne, assise près de lui sur un siège étroit en rotin, n'avait pas quitté du regard les rues tristes et sombres de la métropole en ce dimanche après-midi de novembre. L'obscurité commençait déjà à tomber sur la ville. Elle ne reconnaissait plus la grande ville qu'elle avait à peine aperçue lors de son séjour à l'hôpital plus d'un an auparavant. Son cœur se serra soudainement d'appréhension à l'idée que sa vie pourrait ne pas être celle qu'elle avait imaginée.

Elle suivit son mari jusqu'à une grosse maison de deux étages à la façade en pierre et en brique, la troisième de la rue De La Roche, au nord de la rue Mont-Royal. Maurice s'arrêta au pied d'un escalier abrupt doté d'une rampe en fer forgé. Sans lui offrir de prendre sa valise, il se contenta de lui dire sèchement :

— C'est ici. Monte. C'est au deuxième. La première porte.

Dès qu'elle les entendit entrer, Suzanne vint à leur rencontre, suivie par sa mère qui s'essuyait les mains sur son tablier.

Il n'y eut pas d'embrassades, mais la maîtresse de maison s'informa tout de même s'ils avaient fait un bon voyage pendant qu'ils retiraient leur manteau et les accrochaient à la patère placée dans l'entrée.

— Bon, le souper est presque prêt. Si vous voulez défaire vos valises avant de manger, vous avez le temps. Quand vous aurez fini, Suzanne va aller chercher Adrien et Simone à côté. J'ai préparé un petit souper de fête.

— Si vous le voulez, madame Dionne, je peux défaire ma valise plus tard et venir vous donner un coup de main dans la cuisine, proposa Jeanne, pleine de bonne volonté.

— Non, non, installe-toi d'abord. J'ai presque fini. J'ai Suzanne pour m'aider, dit sa belle-mère avant de retourner dans la cuisine.

Quand Jeanne pénétra pour la première fois dans ce qui allait être leur chambre et leur coin bien à eux, elle eut beaucoup de mal à ne pas montrer sa déconvenue.

L'endroit était si petit qu'elle voyait mal comment son mobilier neuf de chambre à coucher allait pouvoir y tenir. Il n'y aurait jamais assez d'espace dans une pièce aussi exiguë pour son coffre rempli de vêtements et leurs cadeaux de noces. Après avoir casé tant bien que mal le contenu de sa valise dans les tiroirs du petit meuble placé à côté du lit, elle ne put tout de même s'empêcher de demander à Maurice d'une voix inquiète :

— Est-ce que tu penses qu'on va avoir assez de place pour toutes nos affaires ?

— Si on n'a pas assez de place, il y a le hangar, en arrière. On leur trouvera un coin.

Une heure plus tard, Simone et Adrien vinrent se joindre au reste de la famille Dionne pour un souper qui manquait singulièrement d'atmosphère. Angèle servit à ses enfants et à ses deux brus du bœuf rôti et du gâteau, ce qui, allait bientôt apprendre Jeanne, était un événement très rare. Habituellement, le menu de la famille était beaucoup plus modeste.

À neuf heures, Simone et son mari étaient déjà retournés chez eux, dans l'appartement voisin, sous le prétexte qu'Adrien travaillait tôt le lendemain matin. Quelques minutes plus tard, Maurice et Jeanne les imitèrent en se retirant dans leur petite chambre. L'appartement retrouva alors un silence que seuls les pas du locataire de l'étage supérieur venaient troubler.

Jeanne mit beaucoup de temps à trouver le sommeil ce soir-là. La présence rassurante de ses parents et des siens lui manquait. Pire, elle commençait déjà à entrevoir avec une inquiétude grandissante le vrai caractère de son Maurice. Sa gentillesse et sa douceur n'étaient pas revenues, comme elle l'avait espéré à son réveil. Toute la journée, elle avait côtoyé un homme nerveux à l'humeur facilement ombrageuse.

—

Le lendemain matin, la jeune mariée fut tirée tôt du sommeil par des bruits de vaisselle heurtée dans la cuisine. Elle se leva sans bruit et enfila sa robe de chambre, bien décidée à préparer, pour la première fois, le petit déjeuner de son mari. En pénétrant dans la cuisine, elle découvrit sa belle-mère, le visage fermé, en train de mettre le couvert.

— Bonjour, madame Dionne. Vous avez bien dormi? demanda Jeanne avec entrain.

— Ouais, ouais, répondit-elle, avec une mauvaise humeur évidente.

— Voulez-vous que je fasse cuire des œufs ou que je prépare une recette de crêpes? offrit Jeanne, pleine de bonne volonté.

— Ben non. Laisse faire. Ici, on gaspille pas le manger. Tout le monde se contente de deux toasts le matin. C'est ben assez pour déjeuner.

Jeanne se demanda si sa belle-mère ne plaisantait pas. Pourtant, en regardant le pain posé sur la table à côté du grille-pain à deux portes, elle se rendit bien compte que tel n'était pas le cas.

— Est-ce que Maurice est levé?

— Je vais aller voir.

— Dis-lui de se grouiller s'il veut pas arriver en retard à l'ouvrage.

Jeanne alla réveiller son mari avant d'aller faire sa toilette à la salle de bain. Quand elle revint dans la cuisine, les trois Dionne étaient assis à table, silencieux, avec l'air d'en vouloir au monde entier. Elle crut d'abord qu'ils la faisaient marcher.

— Est-ce que quelqu'un est mort pendant la nuit pour que vous fassiez tous une tête d'enterrement? plaisanta-t-elle en prenant place à côté de Maurice.

Sa question demeura sans réponse. Elle ne lui attira que trois regards furieux qui l'incitèrent prudemment à manger en silence. Lorsque Maurice retourna dans leur chambre, elle l'accompagna.

— Veux-tu me dire ce que vous avez tous à avoir l'air aussi bête le matin? lui demanda-t-elle, mise de mauvaise humeur par cet étrange début de journée.

— Nous autres, le matin, on n'a pas le goût de niaiser, répliqua Maurice avec humeur.

— Ça va être gai de déjeuner tous les matins avec vous autres…

— Tu t'habitueras, la coupa son mari. En attendant, je veux qu'à partir de demain matin, ce soit toi qui fasses mon lunch. C'est pas à ma mère de le faire.

Sur ces mots, il quitta la maison pour aller travailler.

Chapitre 6

La grande nouvelle

Les premières semaines de vie commune chez les Dionne furent riches en surprises de toutes sortes. Cependant, peu d'entre elles se révélèrent agréables.

Quelques jours après les noces, Léon Sauvé et son fils Bernard vinrent sonner à la porte des Dionne à la fin de l'avant-midi. Ils venaient livrer le mobilier de chambre à coucher, le trousseau de Jeanne et les cadeaux. Les deux hommes eurent beaucoup de mal à hisser à l'étage les meubles lourds et, en plus, ils ne purent tous les caser dans la chambre occupée par le couple. Il leur fallut ranger tant bien que mal l'une des deux commodes et les tables de chevet dans le hangar situé à l'arrière de l'appartement. Les cadeaux et la lingerie furent empilés sur le lit. Jeanne allait s'efforcer de ranger tout cela plus tard, dans le placard de la chambre ou sous le lit.

Ce midi-là, la jeune mariée aurait donné tout au monde pour se retrouver chez elle. Elle aurait aimé offrir à dîner à son père et à son frère avant qu'ils reprennent la route… Mais elle habitait chez sa belle-mère qui se contenta de leur offrir une tasse de café et quelques biscuits avant qu'ils prennent le chemin du retour. De toute évidence, Angèle Dionne n'était ni avenante ni hospitalière.

Quand Maurice rentra de son travail ce soir-là, sa femme n'eut pas besoin de lui raconter ce qui s'était passé.

— Est-ce que ma mère leur a offert à dîner ? demanda-t-il.

— Non.

— Christ ! jura-t-il avant de se précipiter hors de la chambre.

Il entra dans la cuisine où sa mère s'apprêtait à éplucher les pommes de terre du souper.

— Dites donc, m'man, vous avez pas gardé à manger le père et le frère de Jeanne à midi ?

— Non. C'est pas un restaurant, ici.

— Mais on vient d'être reçus par les Sauvé, à Saint-Joachim. En plus, ils ont fait tout ce chemin-là pour nous apporter nos affaires.

— Ça, ça vous regarde, répliqua-t-elle avec mauvaise humeur, en haussant le ton. C'est pas à moi qu'ils rendaient service, c'est à vous autres. Tout ce que je sais, c'est que moi, j'avais presque rien dans la glacière. C'est pas avec la petite pension que tu me payes que je peux recevoir à manger tous ceux qui viennent sonner à la porte.

Furieux, Maurice tourna les talons et se réfugia dans le salon. Sans un mot, Jeanne vint s'asseoir aux côtés de sa belle-mère et entreprit d'éplucher les pommes de terre avec elle.

———

Si la jeune femme avait cru, durant un moment, que sa vie à Montréal serait beaucoup plus trépidante que celle qu'elle avait connue à Saint-Joachim, elle dut vite déchanter. En cet hiver 1942, son existence ne fut jamais aussi terne et sans intérêt. Dès les premiers jours de sa vie commune avec Maurice, son rôle fut clairement défini. Jeanne se levait très tôt, préparait le goûter de son mari et déjeunait avec la famille. Quelques minutes après le départ de

Maurice, Suzanne quittait la maison à son tour. Alors, Jeanne et sa belle-mère lavaient la vaisselle et nettoyaient l'appartement. Simone, l'épouse d'Adrien, avait bien tenté d'entraîner sa jeune belle-sœur à l'extérieur pour aller voir les grands magasins, mais Maurice avait eu tôt fait de mettre les points sur les « i » à sa femme.

— Je veux pas te voir traîner dans la rue pendant que je travaille, lui avait-il déclaré sur un ton sans appel. T'es pas à la campagne, ici. Il arrive toutes sortes d'affaires aux femmes seules. Si t'as à sortir, c'est avec moi que tu le feras.

En fait, les sorties avec Maurice étaient très rares et ne se produisaient généralement que le samedi ou le dimanche après-midi. Elles se limitaient le plus souvent à de longues balades sur la rue Mont-Royal à faire du lèche-vitrine. Quand le couple était suffisamment gelé, il rentrait à la maison.

Jeanne avait vaguement espéré profiter de la présence de Suzanne à la maison le soir et les week-ends, mais la fréquentation de la jeune femme s'avéra à la longue plutôt pénible. Durant ses rares loisirs, la remailleuse se plongeait dans *Radio-Monde* ou écoutait à la radio les chansons d'amour de Tino Rossi ou de Luis Mariano. Elle avait le même caractère que Maurice. Elle était fantasque, orgueilleuse et sujette à des colères incontrôlées. Pendant un certain temps, Jeanne et sa belle-mère avaient cru que la jeune fille changerait en fréquentant un grand et gros policier à l'air débonnaire du nom de Gaston Duhamel, mais il n'en fut rien.

Au fil des jours, la nouvelle madame Dionne se rendait compte que ses pires craintes au sujet du caractère de son mari étaient on ne peut plus fondées. Il n'avait plus rien de commun avec le Maurice plein de prévenance qui lui avait fait la cour durant un peu plus d'un an. À l'usage, le jeune homme de vingt et un ans se révélait un être foncièrement égoïste, autoritaire et colérique, toujours prêt à exploser à la moindre vétille. En sa présence, Jeanne devenait facilement nerveuse et tendue à force de veiller à ce que tout soit à sa convenance à lui.

Fait étonnant, elle en arriva peu à peu à éprouver une certaine sympathie pour sa belle-mère, à la merci des crises de son fils et de sa fille. La quinquagénaire le sentit probablement parce qu'elle se mit à parler de plus en plus librement à sa jeune bru. Par ailleurs, avec le temps, elle se reposa entièrement sur Jeanne pour certaines tâches ménagères.

Lorsque sa mère, par l'entremise de l'oncle Bruno, son frère cadet, fit remettre à Jeanne une boîte pleine de victuailles et de pots de confiture, la jeune femme se rendit compte que ses parents ne s'étaient pas laissé prendre par les airs de grand seigneur de Maurice. De toute évidence, ils s'étaient aperçus qu'elle vivait dans la gêne après ce qu'avait probablement vu son père quand il était venu lui porter son trousseau. Le petit mot, écrit par sa mère et glissé dans la boîte, ne servait qu'à ménager son amour-propre.

«Comme tu m'as aidée tout l'automne à faire des marinades et des confitures, il est normal que tu aies ta part.»

Lorsque Maurice rentra du travail ce soir-là, Jeanne ne put que lui montrer le billet écrit par sa mère et le contenu de la boîte. Pendant un moment, elle crut qu'il se sentirait offensé de recevoir un tel envoi de ses beaux-parents. Elle se trompait. Il sembla trouver ça normal.

— Cache ça sous le lit, lui ordonna-t-il. Je vois pas pourquoi ma mère et ma sœur se bourreraient dans nos affaires.

— On n'est pas pour manger en cachette, protesta Jeanne, mal à l'aise devant cette perspective.

— Fais ce que je te dis, s'emporta son mari. On paye une pension. On n'est pas pour fournir le manger en plus.

Jeanne lui obéit, mais, mine de rien, elle mettait un pot de confiture de temps à autre sur la table dès que Maurice était au travail. Ce geste tout simple faisait tellement plaisir à la maîtresse de maison qu'il lui arrivait parfois de se laisser aller à raconter quelques épisodes de sa vie passée.

—

Très rapidement, Jeanne prit l'habitude d'écrire à ses parents toutes les deux semaines. Pour ne pas les inquiéter, elle se gardait bien de décrire la vie qu'elle menait à Montréal. Par ailleurs, la jeune femme attendait avec impatience de recevoir des nouvelles de sa famille et des gens de Saint-Joachim. Un mois à peine après son mariage, elle avait l'impression de les avoir quittés depuis des lunes. Elle souffrait d'être coupée de son monde. Pour tout dire, elle s'ennuyait, murée dans le petit appartement de la rue De La Roche, et elle n'avait qu'une hâte : revoir les siens à l'occasion des fêtes. Quand elle aborda le sujet à la mi-décembre, Maurice la rabroua vertement.

— Sacrement ! Penses-tu que je vais passer ma vie à travailler pour payer des voyages à Saint-Joachim ? explosa-t-il. Il en est pas question. Les fêtes, on va les passer ici, tranquilles.

— Ma mère m'a écrit pour me dire qu'elle nous attendait pour le réveillon de Noël, s'insurgea timidement Jeanne.

— Ben, tu lui répondras que je travaille et qu'on peut pas y aller.

— Et au jour de l'An ?

— La même chose.

Le cœur en berne, Jeanne écrivit à sa mère qu'ils ne pourraient participer aux fêtes familiales parce que Maurice travaillait. Après quelques jours d'abattement, la jeune femme releva la tête et décida de tout faire pour vivre malgré tout des fêtes agréables. Elle déploya des trésors d'imagination pour décorer l'appartement avec des guirlandes qu'elle fabriqua avec du papier crépon. Bien entendu, il était hors de question d'acheter un arbre de Noël et des décorations.

— Pourquoi toutes ces bébelles-là ? lui demanda Suzanne d'un air méprisant en lui montrant la guirlande qu'elle venait d'installer dans le salon.

— Ça fait plus joyeux, non ?

— Pourquoi t'en mets pas juste dans votre chambre ? Moi, je trouve ça laid, continua l'autre, désagréable.

Angèle Dionne allait intervenir en faveur de sa bru quand Maurice s'interposa :

— Si les guirlandes font pas ton affaire, t'as juste à pas les regarder, dit-il sèchement à sa sœur en prenant la défense de sa femme.

Suzanne choisit de se taire plutôt que d'entreprendre une dispute avec son frère. Finalement, Angèle et Jeanne cuisinèrent un petit réveillon auquel furent conviés Adrien et Simone ainsi que Gaston Duhamel, l'ami de cœur de Suzanne. Il y eut même un échange de modestes cadeaux.

Au jour de l'An, Adrien et Simone reçurent à leur tour toute la famille à souper. Cependant, l'expérience fut assez pénible pour Jeanne. Il était évident que les Dionne n'avaient aucune expérience des fêtes familiales. Ils avaient du mal à s'amuser. Ils avaient des caractères ombrageux et elle les sentait tendus, prêts à se disputer pour la moindre bagatelle.

—

Aux yeux de Jeanne, l'hiver 1943 n'en finissait plus. Les tempêtes de neige succédaient à de grands froids. Il n'y avait pas de répit. Pour tout arranger, les conducteurs de tramway se mirent en grève, obligeant ainsi des milliers de travailleurs à marcher après une longue journée de travail.

Jeanne aurait parfois aimé arpenter la rue Mont-Royal certains après-midi en compagnie de sa belle-mère, mais la quinquagénaire éprouvait de plus en plus de difficulté à respirer normalement dans l'air froid. Comme les sorties en compagnie de sa mère étaient les seules acceptées par Maurice, la jeune femme demeurait confinée à l'intérieur de l'appartement durant de longs jours.

À la mi-janvier, Jeanne avait proposé à Maurice d'aller travailler à l'extérieur quand Suzanne avait parlé que son patron engageait de nouvelles remailleuses.

— Non, avait-il tranché. Ma femme n'ira pas travailler dehors. Personne va venir dire que j'ai pas les moyens de la faire vivre.

Jeanne eut une folle envie de lui dire qu'ils tireraient moins le diable par la queue si elle allait travailler, mais elle se retint en voyant son air outragé. Il n'y eut pas de discussion. Maurice avait décidé.

Donc, durant cet hiver rigoureux qui n'en finissait plus, Jeanne fut forcée à l'oisiveté. Son mari affirma même ne pas avoir assez d'argent pour acheter de la laine à tricoter. La jeune femme ne trouva souvent rien de mieux à faire que de se réfugier dans sa petite chambre encombrée pour regarder passer, pendant de longues heures, les rares piétons qui s'aventuraient sur la rue De La Roche. Comme une plante privée de soleil, elle s'étiolait doucement. Elle avait le teint pâle et elle avait passablement maigri depuis son arrivée en ville. Cent fois durant ces jours interminables, elle caressa l'idée de retourner vivre chez ses parents. Comment sa mère aurait-elle accepté qu'elle quitte son mari sur un coup de tête ? Elle l'entendait déjà lui dire sur un ton sévère : « Le mariage, ma petite fille, c'est pour la vie. Prie le bon Dieu. Organise-toi pour que ton mariage marche. » Facile à dire…

—

Puis mars arriva, alternant de lourdes giboulées avec des journées de dégel qui apportaient l'espoir d'un printemps hâtif.

— Il me semble que les tas de neige fondent pas vite, se plaignit Jeanne à sa belle-mère.

— Énerve-toi pas avec ça, la tranquillisait Angèle. Ça va finir par fondre. On est à la veille de voir l'asphalte sur les trottoirs.

— Chez nous, mon père et mes frères ont dû commencer à percer les érables, fit la jeune femme sur un ton nostalgique. Ça me surprendrait pas que les arbres aient commencé à couler.

— …

— Vous avez pas connu ça, vous, madame Dionne.

— Ben non, j'ai été élevée en ville, moi.

— En tout cas, je vous garantis qu'il y a rien pour remplacer de la belle tire blonde sur la neige bien blanche, à côté de la cabane à sucre, reprit Jeanne, rêveuse. Dans la cabane, ça sent bon le sirop en train de bouillir. On peut aussi se promener en raquettes dans le bois…

— Décourage-toi pas, peut-être que Maurice va trouver le temps d'aller chez vous avec toi avant la fin du temps des sucres, finit par lui dire sa belle-mère.

Trois jours plus tard, un peu après l'aube, Jeanne se leva précipitamment, en proie à une nausée subite. La jeune femme eut juste le temps de se rendre à la salle de bain avant d'être secouée par de violents vomissements. Sa belle-mère, déjà debout à cette heure matinale, l'entendit. Lorsque sa bru quitta la salle de bain, le visage défait, elle lui demanda à mi-voix pour ne pas réveiller Suzanne, couchée sur le divan du salon :

— Qu'est-ce que t'as ?

— Je pense que c'est une indigestion, madame Dionne, répondit Jeanne, misérable, serrant contre elle les pans de sa vieille robe de chambre rose.

— T'es sûre de ça ?

— Oui, qu'est-ce que vous voulez que ce soit ?

— Voyons, Jeanne, la réprimanda doucement sa belle-mère. Tu pourrais être tombée enceinte. As-tu eu tes affaires de femme ce mois-ci ?

— Pas encore.

— Es-tu en retard ?

Pendant un moment, la jeune femme demeura sans voix, frappée par cette possibilité. Elle avait un long, un très long retard.

— Ça sert à rien d'énerver Maurice avec ça avant d'être sûre, reprit sa belle-mère. Tu vas ben voir si ton mal de cœur revient chaque matin. En attendant, t'as le temps de boire une bonne tasse de thé avant de réveiller ton mari. Ça va te remettre d'aplomb.

Les jours suivants, les nausées revinrent chaque matin. Après une semaine, Jeanne, persuadée d'être enceinte, décida d'en informer Maurice, un soir, après le souper. Elle attendit de se retrouver seule avec lui dans leur petite chambre à coucher. Durant les deux derniers jours, elle n'avait cessé de chercher la meilleure façon de lui annoncer sa future paternité.

— Maurice, j'ai une grande nouvelle pour toi, lui dit-elle, s'efforçant de mettre une joyeuse animation dans sa voix.

— Bon. Qu'est-ce qui va encore nous tomber dessus ? demanda ce dernier sans aucun enthousiasme.

— J'ai pas eu mes affaires depuis un bon deux mois et tous les matins, j'ai mal au cœur.

— Puis après ?

— Ça te fait pas penser à quelque chose ?

Il y eut un long silence dans la pièce.

— Dis-moi pas que…

— Je pense que oui, affirma Jeanne, rayonnante de bonheur.

— Ah ben Christ ! jura Maurice d'une voix rageuse en donnant un coup de poing sur la table de chevet. Il nous manquait plus que ça ! On a de la misère à arriver et toi, tu trouves le moyen de tomber enceinte.

Jeanne demeura interdite devant cette rage imprévue de son mari. Elle s'était attendue à tout, sauf à ça.

— T'aurais pas pu faire attention ? demanda-t-il avec un illogisme stupéfiant. Tu le sais qu'on n'a pas assez d'argent ni assez de place pour avoir un petit.

Alors, pour la première fois depuis son mariage, Jeanne vit rouge. Soudainement, elle en eut plus qu'assez de l'égoïsme de son mari.

— Maurice Dionne, s'écria-t-elle, on s'est mariés pour avoir des enfants ! Il y en a un qui s'annonce et je l'ai pas fait toute seule, tu sauras ! Si t'es pas capable de me faire vivre et de faire vivre nos enfants, dis-le tout de suite ; je retourne chez nous.

La flambée de colère de sa femme sembla calmer d'un seul coup la hargne de Maurice et c'est d'une voix un peu radoucie qu'il lui demanda :

— En es-tu sûre au moins ?

— Presque certaine. Je le serai quand j'aurai vu un docteur. Il va falloir en trouver un pour me suivre pendant ma grossesse.

— Encore des dépenses, ajouta Maurice en grinçant des dents.

— Oui, encore des dépenses et il va y en avoir d'autres parce qu'il va falloir acheter une bassinette pour ce petit-là et acheter de la laine et du coton pour lui faire du linge et des couches.

— Whow! protesta Maurice Dionne. Énerve-toi pas trop vite. Avant de lancer mon argent par les fenêtres, on va tout de même voir si t'es en famille pour vrai.

— En tout cas, je peux pas trop retarder pour me trouver un docteur.

— Occupe-toi de ça, concéda Maurice, excédé. Il y en a un paquet qui ont leur bureau sur Saint-Hubert. Prends-en un proche pour être capable d'y aller à pied. Comme ça, j'aurai pas à payer des tickets de petits chars à tout bout de champ. T'essaieras d'en prendre un qui est pas installé dans une maison chic. Ceux-là chargent plus cher que les autres… Avant d'annoncer la nouvelle à tout le monde, poursuivit-il, on est mieux d'attendre d'être sûrs.

Sur ce, Maurice se mit au lit. À aucun moment, il ne se soucia de ce que sa femme pouvait ressentir devant la perspective d'avoir son premier enfant. Pour lui, l'arrivée de ce bébé – si elle se confirmait – représentait surtout une suite d'embêtements et de dépenses qui risquaient de bouleverser sa vie déjà si peu confortable.

＊

Le lendemain après-midi, Jeanne s'habilla chaudement et partit à pied explorer la rue Saint-Hubert à la recherche d'un bureau de médecin. Après quelques minutes, elle découvrit le bureau du docteur Charles Bernier installé au rez-de-chaussée d'un modeste immeuble à logements. Elle rassembla son courage pour aller sonner à la porte. Une infirmière souriante vint lui ouvrir et la fit passer dans une petite salle d'attente.

— Est-ce que je pourrais voir le docteur Bernier? lui demanda-t-elle.

— Je peux vous donner un rendez-vous, madame, mais le docteur est sur le point de partir pour ses visites. Il ne donne des consultations que les mardis, jeudis et samedis après-midi. Vous êtes une nouvelle patiente?

— Oui.

— Si vous voulez attendre un instant, je vais vérifier quand il pourra vous voir, dit l'infirmière en s'assoyant derrière son bureau pour consulter un agenda placé sur le meuble. La dame aux cheveux noirs soigneusement coiffés mit ses lunettes et tourna plusieurs pages du cahier à la couverture de cuir noir placé devant elle.

À ce moment-là, la porte de la pièce située derrière elle s'ouvrit sur un homme d'une quarantaine d'années aux cheveux poivre et sel et à l'air bourru. Tout en marchant, l'homme boutonnait un épais manteau noir.

— S'il y a une urgence, madame Lagacé, vous pourrez me joindre à Sainte-Jeanne-d'Arc, fit-il en se penchant pour prendre sa trousse déposée sur une chaise.

— Oui, docteur.

Levant brusquement la tête, le médecin jeta un regard inquisiteur à Jeanne avant de se tourner vers son infir-mière réceptionniste.

— Qu'est-ce qu'elle a la petite dame?

— Elle venait pour une visite docteur. J'essayais jus-tement de lui trouver une place dans votre horaire.

Durant un instant, le praticien sembla hésiter sur la conduite à suivre. Puis il tourna brusquement les talons en disant :

— C'est correct. Je m'en occupe tout de suite. Entre, ordonna-t-il sèchement à Jeanne.

— Si je vous dérange, je…

— Laisse faire, fit-il d'une voix coupante. Fais-moi pas perdre mon temps. Qu'est-ce que t'as ? demanda-t-il en refermant derrière elle la porte de son bureau.

Il enleva son paletot et vint s'asseoir derrière son bureau.

— Assis-toi, lui commanda-t-il en lui désignant l'une des deux chaises placées devant lui.

— Merci, docteur, dit Jeanne, mal à l'aise devant la brusquerie du médecin. Je pense être enceinte et…

— Tu voudrais être sûre. Bon, on va voir ça.

Charles Bernier procéda à un rapide examen de sa patiente et, tandis qu'elle se rhabillait, il lui déclara :

— Il y a pas d'erreur ; t'attends un petit. Je dirais que t'as un bon deux mois de fait. Tout a l'air correct, même si t'es maigre comme un clou. Je te trouve pas mal pâle. Il va te falloir un bon tonique pour te redonner des forces.

— C'est que j'ai apporté juste un peu d'argent pour payer ma visite, docteur, fit Jeanne, gênée. Peut-être que je pourrais en acheter plus tard.

Charles Bernier regarda sa patiente durant un instant par-dessus les verres de ses lunettes et il repoussa le bloc de papier sur lequel il s'apprêtait à écrire sa prescription. Il ouvrit l'un des tiroirs de son bureau et en tira une bouteille qu'il poussa dans sa direction, sur le meuble.

— Tiens, t'essaieras ça. Ça va être bon pour toi et ton petit.

— Oui, mais pour l'argent…

— Laisse faire l'argent, la rabroua-t-il avec impatience. Occupe-toi de mettre au monde un petit en santé. Pour le compte, tu régleras tout après l'accouchement.

— Merci docteur, fit Jeanne.

— Je veux te revoir dans deux mois. S'il y a la moindre chose qui va de travers, tu prends rendez-vous, m'entends-tu ?

— Oui, docteur.

— Bon. Parfait. À cette heure, va voir mon infirmière pour qu'elle remplisse ton dossier et te fixe un rendez-vous.

Charles Bernier lui ouvrit la porte de son bureau et remit son manteau sans plus s'occuper d'elle. Pendant qu'elle commençait à répondre aux questions de l'infirmière, elle entendit la porte se refermer derrière elle. Le médecin venait de partir.

Ce soir-là, Jeanne annonça à Maurice qu'elle était réellement enceinte selon le médecin qu'elle avait déniché sur la rue Saint-Hubert. Il sembla surtout heureux d'apprendre de la bouche de sa femme que, selon l'infirmière, c'était le praticien le moins cher du quartier.

— Il m'a même donné une bouteille de tonique.

— Je te gage qu'il l'a eue pour presque rien, répliqua Maurice. Et quand est-ce qu'il va falloir le payer ? L'as-tu demandé au moins ?

— La garde-malade m'a dit qu'il envoie toujours son compte une ou deux semaines après l'accouchement.

— Enfin une bonne nouvelle, laissa tomber Maurice, satisfait de n'avoir à se préoccuper de ce problème que dans plusieurs mois.

Tout dans son attitude laissait voir qu'il en voulait à sa femme de la nouvelle situation dans laquelle ils étaient plongés. Quelques minutes plus tard, cela ne l'empêcha tout de même pas d'aller annoncer fièrement la venue de leur premier enfant d'abord à sa mère, puis à son frère Adrien et à sa femme. Simone, envieuse, félicita sa jeune belle-sœur.

— T'es ben chanceuse d'être tombée en famille aussi vite, lui dit-elle à voix basse en la reconduisant à la porte. Moi, ça fait un an et demi que j'essaie.

Adrien, qui avait tout entendu, lui jeta un regard mauvais qui réjouit singulièrement son frère. Pour la première fois, il damait le pion à son frère aîné.

———

Pendant ce temps, dans l'appartement voisin, Angèle s'empressait d'apprendre la nouvelle à sa fille Suzanne de retour de son travail à l'atelier. La jeune fille, épuisée par une longue journée de travail prolongée par trois heures supplémentaires, donna aussitôt libre cours à sa mauvaise humeur.

— Si on est pour avoir un bébé dans l'appartement, moi, je pars! hurla-t-elle, hors d'elle. Je reste pas ici! J'ai pas envie de l'entendre me brailler dans les oreilles toutes les nuits! Je vais me trouver une chambre ailleurs. Déjà que je suis poignée pour coucher sur un divan, ça va faire! Je suis pas une maudite folle pour...

À ce moment-là, Suzanne tourna la tête et aperçut son frère Maurice et sa femme dans l'entrée de la cuisine. Sa voix s'éteignit.

— M'man, inquiétez-vous pas, fit Maurice d'une voix exceptionnellement calme en feignant de ne pas voir sa sœur. On vous encombrera pas longtemps. C'est nous qui allons partir. Jeanne accouchera pas ici. On a encore une couple de mois pour se trouver une chambre ailleurs.

— Écoute, ce que je voulais..., commença Suzanne, toute colère disparue.

— Toi, ferme ta gueule, lui ordonna son frère en proie à une colère froide. Je te parle pas. C'est à m'man que je parle… Viens-t'en, Jeanne, on va aller écouter la radio dans notre chambre, ajouta-t-il en poussant sa femme devant lui.

Durant les semaines suivantes, toutes les tentatives d'Angèle de faire revenir son fils sur sa décision de s'installer ailleurs échouèrent. Maurice boudait ostensiblement sa sœur à qui il n'adressait plus la parole et l'atmosphère était devenue irrespirable dans le petit appartement de la rue De La Roche.

Grande consolation, Maurice offrit ces jours-là à sa femme sa première visite dans sa famille depuis leur mariage. Le lendemain de son altercation avec sa sœur, il lui dit :

— Tu peux écrire chez vous pour leur dire qu'on va aller les voir la fin de semaine prochaine. Ne leur dis pas que t'attends un petit. On va leur faire la surprise.

Jeanne se garda bien de montrer une trop grande joie en entendant ces paroles.

— Je vais écrire à ma mère aujourd'hui. Veux-tu que quelqu'un vienne nous chercher à la gare. Je peux leur demander…

— Laisse faire, la coupa-t-il, on se débrouillera.

Le samedi matin suivant, Jeanne était prête avant même le lever du soleil, priant pour que Maurice n'ait pas changé d'avis. Mais elle s'était inquiétée pour rien.

Quand le train sortit de la gare et prit de la vitesse, le cœur de Jeanne se dilata. Elle allait enfin revoir les siens après presque cinq mois de séparation. Durant tout le voyage, il lui sembla que le convoi se traînait sur la voie tant elle avait hâte d'arriver à destination.

Ils descendirent du taxi devant la maison des Sauvé un peu avant l'heure du dîner. Même s'ils étaient en pleine période des sucres, Marie et Léon les attendaient à la maison en compagnie des jumelles.

— Mon Dieu! s'exclama Marie Sauvé en embrassant sa fille et son gendre, on commençait à se demander si on vous reverrait un jour.

— On n'a pas eu ben le choix, madame Sauvé, s'excusa Maurice, redevenu le jeune homme poli et avenant de ses fréquentations. Quand le boss donne pas de congés, on n'en a pas.

— En tout cas, vous voilà au moins pour les sucres.

— Pas juste pour ça, même si ça manquait ben gros à Jeanne, expliqua Maurice. On a une nouvelle à vous apprendre.

Léon et Marie, intrigués, regardèrent tour à tour leur fille et leur gendre.

— Je suis en famille, dit Jeanne en baissant la voix pour n'être pas entendue par ses deux jeunes sœurs de huit ans.

— C'est pas vrai! s'exclama Léon, ravi. Dis-moi pas qu'on va enfin être grands-parents!

— On le dirait ben, rétorqua Maurice, plein de fierté.

Léon et Marie félicitèrent chaleureusement les futurs parents. Puis Léon proposa à son gendre d'aller rejoindre ses fils à la cabane à sucre.

— On va laisser les femmes jaser. Elles vont venir nous rejoindre avec le dîner, lui dit-il en entraînant Maurice à l'extérieur.

Une fois seules, la mère, le front barré par quelques rides causées par l'inquiétude, servit une tasse de thé bouillant à sa fille. Cette dernière venait de s'asseoir à la place qu'elle avait toujours occupée à la table de cuisine. En prenant place en face d'elle, Marie scruta attentivement le visage de Jeanne.

— On peut pas dire que t'as beaucoup engraissé depuis ton mariage, toi, laissa-t-elle tomber. Manges-tu à ta faim au moins ?

— Voyons, m'man, c'est sûr. J'engraisse pas parce que je suis malade tous les matins. Je garde rien, expliqua Jeanne.

Mais Marie ne semblait vraiment pas convaincue par cette explication.

— En tout cas, t'es maigre à faire peur. T'as besoin de te remplumer avant que ton petit vienne au monde.

— J'essaie de manger le plus possible, m'man.

— Puis, comment tu trouves ça en ville ? demanda Marie Sauvé, sentant que le sujet agaçait sa fille. La campagne te manque pas trop ?

— Il faut s'habituer, déclara Jeanne sans enthousiasme.

Le ton de Jeanne disait assez son désenchantement et sa mère ne voulut pas insister.

— Tu t'entends toujours bien avec ta belle-mère ?

— Avec madame Dionne, il y a pas de problème, m'man. C'est une femme qui en a pas mal arraché dans la vie. Je vous dis qu'elle gaspille jamais rien, cette femme-là.

— Comment vous allez vous débrouiller avec un enfant dans une petite chambre ?

— On y a pensé. À la fin du printemps, on va se chercher une chambre plus grande ailleurs. Ce serait pas humain pour la sœur de Maurice et pour ma belle-mère de leur faire endurer un petit qui pleure la nuit.

— Vous allez pas vous chercher un appartement ? demanda Marie, surprise.

— Maurice gagne pas encore assez cher pour ça. Mais ça va venir, inquiétez-vous pas.

— En tout cas, tu vas faire des jalouses, ma fille, conclut sa mère en changeant encore une fois de sujet. Laure et Germaine ont beau essayer de tomber enceinte, elles y arrivent pas. Quand elles vont apprendre la nouvelle, elles en reviendront pas.

— Est-ce qu'on risque de voir l'une ou l'autre d'ici demain après-midi ? demanda Jeanne.

— Je pense pas. Florent a entaillé lui aussi cette année. Laure doit lui donner un coup de main à la cabane à sucre. Pour Germaine, c'est toujours possible, mais d'habitude, elle et Jean descendent de Québec le vendredi soir. Bon, on a assez papoté, déclara sa mère en se levant de table. On va finir de préparer le dîner de nos affamés et aller manger avec eux autres à la cabane. J'espère qu'un peu de bon sirop et de la tire sur la neige te tentent.

— J'en rêve depuis des semaines.

Ce week-end à Saint-Joachim fut une véritable cure pour Jeanne. Revoir ses frères et ses sœurs, et goûter aux plaisirs de la vie en plein air lui firent le plus grand bien.

— Je vais demander à ton oncle Bruno de te laisser un peu de sirop en passant, offrit son père au moment où Jeanne montait à bord du taxi venu les chercher, le dimanche après-midi. Aujourd'hui, vous êtes pas équipés pour transporter ça, poursuivit-il à l'adresse de son gendre.

— Merci, p'pa, fit Jeanne avec reconnaissance. En ville, on trouve pas du bon sirop d'érable comme le vôtre. On va se sucrer le bec en pensant à vous.

Sur ce, la voiture démarra et la jeune femme garda la tête tournée tout le temps où elle put apercevoir son père et sa mère par la lunette arrière de la voiture.

Chapitre 7

Le nouveau nid

Il fallut attendre la seconde semaine d'avril pour connaître les premières véritables douceurs de ce printemps 1943. Le soleil se fit de plus en plus chaud et la neige grise accumulée le long des trottoirs se mit à fondre pour le plus grand plaisir des Montréalais. Sur la rue De La Roche, les jeunes s'amusaient à creuser des rigoles pour faciliter l'écoulement de l'eau de fonte dans les caniveaux.

Chez les Dionne, Angèle et Jeanne s'étaient lancées dans un grand ménage de printemps et Maurice dut se fâcher pour empêcher sa femme de se mettre à laver les plafonds.

— Je veux pas te voir monter dans l'escabeau, tu m'entends? s'emporta-t-il un soir en la voyant debout sur une marche de l'escabeau, alors qu'il rentrait de son travail.

— Il faut bien laver les plafonds, plaida Jeanne.

— Laisse faire, je vais les laver les maudits plafonds, trancha-t-il.

L'atmosphère s'était un peu allégée dans l'appartement quand le frère et la sœur avaient fini par enterrer la hache de guerre. Mais il était évident que Maurice en voulait à sa cadette de les forcer à se trouver bientôt un nouvel endroit où vivre. Quand Jeanne avait parlé de se mettre en chasse d'une chambre à louer, son mari l'avait calmée.

— Il y a pas de presse. On va attendre le mois de mai. On a en masse le temps d'en trouver une. Louer une chambre, c'est pas comme louer un appartement. C'est pas nécessaire que ce soit fait pour le 1er mai.

En attendant de se lancer à la recherche d'un autre nid, la future mère avait amplement à s'occuper avec la confection du trousseau du bébé à naître. Elle se mit à tricoter des ensembles et à ourler des couches taillées dans du coton.

Maurice attendit que mai soit largement entamé pour faire comprendre à sa femme qu'il était temps de se mettre en campagne.

— Trouve une chambre pas trop chère, exigea-t-il. Pas plus que huit piastres par semaine.

— Mais on en paye seize à ta mère.

— Réveille-toi ! la somma-t-il avec son impatience habituelle. On paye seize piastres à la mère parce qu'elle fournit le manger. Ce sera pas pareil chez des étrangers. Cherche dans le coin. J'ai pas envie de faire deux heures de petits chars pour aller travailler.

Au début de la troisième semaine de mai, Jeanne quitta l'appartement de sa belle-mère au début de l'après-midi pour se lancer dans sa recherche d'un nouvel endroit où vivre. La jeune femme, enceinte maintenant de plus de cinq mois, commençait à se mouvoir avec un peu plus de difficulté et ses jambes enflaient rapidement durant la journée. Même si son ventre s'arrondissait, son visage était de plus en plus émacié.

À compter de ce jour, elle occupa trois ou quatre après-midi par semaine dans sa quête d'une chambre à louer. Elle sillonna pratiquement tout le quartier, entre la rue Sherbrooke et le boulevard Saint-Joseph, scrutant les fenêtres des maisons des deux côtés de chaque rue, à la recherche d'un carton annonçant une location. Un peu avant l'heure du souper, la future mère se traînait littéra-lement sur ses mauvaises jambes jusqu'à l'appartement de la rue De La Roche dans le but d'aider sa belle-mère à la préparation du souper de Maurice que le moindre retard mettait de mauvaise humeur.

Comme il lui fallait s'éloigner de plus en plus de la maison si elle désirait que ses recherches soient couron-nées de succès, elle devait obligatoirement marcher plus longtemps. Bien sûr, sa tâche en aurait été facilitée si Maurice lui avait laissé quelques sous pour payer des bil-lets de tramway, mais il jugeait cette dépense excessive et inutile.

Le temps passait et elle ne trouvait toujours pas la chambre dont elle et son mari avaient besoin… Et ce n'était pas parce qu'elle n'en avait pas visité. Parfois, la pièce était trop petite, mais la plupart du temps, le loyer exigé dépassait de beaucoup la somme que Maurice était prêt à consentir pour les loger.

Lorsque la troisième semaine de juin arriva, Jeanne, découragée, constata qu'elle cherchait déjà depuis un mois la chambre dont elle avait besoin. La chaleur de ce début d'été et sa grossesse rendaient tous ses déplacements à pied de plus en plus épuisants. Le mardi après-midi, alors qu'elle venait de quitter l'appartement et se dirigeait vers la rue Mont-Royal pour une autre de ses quêtes inutiles, elle s'entendit héler par une voix familière.

— Jeanne! Jeanne Sauvé!

Jeanne s'arrêta et tourna la tête dans toutes les direc-tions avant de découvrir sa tante Lucille qui lui faisait de grands signes à bord de l'Oldsmobile bleu nuit pilotée par l'oncle Bruno, le frère de sa mère. Ce dernier vint ranger doucement son véhicule le long du trottoir à sa hauteur.

La voiture à peine immobilisée, Lucille Lafrance, sui-vie de près par son mari, vint à la rencontre de sa nièce.

— On dirait qu'on t'attrape au bon moment, fit sa tante avec un bon rire. Tu t'en allais? On voulait juste prendre de tes nouvelles en passant.

— On a vu ta mère la fin de semaine passée et elle avait l'air de s'inquiéter pour toi, ajouta son oncle Bruno en la regardant.

— Elle s'inquiète pour rien, mon oncle. Je suis très bien. Venez, on va monter à l'appartement et je vais vous servir un bon verre d'orangeade.

— Laisse faire ton orangeade, répliqua Bruno Lafrance, un homme de taille moyenne aux tempes argentées. Il fait ben trop chaud pour monter un escalier pour rien. Il y a un restaurant juste au coin. Viens, on va aller boire quelque chose là-dedans.

Bruno Lafrance entraîna sa femme et sa nièce au restaurant.

— Tu trouves pas que c'est pas mal chaud pour te promener de même, en plein soleil, dans ton état? demanda sa tante, avec un rien de reproche dans la voix dès qu'ils eurent pris place sur les banquettes en moleskine rouge du restaurant Rialto.

— Je le sais ben, ma tante, mais je trouve pas de chambre à louer à un prix raisonnable.

— Depuis combien de temps que t'en cherches une? fit son oncle.

— Ça fait plus qu'un mois… presque tous les après-midi.

Il y eut un bref silence, le temps que la serveuse place devant eux deux verres de Seven-Up et un verre de Coke.

— J'y pense tout à coup, fit Lucille Lafrance à son mari. Je me demande si Grace Beaucage a encore sa chambre à louer.

— Qui est Grace Beaucage, ma tante?

— Une Américaine. C'est une ancienne voisine, une amie qui a marié Armand Beaucage, un type qui travaille pour la Ville de Montréal. C'est du bon monde. Quand je l'ai vue au mois de…

— Février, lui rappela son mari.

— C'est ça. Quand je l'ai vue au mois de février, elle parlait de louer une de ses chambres.

— Est-ce que c'est loin d'ici, ma tante ?

— Sur la 4e Avenue, proche de Masson. Elle a un beau grand cinq et demi.

— Et si on allait voir tout de suite, proposa Bruno Lafrance. En char, ça devrait pas prendre plus que cinq minutes.

Quelques minutes plus tard, l'auto s'immobilisa devant une belle grande maison de brique brune de deux étages.

— C'est pas neuf, fit remarquer la tante à sa nièce, mais t'as vu les beaux grands balcons à tous les étages. Les Beaucage restent en bas.

— Je sais pas si la chambre et le prix vont faire ton affaire, reprit l'oncle en les rejoignant après être descendu de son Oldsmobile, mais il y a une pancarte « Chambre à louer » dans la fenêtre du salon.

— Bon, on n'est pas pour rester plantés au milieu du trottoir comme des piquets, ajouta Lucille Lafrance. Venez, on va aller voir.

La quadragénaire sonna à la porte du rez-de-chaussée et une fillette âgée de sept ou huit ans vint ouvrir presque immédiatement.

— Bonjour Monique, est-ce que ta mère est là ?

— Bonjour, salua la petite fille. Maman, monsieur et madame Lafrance sont là, cria-t-elle à sa mère occupée dans une pièce au fond de l'appartement.

Une porte claqua et un bruit de pas rapides se fit entendre. Une grande femme d'un peu plus de quarante ans aux cheveux châtains coiffés en un strict chignon apparut dans le couloir et vint à la rencontre des visiteurs.

— *Oh my God!* de la belle visite! s'exclama la dame avec un léger accent. Entrez, entrez, ajouta-t-elle en embrassant Lucille Lafrance et son mari.

— Bonjour, Grace, je te présente ma nièce, Jeanne Dionne. On voudrait pas te déranger.

— Vous me dérangez pas, voyons. *Come in.*

— Ma nièce cherche depuis un mois une chambre à louer avec son mari. Elle attend du nouveau. Elle a de la misère à trouver ce qu'elle veut. J'ai pensé à toi quand elle m'en a parlé tout à l'heure. On s'est dit qu'on pourrait venir voir si t'avais encore ta chambre à louer.

Grace Beaucage regarda pendant un instant la jeune femme enceinte aux yeux cernés et aux jambes enflées.

— Pendant que Monique va vous servir un bon verre de limonade, je vais montrer la chambre à votre nièce. Ce sera pas long, ajouta-t-elle en faisant passer ses invités au salon.

Jeanne, un peu intimidée de se retrouver dans cette maison étrangère, suivit Grace Beaucage jusqu'à la première porte, au début du couloir. La femme lui montra une pièce passablement plus grande que celle qu'elle et Maurice occupaient chez sa belle-mère. Peinte en blanc, elle était d'une propreté irréprochable. Des rideaux fleuris la rendaient encore plus accueillante.

— C'est pas très grand, mais c'est une pièce bien aérée et fraîche. Les murs sont épais et vous entendrez pas les enfants se chamailler. En plus, elle est juste à côté de la salle de bain.

— Elle est bien à mon goût, reconnut Jeanne. Vous en demandez combien, madame?

— J'ai pensé demander neuf piastres par semaine.

— J'aime pas mal votre chambre, madame Beaucage, mais je pense que nous ne pourrions pas vous donner plus que huit piastres par semaine, fit Jeanne, désolée.

— Si la chambre vous convient et convient à votre mari, on pourra s'arranger, répondit la logeuse avec un grand sourire en revenant vers le salon où les Lafrance les attendaient.

Avant de quitter Grace Beaucage quelques minutes plus tard, il fut entendu que Jeanne reviendrait, le soir même, voir la pièce en compagnie de son mari.

—

Ce soir-là, Jeanne se présenta à la porte des Beaucage, accompagnée d'un Maurice réticent et de mauvaise humeur. Il avait travaillé à décharger des wagons pendant dix heures, sous un soleil de plomb. Il était épuisé. Il avait fallu que Jeanne le supplie pour le décider à venir voir la chambre qu'elle avait trouvée.

Un adolescent les fit entrer en disant qu'il allait chercher ses parents assis sur le balcon, à l'arrière de la maison. Une minute plus tard, Jeanne vit Grace venir vers eux. Elle conduisit le jeune couple à la chambre qu'elle désirait louer.

— Je vais être dans la *kitchen*, dit-elle à Jeanne en les quittant. Vous pouvez discuter entre vous. Après, vous pourrez venir me rejoindre quand vous serez décidés.

— Elle a un ben drôle d'accent, cette femme-là, murmura Maurice dès que la logeuse eut quitté la chambre.

— Elle est Américaine, lui expliqua Jeanne sur le même ton.

Ils regardèrent la pièce et examinèrent le placard et la vue de la 4ᵉ Avenue qu'ils avaient de la fenêtre avant de se décider.

— Si on peut l'avoir pour huit piastres par semaine, décida Maurice, on va la prendre. Qu'est-ce que t'en penses ?

— Je pense qu'on va être bien, ici, conclut Jeanne.

Lorsqu'ils retournèrent dans la cuisine, Jeanne et Maurice y trouvèrent la famille Beaucage au complet. La logeuse leur présenta d'abord son mari, Armand Beaucage, un quadragénaire de taille moyenne, partiellement chauve, portant des lunettes aux verres épais. Ensuite, elle leur fit faire la connaissance de ses deux enfants : Monique, huit ans, et Robert, l'adolescent de quatorze ans qui les avait fait entrer.

Pendant qu'Armand Beaucage leur offrait une chaise, sa femme leur servit un rafraîchissement. On s'entendit très vite sur le loyer à verser chaque vendredi soir.

— Pour le manger, *dear*, je vais vous laisser une tablette dans la glacière. On s'organisera toutes les deux pour se nuire le moins possible quand on aura les repas à préparer.

— Si vous avez des meubles qui entrent pas dans votre chambre, ajouta obligeamment son mari, on leur trouvera une place dans la cave. Elle est pas mal grande.

— Vous êtes ben smatte, le remercia Maurice.

— Si vous avez besoin d'une bassinette pour le petit qui s'en vient, j'en ai une qui sert à rien dans la cave, offrit Grace, à son tour.

— On n'en a pas encore acheté une. Si vous voulez nous la prêter, ça ferait pas mal notre affaire. Merci, dit Jeanne.

— Quand est-ce que ça vous dérangerait le moins qu'on vienne s'installer ? demanda Maurice, mis à l'aise par l'accueil chaleureux des Beaucage.

— Quand vous le voudrez. La chambre est libre.

— Est-ce que samedi vous conviendrait ?

— Pas de problème, le rassura Armand Beaucage. On va être là toute la journée.

Maurice et Jeanne retournèrent lentement à la maison. Le soleil se couchait dans un ciel chargé de lourds nuages noirs. La mauvaise humeur de Maurice semblait s'être soudainement envolée. Il paraissait soulagé d'avoir enfin trouvé un endroit où loger.

— On va être chanceux si on a le temps de rentrer avant de poigner l'orage, dit-il en regardant le ciel menaçant.

— On peut essayer de marcher plus vite, offrit Jeanne qui avait pourtant du mal à se tenir sur ses jambes enflées.

— Laisse faire, fit son mari. On va prendre les petits chars.

Durant leur marche jusqu'à la rue Papineau, ils planifièrent leur déménagement.

— On a trois jours pour tout ramasser, dit Maurice. Demain, je vais demander à Loiselle, en face de chez nous, s'il nous déménagerait pas avec son truck samedi matin.

— Moi, je vais tout mettre dans des boîtes, reprit Jeanne. Ça a l'air de rien, mais on a pas mal d'affaires.

— Parfait. Samedi midi, bonjour, bonsoir, on n'a plus rien à faire chez la mère. Ce sera fini.

— Voyons, Maurice, le réprimanda doucement Jeanne. Ta mère nous a loué sa chambre durant presque un an. Pendant tout ce temps-là, ça a fait notre affaire et elle a été fine avec nous autres. C'est sûr qu'avec un petit en plus, on aurait été trop serrés. Ta mère et ta sœur ont pas l'habitude de ça…

Maurice ne répondit rien, mais son visage buté disait assez ce qu'il pensait.

Le couple arriva à l'appartement de la rue De La Roche au moment même où de grosses gouttes de pluie se mettaient à tomber. À leur entrée, ils découvrirent Angèle Dionne dans sa chaise berçante placée près de l'unique fenêtre de la cuisine, à la recherche d'un souffle d'air frais.

Suzanne était assise dans le salon, sous la lampe sur pied, en train d'examiner de la publicité de Dupuis Frères.

— Seigneur, vous revenez juste à temps, fit Angèle en sursautant au premier coup de tonnerre.

— On a fait le plus vite possible, dit Jeanne en s'assoyant avec plaisir sur une chaise, près de la table.

— Ma pauvre petite fille, avec des jambes aussi enflées, tu ferais peut-être mieux de te ménager un peu, fit sa belle-mère en lui regardant les jambes.

— Il fallait ben qu'on aille voir la chambre, intervint Maurice avec brusquerie. C'est fait. On l'a louée. On déménage samedi.

— Ça pressait pas tant que ça, protesta mollement Angèle.

Jeanne et Maurice ne relevèrent pas l'affirmation, soucieux de ne pas susciter une dispute maintenant inutile.

À l'heure du dîner, le samedi suivant, les Dionne étaient déjà installés dans leur nouvelle chambre. Seules la coiffeuse et quelques boîtes avaient dû être rangées dans la cave des Beaucage. Après un repas rapide, le mari et la femme avaient occupé tout leur après-midi à ranger leurs affaires dans les tiroirs, dans le placard et sous le lit.

—

Ce changement de décor était beaucoup plus lourd de conséquences pour Jeanne que pour son mari. Ce dernier semblait être partagé entre des sentiments contradictoires depuis son départ de l'appartement familial. Il paraissait à la fois soulagé de ne plus avoir à répondre du bien-être de sa mère, mais encore rancunier envers sa femme dont la grossesse était la cause de ce déménagement. Dans les faits, sa vie n'avait pas changé de façon significative. Il partait chaque matin à six heures et il revenait à cinq heures chaque soir.

Par contre, il en allait tout autrement pour Jeanne pour qui vivre dans une pièce sous-louée à une famille étrangère avait des implications beaucoup plus importantes. Théoriquement, son univers devait se limiter aux quatre murs de sa chambre. Plus question pour elle de s'installer dans une autre pièce durant la journée. La cuisine, les balcons ou le salon, comme les autres chambres, faisaient partie du domaine des Beaucage.

Or, après l'orage violent de la semaine précédente, la canicule sembla vouloir s'installer à demeure en ce début juillet. Le mardi avant-midi, Jeanne n'en pouvait plus d'être enfermée. Elle décida de marcher jusqu'à la rue De La Roche tant pour prendre un peu l'air que pour rendre visite à sa belle-mère, aussi seule qu'elle.

Ce soir-là, lorsqu'elle apprit cette sortie à Maurice, ce dernier s'emporta.

— Veux-tu ben me dire ce que t'as d'affaire à aller traîner chez ma mère en plein jour et toute seule? lui demanda-t-il, hargneux.

— Écoute, j'avais rien à faire…

— Couds. Tricote. Occupe-toi. Laisse ma mère tranquille. T'as pas de cœur, sacrement! Elle nous a sacrés dehors et tu vas la voir comme si de rien n'était. À cette heure, tu attendras que je sois là pour y aller.

Cet ordre sans appel venait d'enlever à la jeune femme enceinte l'unique endroit où elle aurait pu encore trouver une oreille attentive.

Cependant, tout changea rapidement quelques jours plus tard. Un beau matin, Grace Beaucage frappa à la porte de la chambre du couple peu après le départ de son mari et de Maurice pour leur travail. Il faisait déjà terriblement chaud et humide.

— Madame Dionne, venez donc vous asseoir avec moi sur le balcon, offrit Grace avec un sourire engageant. C'est pas bon de rester enfermée comme vous le faites par une chaleur pareille.

Jeanne ne se fit pas répéter l'invitation.

— S'il vous plaît, madame Beaucage, appelez-moi Jeanne. J'ai l'impression que vous parlez à ma belle-mère quand vous m'appelez madame Dionne.

— OK, *dear*, mais à partir d'aujourd'hui, tu vas me faire le *pleasure* de ne plus t'enfermer comme une sauvage dans ta chambre toute la journée. C'est pas humain, ça.

— Vous êtes trop fine, mais j'ai pas d'affaire à être dans vos jambes. Comme le dit mon mari, c'est juste la chambre qu'on a louée…

— *Dear*, laisse faire ce que dit ton mari. C'est pas lui qui attend un petit et qui est pris dans la chambre toute la journée. Si t'as envie de t'asseoir sur le balcon, tu viens t'asseoir. Je suis pas inquiète ; tu le mangeras pas.

— Oui, mais mon mari…

— Quoi, ton mari ? T'es pas une enfant ; t'es capable de décider toute seule ce que tu veux faire.

À ce moment-là, Jeanne se sentit gênée. Il était évident que les murs de la chambre louée n'étaient pas aussi épais qu'elle et son mari l'avaient cru. Sa logeuse avait visiblement compris quelle sorte d'homme était Maurice Dionne. Elle avait déjà entendu ses éclats de voix et ses colères.

Grace Beaucage lui servit une tasse de thé avant de l'entraîner sur le balcon à l'arrière de la maison.

— Viens t'asseoir à l'ombre. On sera pas dérangées par les enfants. Robert et Monique sont encore couchés.

Jeanne suivit sa logeuse sans protester. Tout était calme à l'extérieur. L'air était immobile. Les enfants n'avaient pas encore envahi la ruelle qui sillonnait entre les maisons de la 4e Avenue et celles de la 3e Avenue. Dans quelques minutes, les deux femmes allaient sûrement entendre les pas du cheval qui tirait la voiture du laitier.

— Il faut que tu prennes l'air plus souvent, la gronda doucement Grace Beaucage. Même si ça te tente pas, pense à ton petit qui s'en vient.

— Oh! mais j'aime ça, protesta la jeune femme. Je voudrais pas vous déranger.

— Ça me dérange pas pantoute, dit la grande femme en lui adressant un sourire chaleureux. Aie pas peur, je suis pas gênée. Si quelque chose fait pas mon affaire, je vais te le dire.

Les deux femmes entendirent alors un « Whow! » retentissant suivi par le bruit de bouteilles placées sans trop de délicatesse dans un panier métallique. Un instant plus tard, la porte de la clôture fut poussée, ouvrant le passage à un livreur de la laiterie montréalaise Saint-Alexandre.

— Bonjour madame! Combien je vous laisse de pintes de lait à matin? demanda le petit homme nerveux coiffé d'un képi gris-bleu.

— Deux pintes, répondit Grace.

— Une pinte pour moi, ajouta Jeanne.

L'homme saisit trois pintes de lait qu'il déposa sur le bord du balcon avant d'escalader les marches de l'escalier qui conduisait à l'étage. Au moment où Jeanne allait se lever pour aller mettre au frais les pintes de lait dans la glacière, sa logeuse se leva.

— Laisse faire. Je m'en occupe.

Quand elle revint, les deux femmes se mirent à se raconter à mi-voix leur vie passée. Grace Smith était tombée amoureuse d'Armand Beaucage près de vingt ans auparavant lors d'une visite de ce dernier à des parents vivant à Lake Placid. Après deux ans de fréquentations, il l'avait épousée et ils s'étaient installés à Montréal. Son mari avait travaillé quelque temps pour la Montreal Light and Power, puis il avait trouvé un emploi à l'hôtel de ville de Montréal. Ils n'étaient pas riches, mais ils s'aimaient et ils étaient fiers de leurs deux enfants.

— Le respect, Jeanne, c'est *very im'portant'*, insista lourdement la logeuse avec son accent anglais. Ton mari doit te respecter. Laisse-toi jamais traiter comme une servante ou comme un chien. Si tu le laisses faire, il va toujours en profiter. Nous autres, les femmes, on est trop portées à toujours obéir.

— Ça, c'est vrai, approuva timidement Jeanne.

— Il y a des hommes qui exagèrent, ajouta Grace sur un ton sentencieux. Tu leur donnes un pouce, ils prennent un pied. Si on les laisse faire, ils sont capables de nous écraser.

À ce moment-là, la porte moustiquaire de l'appartement du premier étage claqua bruyamment et la locataire du premier étage cria :

— Voulez-vous me laisser un bloc ici ?

C'était au tour du livreur de glace de passer. Il venait d'arrêter son attelage dans la ruelle, devant la cour. Les deux femmes ne l'avaient pas entendu arriver. Soudainement, Jeanne se rendit compte que la moitié de l'avant-midi était passée. Il y avait déjà un bon moment que Robert et Monique les avaient saluées avant de s'éclipser chez des amis.

— Tout de suite, madame, cria le livreur à sa cliente.

— Pour moi aussi, ajouta Grace Beaucage en lui faisant signe.

— Ce serait normal qu'on paie la glace de temps en temps, proposa mollement Jeanne. On se sert de votre glacière.

— *Well*, non! protesta sa logeuse. C'est pas parce que tu mets du manger dans notre glacière que ça prend plus de glace ou que la glace fond plus vite!

Pendant ce temps, le livreur écartait la toile goudronnée qui protégeait la glace dans sa voiture. Il s'empara d'un pic avec lequel il se mit à frapper un gros bloc dégoulinant déposé sur du bran de scie. Il réussit rapidement à le séparer en deux. Puis il saisit une poche de jute qu'il mit sur son épaule pour y déposer ensuite l'un des blocs bien serré à l'aide de tenailles. La locataire de l'étage le vit arriver au pas de course. À son retour, il refit la même manœuvre et il apporta la glace demandée par Grace Beaucage.

— Bon, c'est l'heure, fit cette dernière à l'intention de Jeanne après avoir payé le livreur, il va falloir que je prépare quelque chose à manger aux enfants pour le dîner. Mais il fait tellement chaud que je me demande si je ferai pas juste des sandwiches aux tomates. Le boulanger devrait être à la veille de passer, lui aussi.

Ce jour-là, Jeanne profita amplement de la permission de sa logeuse de s'installer sur le balcon. Après le dîner, la quadragénaire alla faire une courte sieste et vaqua à diverses tâches ménagères sans se préoccuper de la présence de sa locataire à cet endroit. De toute évidence, Jeanne ne la gênait pas et elle en fut toute réconfortée.

Lorsque Grace revint s'installer près d'elle avec un tricot à la fin de l'après-midi, elle lui demanda :

— As-tu dormi un peu toi aussi cet après-midi ?

— Oui, après avoir fait un peu de ménage dans la chambre.

— Pour quand attends-tu ton petit ?

— Pour la fin du mois d'août. En tout cas, c'est ce que mon docteur m'a dit. Je dois passer le voir demain après-midi.

— Où est son bureau ?

— Sur Saint-Hubert, proche de Mont-Royal.

— As-tu l'intention d'y aller à pied ?

— Oui.

— Je trouve que t'as pas de ben bonnes jambes pour marcher autant. S'il fallait que tu tombes, tu pourrais perdre ton petit, la prévint sa logeuse.

Puis, comme si elle venait d'y penser :

— Est-ce que tu veux que j'y aille avec toi demain après-midi ? Robert est capable de garder sa sœur et ça fait un bout de temps que je suis pas sortie de la maison.

— Vous êtes pas mal fine de me le proposer, fit Jeanne Dionne, vraiment reconnaissante. C'est sûr qu'en jasant, le chemin va paraître pas mal moins long.

Ensuite, la conversation dériva sur l'éducation des enfants.

— En tout cas, mon mari et moi, on est pas mal soulagés, affirma Grace. Avec la nouvelle loi qui vient d'être votée, Robert va arrêter de parler de lâcher l'école. En obligeant les parents à envoyer leurs enfants à l'école jusqu'à l'âge de 16 ans, le gouvernement vient de régler notre problème.

— Pourquoi votre garçon voulait-il arrêter d'y aller ?

— Il voulait se trouver une petite job pour avoir de l'argent dans ses poches. Il paraît qu'il est comme tous les jeunes d'aujourd'hui.

— Mon frère Luc aussi sera pas content, dit Jeanne en riant. Il voulait déjà arrêter l'année passée.

— Ah ! tu vas voir, ma petite fille, que les enfants causent pas mal de troubles en vieillissant. C'est pour ça que tu dois en profiter quand ils sont jeunes.

Le lendemain après-midi, les deux femmes se rendirent au bureau du docteur Bernier par une chaleur accablante. Quand Charles Bernier vit entrer sa patiente dans son bureau, il l'examina attentivement en la regardant au-dessus de ses lunettes qui avaient glissé sur son nez.

— Bon. Je vois que t'as pas trop engraissé depuis la dernière fois que je t'ai vue, lui dit-il en guise de formule de bienvenue. Assis-toi. Comment tu te sens ?

Il laissa Jeanne parler durant une minute ou deux avant de l'interrompre abruptement.

— Je veux pas t'entendre te lamenter ; je veux juste savoir s'il y a quelque chose qui va pas.

— Je pense que ça va assez ben, docteur, répondit Jeanne d'une petite voix piteuse.

— On va voir ça. Déshabille-toi.

Le praticien l'examina soigneusement et prit quelques notes dans son dossier avant de l'inviter à se rhabiller.

— As-tu fini ta bouteille de tonique ?

— Presque, docteur.

Charles Bernier prit une bouteille placée sur une étagère derrière lui et la déposa devant la jeune femme, sur son bureau.

— Tu prendras ce tonique-là aussi quand t'auras fini l'autre bouteille. Ça va te faire du bien.

— Pour l'argent, fit Jeanne, alarmée par cette dépense imprévue.

— Laisse faire l'argent. Le tonique est gratuit. C'est un échantillon. À moins de quelque chose de spécial, je vais te revoir seulement quand tu seras prête à accoucher. T'as mon numéro de téléphone ?

— Oui, docteur.

— Dis à ton mari – un mari que j'ai pas encore vu d'ailleurs – de m'appeler sans perdre une minute quand tes contractions commenceront et viens-t'en tout de suite à Sainte-Jeanne-d'Arc.

— Merci, docteur.

— Inquiète-toi pas, je vais être là. Mon infirmière sait toujours où me rejoindre à n'importe quelle heure.

Sur ces mots, jugeant qu'il avait été assez aimable, Charles Bernier se plongea dans la lecture du dossier de son prochain patient sans plus se préoccuper de Jeanne Dionne. Celle-ci sortit de la pièce sur un dernier « merci, docteur ».

Chapitre 8

Lise

Août succéda à juillet en n'apportant guère de répit aux Montréalais qui haletaient sous la canicule. La chaleur et l'humidité ne relâchaient pas leur étreinte sur la ville. Seuls des orages isolés donnaient parfois quelques heures de fraîcheur bienvenue.

Jeanne continuait à entretenir une correspondance suivie avec sa mère, mais cette dernière, dans sa sagesse, évitait de l'inviter. Marie Sauvé savait fort bien qu'un tel déplacement au neuvième mois d'une grossesse était la dernière chose à faire.

Par ailleurs, les liens entre la future mère et sa logeuse s'étaient considérablement renforcés. Malgré leur grande différence d'âge, les deux femmes étaient devenues en quelques semaines de véritables amies. Jeanne avait trouvé dans la quadragénaire une sorte de seconde mère et une conseillère avisée. Cependant, il fallait tout de même reconnaître qu'elle ne pouvait se décider à suivre la plupart de ses excellents conseils tant elle craignait les réactions violentes d'un Maurice de plus en plus nerveux et tendu. Depuis leur aménagement chez les Beaucage, malgré la chaleur étouffante, il préférait passer la plupart de ses soirées dans leur petite chambre, occupé à fumer ou à fabriquer ses cigarettes du lendemain. Jeanne n'avait pas le choix : elle devait lui tenir compagnie.

Maurice aurait probablement préféré proposer à sa femme de longues promenades après le souper si son état l'avait permis, mais tel n'était pas le cas. Il devait donc prendre son mal en patience et attendre sa libération, comme elle.

De temps à autre, le couple acceptait l'invitation de leur logeuse à venir respirer un peu d'air frais sur le balcon, mais Jeanne sentait Maurice mal à l'aise en présence d'Armand Beaucage dont le calme imperturbable lui portait sur les nerfs.

— Il est ennuyant à mourir, le bonhomme, affirmait Maurice, le soir, à l'abri des murs de leur chambre.

⎯

Les jours passaient et la date de la délivrance de Jeanne approchait. Depuis la mi-août, la future maman avait placé dans sa petite valise en carton bouilli tout ce dont elle aurait besoin durant son court séjour à l'hôpital, séjour que Maurice avait dû accepter parce qu'ils n'habitaient pas dans leur propre appartement. Le docteur Bernier n'avait pas hésité une seconde à exiger l'hospitalisation quand elle lui avait dit habiter une chambre louée chez des étrangers.

— Ça aurait été une autre paire de manches si t'avais été dans ta maison avec quelqu'un de ta famille pour te relever, avait-il déclaré sans ambages à Jeanne d'un ton sec. À l'hôpital, tu vas être mieux, et ton bébé aussi. S'il y a pas de complications, on va te renvoyer chez vous après quatre ou cinq jours, avec ton petit dans les bras.

Le soir du 30 août, Maurice et Jeanne acceptèrent l'invitation des Beaucage de venir veiller en leur compagnie sur le balcon. Il avait fait une chaleur d'étuve toute la journée et Jeanne se sentait particulièrement éprouvée par l'humidité étouffante qui régnait depuis quelques jours.

Après le souper, les jeunes du quartier avaient envahi les trottoirs et ils s'amusaient à courir, à se lancer la balle et à pousser des trottinettes, malgré la chaleur. Vers 9 heures, le chahut baissa sensiblement quand les parents envoyèrent les plus jeunes se mettre au lit. Jeanne et Maurice en profitèrent pour prendre congé de leurs logeurs et ils se retirèrent dans leur chambre.

Une heure plus tard, les premières contractions firent leur apparition au moment même où ils s'apprêtaient à se coucher.

— Je pense que le travail est commencé, dit Jeanne à son mari en grimaçant de douleur.

— Bon, énerve-toi pas, fit Maurice à mi-voix en se rhabillant rapidement. Madame Beaucage va venir s'occuper de toi pendant que je vais aller téléphoner.

Après avoir prévenu la logeuse, Maurice sortit en coup de vent de la maison pour téléphoner au docteur Bernier, depuis le restaurant du coin. Il fit aussi venir un taxi en spécifiant qu'il s'agissait d'une urgence.

Le futur père rentra chez lui en nage. Il trouva sa femme assise sur le balcon avant de la maison en compagnie de Grace, sa petite valise à ses pieds.

Quelques minutes plus tard, le couple fit son entrée à l'hôpital Sainte-Jeanne-d'Arc. Jeanne fut immédiatement prise en main par une vieille infirmière.

— Bon. Une autre soirée de pleine lune qui commence, dit-elle en guise de bienvenue. Est-ce que le médecin traitant a été prévenu ? demanda-t-elle à Maurice.

— Oui, j'ai téléphoné au docteur Bernier avant de venir.

— Parfait. Vous, le mari, vous allez vous ôter de dans nos jambes et vous installer dans la salle d'attente, à côté. On vous avertira quand il y aura du nouveau.

La longue attente commença. D'abord seul, Maurice se retrouva bientôt en compagnie de deux puis de trois futurs pères presque aussi nerveux que lui. Tous ces hommes fumaient en faisant les cent pas. De temps à autre, ils entendaient des plaintes déchirantes venant de l'une ou l'autre des salles d'accouchement quand une infirmière ouvrait la porte pour sortir du département.

Vers deux heures, Maurice, n'y tenant plus, s'adressa à l'infirmière au chignon gris qui les avait accueillis, lui et Jeanne, à leur arrivée, une éternité auparavant. La femme traversait la salle d'attente d'un pas pressé.

— Mais c'est donc ben long, garde, cet accouchement-là ! Est-ce que ça achève ?

En l'entendant, l'infirmière s'arrêta brusquement et tourna vers lui un visage furieux.

— Vous avez pas honte ? Tout ce que vous avez à faire, c'est d'attendre en fumant pendant que votre femme souffre. Et vous trouvez encore le moyen de vous plaindre que c'est trop long ! Assoyez-vous donc et pensez donc un peu à elle. Maudits hommes ! Il y en a pas un moins égoïste que les autres.

Sur ces mots, elle lui tourna le dos et claqua la porte derrière elle.

Stupéfait par l'algarade qu'il venait de subir, Maurice, mi-figue, mi-raisin, ne put s'empêcher de s'exclamer :

— Tu parles d'une maudite vieille folle !

Ses compagnons l'approuvèrent mollement avant de se replonger dans le silence de la pièce enfumée.

Finalement, le bébé naquit un peu après quatre heures. Quelques minutes plus tard, une jeune aide-infirmière vint chercher Maurice.

Il franchit la porte de la chambre, le cœur battant la chamade. Il découvrit alors Jeanne, épuisée, les cheveux collés aux tempes, tenant dans ses bras un bébé tout emmailloté au visage rougi. Le visage blême de la jeune femme était transfiguré. Elle rayonnait de fierté. Ses yeux cernés ne quittaient pas l'enfant auquel elle venait de donner naissance.

Maurice s'approcha du lit sur la pointe des pieds, incapable de prononcer la moindre parole tant il était ému.

— C'est une fille, dit faiblement Jeanne. Comment tu la trouves?

— Elle est magnifique, parvint-il à dire.

— Oui, puis elle est en bonne santé, fit une voix masculine venant du fond de la chambre.

Maurice se tourna pour découvrir le médecin en train d'endosser son veston que lui tendait une jeune aide-soignante.

— Elle a tous ses morceaux, continua Charles Bernier en s'approchant du lit. La mère a été courageuse. Je pense qu'on devrait être capable de la renvoyer à la maison au début de la semaine prochaine.

— Merci, docteur, fit Maurice.

Le praticien fit comme s'il ne l'avait pas entendu.

— Bon, je reviendrai à la fin de l'après-midi pour voir si tout est correct, dit-il à Jeanne. Tout à l'heure, ils vont t'enlever ta petite et te transporter dans une chambre. Inquiète-toi pas pour le bébé; tu vas le revoir après t'être reposée un peu.

Sur ce, le médecin quitta la pièce sans plus de cérémonie. Un instant distrait par la sortie de Charles Bernier, Maurice se tourna de nouveau vers Jeanne.

— Il a raison. Repose-toi.

— Toi aussi, t'as besoin de dormir, fit Jeanne d'une voix affaiblie. Quand t'auras le temps, préviens ta famille et va aussi l'enregistrer au presbytère. Lorsque je me réveillerai, moi, je vais appeler ma tante Lucille. Elle a le téléphone depuis le printemps passé. J'ai son numéro de téléphone dans ma sacoche. Elle va s'organiser pour avertir chez nous.

— Comme c'est une fille, est-ce qu'on va l'appeler Lise, comme tu l'avais décidé?

— Oui.

Après avoir embrassé sa femme sur une joue, Maurice quitta l'hôpital.

Le soleil n'était pas encore levé, mais l'asphalte dégageait encore la chaleur emmagasinée la veille. Les premiers tramways circulaient déjà en tintinnabulant. Quelques travailleurs à l'air endormi se déplaçaient sur les trottoirs tels des somnambules. Un vendeur de journaux venait d'ouvrir son kiosque et était occupé à ranger quelques revues ainsi qu'une pile de *Montréal-Matin*.

Malgré la fatigue, Maurice prit le tramway et se rendit jusqu'à l'appartement de sa mère. Avant de monter à l'étage, il s'arrêta un moment au restaurant du coin pour téléphoner à son patron afin de lui dire qu'il n'irait pas travailler ce jour-là à cause de la naissance de sa fille.

Il arriva chez sa mère au moment où Suzanne s'apprêtait à sortir pour aller travailler. Angèle et sa fille accueillirent avec une joie modérée la nouvelle de l'arrivée d'une autre génération de Dionne. Pendant que sa mère lui préparait un déjeuner frugal, Maurice alla sonner à la porte voisine pour annoncer l'événement à Simone, la femme d'Adrien. En apprenant la nouvelle, cette dernière manifesta une bien plus grande joie que ses voisines. Elle promit au jeune père qu'Adrien et elle iraient rendre visite à Jeanne à l'hôpital dès que ce serait possible.

Après le repas, Maurice, épuisé, décida de rentrer chez lui pour y dormir quelques heures. À son arrivée chez les Beaucage, il informa brièvement sa logeuse de l'heureuse issue de l'accouchement et il alla se coucher.

Ce soir-là, Maurice Dionne se retrouva à l'hôpital avec sa tante Gina, sa mère, Suzanne et son prétendant, Gaston Duhamel. Jeanne, le visage reposé, avait eu le temps de se coiffer et de mettre un peu de rouge à lèvres. La jeune mère avait bien meilleure mine que les jours précédant son accouchement. Tante Gina fut la première à se presser contre la baie vitrée de la pouponnière pour admirer le nouveau-né.

— J'espère qu'elle est moins fripée et moins rouge que la nuit passée, les avait prévenus Maurice en accompagnant ses invités.

Quand l'infirmière approcha le bébé de la baie vitrée pour le faire admirer, tante Gina ne put s'empêcher de s'exclamer :

— Mais c'est une vraie poupée, cette enfant-là ! Elle est belle sans bon sens ! Si t'en veux pas, mon Maurice, tu me le diras. Je vais te la prendre, moi.

— Si ça vous fait rien, ma tante, je pense qu'on va la garder encore une couple de jours, fit le père, éclatant de fierté.

Un peu avant la fin de l'heure des visites, les visiteurs partirent, laissant Jeanne seule avec son mari.

— As-tu appelé ta tante ? demanda Maurice.

— Oui. Je lui ai demandé de dire à ma mère et à mon père qu'on aimerait qu'ils soient parrain et marraine de la petite.

— Quand est-ce qu'on va savoir s'ils acceptent ? Je suis allé voir le curé de la paroisse à la fin de l'après-midi. Il veut baptiser la petite le plus vite possible. Il dit que c'est plus sûr.

— On va le savoir vite. Mon oncle est supposé aller à Drummondville demain. Il va faire un crochet par Saint-Joachim.

Jeanne ne manqua pas de visiteurs durant les cinq jours qu'elle passa à l'hôpital. Ses oncles Bruno et Norbert vinrent avec leur femme admirer le bébé. Armand et Grace Beaucage se déplacèrent aussi pour la visiter ainsi que Simone, Adrien et Berthe, la fille de tante Gina.

Le jeudi soir, lorsque Jeanne apprit à son mari qu'elle recevrait son congé de l'hôpital le lendemain matin, le jeune père en fut vivement contrarié.

— Calvaire! explosa-t-il, ils font exprès. Je suis pas pour manquer une journée d'ouvrage pour venir te chercher ici avec la petite. En plus, il va falloir que je fasse au moins deux voyages avec tous les cadeaux que t'as reçus.

— Énerve-toi donc pas, voulut le calmer Jeanne. Ma tante Lucille est passée me voir cet après-midi. Quand je lui ai dit que je partais demain matin, elle m'a promis de venir avec mon oncle en auto pour me ramener à la maison avec le bébé et les cadeaux. En rentrant de l'ouvrage demain soir, tu vas nous trouver toutes les deux installées chez nous.

Maurice fut momentanément soulagé d'être déchargé de cette corvée. Puis son front se rembrunit.

— Il me semble qu'ils se mêlent pas mal de nos affaires, eux autres, dit-il avec humeur.

— De qui parles-tu?

— De ton oncle et de ta tante, calvaire! C'est rendu qu'ils décident pour moi, à cette heure. Ils auraient pu m'en parler avant de décider tout ça, non?

— Maurice, ils font ça pour nous rendre service, protesta Jeanne avec lassitude.

— Rendre service! Rendre service! Je leur ai rien demandé, moi.

Marie et Léon Sauvé vinrent à Montréal le dimanche suivant, à temps pour porter fièrement leur première petite-fille sur les fonts baptismaux. À sa plus grande joie,

Grace Beaucage avait été choisie pour être la porteuse de l'enfant. Après la cérémonie à l'église Sainte-Philomène au début de l'après-midi, on servit une petite collation aux invités. Après s'être extasiés sur la beauté de l'enfant et son apparente bonne santé, les grands-parents Sauvé laissèrent aux parents plusieurs cadeaux de membres de la famille qui n'avaient pu venir voir le bébé depuis sa naissance.

— Ah! j'allais l'oublier, dit Marie à sa fille. J'ai aussi une grande nouvelle pour toi. Imagine-toi donc que ta sœur Germaine est enfin enceinte. Elle attend un petit pour novembre prochain.

Jeanne se réjouit pour sa sœur qui attendait la venue d'un enfant depuis plus de deux ans.

À la fin de l'après-midi, les Sauvé montèrent à bord de la voiture de Norbert Lafrance chez qui ils avaient dormi la veille. Avant de partir, ils exigèrent de Maurice la promesse ferme qu'il amènerait sa femme et sa fille passer le jour de Noël à Saint-Joachim.

—

Avec l'arrivée de Lise, la vie du jeune couple changea sensiblement.

Tout d'abord, l'enfant occupait dans la petite chambre de ses parents une place disproportionnée relativement à sa taille. Son petit lit, son landau, ses vêtements et ses produits de toilette couvraient beaucoup d'espace, ce qui faisait grogner son père.

Ensuite, la liberté des nouveaux parents fut sérieusement restreinte par ce bébé. Il n'était plus question d'aller faire de trop longues promenades en ce mois de septembre pluvieux et frais avec une enfant âgée d'à peine quelques semaines. À chacun des déplacements, il fallait traîner toutes sortes de choses encombrantes. Bref, il leur fallait apprendre à vivre à trois plutôt qu'à deux, et Maurice avait beaucoup de mal à s'y faire.

Pourtant, Lise s'avérait un bébé adorable qui se réveillait très rarement la nuit.

— On ne l'entend pas, cette petite poupée ! s'exclamait Grace qui adorait la bercer quand Jeanne lui en donnait l'occasion.

Malgré tout, son père avait beaucoup de mal à s'habituer à sa présence. Après l'excitation de la nouveauté, il fit même une crise de jalousie que Jeanne ne parvenait pas à s'expliquer. Il n'acceptait tout bonnement pas de passer en second, après sa fille.

— C'est la première fois que je vois ça, affirma la logeuse. Ma pauvre fille, t'es prise avec deux enfants sur les bras. *Dear*, je pense même que le pire est pas le plus petit.

En fait, Grace Beaucage avait peut-être raison. Jeanne sentait son mari s'éloigner d'elle. Dès la fin du mois d'octobre, Maurice prit l'habitude de s'endimancher et de partir seul chaque samedi matin pour aller passer la journée chez sa mère. Il ne revenait à la maison qu'à l'heure du souper, le plus souvent en affichant une mauvaise humeur incompréhensible. Jeanne, elle, n'avait pas remis les pieds chez sa belle-mère depuis le troisième dimanche de septembre.

Ce dimanche après-midi-là, la jeune mère était parvenue à persuader Maurice d'aller montrer le bébé à sa mère malgré la température fraîche. Elle avait alors chaudement habillé Lise et l'avait déposée dans son landau. Le jeune couple avait marché près de quarante-cinq minutes pour se rendre rue De La Roche. Arrivés chez Angèle Dionne, Jeanne avait tendu sa fille à sa belle-mère, le temps de retirer son manteau pendant que Maurice montait le landau à l'étage pour éviter de se le faire voler.

— Tiens, reprends ton bébé, s'était empressée de dire Angèle dès que sa bru eut enlevé son manteau.

— Vous pouvez la prendre un bout de temps, madame Dionne, lui avait offert gentiment Jeanne avec le sourire. La petite aime ça se faire prendre.

— Moi, j'en ai déjà élevé trois, avait répliqué bêtement sa belle-mère en lui remettant l'enfant. J'ai pas envie de recommencer en m'embarrassant des petits-enfants. Chacun son tour.

Malheureusement, Maurice avait entendu la remarque de sa mère. Il n'avait rien dit, mais la visite avait été de très courte durée. Quinze minutes plus tard, il avait donné le signal du départ en prétextant la longue marche à effectuer pour retourner à la maison. Il n'avait pas desserré les dents de tout le trajet. Ce n'est qu'en pénétrant dans leur chambre qu'il avait laissé tomber, furieux :

— C'est la dernière fois qu'on traîne la petite là.

Jeanne se garda bien de jeter de l'huile sur le feu. Sur le coup, elle crut que son mari, insulté, cesserait de fréquenter sa mère parce qu'elle n'aimait apparemment pas sa petite-fille. En fait, il ne remit pas les pieds chez elle durant un mois. Puis sans aucune explication, il se mit à s'absenter chaque samedi pour aller lui rendre visite, laissant Jeanne à la maison pour garder sa petite Lise.

La conduite de son mari laissa à la jeune mère la vague impression d'être rejetée par toute sa belle-famille. C'est pourquoi l'annonce des fiançailles prochaines à Noël de sa belle-sœur Suzanne avec son Georges ne l'émut pas du tout. Comme sa mère, cette dernière n'avait montré que très peu d'intérêt pour sa nièce. Jeanne songea avec nostalgie aux chaudes réunions familiales de Saint-Joachim. Décidément, les Dionne ne ressemblaient en rien aux Sauvé.

Chapitre 9

La crise

L'automne 1943 fut particulièrement pluvieux. Les quelques arbres bordant la 4e Avenue perdirent très tôt leurs feuilles sous les assauts répétés de la pluie et du vent. Le ciel charriait quotidiennement de gros nuages gris menaçants. En fait, les gens accueillirent presque avec soulagement, au début de novembre, l'arrivée des premiers froids et les légères chutes de neige, annonciatrices d'un hiver rigoureux.

Pour Jeanne, ce changement de température signifiait qu'elle devrait dorénavant se terrer plus longtemps dans sa petite chambre avec sa fille. Plus question de longues promenades avec son bébé dans les rues avoisinantes. Il lui fallait réapprendre à vivre enfermée. Durant la journée, elle pouvait toujours aller causer une heure ou deux avec Grace quand cette dernière n'était pas trop occupée. Mais lorsque Maurice arrivait de son travail, ils s'enfermaient avec Lise dans leur chambre avec, pour unique distraction, les émissions de la radio. Pourtant, sous les apparences paisibles de cette vie sans histoire, le drame couvait.

Chaque soir, Maurice rentrait épuisé du travail. Peu importait le temps, passer dix heures à vider des wagons de chemin de fer de leurs marchandises était un labeur qui dévorait toute son énergie. Dès son retour à la maison, le manutentionnaire du Canadien Pacifique n'aspirait qu'au repos et à la paix.

Au fil des jours, la tension monta donc imperceptiblement entre les deux époux, même si Jeanne faisait exactement ce qu'avait décidé son mari. L'atmosphère était lourde de reproches non formulés. Jeanne avait de plus en plus de mal à supporter les colères et l'égoïsme de Maurice tandis que ce dernier avait l'impression d'avoir épousé une paresseuse dont l'unique objectif consistait à lui soutirer toujours un peu plus de l'argent qu'il gagnait si péniblement. Il fallait bien l'admettre, la plupart des disputes qui éclataient entre le mari et la femme avaient généralement l'argent pour cause.

Un lundi soir, le ton monta rapidement à propos d'une augmentation du budget consacré à la nourriture. Jeanne désirait un peu plus d'argent pour faire sa « commande ».

Il fallait admettre que le moment était particulièrement mal choisi. Cela faisait à peine trois jours que le docteur Bernier avait envoyé la note de ses honoraires, tant pour les visites à son bureau que pour l'accouchement.

— J'arrive plus, Maurice. Comprends-tu ça ? se plaignit-elle à mi-voix pour ne pas réveiller Lise qui dormait dans son petit lit.

— Je peux pas te donner une cenne de plus, déclara son mari qui venait de s'allumer une cigarette. Je l'imprime pas, cet argent-là. Ça a tout pris pour payer Bernier et je dois encore de l'argent à l'hôpital.

— Tu me donnes exactement la même chose que quand on n'était que tous les deux, poursuivit Jeanne, comme si elle n'avait rien entendu. Les prix arrêtent pas d'augmenter et en plus, il faut que j'achète toutes sortes d'affaires pour la petite.

— Hostie! es-tu sourde? Je viens de te dire que j'ai pas d'argent. Dépense moins, sacrement! jura Maurice, qui perdait patience.

— J'ai besoin de lui acheter de l'onguent, du Pablum, une suce, des épingles à couche…

— Ça va faire! l'interrompit Maurice, en élevant la voix. Je t'ai dit : pas une maudite cenne de plus. Organise-toi. Christ! Fais quelque chose de tes dix doigts au lieu de toujours compter sur moi.

— C'est facile à dire, protesta Jeanne en s'énervant. Je peux pas aller travailler parce que j'ai la petite. Avant, tu voulais pas non plus. C'est drôle, quand on a besoin de quelque chose, t'as jamais d'argent. Mais quand c'est pour tes cigarettes ou pour te payer une ou deux bouteilles de bière ou de Coke, il y a pas de problème.

Rendu furieux par ces reproches et par le ton utilisé par sa femme, Maurice vit rouge. Il se leva d'un bond de sa chaise, prit rudement Jeanne par les bras et les serra comme dans un étau.

— Ferme ta gueule! hurla-t-il en la secouant. C'est moi qui te fais vivre. T'as rien à dire! Si t'es pas contente, t'as juste à faire tes paquets et à retourner chez vous. Des niaiseuses comme toi, il y en a partout!

La petite Lise, réveillée en sursaut par les cris de son père, se mit à pleurer. Jeanne se mit aussi à sangloter, mais de douleur.

— Lâche-moi, tu me fais mal, maudit lâche!

Ne se contrôlant plus, Maurice leva la main et la gifla pour la faire taire, avant de lui tourner le dos. Jeanne s'abattit sur le lit en se tenant la joue, pleurant à fendre l'âme.

Subitement honteux de son geste, Maurice attrapa son manteau et sortit de la chambre. Un instant plus tard, Jeanne entendit ses pas sur le balcon et l'aperçut par la fenêtre se dirigeant à grands pas vers la rue Masson. Elle prit sa fille dans ses bras et elle tenta de la calmer en la berçant. Il lui fallut plusieurs minutes pour endormir l'enfant de deux mois. Quand elle y parvint, elle alla la déposer doucement dans son petit lit avant de se glisser hors de la chambre pour aller mouiller une serviette d'eau froide dans la salle de bain. En regagnant sa chambre, elle saisit les regards inquisiteurs que lui lancèrent Armand et Grace assis paisiblement autour de la table de cuisine, en train de lire *La Presse*.

Avant de revêtir sa robe de nuit, Jeanne s'examina dans le miroir. Sa joue gauche était tuméfiée et il y avait une trace violacée sous son œil. Les marques des doigts de Maurice étaient encore visibles sur ses bras. Le cœur lui faisait mal en constatant ce qu'il lui avait fait.

Après avoir endossé sa robe de chambre, elle éteignit l'unique lampe dans la pièce et s'assit longtemps devant la fenêtre, dans le noir. Elle remâchait sa rancœur. Elle en avait plus qu'assez de cette vie. Elle avait beau faire son possible, ce n'était jamais assez. Elle ne pouvait plus endurer Maurice. Ce soir, la coupe avait débordé. Elle n'allait pas se laisser battre sans rien faire. Elle ne voulait pas passer toute sa vie à avoir peur de lui. Elle n'avait que vingt ans.

— L'écœurant, s'insurgea-t-elle, il me fera pas ça deux fois !

Mais la jeune femme avait beau retourner le problème dans tous les sens, elle ne voyait pas d'issue. Lorsqu'elle fut fatiguée d'être assise, elle prépara une bouteille de lait pour sa fille et, après avoir changé ses langes, alla se glisser frileusement sous les couvertures. Les yeux ouverts dans l'obscurité, elle continua à chercher la meilleure façon de se tirer d'affaire. Elle se sentait comme un animal pris dans un piège. Il était urgent qu'elle s'échappe. C'était une question de sécurité pour elle, et pour sa fille.

Plus de deux heures plus tard, elle entendit son mari rentrer dans la chambre sur la pointe des pieds. Cantonnée à une extrémité du lit, elle fit semblant de dormir à poings fermés. Maurice n'alluma pas la lumière. Il se déshabilla dans l'obscurité avant de se glisser sous les couvertures. Durant un moment, couché sur le dos, il sembla guetter un signe que sa femme était éveillée. La respiration régulière de cette dernière lui laissa croire qu'elle dormait. Il se résigna alors à se tourner sur le côté et, deux minutes plus tard, Jeanne entendit ses ronflements réguliers.

Cette nuit-là, elle ne dormit guère. Aux petites heures du matin, elle en était venue à la conclusion que l'unique solution était de retourner chez ses parents, même si ces derniers n'approuveraient probablement pas qu'elle leur revienne avec son enfant. Mais que faire d'autre ? Elle avait dissimulé à Maurice une petite somme composée par quelques cadeaux en argent reçus lors de la naissance de Lise. Le montant suffirait à peine à payer le voyage en train jusqu'à Saint-Joachim.

Quelques minutes avant la sonnerie du réveil, Jeanne se leva doucement. Il était à peine cinq heures. Par chance, les Beaucage ne se levaient jamais avant six heures trente. Elle s'arrêta un instant à la salle de bain pour constater les dégâts causés par la crise de Maurice, la veille. Ils étaient là, bien visibles. Tout le tour de son œil gauche était violacé et sa joue était passablement enflée. Ses deux bras portaient de belles marques bleutées.

Elle alla ensuite dans la cuisine confectionner le déjeuner de son mari… son dernier déjeuner. Elle laissa le sac de son repas du midi sur la table et elle prépara une autre bouteille de lait pour Lise. Elle regagna sa chambre juste au moment où Lise et Maurice s'éveillaient au son du réveil. Sans dire un mot, Jeanne s'empara de son bébé et changea ses langes en tournant le dos à son mari pendant qu'il s'habillait. Ce dernier, constatant qu'elle ne lui adressait pas la parole, finit par prendre la direction de la cuisine.

Jeanne n'avait aucune envie d'aller lui tenir compagnie durant son repas du matin, comme elle le faisait habituellement. Elle se remit au lit avec Lise à ses côtés qui buvait son lait. Elle finit par s'endormir.

Si Maurice avait eu la tentation de faire amende honorable ou de s'excuser ce matin-là, il en fut pour ses frais. Après son déjeuner, il fit sa toilette. Quand il prit son manteau accroché derrière la porte de la chambre, il ne put faire autrement que de voir sur le visage de sa femme endormie les marques de son emportement de la veille. En proie à de vifs remords, il n'en quitta pas moins la maison sans lui avoir adressé la parole.

— Elle dort. Je lui parlerai ce soir, se dit-il.

—

Jeanne se réveilla en sursaut une heure plus tard. Armand Beaucage venait de claquer la porte d'entrée en sortant pour aller travailler.

La jeune femme se leva et entreprit de faire sa toilette. Ensuite, elle sortit de sous le lit sa petite valise en cuir bouilli et elle y déposa des vêtements. Elle remplit aussi un grand sac en tapisserie de tout ce qui était nécessaire au bébé. Lorsqu'elle eut fini, elle replaça les couvertures sur son lit et remit de l'ordre dans la chambre.

Avant de s'asseoir dans l'unique chaise berçante de la chambre, elle déposa son manteau sur son lit. Il ne lui restait plus qu'à attendre le départ de Robert et Monique pour l'école et d'informer Grace de sa décision.

Il faisait sombre dans la chambre et une petite neige folle s'était mise à tomber. Déjà, des enfants excités chahutaient à l'extérieur, en route vers l'école.

Quand Jeanne entendit les deux enfants quitter la maison, elle sortit de sa chambre et alla rejoindre sa logeuse qui buvait une tasse de thé avant d'entreprendre son ménage quotidien.

— *My God!* s'exclama cette dernière en apercevant Jeanne. C'est pas lui qui t'a arrangée comme ça ?

Jeanne, honteuse, se contenta de hocher faiblement la tête pendant que Grace l'examinait.

— Si ça a du bon sens de traiter le monde comme ça ! dit-elle, apitoyée. Si j'étais un homme, je lui donnerais la volée de sa vie à ton mari, ajouta-t-elle avec conviction. Veux-tu qu'on appelle la police ?

— Ben non, madame Beaucage. Vous savez ben que la police fera rien.

— Ouais, on sait ben. C'est des hommes, eux autres aussi. Un mari qui bat sa femme, c'est normal pour eux autres. Viens t'asseoir. On va boire une bonne tasse de thé.

Jeanne se laissa tomber sur une chaise pendant que sa logeuse lui versait le liquide bouillant dans une tasse.

— Qu'est-ce que tu vas faire ? T'es pas pour te laisser battre comme ça toute ta vie !

— Justement, madame Beaucage. Je pense que je vais prendre ma petite et m'en retourner chez nous, à Saint-Joachim. Ça fera pas grand plaisir à ma mère de me voir revenir à la maison, mais…

— Ta mère va comprendre, *dear*, l'encouragea son amie. Tu fais bien. Vas-y.

Il y eut un bref silence dans la pièce avant que la logeuse ne demande :

— Tu vas y aller comment ?

— J'ai juste assez d'argent pour prendre le train.

— As-tu l'intention de revenir?

— Je vais revenir seulement quand il va me promettre de changer, pas avant.

— *Good!* Tu me donnes dix minutes et je vais t'aider à porter tes affaires et la petite jusqu'à la gare Windsor.

— Mais non, c'est bien trop loin, protesta Jeanne, pour la forme.

— Ça va me faire du bien de sortir un peu. Pendant que t'habilles Lise, je me prépare. Il est de bonne heure. J'ai amplement le temps de rentrer pour le dîner des enfants.

Quelques minutes plus tard, les deux femmes quittèrent ensemble la maison de la 4ᵉ Avenue. L'une portait le bébé bien emmitouflé pendant que l'autre transportait la valise et le sac.

Grace eut même le temps de tenir compagnie à Jeanne pendant quelques minutes à la gare avant de l'embrasser et lui souhaiter bonne chance.

— Inquiète-toi pas, *dear*, lui dit-elle avant de la quitter. Tout va finir par s'arranger. On va se revoir dans pas longtemps.

Jeanne eut du mal à refouler ses larmes quand elle vit son amie partir. Elle ne put que lui adresser un pauvre sourire au moment où elle s'éloignait.

Le train pour Drummondville entra en gare à onze heures et la jeune mère, surchargée, eut la chance de trouver un bon Samaritain qui déposa près de son siège, sa valise et son sac. Après l'avoir remercié, Jeanne se réfugia au fond de sa banquette et abaissa à demi le store de manière à ce que son visage tuméfié ne soit pas trop visible. Par chance, il y avait peu de voyageurs dans son wagon.

Lorsque le train se mit en route, elle se laissa aller contre le dossier de la banquette, tout à la fois soulagée à l'idée de la distance qu'elle allait mettre entre elle et Maurice, et inquiète de la réception qui l'attendait chez ses parents. Elle ne doutait pas d'être bien accueillie, mais elle ne pouvait s'empêcher de se demander comment sa mère allait réagir en la voyant arriver à la maison avec la petite dans les bras. Elle savait fort bien que pour elle, il ne faisait aucun doute que la place d'une femme mariée était aux côtés de son mari... Puis elle abandonna durant quelques minutes ce sujet de préoccupation pour s'interroger sur la manière de couvrir la distance entre Drummondville et Saint-Joachim.

Bien sûr, elle aurait pu se rendre chez son frère Bernard qui demeurait assez près de la gare. Mais elle renonça vite à cette solution. Avoir à expliquer l'état de son visage à sa belle-sœur Micheline et supporter sa pitié jusqu'au retour de son frère à la fin de sa journée de travail à la Celanese étaient au-dessus de ses forces. Finalement, elle choisit de trouver un taxi qui la conduirait chez son père. Si le tarif dépassait ce qui restait au fond de sa bourse, elle emprunterait la différence à ses parents.

Jeanne Dionne eut de la chance. À sa sortie de la gare, elle tomba sur Marthe et Laurent Bergeron, des fermiers de Saint-Joachim venus accueillir une cousine âgée à la gare. Marthe Bergeron et sa vieille cousine s'empressèrent de venir admirer la frimousse de Lise pendant que son mari, un gros sexagénaire chauve vêtu d'un épais paletot brun, faisait des efforts méritoires pour ne pas fixer trop ouvertement le visage tuméfié de Jeanne.

— T'en viens-tu faire un tour chez ton père? finit-il par lui demander.

— Ben oui, monsieur Bergeron. Ça fait longtemps que j'ai pas vu mon père et ma mère. Je commençais à m'ennuyer.

— Est-ce qu'il y a quelqu'un de chez vous qui est supposé venir te chercher ? fit-il en regardant autour de lui.

— Non. C'est une surprise que je leur fais.

— Je suis certaine que ça va leur faire plaisir, reprit Marthe, affable. Si tu veux monter avec nous autres, il y a de la place.

— C'est pas de refus, accepta Jeanne, soulagée, en essayant d'attraper la poignée de sa valise avec Lise dans ses bras.

— Laisse faire, fit Laurent Bergeron, je m'occupe de tes bagages. Le char est dans le parking. Embarquez avant de geler. Je vais mettre tout ça dans le coffre.

Le vent venait de se lever et poussait devant lui des rafales de neige. La vieille Ford bleue couverte de boue n'était pas encore sortie du stationnement de la gare que Marthe Bergeron, assise sur le siège avant, se tournait vers sa cousine et Jeanne, installées à l'arrière, pour s'informer.

— Veux-tu ben me dire ce qui t'est arrivé ? demanda-t-elle à Jeanne. T'as ben le visage enflé.

Par réflexe, la jeune mère passa une main sur sa joue tuméfiée.

— Un accident, madame Bergeron. Hier, je suis tombée dans l'escalier de la cave. Je me suis pas manquée, comme vous pouvez le voir.

— Ma pauvre fille, t'aurais pu te tuer ! s'exclama la fermière.

— Oh ! Ça aurait pu être pire, fit Jeanne. J'aurais pu me casser un membre. Là, au moins, dans deux ou trois jours, tout va être correct.

Jeanne aperçut le regard inquisiteur de Laurent Bergeron qui la fixait dans le rétroviseur. Le sexagénaire ne dit pas un seul mot, mais durant un instant, elle se douta qu'il ne croyait guère à son mensonge. Pendant ce temps, Marthe et sa cousine s'étaient lancées dans le récit de divers accidents domestiques survenus à des parents et à des connaissances.

Moins d'une heure plus tard, Laurent Bergeron vira dans la cour des Sauvé et arrêta son véhicule. Immédiatement, la figure de Marie Sauvé apparut à l'une des fenêtres de sa cuisine, scrutant la voiture d'où personne n'était encore descendu. Elle n'arrivait pas à identifier le propriétaire de la Ford.

— Veux-tu bien me dire qui est-ce qui nous arrive ? se demanda-t-elle à mi-voix.

Lorsqu'elle vit Jeanne descendre de la voiture en tenant dans ses bras son bébé, elle sut immédiatement que quelque chose n'allait pas.

— Jeanne avec les Bergeron ! Qu'est-ce qui se passe, bonne sainte Anne ? fit-elle, angoissée.

Alors qu'elle se dirigeait vers la porte d'entrée, Laurent Bergeron descendait de sa Ford, ouvrait le coffre arrière et en retirait la valise et le sac de Jeanne. Il transporta les bagages de sa passagère jusqu'à la porte qui s'ouvrit au moment même où il posa le pied sur la dernière marche de l'escalier qui menait au balcon.

— Ah ben, si c'est pas de la belle visite ! s'écria Marie Sauvé en serrant contre sa poitrine les pans de sa grosse veste de laine noire. Entrez, entrez, ajouta-t-elle à l'endroit de Laurent Bergeron et de Jeanne.

— Merci, madame Sauvé, fit le fermier en déposant à l'intérieur de la maison la valise et le sac, je vous laisse juste votre visite. Je vous ai ramené votre fille de la gare. Je suis avec ma femme et sa cousine.

— Dites-leur d'entrer boire quelque chose de chaud, offrit-elle, parvenant à grand-peine à dissimuler l'inquiétude qui la taraudait.

— Je vous remercie, mais ce sera pour une autre fois. Je pense que la cousine a hâte d'être à la maison. Elle est plus tellement jeune et le voyage l'a fatiguée.

— Combien je vous dois, monsieur Bergeron, fit Jeanne en déposant Lise dans les bras de sa mère, debout à ses côtés.

— Voyons donc, rien. Il fallait ben que je revienne à Saint-Joachim. Ça m'a pas coûté plus cher de te ramener avec ta petite, répondit l'obligeant fermier.

— Vous êtes pas mal fin.

— Ma femme arrête pas de me le dire depuis que je l'ai mariée, s'esclaffa-t-il. Mais quand elle me dit ça, je sais qu'elle va me demander quelque chose !

Sur ce, Laurent Bergeron salua les deux femmes et retourna à son véhicule. Marie Sauvé s'empressa de fermer la porte avant que le froid envahisse la maison.

—

— Mon Dieu ! Veux-tu me dire ce qui t'est arrivé, toi ? s'écria Marie en se tournant vers sa fille aussitôt que la porte fut refermée. Mais regarde-toi donc le visage !

Jeanne se laissa tomber sur la première chaise et elle se mit à sangloter.

— Arrête de brailler comme un veau et dis-moi comment ça se fait que t'as le visage arrangé de même, exigea Marie en se plantant devant sa fille.

Entre deux sanglots, Jeanne lui expliqua comment Maurice en était venu à la frapper. Au fur et à mesure qu'elle entendait le récit de sa fille, la grande et grosse femme devenait blême de fureur.

— L'écœurant ! J'espère qu'il a pas touché à la petite, au moins ! s'exclama-t-elle.

— Non, m'man. C'est après moi qu'il en avait.

— Il manquerait plus que ça! ragea-t-elle.

Comme si elle avait compris qu'on parlait d'elle, Lise, encore enveloppée dans ses épaisses couvertures, se mit à pleurer. Sa grand-mère tendit les bras.

— Donne-moi la petite, enlève ton manteau et va lui faire chauffer du lait.

Les vagissements du bébé avaient réveillé Léon qui faisait une sieste dans l'unique chambre du rez-de-chaussée. Le petit homme se leva et apparut dans la cuisine, les cheveux ébouriffés et les lunettes à la main.

— Veux-tu me dire..., commença-t-il, avant de reconnaître la visiteuse.

— Bonjour, p'pa, fit Jeanne qui s'apprêtait à faire chauffer un peu de lait sur le poêle à bois de la cuisine.

Elle s'avança vers lui et l'embrassa sur la joue.

— Ah batèche! c'est de la visite rare en maudit, ça, fit-il avec un grand sourire en reconnaissant sa fille.

Puis sa figure s'assombrit en remarquant le visage enflé et l'œil gauche bleui de Jeanne.

— Mais qu'est-ce qui...

— Laisse faire, Léon, je t'expliquerai ça tout à l'heure, l'interrompit sa femme d'une voix tranchante. Là, il est plus important qu'elle aille changer la couche de la petite et qu'elle lui donne à boire. Jeanne, va t'installer en haut, dans ton ancienne chambre. Claude et Gustave vont revenir tout à l'heure de chez les Boisvert. Ils vont aller te chercher le vieux berceau au grenier.

Dès que le lait fut chaud, Jeanne s'empressa de prendre sa fille des bras de sa mère et elle monta à l'étage. Quand la porte claqua en haut, Léon, qui avait attendu, debout devant l'une des fenêtres de la cuisine, s'approcha de sa femme.

— Baptême! Est-ce que je vais finir par savoir ce qui se passe? s'écria-t-il, irrité.

— Comme t'as pu le voir, le Maurice Dionne a battu ta fille.

— Ah ben, le torrieu! Pourquoi il a fait ça? demanda le père, dépassé par les événements.

— Pour une niaiserie. Tu commences à le connaître comme moi, c'est un paquet de nerfs, ton gendre. Jeanne m'a dit qu'il arrête pas d'être enragé après elle…

— Correct. Bon, si c'est comme ça, fit le petit homme d'un ton décidé, elle a juste à rester chez nous avec la petite.

— Il y a pas autre chose à faire, l'approuva Marie. Mais il est pas question que tout le monde se mette à parler dans notre dos dans la paroisse et à raconter n'importe quoi. Il est entendu qu'elle est tombée dans sa cave et qu'elle s'est fait mal. Elle est juste en visite. C'est ce qu'elle a raconté aux Bergeron qui l'ont ramenée de la gare.

— C'est correct.

— Quand les garçons vont rentrer tout à l'heure, c'est ça qu'on va leur dire. La même chose aux plus jeunes quand ils reviendront de l'école.

Sur ce, Marie Sauvé monta à l'étage en portant la petite valise brune de sa fille et son sac en tapisserie. Lorsqu'elle pénétra dans la chambre rose, à droite de l'escalier, elle trouva Jeanne assise sur le bord de son lit, regardant sa fille en train de boire.

— Quand tu lui auras fait faire son rapport, tu descendras dîner. Je vais te réchauffer quelque chose.

— C'est pas nécessaire, m'man. Il est déjà trois heures.

— Fais ce que je te dis. Avant de descendre, mets des oreillers autour de la petite pour qu'elle tombe pas en bas du lit et viens manger. Tu vas avoir tout le temps de digérer avant le souper. On mange seulement après le train, vers six heures et demie.

—

Après cette première journée éprouvante, le reste de la semaine s'écoula paisiblement chez les Sauvé. Jeanne n'eut pas à s'étendre sur les causes de son visage tuméfié et elle reprit rapidement le rythme de la maison paternelle. Ses frères et ses sœurs se chamaillaient pour avoir le plaisir de bercer Lise et elle dut intervenir à quelques reprises pour éviter qu'ils ne la gâtent trop.

Au début de la semaine suivante, toutes les marques avaient disparu de son visage et de ses bras, et la jeune mère put profiter de quelques jours de temps doux pour faire de longues promenades l'après-midi dans le rang Sainte-Marie. Peu à peu, elle se mit à regretter que ses parents n'aient pas encore le téléphone. S'ils l'avaient eu, elle était certaine que Maurice aurait déjà tenté de rétablir le contact, de s'excuser. Il aurait cherché à la convaincre de revenir à la maison.

Avec le temps, son humeur joyeuse du début s'altéra peu à peu. La jeune mère commença à se poser quelques questions angoissantes. Était-il possible que son mari ait décidé de l'abandonner chez ses parents avec sa fille? Le doute se fit lancinant. Elle se persuadait progressivement qu'il avait dû laisser la chambre chez les Beaucage, trop heureux de retourner chez sa mère et de renouer avec sa vie de célibataire.

Après plus d'une semaine à Saint-Joachim, elle s'éveillait maintenant la nuit, en proie à des cauchemars. Elle imaginait son Maurice au bras d'autres femmes, les ayant totalement oubliées, elle et Lise. Elle avait beau se répéter que cela n'avait aucun sens, il n'en restait pas moins qu'elle avait du mal à retrouver le sommeil.

Marie finit par se rendre compte du changement d'humeur de sa fille, mais elle se garda bien d'intervenir. En femme très religieuse, elle se contentait de prier Dieu de tout arranger au mieux. Pour elle, il ne faisait aucun doute que la place d'une femme mariée était auprès de son mari, pas chez ses parents. Le ménage de sa fille battait de l'aile ; c'était à sa fille de trouver une solution à la crise. Elle savait par expérience que Maurice Dionne allait apparaître à sa porte un jour ou l'autre et à ce moment-là...

Une dizaine de jours après l'arrivée de Jeanne et de sa fille chez les Sauvé, un samedi après-midi, un vieux Chevrolet noir s'arrêta doucement dans la cour. Le ciel était d'une pureté parfaite et il faisait un froid sec et vivifiant.

Il n'y avait pas un bruit dans la maison. Les jumelles étaient installées à la table de cuisine en train de faire leurs devoirs, tandis que Léon et ses fils étaient occupés à l'étable. Jeanne faisait une sieste dans sa chambre, à l'étage, en compagnie de Lise.

Assise dans sa chaise berçante placée près de la fenêtre, Marie tricotait. Quand elle aperçut Maurice Dionne descendre de la voiture, elle se contenta de déposer calmement son tricot sur le bord de la fenêtre avant de dire à ses filles :

— Ruth, Madeleine, montez en haut dire à Jeanne qu'elle a de la visite. Après, vous resterez dans votre chambre jusqu'à ce que je vous appelle.

— Pourquoi, m'man ? voulut savoir Ruth. C'est Maurice qui vient d'arriver.

— Faites ce que je vous dis, ordonna leur mère sur un ton sans réplique avant de se diriger vers la porte pour ouvrir à son gendre.

Vêtu de son paletot bleu marine et coiffé de son chapeau de la même couleur, Maurice Dionne s'avança lentement vers l'escalier qui menait au balcon en arborant la mine d'un condamné. Après un moment d'hésitation, il se décida à frapper à la porte. Sa belle-mère attendit qu'il ait frappé une seconde fois pour lui ouvrir.

— Bonjour, madame Sauvé, dit-il, la mine piteuse, en enlevant poliment son chapeau. Est-ce que je peux parler à Jeanne ?

— Entre, lui répondit sèchement Marie sans lui offrir de retirer son manteau. Ta femme est en haut avec ta petite, dans la chambre rose. Tu peux aller les voir.

Le regard mauvais qui accompagna cette invitation le fit blêmir.

— Merci, parvint-il à articuler difficilement.

Réveillée en sursaut par les jumelles, Jeanne s'était précipitée à la fenêtre pour voir Maurice gravir les marches de l'escalier extérieur. Par la porte entrouverte de sa chambre, elle avait entendu le bref échange entre sa mère et Maurice. Elle s'empressa de prendre dans ses bras Lise qui dormait paisiblement dans le berceau posé au pied de son lit. Elle attendit l'arrivée de son mari repentant.

Maurice frappa doucement à la porte avant de la pousser. Il découvrit sa femme assise sur le lit, portant sa fille dans ses bras. Jeanne s'était vite composé un visage de marbre pour l'accueillir.

— Est-ce que je peux te parler ? demanda-t-il humblement en faisant un pas vers elle, dans la chambre.

Jeanne ne dit pas un mot, se contentant de le fixer.

— Je suis venu te chercher, dit difficilement Maurice à voix basse.

— Pourquoi ? T'as plus personne à battre ? demanda Jeanne à mi-voix pour ne pas réveiller le bébé.

— Je te jure que je voulais pas te faire ça, avoua-t-il.

— Je t'avertis, Maurice Dionne, tu me traiteras plus jamais comme un chien.

— Je te promets de plus refaire ça.

Le jeune père de famille avait une boule dans la gorge et les mots sortaient péniblement.

— Je te jure sur la tête de ma mère que je te toucherai plus jamais, jamais, promit-il.

— Pourquoi tu viens nous chercher?

— Parce que je m'ennuie de vous autres, cette affaire, protesta Maurice qui devina que sa femme allait le suivre. On va recommencer en neuf, si tu veux.

Jeanne le fit patienter un moment avant de se lever et de lui tendre Lise.

— Correct, on va essayer, dit-elle. Laisse-moi un peu de temps pour tout ramasser.

— Si ça te fait rien, dit Maurice, soulagé au-delà de toute expression, je vais t'attendre ici, dans la chambre. En bas, j'ai peur que ta mère me mange tellement elle a l'air en maudit contre moi.

Tout occupé à convaincre Jeanne de le suivre en ville, Maurice n'avait pas entendu Léon Sauvé rentrer dans la maison. Le petit homme avait aperçu son gendre descendre de la voiture stationnée sur le côté de la maison par une fenêtre de l'étable.

— Continuez, avait-il ordonné à ses fils, avant de sortir du bâtiment.

— Mais… Mais c'est Mau… Maurice! s'était écrié Gustave en reconnaissant son beau-frère en train de frapper à la porte de la maison. Pour… Pourquoi on peut pas al… aller le voir, p'pa?

— J'ai des affaires importantes à lui dire. Vous le verrez plus tard, affirma son père d'une voix coupante inhabituelle.

Quand Maurice descendit finalement au rez-de-chaussée, en portant la valise et le sac en tapisserie de sa femme, il trouva ses beaux-parents dans la cuisine, visiblement en train de l'attendre. Jeanne descendit rejoindre son mari quelques secondes plus tard. Marie Sauvé arborait toujours son air furieux.

— Où est-ce que vous vous en allez ? demanda-t-elle à Jeanne.

— On s'en retourne en ville, m'man.

— Tu y as ben pensé, ma fille ? Tu sais ce que ça veut dire ?

— Oui, m'man.

— Bon, toi, le Maurice Dionne, je t'avertis, fit-elle en s'approchant si brusquement de son gendre que ce dernier fit un pas en arrière. Si jamais tu lèves la main encore une fois sur ma fille, tu vas avoir affaire à moi. Tu m'entends ?

Sidéré par une telle fureur, Maurice demeura d'abord sans voix. Il finit par murmurer :

— Oui, madame Sauvé.

Léon Sauvé prit ensuite la parole.

— Écoute-moi bien, Maurice. Je t'ai pas donné ma fille pour la maganer. Si t'es pour la maganer, laisse-la ici.

— Ça arrivera plus jamais, je vous le promets, monsieur Sauvé.

— Si c'est clair, fit Marie, tout est correct.

Puis, laissant son sens de l'hospitalité reprendre le dessus, elle leur demanda :

— Pourquoi vous partez tout de suite ? Il y a pas de presse. Restez à souper.

— Je voudrais ben, mentit Maurice, mais j'ai loué le char seulement jusqu'à six heures.

Jeanne embrassa et remercia ses parents pendant que Maurice, trop heureux de quitter la maison des Sauvé, s'empressait d'aller déposer dans le coffre arrière les bagages de sa femme. Quand Jeanne et Lise eurent pris place dans l'auto, il se dépêcha de se glisser derrière le volant et de démarrer. Il se garda bien de se tourner vers le balcon où ses beaux-parents se tenaient pour les saluer.

Maurice ne vit pas non plus ses trois jeunes beaux-frères sortir en courant de l'étable.

— Est-ce qu'ils sont partis pour de bon? demanda Luc à ses parents qui s'apprêtaient à rentrer dans la maison.

— T'es pas aveugle, non? fit sa mère.

— Ben, elle... elle est bonne celle-là! s'exclama Gustave. Le dia... diable était après eux autres. Ils sa... sacrent leur camp sans... sans même nous di... di... dire bonjour. Des vrais sau... sauvages!

— Gustave Sauvé! Surveille tes paroles et mêle-toi de tes affaires, le réprimanda sa mère. Ils étaient pressés de retourner en ville, c'est toute.

— C'est drô...drôle pareil de fai... faire tout ce che... chemin-là pour rester seulement dix mi... mi... minutes, fit remarquer l'adolescent.

Seuls ses frères l'entendirent. Son père et sa mère étaient déjà rentrés au chaud, à l'intérieur.

—

Dans le Chevrolet de location, le silence n'était brisé que par le sifflement du vent contre le déflecteur entrou-vert. Maurice, le visage fermé, conduisait en silence. Au moment de quitter le village de Saint-Joachim, Jeanne fit une tentative pour le faire sortir de son mutisme.

— C'est pas chaud; tu trouves pas?

Son mari se contenta de lui jeter un regard hostile sans ouvrir la bouche. La jeune femme comprit immédia-tement qu'il lui en voulait de l'avoir obligé à s'humilier en venant la chercher chez ses parents. Rancunier comme il l'était, il n'était pas prêt de l'oublier.

Durant quelques minutes, elle tourna la tête de l'autre côté, s'interrogeant sérieusement sur la conduite à suivre. Devait-elle ignorer sa mauvaise humeur ou faire front ? Elle choisit la seconde option.

— Écoute, Maurice, dit-elle en puisant au fond d'elle ce qui lui restait de courage. Si t'as l'intention de bouder pendant des semaines parce que je reviens à la maison, tu peux virer de bord et me ramener chez mon père.

— Ben non, je boude pas, dit Maurice à contrecœur.

— Pourquoi tu parles pas d'abord ?

— Je pense au temps qui me reste pour rapporter le char, mentit-il. Ça va être juste en maudit.

— Tu vas arriver à temps, inquiète-toi pas, fit-elle pour le rassurer. Qu'est-ce qu'il y a de nouveau ? lui demanda-t-elle, continuant ses efforts pour dégeler l'atmosphère.

— Pas grand-chose. Suzanne et Georges ont décidé de se marier au mois de mai et ils vont rester avec ma mère.

— Ta mère doit être soulagée.

— Je le suppose, mais tu connais la mère. Il y a jamais moyen de savoir exactement ce qu'elle pense.

— Chez les Beaucage ?

— Je les ai presque pas vus depuis que t'es partie. Qu'est-ce que la Beaucage sait exactement ?

Jeanne sut alors que Maurice avait évité avec soin leur logeuse, de crainte qu'elle soit au courant de toute leur histoire et lui reproche sa conduite.

— Elle sait juste que je m'en allais passer quelques jours chez nous.

Cette réponse eut l'air de le rassurer un peu. À partir de ce moment, la glace entre les deux époux sembla définitivement brisée, mais Jeanne connaissait maintenant assez bien son mari pour savoir qu'il n'oublierait jamais tous les ennuis que lui avait causé la gifle donnée. Du moins, c'est ce qu'elle espérait.

Chapitre 10

La reprise

La vie commune reprit entre Jeanne et Maurice, une vie commune ponctuée par des hauts et des bas. La seconde lune de miel pratiquement promise par le mari ne dura que ce que durent les roses. Trois jours après le retour de Jeanne à l'appartement des Beaucage, il suffit d'un bouton manquant à une chemise de travail pour jeter Maurice dans une folle colère.

— Un vrai membre inutile ! s'écria-t-il. Même pas capable d'entretenir mon linge comme du monde !

Jeanne ne répliqua pas. Elle se contenta de prendre la chemise qu'il venait de retirer et d'y coudre le bouton manquant. Ce matin-là, Maurice quitta la chambre de fort mauvaise humeur pour aller travailler.

Le soir même pourtant, il avait retrouvé son calme. Il rapporta des décorations de Noël pour orner la chambre et il aida même Jeanne à les installer.

À la mi-décembre, on oublia vite les quelques petites chutes de neige du mois de novembre lorsque deux tempêtes majeures ensevelirent la métropole sous près de deux pieds de neige. Prisonnière de la maison, Jeanne partagea alors son temps entre les soins à donner à Lise, la préparation des repas et le ménage de la chambre de plus en plus encombrée. Depuis son retour, elle avait eu largement le temps de discuter de sa fugue et de ses conséquences avec Grace qui continuait à la conseiller en sous-main.

Lorsqu'elle reçut une invitation à venir célébrer Noël avec Maurice et la petite à Saint-Joachim, elle dut expliquer à sa mère dans une lettre qu'elle ne pourrait venir parce qu'elle et Maurice se devaient d'assister aux fiançailles de Suzanne le soir de Noël. Par contre, elle promit de venir les visiter au jour de l'An si la température le permettait.

La veille de Noël, le couple s'improvisa un petit réveillon tout simple dans l'appartement déserté par les Beaucage invités par des parents à l'extérieur de Montréal. Maurice aurait peut-être apprécié un réveillon chez sa mère, mais fatiguée par la préparation du souper de fiançailles qui allait avoir lieu le lendemain soir, Angèle Dionne n'invita personne pour l'occasion. Jeanne et Maurice s'échangèrent des petits cadeaux. Maurice reçut un briquet Ronson et il offrit un fichu et des gants de laine à sa femme. Pour la première fois depuis son arrivée dans la famille, le bébé eut droit, lui aussi, à des étrennes.

⚊

Le lendemain après-midi, après avoir emmitouflé soigneusement Lise, Jeanne et Maurice se rendirent à pied jusqu'à la rue De La Roche. Ils arrivèrent au moment où la porte de l'appartement voisin, celui d'Adrien et de Simone, s'ouvrait. Les deux couples entrèrent donc ensemble chez Angèle qui les invita à laisser leur manteau sur son lit.

Jeanne fut étonnée de constater à quel point sa belle-mère avait changé en quelques mois. Angèle Dionne venait d'entrer dans la soixantaine. En quelques mois, elle avait pris beaucoup de poids et avait le souffle court. Elle avait le teint gris et l'air fatigué.

— Comment! La fiancée est même pas là! fit Adrien, de fort bonne humeur.

— Elle est là, inquiète-toi pas, le rassura sa mère sans sourire. C'est un vrai paquet de nerfs depuis qu'elle est levée. Elle est enfermée dans la salle de bain depuis une heure. Elle finit de s'arranger.

Pendant que Jeanne et Maurice enlevaient leur manteau, Simone chuchota à l'oreille de sa belle-sœur :

— Devine quoi? Je pense que je suis en famille.

— Pas vrai, se réjouit Jeanne. C'est pour quand?

— Fin mai.

— Comment Adrien prend ça?

— Lui, il est fou comme un balai, mais il veut pas que j'en parle tant que je suis pas sûre à cent pour cent. Pourtant, si je l'écoutais, je préparerais déjà la chambre du petit.

Quelques minutes plus tard, on sonna à la porte. Maurice alla ouvrir. Il fit entrer Gaston Duhamel, accompagné par deux grandes femmes d'une quarantaine d'années à l'allure très distinguée. Le gros policier aux cheveux blonds très courts arborait une mine épanouie.

— Je vous présente mes sœurs, Élisabeth et Anne, dit Georges sur un ton un peu solennel aux membres de la famille Dionne rassemblés dans le salon.

Suzanne, enfin sortie de la salle de bain, se précipita pour s'emparer des manteaux et des chapeaux de ses futures belles-sœurs pendant que sa mère leur offrait un siège. La future fiancée étrennait ce soir-là une robe gris perle et elle s'était soigneusement maquillée et coiffée pour l'occasion.

De la conversation tenue avant le souper, chacun comprit que Georges, orphelin dès son plus jeune âge, avait été éduqué par ses deux sœurs aînées qu'il considérait comme ses mères. Sans être hautaines, les deux femmes n'étaient pas très expansives. Elles s'exprimaient dans une langue soignée et semblaient très au courant des nouvelles internationales dont seul Adrien paraissait se préoccuper. Pendant que Georges s'entretenait avec sa future belle-mère et Suzanne, Adrien et les deux sœurs Duhamel parlaient de la conférence de Québec à laquelle Churchill, Roosevelt et Staline avaient participé au mois d'août précédent, des conséquences du débarquement en Sicile et de la capitulation encore récente de l'Italie.

Durant le repas servi par Angèle et ses deux brus, on porta un toast au bonheur des fiancés et on les encouragea à parler de leurs projets d'avenir. C'était la soirée de Suzanne et elle rayonnait de bonheur. Un peu avant dix heures, Maurice donna le signal du départ. Le repas de fiançailles de sa sœur avait été une réussite. Le seul commentaire que Jeanne put tirer de son mari sur le chemin du retour fut :

— Tu parles de maudites fraîches !

— De qui tu parles ? demanda Jeanne, surprise par sa sortie.

— Des sœurs de Duhamel, sacrement ! Parce qu'elles parlent avec le bec en cul de poule, elles se pensent plus fines que les autres.

— Voyons, Maurice, elles ont juste de la classe.

Maurice préféra ne pas répondre.

———

Jeanne ne sut jamais si Maurice avait réellement eu l'intention de rendre visite à ses parents au jour de l'An. Elle doutait qu'il ait oublié leur dernier accueil quand il était venu la chercher quelques semaines auparavant. De toute façon, la question ne se posa pas.

La veille du jour de l'An 1944, dame Nature décida de se déchaîner. En quelques heures, une violente tempête de neige s'abattit sur la province, paralysant le trafic routier et ferroviaire.

Debout devant la fenêtre de leur chambre, Jeanne ne cessait de se répéter :

— Ça va ben finir par s'arrêter un jour, cette neige-là ! Regarde donc tomber ça. On voit même pas de l'autre côté de la rue tellement ça tombe dru.

Installé devant la petite table placée dans une encoignure, Maurice ne prit pas la peine de relever la tête pour tenter de voir. Il était occupé à fabriquer sa provision de cigarettes pour la semaine. Il avait étalé sur une feuille de journal une boîte entière de tabac Player's et, armé d'un tube métallique, il entassait le tabac dans du papier à cigarette.

Si Jeanne l'avait observé avec plus d'attention, elle aurait peut-être deviné combien son mari était heureux et soulagé d'échapper à la corvée d'avoir à affronter toute la famille Sauvé. Il était persuadé que l'histoire des mauvais traitements qu'il avait infligés à Jeanne avait fait le tour de la famille et qu'on l'attendait avec une brique et un fanal. Ce soir-là, après le souper, Maurice s'habilla pour aller à l'extérieur.

— Tu t'en vas pas dehors avec une tempête pareille ? lui demanda sa femme alors qu'il chaussait ses bottes.

— Oui. Je serai pas long. Je vais juste aller voir si ça roule dans les rues autour.

En fait, il savait fort bien, avant même de sortir à l'extérieur, que tout était paralysé. Il n'avait pas vu une seule charrue passer sur la 4e Avenue depuis le début de l'après-midi. Lorsqu'il rentra, couvert de neige, quelques minutes plus tard, il ne put que dire :

— Je pense qu'on pourra pas bouger demain. Tout est pris dans la neige. Il y a rien de nettoyé nulle part. On dirait même que les petits chars ont arrêté de passer.

Jeanne, qui l'avait vu revenir vers la maison avec de la neige à mi-jambes, dut se faire une raison. Il n'y aurait pas de voyage à Saint-Joachim le lendemain matin. Bien sûr, ce dernier aurait peut-être été encore possible s'ils avaient pu prendre le train le matin même, mais Maurice avait travaillé jusqu'à midi et déjà, la neige s'était mise à tomber abondamment.

Le lendemain matin, le couple vit cependant partir la famille Beaucage au grand complet. Tous les quatre allaient passer la journée chez une sœur d'Armand qui demeurait sur la 7e Avenue. Ils pouvaient s'y rendre à pied. Jeanne et Maurice, contraints une fois de plus à rester confinés dans leur chambre, n'eurent d'autre choix que d'écouter de la musique du temps des fêtes diffusée à profusion sur les ondes de Radio-Canada et de CKAC.

— En tout cas, dit Maurice avec un rien de satisfaction, au début de l'après-midi, je pense pas qu'on va être les seuls à pas être allés chez vous aujourd'hui.

— C'est sûr que Germaine a pas pris la route avec son Yvon qui a juste un mois, concéda Jeanne.

— Oui, puis ton frère Bernard et Florent Jutras prendront certainement pas le chemin avec un temps pareil. Eux autres aussi vont rester encabanés.

— On aurait peut-être pu s'habiller et essayer d'aller souhaiter une bonne année à ta mère qui doit être toute seule, suggéra Jeanne, exprimant ainsi un dernier espoir de ne pas passer seule la première journée de l'année 1944.

— T'es pas malade, toi ! fit Maurice sans trop élever la voix. Il fait ben trop mauvais. Nous vois-tu en train de traîner la petite dans le traîneau sur des trottoirs qui sont même pas déblayés ? Inquiète-toi pas pour la mère. Adrien travaille aujourd'hui, mais Simone a dû aller passer un bout de temps avec elle et peut-être que Suzanne a pas pu aller chez les Duhamel.

———

Janvier 1944 ne fut pas différent des autres mois de janvier que Jeanne avait connus. Il ne fut qu'une suite de journées glaciales durant lesquelles le mercure semblait figé autour de 5 °F. Les gens ne mettaient le nez à l'extérieur que poussés par l'obligation d'aller travailler. L'hiver venait à peine de commencer et déjà, on en avait assez de grelotter.

Au début de cette nouvelle année, Maurice avait gardé l'habitude de sa visite hebdomadaire chez sa mère.

Le dernier samedi de janvier, il revint de la rue De La Roche un peu avant le dîner. Il semblait énervé et il affichait une mine sombre. En le voyant entrer, Jeanne crut qu'il s'était disputé avec sa mère et qu'il l'avait quittée sur un coup de tête. Habituellement, elle ne le voyait revenir que vers quatre heures.

— As-tu dîné ? lui demanda-t-elle.

— Non. Laisse faire. J'ai pas faim.

Comme Jeanne n'insistait pas, Maurice finit par sortir une enveloppe et la lancer sur le lit.

— Qu'est-ce que c'est ?

— Une lettre de l'armée.

Jeanne devina immédiatement de quoi il s'agissait et elle pâlit.

— C'est pas vrai ! Ils veulent pas t'enrôler ?

— Non, Christ ! jura Maurice, énervé. Ils veulent juste me souhaiter bonne fête.

— Comment ça se fait qu'ils t'envoient ça juste aujourd'hui ?

— Il paraît qu'ils avaient perdu ma trace. Eh ben, là, ils m'ont retrouvé. Ma mère a trouvé la lettre jeudi matin dans sa boîte à lettres.

— Pourquoi à toi ? Pourquoi pas à Adrien ? À Gaston Duhamel ?

— Je ne sais pas, fit Maurice en s'allumant nerveusement une cigarette. Il y a quelqu'un qui m'a déjà dit que les pompiers et les policiers étaient exemptés. C'est peut-être pour ça. En tout cas, moi, j'ai reçu leur maudite « convocation », comme ils disent.

— Qu'est-ce que tu vas faire ?

— J'ai pas le choix, affirma Maurice, un ton plus bas. Je dois me présenter pour les examens médicaux mardi matin.

— Ça a pas d'allure. T'as une famille à faire vivre. Ils peuvent pas te prendre pour t'envoyer te faire tuer, déclara Jeanne, au bord de la panique.

— L'enrôlement, il paraît que c'est pour tous les hommes de dix-huit à quarante-quatre ans. Qu'est-ce que tu veux que j'y fasse ? demanda Maurice, défaitiste.

Il y eut un long silence dans la chambre.

— Comment ça se fait qu'Armand Beaucage ait pas été appelé, lui ? demanda soudain Jeanne à son mari. Il me semble que Grace m'a dit qu'il avait quarante et un ans.

— Comment tu veux que je le sache ? fit Maurice avec humeur.

— Attends, je vais savoir pourquoi, fit-elle sur un ton décidé.

Jeanne sortit de la chambre avant même que Maurice n'ait eu le temps d'esquisser un geste pour l'empêcher de sortir de la pièce. Elle alla rejoindre Grace en train de laver la vaisselle dans la cuisine en compagnie de sa fille Monique. Lorsque la jeune femme l'interrogea à ce sujet, sa logeuse se contenta de lui dire :

— Demande donc ça à mon mari. Il est en train de se battre avec *La Presse* dans le salon.

Quand Jeanne lui posa la question, Armand Beaucage sut immédiatement que son locataire avait reçu sa convocation.

— Dis donc à Maurice de venir me voir, suggéra-t-il à Jeanne. On va se parler.

Les deux hommes s'entretinrent une quinzaine de minutes dans le salon. Quand il rentra dans leur chambre, Maurice était beaucoup plus calme. Il se contenta de dire à sa femme :

— Lundi, t'achèteras un sac de deux livres de café.

— Pourquoi ?

— Beaucage m'a expliqué comment il a pas réussi les examens médicaux. Je vais essayer de faire la même chose.

Dès son retour du travail, le lundi soir, Maurice soupa et s'installa dans leur chambre devant un pot de café extrêmement fort. Durant toute la soirée et toute la nuit, il but du café noir et il fuma sans discontinuer. Au petit matin, l'air enfumé de la petite pièce était devenu irrespirable. Quand Maurice décida de s'habiller pour se rendre à la convocation de l'armée, le cœur lui faisait mal tant il battait vite et la tête lui tournait.

Jeanne avait veillé avec lui toute la nuit, même si, à plusieurs reprises, son mari l'avait invitée à aller se coucher. Sans le dire, Maurice apprécia le soutien de sa femme.

— Prépare-moi un thermos de café, lui demanda-t-il avant d'endosser son paletot, je vais continuer à en boire en chemin.

Quand Jeanne lui tendit un thermos de café chaud au moment de partir, Maurice essaya de plaisanter avant de quitter la maison.

— En tout cas, avec tout le café que j'ai bu, je risque pas de m'endormir en chemin.

Jeanne l'embrassa sur une joue et promit de prier pour lui lorsqu'il ouvrit la porte pour quitter la maison de la 4e Avenue.

Durant toute la matinée, Jeanne, épuisée par sa longue nuit de veille, récita des *Ave* en berçant Lise. Les heures passaient trop lentement et elle avait beaucoup de mal à combattre le sommeil. De temps à autre, ses yeux se fermaient et elle somnolait quelques instants avant de se réveiller en sursaut.

Soudainement, elle ouvrit les yeux et poussa un cri qui réveilla le bébé qui dormait dans ses bras. Maurice était debout devant elle.

— Mon Dieu que tu m'as fait peur ! s'écria-t-elle en tentant de calmer les pleurs de Lise. Je t'ai pas entendu entrer.

— Je comprends. Tu dormais comme une bûche. Il y a pas à dire : ça avait l'air de t'énerver en sacrement que je passe mes examens.

— Je venais juste de fermer les yeux. J'ai prié tout l'avant-midi… Puis, est-ce que ça a marché ?

— Laisse-moi d'abord enlever mon manteau, fit Maurice, content de la faire languir.

Maurice déboutonna son chaud paletot noir d'hiver et l'accrocha derrière la porte. Soudainement, Jeanne se rendit compte que la bonne humeur de son mari ne pouvait avoir qu'une raison.

— Ça a marché ! s'exclama-t-elle, tout excitée.

— Ben oui. Je suis « réformé », comme ils disent. Tout allait ben jusqu'à ce que le docteur écoute mon cœur. Il a rien dit, mais il m'a regardé drôlement. Il s'est assis à son bureau, a rempli une feuille et il me l'a donnée en me disant : « Réformé. Cœur malade. »

— Je suis tellement contente !

— Bon. C'est une bonne chose de faite, déclara Maurice dont le soulagement était apparent. À cette heure, tu pourras écouter chanter le soldat Lebrun sans t'inquiéter ! Là, si t'es capable de faire tenir tranquille la petite, j'aimerais ben dormir quelques heures, ajouta-t-il en s'assoyant sur le lit pour retirer ses chaussures.

Jeanne se rendit compte qu'il s'en était fallu de peu pour que sa vie familiale bascule. Pendant quelques instants, elle regarda son mari qui s'était endormi à peine étendu sur le lit. Elle quitta la pièce sur la pointe des pieds en portant Lise dans ses bras. Elle alla rejoindre sa logeuse dans la cuisine pour lui apprendre la bonne nouvelle.

—

Durant le mois de février, la nature se montra plus clémente. Les Montréalais ne connurent que quelques chutes de neige et les froids se firent moins polaires. Malgré tout, quand mars débuta, tout le monde aspirait depuis longtemps à la venue du printemps. On était fatigué des paysages blancs. On voulait contempler autre chose que des amoncellements de neige.

Un matin de la seconde semaine du mois de mars, Grace, assise à la table de la cuisine, invita sa locataire à venir boire une tasse de thé.

— Viens t'asseoir, Jeanne, fit-elle. Les enfants viennent de partir pour l'école et j'ai pas l'intention de me lancer dans le repassage avant une bonne heure.

Jeanne était levée depuis plus de deux heures. Elle avait eu le temps de déjeuner avec Maurice, de faire manger Lise et de mettre de l'ordre dans la chambre.

— Dis donc, *dear*, on dirait que t'engraisses un peu, fit Grace en la voyant s'asseoir à la table. Remarque que ça te fait bien. T'étais maigre à faire peur.

Puis la logeuse scruta le visage de la jeune femme avant de demander :

— Tu serais pas encore enceinte, toi ?

— Non, madame Beaucage. J'ai pas mal au cœur le matin et…

— Mal au cœur, mal au cœur, c'est pas ça qui indique nécessairement que t'es en famille. Moi, j'en ai eu deux et j'ai jamais eu mal au cœur le matin.

Le visage de Jeanne pâlit soudainement.

— As-tu du retard ?

— C'est-à-dire… Moi, la moindre affaire énervante qui m'arrive me met en retard.

— T'es en retard, si je comprends bien.

— Oui. Mais je pensais que l'histoire de la convocation de Maurice puis…

— Je veux pas te faire des peurs pour rien, *dear*, mais à ta place, j'irais voir ton docteur Bernier.

Depuis plusieurs semaines, la jeune mère jouait à l'autruche, cherchant toutes sortes de raisons pour expliquer le long retard de ses menstruations. Elle se rassurait en se disant qu'elle aurait des nausées matinales si elle était enceinte. Or, elle ne s'était jamais sentie aussi bien depuis deux mois. Elle s'était rendu compte qu'elle avait même pris un peu de poids.

Ce jour-là, elle décida d'aller consulter le docteur Bernier sans en parler d'abord à Maurice. Il ne servait à rien de l'énerver si c'était une fausse alerte. Grace accepta de garder Lise et Jeanne marcha jusqu'au bureau du praticien, rue Saint-Hubert.

Garde Lagacé la reconnut dès son entrée. Il y avait quatre patientes dans la salle d'attente.

— Vous tombez mal aujourd'hui, madame Dionne. Il est de mauvais poil. Je sais pas s'il va vouloir vous recevoir sans rendez-vous.

— Vous savez, c'est difficile de trouver une gardienne, mentit Jeanne.

— Bon. Assoyez-vous. Je vais voir ce que je peux faire, fit l'infirmière en se levant pour se diriger vers le bureau d'où venait de sortir un grosse dame, l'air soulagé.

Un instant plus tard, l'infirmière revint et lui dit que le docteur allait la recevoir. Jeanne attendit plus d'une heure avant d'être admise dans le bureau de Charles Bernier.

— Dis donc, toi, t'es jamais capable de prendre un rendez-vous comme mes autres patientes ? l'apostropha le médecin, toujours aussi peu aimable, lorsqu'elle pénétra dans son bureau.

— Je pensais pas que vous me recevriez aujourd'hui, mentit Jeanne. J'étais juste arrêtée pour prendre un rendez-vous.

— C'est correct. À cette heure que t'es là, on est aussi ben de régler ça tout de suite. Qu'est-ce qu'il y a ? demanda Charles Bernier, bourru, en lui désignant l'une des deux chaises disposées devant son bureau.

— Je me demande si je suis pas en famille, docteur.

— On va voir ça tout de suite, dit le praticien en se levant.

Quelques minutes plus tard, Jeanne quitta le bureau de la rue Saint-Hubert. Il n'y avait plus de doute : elle était enceinte de plus ou moins trois mois. Tout le problème était de savoir comment Maurice allait prendre la nou-velle. Elle allait sûrement avoir droit à une crise et se faire accuser de tous les maux. Juste à la pensée d'avoir à affron-ter son mari, Jeanne en avait des sueurs froides. Durant un moment, elle caressa même l'idée d'attendre quelques jours ou quelques semaines et de lui laisser découvrir la vérité par lui-même.

— Il est tout de même pas aveugle, se dit-elle à mi-voix en marchant sur le trottoir. Il va ben finir par s'apercevoir de quelque chose.

Elle retourna chez elle sans tarder. Elle voulait être à la maison quand Maurice rentrerait du travail. En enlevant son manteau, elle revint sur sa décision et choisit de tout lui révéler le soir même. Elle ne voulait pas vivre avec cette épée de Damoclès suspendue au-dessus de sa tête durant des semaines.

— S'il veut s'enrager, il s'enragera, finit-elle par se dire, fataliste. Qu'est-ce que je peux y faire ? Cet enfant est là. On n'a plus le choix.

Elle alla retrouver sa logeuse en train de bercer Lise dans la cuisine et elle lui avoua la vérité.

— Ça a quasiment pas d'allure, affirma la future mère, découragée. Lise se traîne même pas encore et voilà qu'un deuxième arrive.

— Tu trouveras pas ça facile, c'est certain, concéda Grace, mais t'es jeune. Énerve-toi pas ; tu vas passer à travers.

— Il faut d'abord que je l'annonce à Maurice, dit Jeanne, inquiète. Il va me faire une de ces crises…

— Voyons donc, Jeanne, la raisonna son amie. C'est lui qui l'a fait, cet enfant-là, non ?

— Ça, c'est vrai, reconnut la jeune femme un peu ragaillardie par la remarque.

Malgré tout, elle se sentit beaucoup moins courageuse après le souper. Elle hésita longuement avant de se décider à tout dire à son mari.

— Maurice, j'ai pas une ben bonne nouvelle à t'annoncer.

— Qu'est-ce qu'il y a encore ? demanda son mari d'une voix agacée et déjà sur la défensive.

— Je pense que je suis enceinte.

Maurice la dévisagea durant un court instant, comme pour s'assurer de son sérieux. Jeanne, stoïque, attendait l'explosion de colère. Or, il n'y en eut pas.

— T'es sûre de ça? demanda le futur père en s'allumant nerveusement une cigarette.

— Je suis allée voir le docteur cet après-midi au cas où je me tromperais, fit Jeanne, soulagée au-delà de toute expression de constater que Maurice avait l'air d'accepter l'arrivée d'un deuxième enfant.

— Et ce serait pour quand? se contenta de demander son mari.

— Pour la fin d'août, comme pour Lise.

Maurice se plongea dans un long silence dont il ne sortit que pour dire :

— Tu te rends compte qu'il est plus question de rester en chambre avec un autre petit.

— C'est certain qu'on serait pas mal tassés, reconnut Jeanne, encore pleine de gratitude qu'il ait accepté si facilement l'arrivée d'un second enfant.

— En admettant que les Beaucage voudraient qu'on reste, où est-ce qu'on mettrait l'autre bassinette? réfléchit Maurice à haute voix en regardant autour de lui. Non, il va falloir se mettre à chercher un appartement pour le mois de mai. On n'a pas le choix. Ce sera pas facile de trouver un loyer qu'on peut se payer.

— Combien on peut mettre par mois? demanda Jeanne.

— Pas plus que quinze piastres.

— À partir de demain, je vais habiller la petite chaudement et la mettre dans le traîneau. Je vais commencer à regarder autour pour voir si je trouverais pas quelque chose.

Maurice ne protesta pas. Il s'enferma dans un étrange mutisme, comme s'il tentait de mesurer toutes les implications qui allaient découler de l'arrivée de ce second enfant.

Dès le lendemain après-midi, Jeanne Dionne brava le temps maussade pour commencer sa quête d'un logement. Elle déposa Lise dans le vieux traîneau prêté par Grace et elle commença à sillonner les rues du quartier à la recherche d'un appartement à louer.

Ce jour-là, elle en trouva trois, mais le loyer de chacun dépassait vingt-cinq dollars par mois. Elle revivait ce qu'elle avait connu l'année précédente, avant la naissance du bébé. L'unique différence était qu'elle devait traîner Lise sur des trottoirs sur lesquels il y avait de moins en moins de neige et de glace. La fonte des neiges avait débuté, rendant les déplacements en traîneau assez malaisés.

Durant deux semaines, Jeanne explora, seule ou avec le bébé, un vaste secteur sans aucun résultat tangible. Il y avait de plus en plus d'appartements à louer annoncés, mais aucun ne convenait à son maigre budget.

Un soir, épuisée d'avoir marché tout l'après-midi, elle avoua son découragement à Maurice en servant le souper.

— On est rendus en avril, et j'ai beau chercher tous les jours, je trouve rien dans nos prix. Je sais plus quoi faire.

— Bon. Tu vas arrêter de marcher pour rien, décida son mari entre deux bouchées. Ça a tout l'air qu'on va être obligés de chercher en bas de la rue Sherbrooke si on veut trouver quelque chose dans nos moyens. J'en ai parlé à des gars qui travaillent avec moi. Ils disent tous que je pourrais peut-être trouver un loyer bon marché qui a du bon sens dans le coin de la rue Ontario ou Sainte-Catherine. On ira voir ça samedi prochain.

Soulagée de voir que Maurice allait aussi participer activement à la recherche de leur futur appartement, Jeanne accepta avec plaisir sa proposition.

Mais le couple n'eut pas à partir en chasse à l'aveuglette. Le vendredi soir suivant, Grace Beaucage trouva l'annonce d'un appartement de cinq pièces à louer à prix très modique dans les annonces classées de *La Presse*. Elle s'empressa de noter les renseignements pour les communiquer aux Dionne.

— C'est sur la rue Joachim, dit-elle. Je connais le coin. Le loyer doit pas être ben cher.

— À soir, il est trop tard, déclara Maurice en jetant un coup d'œil à sa montre. Mais demain matin, on va aller voir ça de bonne heure.

— T'as remarqué ? demanda Jeanne à son mari. C'est sur la rue Joachim, comme Saint-Joachim.

Maurice se contenta de hausser les épaules.

— Est-ce que vous savez comment on peut se rendre sur cette rue-là ? demanda-t-il à sa logeuse. Je connais pas pantoute le coin.

— C'est complètement *downtown*, proche de la rue Notre-Dame. Huguette Tourigny, mon amie, reste sur Dufresne. Il me semble que Joachim, c'est une petite rue qui donne sur Dufresne.

— Dufresne, est-ce que c'est une rue à l'est de De Lorimier, la rue du pont Jacques-Cartier ? demanda Maurice, un peu perdu.

— Oui. C'est une rue entre De Lorimier et Frontenac.

— Bon. Je vous remercie. Je pense qu'on va être capables de se débrouiller demain pour trouver la place, conclut le jeune père.

Sans avoir vu cet appartement ni connaître le prix de sa location, Maurice et Jeanne occupèrent la soirée à imaginer comment ils pourraient l'organiser. À aucun moment, l'un ou l'autre n'évoqua la possibilité d'avoir à racheter certains meubles du locataire actuel.

— En tout cas, conclut Maurice avant de s'endormir ce soir-là, si jamais on le loue, ça va me rapprocher en maudit de ma job sur la rue Notre-Dame.

Chapitre 11

L'appartement

Le lendemain matin, un soleil radieux d'avril accueillit les Dionne lorsqu'ils posèrent le pied à l'extérieur. Le ciel était sans nuage et une petite brise printanière soufflait. Les pelouses situées sur le côté sud de la 4e Avenue avaient déjà commencé à verdir.

Grace avait accepté de s'occuper de Lise pendant qu'ils iraient voir de plus près de quoi avait l'air l'appartement annoncé dans *La Presse*. Le couple prit un premier tramway qui descendait la rue Papineau vers le sud jusqu'à la rue Sainte-Catherine.

— On est aussi ben de se servir de notre transfert, décida Maurice en incitant sa femme à monter dans le tramway qui se dirigeait vers l'est, rue Sainte-Catherine. On devrait pouvoir débarquer juste au coin de Dufresne.

En brinquebalant, le tramway les emporta vers la rue De Lorimier, passa sous le pont Jacques-Cartier et croisa les rues Panet et Fullum.

— On débarque à la prochaine, décida tout à coup Maurice. Dufresne doit être la prochaine rue.

Ils descendirent devant le couvent des sœurs de la congrégation Notre-Dame. De l'autre côté de la rue, il y avait une imposante succursale de la Banque d'Épargne. C'était bien la rue Dufresne. Les Dionne se mirent alors en marche en direction de la rue Notre-Dame.

— La Beaucage nous a ben dit hier que Joachim était
une petite rue qui donnait sur Dufresne, entre Notre-
Dame et Sainte Catherine, dit Maurice. Il est neuf heures
trente. On n'arrivera pas trop de bonne heure.

Le couple marcha une centaine de pieds avant de trouver sur sa droite une petite rue.

— C'est la ruelle Grant. Joachim doit être un peu plus
loin, fit Maurice.

Quelques instants plus tard, les Dionne découvrirent,
toujours à leur droite, une seconde petite rue, longue
d'environ quinze cents pieds.

— C'est ici, fit remarquer Jeanne en montrant à son
mari la plaque qui annonçait la rue Joachim.

L'artère étroite à la chaussée défoncée, était bordée de
très vieilles maisons d'un ou deux étages érigées près du
trottoir. Il n'y avait pas la moindre trace de gazon nulle
part. Un peu déçus, Maurice et Jeanne continuèrent tout
de même leur marche sur le trottoir inégal.

— C'est 2350, dit Maurice après avoir consulté un
bout de papier qu'il venait de tirer d'une poche de son
paletot.

Alors qu'ils avançaient, ils sursautèrent lorsqu'un fracas soudain se produisit derrière eux. Deux voitures tirées
par des chevaux venaient de s'engager dans la petite rue.
Elles ralentirent à peine en passant les portes largement
ouvertes de ce qui semblait être un immense hangar en
bois situé au bout de la rangée de maisons, côté nord.

— Qu'est-ce que c'est, cette grande bâtisse? demanda
Jeanne en désignant le hangar.

Ils firent encore quelques pas avant de se retrouver
devant l'étrange édifice.

— On dirait ben que c'est une glacière, fit Maurice en
tendant le cou. Regarde. Les voitures entrent par ici
et elles sortent au bout, dans la ruelle Grant qu'on a

dépassée en marchant sur Dufresne. De chaque côté, c'est des blocs de glace gardés dans du bran de scie pour les empêcher de fondre trop vite. Ils doivent fournir de la glace aux laitiers et aux ménages pour leurs glacières.

— Ça sent le moisi, fit Jeanne en fronçant le nez.

— En tout cas, si jamais on loue ici, on sera pas loin pour avoir de la glace, lui fit remarquer Maurice.

Sur ces mots, il se tourna et scruta la façade de la vieille maison qui se trouvait en face du vaste hangar.

— Le 2350, c'est la dernière porte de cette maison-là, juste au coin de la ruelle. C'est juste en face de la glacière. On dirait que c'est au deuxième étage.

Les Dionne regardèrent longuement la maison où ils espéraient visiter l'appartement annoncé dans le journal. Le bâtiment de deux étages datait au mieux de la seconde moitié du siècle précédent. Sa brique rougeâtre et lépreuse ainsi que le mauvais état des portes extérieures peintes en vert bouteille traduisaient bien son état de délabrement avancé. À première vue, la porte qui desservait l'appartement du rez-de-chaussée était située au centre de la façade, alors que celle qui donnait accès aux étages supérieurs était tout à fait à l'extrémité de la maison. Toutes les deux s'ouvraient à ras le trottoir. Tout près de la porte d'entrée du 2350, appuyée contre le coin de la maison, on avait posé une grosse borne métallique de quelque trois pieds de hauteur, probablement pour protéger le coin de l'immeuble des voitures tournant dans la ruelle perpendiculaire à la rue Joachim.

— Christ que ça fait dur ! ne put s'empêcher de jurer Maurice, déçu par ce qu'il voyait.

— On est rendus. On est aussi ben d'aller voir de quoi ça a l'air en dedans, l'encouragea Jeanne.

— C'est sûr. On n'est pas venus pour rien, fit son mari en sonnant à la porte.

Ils perçurent une vague sonnerie à l'intérieur et, quelques instants plus tard, la porte s'entrouvrit devant eux. Maurice la poussa. Ils se retrouvèrent devant une étroite et sombre cage d'escalier. En levant la tête, ils aperçurent un gros homme, pieds nus dans de vieilles pantoufles éculées, debout sur le palier, à l'étage.

— Oui. Qu'est-ce que vous voulez? fit-il d'une voix peu aimable.

Il tenait encore en main la cordelette qui lui avait permis d'ouvrir la porte d'entrée sans avoir à descendre l'escalier.

— Bonjour monsieur, salua Maurice. On a lu votre annonce dans *La Presse*. Ma femme et moi, on se demandait si on pourrait pas visiter votre logement.

— Il est pas mal de bonne heure, dit l'homme en remontant le pantalon qu'il portait… Bon. Puisque vous êtes là, montez.

Maurice et Jeanne, soulagés de ne pas s'être déplacés pour rien, montèrent l'escalier abrupt. L'étroite cage d'escalier n'était éclairée que par une fenêtre située à la hauteur du premier étage. Au-delà, il y avait une seconde volée de marches qui permettait d'accéder à l'appartement du deuxième étage.

Le locataire était un quadragénaire à demi chauve à la mise débraillée. Son pantalon informe et son maillot grisâtre en disaient long sur son degré de propreté.

— Entrez, les invita l'homme, un peu bourru. Ma femme est partie faire des commissions sur la rue Sainte-Catherine et elle a pas eu le temps de faire du ménage. Mais je peux toujours vous faire voir l'appartement.

— On voudrait pas vous déranger pour rien, intervint Maurice. Est-ce qu'on peut savoir d'abord le montant du loyer?

— Il y a pas de cachette dans ça, dit l'homme. La maison est à la Dominion Oilcloth. La compagnie me charge treize piastres par mois.

— Ça a ben du bon sens, ne put s'empêcher de dire Jeanne qui examinait la pièce dans laquelle l'homme les avait fait pénétrer.

— Je m'en retourne en Gaspésie avec ma femme et mes enfants, précisa l'homme. Je m'ennuie de là-bas et un de mes frères vient de me trouver une job… Bon. C'est ben beau tout ça, mais je vais vous montrer l'appartement, répéta-t-il en refermant la porte d'entrée derrière eux. Ici, vous êtes dans le salon. À gauche, les deux portes donnent sur deux chambres.

Sur ce, le locataire les entraîna dans la visite de deux chambres de taille moyenne pourvues chacune d'une fenêtre ouvrant sur la rue Joachim. La vue de l'une et l'autre donnait sur la façade de la glacière, en face. Il y avait au fond de la seconde chambre une petite alcôve.

— Vous regardez la glacière ? demanda-t-il à Jeanne qui avait écarté légèrement le rideau de la fenêtre pour mieux suivre des yeux une voiture de laitier qui venait de franchir les portes de l'étrange bâtiment.

— Oui.

— Faites-vous en pas. Ils parlent de la démolir l'automne prochain. Voulez-vous voir la cuisine ?

— Certain, fit Jeanne en laissant retomber le rideau.

Ils sortirent tous les trois de la seconde chambre, traversèrent le salon et pénétrèrent dans une cuisine passablement encombrée, éclairée par une fenêtre qui donnait sur un balcon.

— Au fond, il y a une petite chambre avec une fenêtre aussi, dit l'homme en ouvrant toute grande la porte d'une pièce minuscule.

Les Dionne se penchèrent pour examiner la chambre meublée par un seul lit qui en occupait toute la longueur. On était parvenu à caser une petite commode près de la fenêtre.

— La porte au fond de la cuisine donne sur quoi? demanda Maurice quand l'homme eut refermé celle de la chambre à coucher.

— Sur le hangar. Venez voir.

Le gros locataire ouvrit une porte, et immédiatement la cuisine fut prise d'assaut par une forte odeur de moisi mêlée à celle du mazout.

— On met nos poubelles dans le hangar. Il y a une autre porte au fond. On les descend dans la ruelle par l'escalier qu'il y a là. La senteur d'huile vient du baril, au fond. C'est là qu'on prend notre huile pour chauffer le poêle. Vous avez vu par la cuisine qu'on a aussi un grand balcon, ajouta l'homme en passant du hangar au balcon. C'est ben tranquille. Il donne sur la cour et on voit la ruelle en arrière. C'est pas mal.

Pendant que leur hôte les ramenait à l'intérieur, Jeanne avait la vague impression d'avoir oublié quelque chose, mais quoi? Cela lui revint soudainement en passant devant l'évier de la cuisine.

— Je pense que vous avez oublié de nous montrer la salle de bain, dit-elle doucement à leur hôte.

— Ah ben oui! reconnut-il. C'est vrai. Je l'ai complètement oubliée. Venez. Je vais vous la montrer.

Il les ramena dans le salon et se dirigea vers une porte à demi vitrée placée en face de la porte d'entrée, au fond du salon.

— C'est ici, dit-il, en ouvrant la porte et en tirant une chaînette pour allumer une ampoule nue qui pendait du plafond.

La pièce de quatre pieds sur six ne contenait qu'une cuvette.

— Il y a pas de lavabo ni de bain ? demanda Jeanne.

— Ben non, madame. Pour se laver, il faut se servir de l'évier de la cuisine. Pour treize piastres par mois, il faut pas s'attendre au Ritz. Il y a pas non plus d'eau chaude à l'évier… Bon. Je vous ai fait faire le tour. Est-ce que ça vous intéresse ? demanda le locataire en manifestant pour la première fois une certaine impatience.

Maurice jeta un regard vers sa femme avant de dire :

— Certainement.

— On va s'installer dans la cuisine pour discuter un peu.

L'homme leur offrit une chaise d'un mobilier de cuisine en bois qui avait connu de meilleurs jours. Il prit lui-même place à l'extrémité de la table.

— Je vous ai dit tout à l'heure que je retournais en Gaspésie. C'est vrai. J'ai pas pantoute l'intention de ramener tous mes meubles avec moi. En tout cas, je veux vendre le poêle à l'huile, la glacière, le set de cuisine, le lit dans la petite chambre et la machine à coudre de ma femme. Je garde juste le set de chambre et le set de salon.

Jeanne se leva un instant pour examiner de plus près la glacière peinte en blanc et le poêle, un combiné beige au mazout et au bois doté d'un réchaud.

— Vous demandez combien pour tous vos meubles ? demanda Maurice qui s'attendait un peu à ce genre de situation.

— J'ai tout calculé, fit le gros homme. Je peux pas descendre en bas de cinq cent quatre-vingts piastres. Je trouve que c'est un prix raisonnable.

Maurice laissa passer un long moment de silence, calculant mentalement s'il pouvait payer ce montant.

— Si j'ajoutais cinquante piastres, est-ce que vous nous laisseriez votre set de salon ? finit-il par demander.

— Whow ! Mon set, je l'ai payé presque deux cents piastres.

— Oui, mais si vous êtes obligé de le traîner en Gaspésie, plaida Maurice, il risque de se faire pas mal maganer pendant le transport...

Ce fut au tour du locataire de se mettre à réfléchir pendant que Jeanne coulait un regard inquisiteur vers le mobilier de salon en peluche élimée rouge vin qui occupait une bonne partie de la pièce. Le sofa et le fauteuil avaient l'air de qualité moyenne.

— Correct, accepta finalement l'homme. Je m'appelle Clément Rondeau. Je pense qu'on va faire affaire ensemble. Je connais ben Smith, le gars qui s'occupe de l'entretien des maisons de la Dominion Oilcloth. Il m'a laissé le bail. Si vous êtes prêts à m'acheter mes meubles, vous avez juste à le remplir et à le signer. Vous allez être les nouveaux locataires à partir du 1er mai prochain, au même loyer que je payais.

Quelques minutes plus tard, Maurice et Jeanne quittaient le 2350, rue Joachim après s'être entendus avec Rondeau. Il avait été convenu qu'ils passeraient lui payer ses meubles fin avril, au moment où il quitterait l'endroit avec sa famille. À cette occasion, les nouveaux locataires prendraient possession des clés de leur premier appartement et ils jouiraient même de toute une semaine gratuite avant le 1er mai pour effectuer le ménage qu'ils désiraient faire.

— On s'amusera pas à se promener pour rien en petits chars pendant une semaine, déclara Maurice au moment où il posait le pied sur le trottoir, en quittant la maison. Aussitôt qu'ils seront partis, on va s'installer tout de suite. On fera le ménage une fois qu'on sera sur place.

En regagnant la rue Sainte-Catherine pour prendre le tramway, les Dionne essayaient d'évaluer le nouveau quartier où ils allaient venir s'établir deux semaines plus tard. En ce samedi avant-midi, ils étaient à même de constater qu'il était sûrement plus bruyant que le quartier Rosemont d'où ils venaient. Les maisons étaient décrépites et il n'y avait pas un brin d'herbe nulle part. L'air doux de cet avant-midi d'avril transportait des effluves de crottin de cheval mêlées à d'autres odeurs indéfinissables.

— Qu'est-ce que t'en penses? demanda finalement Maurice, sans préciser s'il parlait de l'appartement ou du quartier.

— On va être bien dans cet appartement-là après l'avoir nettoyé et arrangé un peu, répondit Jeanne en faisant preuve d'un optimisme modéré.

— J'espère que t'es contente, fit sèchement Maurice. Oublie pas que ça va nous coûter pas mal plus cher que de rester chez les Beaucage.

— Je le sais, Maurice, mais on va être enfin chez nous.

⚊

Tout au long du trajet de retour, Jeanne se retint de questionner Maurice à propos de l'achat des meubles. Cependant, en entrant dans leur chambre après avoir appris à leur logeuse qu'ils avaient finalement loué l'appartement, elle se décida à en parler.

— Je savais pas que t'avais autant d'argent à la banque, dit-elle à son mari en préparant le repas du midi.

— De quoi tu parles, toi? demanda Maurice en s'allumant une cigarette.

— Je parle des six cent trente piastres que tu vas payer à Clément Rondeau pour ses meubles, précisa-t-elle.

— Mais t'es malade ! J'ai pas une maudite cenne. Comment est-ce que tu penses que je pourrais avoir cet argent-là ?

— Comment tu vas le payer d'abord ? fit Jeanne, alarmée.

— Inquiète-toi pas pour ça, la rembarra son mari. Occupe-toi de tes affaires. Contente-toi de préparer à dîner. Moi, je vais essayer de trouver l'argent.

Maurice quitta la chambre aussitôt après le repas sans un mot d'explication. Il ne rentra qu'un peu avant le souper en affichant un air satisfait. Il ne dit rien, et Jeanne préféra se taire. Elle se doutait qu'il avait rendu visite à sa mère, comme chaque samedi.

Au début de la soirée, pendant que Jeanne faisait la toilette du bébé, Maurice, ne tenant pas en place dans la chambre, sortit finalement prendre l'air sur le balcon. Par la fenêtre entrouverte, la jeune femme l'entendit discuter avec Armand Beaucage. Ce dernier, bien au fait de la politique, parlait des enjeux des prochaines élections que Godbout allait être obligé d'annoncer puisque son terme achevait.

— Je pense que Duplessis a des bonnes chances de se faire élire, déclara le quadragénaire. Avec les 16 000 conscrits que le gouvernement King vient d'envoyer en Europe, les Canadiens français oublieront jamais que les libéraux ont pas tenu leur promesse d'empêcher la conscription.

— Si Duplessis est élu, fit Maurice, mon beau-père va en faire une maladie. Il peut pas le sentir. Il y a pas plus rouge que lui.

— J'aime pas beaucoup Duplessis, moi non plus, affirma Armand Beaucage, mais je dois dire que son idée d'étatiser la Montreal Light Heat and Power pour l'empêcher de faire la pluie et le beau temps avec les prix de l'électricité, ça a ben du bon sens. J'ai déjà travaillé pour cette compagnie-là, je la connais.

Durant plusieurs minutes, les deux hommes parlèrent de la nouvelle loi sur les allocations familiales et surtout, du déroulement de la guerre en Europe. À dire vrai, c'était surtout le logeur qui parlait. Maurice, peu informé, se contentait de l'écouter en fumant.

Lorsqu'il rentra dans la chambre, Maurice finit par révéler la vérité à sa femme.

— J'ai trouvé l'argent, déclara-t-il de but en blanc.

— Où ?

— Ma mère, Adrien et Suzanne se mettent ensemble pour me le prêter.

— On est chanceux de les avoir, dit Jeanne, heureuse de constater que le problème était réglé.

— Whow ! C'est pas un cadeau qu'ils me font, protesta son mari en montant immédiatement sur ses grands chevaux. Ils me le prêtent. Je vais leur remettre leur maudit argent aussitôt que je vais pouvoir, ajouta-t-il sans exprimer la moindre reconnaissance.

—

Durant les semaines suivantes, les Dionne s'activèrent fébrilement. Ils emménagèrent rue Joachim quelques jours avant la fin d'avril 1944. La journée même, ils se lancèrent dans le grand ménage dont leur nouvel appartement avait grand besoin.

— C'est effrayant comme ce monde-là était malpropre ! dit Jeanne en faisant une première tournée des pièces de son nouveau domaine dès que toutes leurs affaires eurent été déposées dans les lieux.

— T'en fais pas. On vivra pas dans leur crasse, décréta Maurice en faisant l'inventaire d'une boîte de produits de nettoyage qu'il s'apprêtait à utiliser.

Après avoir lavé les plafonds et les murs avec l'aide de Jeanne, Maurice couvrit les murs du salon d'un nouveau papier peint. Il peintura ensuite chaque pièce d'une couleur différente. Si les trois chambres reçurent des teintes pastel, il réserva aux murs de la cuisine un blanc éclatant. À la mi-mai, trois semaines à peine après son installation, le jeune couple en avait pratiquement terminé.

Évidemment, les meubles n'étaient pas extraordinaires, mais le travail de Maurice et de sa femme les avait rendus fort acceptables. Ainsi, la table et les chaises avaient été repeintes en blanc et noir, et le divan avait été recouvert d'un nouveau tissu rouge vin. Pour la première fois depuis leur mariage, les Dionne avaient pu installer tout leur mobilier de chambre à coucher et le lit du bébé avait été placé dans la pièce voisine, la chambre rose.

Le seul inconvénient demeurait la salle de toilette dont la porte à demi vitrée était pour le moins incongrue dans un salon. Jeanne eut beau coller sur la vitre une sorte de papier givré, il n'en restait pas moins que l'occupant des lieux demeurait fort visible de toutes les personnes assises au salon, ce qui était fort gênant pour tous. Le pire était probablement que le concepteur de l'appartement n'avait prévu aucune ventilation des lieux.

Le ménage du nouvel appartement prit fin le second samedi de mai quand Maurice sortit du hangar de lourdes persiennes en bois qu'il se mit à laver à grande eau sur le balcon arrière.

— Il est temps qu'on se décide à enlever les châssis doubles, dit-il à Jeanne. Les voisins vont finir par rire de nous autres. Je pense qu'on est les derniers de la rue à les avoir encore. Après, je vais peinturer les jalousies. Je les poserai demain matin quand la peinture va être ben sèche.

Maurice couvrit non seulement les antiques persiennes d'une épaisse couche de peinture vert forêt, mais il peintura également le balcon. Lorsqu'il rangea ce qui restait de ses pots de peinture verte et grise dans le hangar, un peu avant midi, il poussa un long soupir de soulagement.

— C'est fini. La maison est propre. Il nous reste plus qu'à l'entretenir.

Maurice avait atteint son objectif, soit celui de finir avant les noces de sa sœur Suzanne. Le mariage de cette dernière fut d'une extrême simplicité et ne regroupa chez Angèle Dionne qu'une douzaine de personnes après la cérémonie célébrée chez les pères du Saint-Sacrement. À la fin de l'après-midi, Gaston Duhamel et sa femme quittèrent Montréal en direction de Québec. Leur voyage de noces devait durer trois jours.

Dès son retour, le jeune couple s'installa dans l'appartement d'Angèle Dionne. Maurice eut une pensée pour le jeune policier le jour où il emménagea chez sa mère.

— Le pauvre Duhamel, dit-il à Jeanne, il est pas sorti de l'auberge. Avec deux boss pareils, il est mieux de filer doux.

— Voyons, Maurice, le réprimanda Jeanne. Ta mère est pas si pire que ça.

— Ma mère est peut-être pas si pire ; mais ma sœur, elle, elle donne pas sa place.

Chapitre 12

Le voisinage

Les Dionne n'éprouvèrent aucun mal à s'habituer à leur nouvel environnement. Le fait d'être arrivés sur la rue Joachim à la fin du printemps les aida à connaître plus rapidement leurs voisins et leur milieu. Ils mirent peu de temps à se rendre compte que les gens autour d'eux semblaient tous se connaître et entretenir des rapports plus ou moins étroits.

Pour Jeanne, c'était une nouveauté. Elle retrouvait chez ses nouveaux voisins une mentalité qui se rapprochait beaucoup de celle qu'elle avait connue dans son village natal. Sur la rue De La Roche et sur la 4ᵉ Avenue, les gens demeuraient sur leur quant-à-soi et vivaient retranchés derrière les murs de leur appartement. Si on saluait de proches voisins lorsqu'on les croisait, on ne fraternisait pas avec eux. L'été, il était courant de voir des gens assis sur des balcons voisins se tourner volontairement le dos pour ne pas avoir à se parler. Les résidants de la rue Joachim avaient un comportement passablement différent.

Ces derniers s'habituèrent vite à voir Jeanne pousser son landau sur le trottoir accidenté de la petite rue et, en un rien de temps, ils reconnurent également son mari, lorsque ce dernier revenait de son travail de manutentionnaire du Canadien Pacifique.

Les Dionne apprirent d'abord à connaître leurs voisins immédiats en veillant sur le balcon arrière où ils s'assoyaient volontiers, le soir, après le souper. Les Jinchereau habitaient l'appartement du second étage. Le couple de quadragénaires élevait deux grands adolescents peu bruyants. Ces jeunes devaient travailler au même endroit que leur père puisque Jeanne les voyait revenir ensemble, chaque soir, à l'heure du souper. Ils étaient vraiment des voisins tranquilles et polis. Ils n'élevaient jamais la voix. Chaque fois que les Dionne les croisaient, ils s'informaient de la santé de Lise et de la future mère.

❧

Par contre, la famille habitant le rez-de-chaussée générait passablement plus de bruit. Il faut dire que les Gravel abritaient leurs vieux parents octogénaires ainsi que cinq enfants. Ces neuf personnes s'entassaient tant bien que mal dans les cinq petites pièces de l'appartement. Il y avait souvent des bousculades entre les enfants et les cris proférés par la grand-mère exaspérée de les voir se chamailler faisaient parfois sursauter Jeanne.

Par ailleurs, il arrivait fréquemment que le vendredi soir, Jérôme Gravel, un grand homme chauve d'une quarantaine d'années, s'arrête un peu trop longtemps à la taverne située coin Iberville et Sainte-Catherine. Alors, son épouse, une petite femme aussi grosse que haute, envoyait deux de ses fils le chercher.

— Il va y avoir du sport chez les Gravel à soir, annonçait alors Maurice qui avait tout entendu du balcon où il était assis. Attends que le bonhomme rentre et tu vas voir ; il va passer un mauvais quart d'heure.

Quelques minutes plus tard, des éclats de voix se faisaient entendre sur le trottoir de la rue Joachim, près de la maison. Il n'y avait pas d'erreur possible. Jérôme Gravel, fortement éméché, revenait bien malgré lui de la taverne Iberville et il clamait haut et fort son mécontentement de ne pas pouvoir profiter d'une seule soirée de liberté par semaine.

Aussitôt qu'il se présentait à la porte de son logis, sa petite femme l'empoignait par un bras et l'entraînait à l'intérieur. Alors, tous les voisins avaient droit à une scène ponctuée de cris durant laquelle l'histoire de la famille Gravel était racontée à tue-tête avec des exemples peu édifiants. Tout le monde avait droit au spectacle jusqu'au moment où un Gravel se rendait compte qu'on entendait tout par les fenêtres ouvertes, qui claquaient vivement au plus grand déplaisir des curieux.

— C'est pas ben drôle, concluait Jeanne. Sa femme m'a dit hier que son mari est capable de boire toute sa paye à la taverne. Il paraît que son père et sa mère osent pas rien dire de peur de se faire mettre dehors. Avant, elle envoyait ses garçons essayer d'empêcher leur père d'entrer dans la taverne, mais il leur flanquait des claques avant de les renvoyer à la maison. Ils veulent plus y aller. Elle est obligée d'attendre qu'il commence à boire pour les envoyer le chercher.

En tout cas, le comportement de Jérôme Gravel était pour le moins étrange. Il ne prenait jamais un verre durant la semaine. C'était un homme habituellement timide et rangé. Il ne se déchaînait que le vendredi soir. Dès le samedi matin, on le voyait en train de travailler dans sa cour, tranquille comme Baptiste. Souvent, appuyé à la vieille clôture en bois mitoyenne, il discutait avec Elzéar Piquette, le locataire du rez-de-chaussée de la maison voisine.

Les Piquette avaient donné naissance à une véritable tribu de dix enfants dont l'âge variait entre deux et dix-sept ans. Amanda, une femme bien en chair et fort sympathique, travaillait sans relâche toute la journée. Si on en croyait les Jinchereau, Elzéar, un excellent menuisier, était venu s'installer au 2342, rue Joachim une vingtaine d'années auparavant, peu après son mariage, et le couple n'en avait plus bougé. Le petit homme maigre aux cheveux clairsemés et frisottés adorait autant parler avec les voisins que soigner la vingtaine de lapins qu'il élevait dans un clapier au fond de sa cour. Le plus remarquable chez ces voisins serviables, c'était la politesse et le sens des responsabilités que les parents parvenaient à inculquer à leur nombreuse progéniture. Les aînés acceptaient sans rechigner d'avoir la responsabilité des plus jeunes et chacun accomplissait sa part de travail sans que leur père ou leur mère soit obligé d'intervenir.

⸻

Ce n'est que plus d'un mois après son arrivée dans le quartier, au début de juin, que Jeanne Dionne eut l'occasion de faire la connaissance des Géraldeau qui demeuraient en face, dans la maison voisine de la glacière. Cet immeuble était aussi vieux que celui qui abritait le 2350, mais son apparence était beaucoup plus soignée.

Un vendredi soir, après le souper, Maurice accepta de se charger de la surveillance de Lise pour que Jeanne aille faire les achats de nourriture à la petite épicerie Tougas, rue Sainte-Catherine, près de la rue Poupart. À son retour, la jeune femme, enceinte de sept mois, avait de la peine à marcher. Elle revenait sur la rue Dufresne, les bras chargés de paquets, lorsqu'elle fut hélée par une femme accompagnée de son garçon d'une dizaine d'années qui tirait

derrière lui une voiturette dans laquelle des sacs avaient
été déposés.

— Madame Dionne! Madame Dionne! Attendez!

Jeanne tourna la tête et aperçut derrière elle la femme
qui demeurait au rez-de-chaussée de la maison voisine de
la glacière. Elle s'arrêta pour permettre à la dame assez
corpulente de la rejoindre.

— Bonsoir, madame Dionne. Je suis votre voisine d'en
face, dit l'autre avec un large sourire. Mettez donc vos
paquets dans la voiture de mon René. Elle sera pas plus
dure à tirer pour ça.

Soulagée, Jeanne déposa ses paquets dans la voiturette
et remercia le garçon de se charger de ses emplettes.

— Marche en avant de nous autres, René, fit la voisine.
Je m'appelle Huguette Géraldeau, ajouta-t-elle aima-
blement à l'intention de Jeanne. Je reste au premier de la
petite maison avec les balcons beiges, de biais avec chez
vous. On est cinq dans la maison avec mon mari, ma fille
Gisèle, Gilles et mon René.

— Nous autres, on est encore juste trois, dit Jeanne.

— À ce que je vois, il va y en avoir un quatrième bientôt, non? C'est pour quand?

— À la fin d'août ou au début de septembre.

— Dans votre état, vous devriez pas forcer comme ça
en portant des paquets pesants.

— Il faut ben que j'aille faire mes commissions si on
veut manger.

— En tout cas, si vous êtes prise pour aller faire vos
commissions toute seule, avertissez-moi. Mon gars vous
transportera vos paquets dans sa voiture. Ça le fera pas
mourir et à vous, ça rendra service.

— Je vous remercie beaucoup, fit Jeanne, reconnaissante.

— Si jamais vous avez besoin de quelque chose, vous gênez pas, offrit l'aimable voisine. Venez sonner chez nous.

— Vous êtes bien gentille.

— Puis, comment vous trouvez notre coin ? demanda Huguette Géraldeau.

— Je l'aime beaucoup, avoua Jeanne. Je trouve les gens pas mal serviables. Ça me rappelle Saint-Joachim, d'où je viens.

— Vous dites ça parce que vous connaissez surtout les Jinchereau et les Piquette. Eux, c'est du ben bon monde, fit en riant la voisine. Il y en a qui sont pas mal moins serviables, vous pouvez me croire.

— Ah oui ?

— Vous avez jamais parlé aux Beaudet et aux Masson qui restent au-dessus de chez nous, non ? C'est pas du méchant monde, remarquez, mais le jour où ils vont vous rendre service gratuitement, vous le ferez écrire dans un journal.

— Je les connais pas, avoua Jeanne. Je les ai juste aperçus une fois ou deux sur leur balcon.

— Oui et pas en même temps, je vous gage. Vous savez pourquoi ? Ils peuvent pas se sentir. Gérard Masson conduit un taxi Vétéran. Vous savez, un taxi noir et jaune. C'est un homme qui aime boire un petit coup. Dans ce temps-là, il parle pas mal fort à sa femme et à ses deux enfants. Il faut croire qu'il dérangeait les Beaudet parce que Lucien Beaudet a été obligé de l'avertir plusieurs fois de baisser le ton. Ce printemps, une ou deux semaines avant que vous arriviez, les deux hommes se sont battus et il a fallu faire venir la police.

— Vous autres, ce voisin-là vous dérangeait pas ? demanda Jeanne.

— Oui, mais mon mari est un homme patient et doux. Il a pour son dire que ce qui se passe chez les voisins nous regarde pas.

Durant le reste du court trajet qui les séparait de leur appartement, Huguette Géraldeau eut tout de même le temps de donner à Jeanne d'autres renseignements sur leur quartier. Ainsi, la jeune mère apprit que l'épicerie Geoffroy de la rue Dufresne, juste au coin de la rue Joachim, vendait un peu plus cher que Tougas, un commerce d'une plus grande surface. Jeanne l'avait déjà constaté. Elle lui recommanda aussi la fruiterie Decelles et la biscuiterie Laura Secord de la rue Sainte-Catherine. Selon elle, les propriétaires de ces deux commerces situés entre les rues Fullum et Dufresne, presque en face de l'église Saint-Vincent-de-Paul, étaient honnêtes et offraient d'excellents produits.

Au moment de se séparer, Huguette Géraldeau insista pour que sa jeune voisine vienne boire une tasse de café avec son mari aussitôt qu'ils le pourraient.

— Je vais venir vous voir toute seule, déclara naïvement Jeanne. Je vais attendre que mon mari soit parti travailler.

— Pourquoi ? Il aime pas le café ?

— Non, mais il est un peu sauvage, avoua Jeanne.

Après avoir rencontré celle qui allait devenir sa meilleure amie durant plusieurs années, Jeanne avait pratiquement fait le tour des gens qu'elle souhaitait fréquenter. Étant donné que la rue Joachim ne contenait qu'une douzaine de maisons, c'était tout de même pas mal. Ainsi raisonnait Jeanne.

⁓

Durant ces premières semaines sur la rue Joachim, Jeanne Dionne se rendit compte que si elle désirait entretenir de bonnes relations avec ses voisines, elle devait le faire durant les absences de son mari de la maison. S'il y avait une chose que Maurice ne pouvait supporter, c'était bien de voir sa femme parler longuement avec des voisines ou trouver l'une de ces dernières installée dans sa cuisine. Il était un chaud partisan du « chacun chez soi ». S'il avait le malheur de la surprendre en train de commérer en rentrant de son travail, elle avait droit alors à une scène de ménage qui devait être entendue des voisins immédiats.

— Sacrement ! hurlait-il, tu me feras pas croire que t'as pas autre chose à faire que de perdre ton temps à placoter avec toutes les maudites commères du coin ? Occupe-toi donc de la petite et de ton ménage !

Par conséquent, Jeanne prit vite l'habitude de faire maison nette avant son retour. Mesdames Jincherau et Géraldeau, ses visiteuses les plus régulières, apprirent rapidement qu'il valait mieux avoir déserté les lieux avant le retour du mari irascible qu'était Maurice Dionne.

Le jeune père de famille avait un peu changé physiquement en trois ans. S'il arborait toujours la même fine moustache et les mêmes lunettes à monture métallique, sa chevelure châtain clair peignée vers l'arrière avait commencé à reculer sur son front. Il n'avait pas pris un gramme de graisse depuis son mariage. Même s'il ne l'aurait jamais avoué, il était timide et mal à l'aise avec les étrangers. Il ne parlait donc à personne dans le quartier. S'il croisait un voisin, il le saluait vaguement. Lorsqu'il avait la chance de changer de trottoir pour éviter cette corvée, il ne se privait pas de le faire.

— J'ai rien à leur dire à ce monde-là, expliquait-il à Jeanne quand elle lui faisait remarquer son manque de savoir-vivre. Moi, je suis pas comme toi. J'ai pas de temps à perdre.

— Oui, mais quand on a besoin d'eux autres…

— Justement, j'ai pas besoin de personne, concluait Maurice sur un ton définitif.

Pourtant, deux semaines à peine après la rencontre de Jeanne et d'Huguette Géraldeau, un incident vint prouver le contraire. Un soir, Jeanne remarqua que de l'eau gouttait sous l'évier, dans la cuisine, et elle prévint Maurice.

— Qu'est-ce que t'as encore cassé ? demanda-t-il à sa femme sur un ton exaspéré.

— Rien. J'ai pas touché à rien, se défendit Jeanne.

— Christ ! Il y a juste à toi que des affaires pareilles arrivent ! explosa-t-il en s'agenouillant pour tenter de localiser la fuite d'eau.

Il repéra l'endroit et se précipita dans le hangar pour y prendre une clé anglaise avec laquelle il avait l'intention de mieux visser le tuyau d'où l'eau sourdait.

— En tout cas, t'as dû faire quelque chose de pas correct pour que l'eau se mette à couler comme ça sur le plancher, dit-il en tentant de serrer un raccord avec sa clé.

— …

— Arrête de me regarder faire ! hurla-t-il à Jeanne. Essuie au moins l'eau avant que ça fasse des dégâts sur le plafond des Gravel. Sacrement ! Rends-toi utile pour une fois !

Maurice redoubla d'efforts pour visser le raccord.

— Il est poigné dans la rouille, annonça-t-il en frappant avec sa clé sur le tuyau.

Mal lui en prit. Le joint sauta et un fort jet d'eau s'échappa du tuyau. Maurice, énervé, laissa tomber sa clé anglaise, chercha l'arrivée d'eau et parvint à la fermer après plusieurs tâtonnements.

— Là, on a l'air fin ! s'exclama-t-il. On n'a plus d'eau. En plus, il va falloir trouver un plombier demain. Ça tombe ben! On est riches, nous autres! On peut se payer ça. Combien ça va nous coûter, cette affaire-là encore?

Pendant qu'il s'énervait, Jeanne finit d'éponger l'eau répandue sur le plancher.

— Et si je demandais à monsieur Géraldeau? proposa-t-elle.

— Qu'est-ce qu'il connaît là-dedans, lui? demanda Maurice avec humeur.

— Sa femme m'a dit qu'il faisait l'entretien de plusieurs vieilles maisons de la rue Iberville. Il paraît qu'il fait toutes sortes de réparations dans ces maisons-là. Peut-être qu'il serait capable de réparer notre tuyau.

— Il est passé huit heures.

— Je le sais, mais on pourrait le lui demander.

— Vas-y si tu veux, mais insiste pas, la prévint Maurice.

C'est à contrecœur qu'il acceptait de faire appel au voisin à qui il n'avait encore jamais adressé la parole. La jeune femme enceinte descendit lentement l'escalier et traversa la rue. Léopold Géraldeau et sa femme se berçaient paisiblement devant leur porte, profitant de la petite brise fraîche qui s'était levée à la fin de cette journée de juin. L'air charriait des odeurs de caoutchouc brûlé en provenance de la Dominion Rubber de la rue Notre-Dame. À l'étage, dissimulé derrière les rideaux de sa chambre à coucher, Maurice regardait sa femme discuter avec le couple.

Cinq minutes plus tard, Léopold Géraldeau, qui transportait un coffre d'outils impressionnant, frappa à la porte du 2350 Joachim.

— Bonsoir, dit-il à Maurice venu lui ouvrir. Il paraît que vous avez un petit problème avec un de vos tuyaux?

— Je sais pas pourquoi, mais un tuyau sous l'évier s'est mis à couler, fit Maurice en précédant son voisin dans la cuisine.

— J'ai dit à votre femme de tenir compagnie à la mienne pendant que je venais voir ça. C'est drôle, je pense qu'elle aime mieux jaser avec votre femme qu'avec moi parce qu'elle m'a dit de prendre mon temps avant de revenir…

Cette remarque du voisin brisa la glace entre Maurice et lui. Le petit homme aux tempes grises s'agenouilla devant l'évier, examina le tuyau défectueux et le mesura avant de se relever.

— C'est pas la fin du monde, déclara-t-il. La tuyauterie est aussi vieille que la maison. J'ai du tuyau de cette grosseur-là dans ma cour. Je vais aller vous en couper un bout et on va le remplacer. Dans une heure, tout devrait être correct.

De fait, Léopold Géraldeau rangea son nécessaire à souder dans son coffre, quelques minutes plus tard.

— Ouvrez donc l'eau, demanda-t-il à Maurice. On va vérifier si ça coule pas.

Le nouveau tuyau avait été correctement soudé et les joints étaient étanches.

— Bon, combien je vous dois? demanda Maurice en sortant son porte-monnaie plutôt plat.

Le voisin fit comme s'il calculait avant de déclarer :

— Je pense qu'un bon verre de liqueur ferait ben l'affaire.

— Voyons donc, je viens de vous faire travailler presque une heure et…

— C'est pas grave. On peut toujours se rendre service entre voisins, déclara Léopold Géraldeau en s'assoyant sur une chaise dans la cuisine.

— En tout cas, si jamais je peux vous être utile, dit Maurice, reconnaissant, gênez-vous pas.

Une heure plus tard, l'obligeant voisin retourna chez lui. Quand Maurice raconta à sa femme que Géraldeau avait refusé de se faire payer, elle se garda bien de lui faire remarquer que c'était la preuve évidente qu'entretenir de bonnes relations avec les voisins pouvait parfois se révéler bien utile. Elle choisit de se taire pour ne pas gâcher une soirée qui finissait aussi bien.

Chapitre 13

Le temps des foins

Les deux premières semaines du mois de juillet furent particulièrement chaudes. Il ne tomba pas une goutte de pluie pour rafraîchir le temps. Le soleil plombait la rue Joachim où on ne trouvait pas un seul arbre pour apporter un peu d'ombre. La chaussée brûlante semblait vibrer sous les chauds rayons du soleil et la poussière soulevée dans la ruelle non pavée demeurait longtemps en suspension dans la lumière. De plus, tout paraissait baigner dans les odeurs nauséabondes provenant des cheminées de la Dominion Rubber.

Plus le terme de sa seconde grossesse approchait, plus Jeanne avait du mal à se mouvoir. Elle souffrait énormément de la canicule. Elle avait beau maintenir les persiennes closes durant l'après-midi et s'installer avec Lise dans la cuisine ou sur le balcon arrière où l'enfant pouvait se traîner à son aise, rien ne la soulageait de la touffeur dans laquelle tout le quartier baignait.

Le soir, les Dionne imitaient la plupart de leurs voisins qui n'avaient pas la chance de posséder un balcon donnant sur l'avant de leur appartement. Ils ouvraient les persiennes de leur chambre à coucher, déposaient sur le rebord de la fenêtre un oreiller sur lequel ils s'appuyaient pour regarder à l'extérieur. Lorsqu'ils étaient fatigués d'être debout ou à genoux sur une chaise, ils quittaient

leur poste d'observation pour aller s'asseoir sur leur balcon arrière.

—

Un samedi matin, Maurice, vêtu d'une chemise blanche
et soigneusement cravaté, quitta la maison plus tôt que
d'habitude, sans prévenir sa femme. Cette dernière le
croyait parti chez sa mère, comme tous les samedis, lorsque
des coups d'avertisseur impératifs donnés devant la maison
l'attirèrent à la fenêtre. Jeanne vit alors son mari descendre
d'une Ford noire rutilante en affichant un air important.

— Qu'est-ce qui se passe ? lui demanda-t-elle lorsqu'il
franchit la porte de l'appartement.

— Ben, j'ai pensé qu'il faisait beau et que t'haïrais
peut-être pas aller voir ton père et ta mère. Ça fait que je
suis allé louer ce char-là pour la fin de semaine.

— Et le rationnement du gaz ?

— Je me suis débrouillé.

— Est-ce que c'est ben raisonnable ? demanda Jeanne,
partagée entre la crainte d'une dépense insensée et la joie
de revoir ses parents qu'elle n'avait pas vus depuis l'hiver
précédent.

— Laisse faire, fit Maurice avec impatience. Oui ou
non, veux-tu y aller à Saint-Joachim ?

— Ben sûr.

— Ben, arrête de perdre ton temps et prépare la petite.

Pendant que Jeanne plaçait dans un sac tout ce qui
était nécessaire pour un tel voyage, Maurice, armé d'un
chiffon propre, astiquait ostensiblement la Ford qui n'en
avait nullement besoin. Le véhicule stationné devant la
porte attirait les regards. Les résidants de la rue Joachim
n'avaient pas souvent l'occasion d'admirer des automobiles. En fait, il n'y avait que deux véhicules qui

stationnaient sur la petite artère : la vieille Plymouth grise des Géraldeau et le taxi jaune et noir de Gérard Masson.

En ce chaud samedi matin, même s'il était encore très tôt, Maurice désirait être vu, admiré et même jalousé par un maximum de voisins. Il voulait leur montrer qu'il possédait les moyens financiers de louer une belle voiture. En plus, si certains allaient jusqu'à croire qu'elle lui appartenait, c'était encore mieux. En tout cas, il prenait des airs affairés et importants un peu ridicules en passant son chiffon sur la carrosserie noire.

Quand Jeanne apparut sur le trottoir, chargée de Lise et du sac, il ne fit pas un geste en sa direction pour l'aider à s'installer sur le siège avant.

— On y va dans une minute, lui déclara-t-il en ouvrant le capot.

Il vérifia le niveau d'huile du moteur avant de rabattre bruyamment le capot. Puis, après un coup d'œil circulaire aux fenêtres des maisons voisines, il monta dans la voiture et démarra. Il parcourut lentement, très lentement, la rue Joachim avant d'engager la Ford sur la rue Dufresne et de prendre la direction des guérites vertes de péage érigées à l'entrée du pont Jacques-Cartier.

—

Durant tout le trajet vers Saint-Joachim, Maurice demeura étrangement silencieux et tendu. Jeanne sentait qu'il était inquiet du genre de réception que ses parents lui réservaient. Le couple n'avait pas vu les Sauvé depuis près de huit mois, depuis que Maurice avait dû s'humilier pour ramener à la maison sa femme et sa fille. Il était évident qu'il n'avait pas oublié la mise en garde sévère formulée par sa belle-mère. Jeanne aurait aimé pouvoir écrire à ses parents pour les prévenir de leur intention de leur rendre visite. Cette précaution l'aurait rassurée, elle aussi. En plus, ils allaient tomber en pleine période des foins, au moment de l'année où le travail était le plus exigeant.

— J'ai ben peur qu'ils soient en train de faire les foins, dit prudemment Jeanne en parlant de ses parents.

— Puis après ? S'ils sont trop occupés, on ira faire un tour chez ta sœur Laure à Saint-Cyrille ou même chez ton frère Bernard à Drummondville. Ton père et ta mère sont pas fous. Ils vont comprendre qu'on peut pas venir les voir quand on veut. Ils doivent ben savoir que louer un char, ça coûte cher. En plus, avec le petit qui s'en vient, ils se doutent ben qu'on va pouvoir sortir de moins en moins souvent.

Jeanne l'approuva, même si elle était persuadée que Laure et Florent étaient en train de « faire les foins », eux aussi. Il était même probable que Bernard, s'il ne travaillait pas à la Celanese ce samedi-là, soit chez ses parents en train d'aider.

Lorsque Maurice arrêta sa Ford dans la cour des Sauvé, la porte moustiquaire s'ouvrit immédiatement devant un Gustave au visage tanné par le soleil.

— P'pa, m'man, cria-t-il à travers la porte moustiquaire, on a de la belle vi… visite de Mon… Montréal.

En un instant, la porte livra passage à Léon et à Marie Sauvé, précédant de peu leurs plus jeunes enfants. Tout ce monde s'empressa d'aller à la rencontre des visiteurs qui venaient de descendre de l'auto.

— Donne-moi ma nièce, fit Cécile à sa sœur, en s'emparant d'autorité de Lise que Jeanne portait dans ses bras.

— Nous autres aussi, on veut la prendre, protestèrent les jumelles à l'unisson.

— Du calme, vous deux, fit leur mère, en arrivant près de l'auto. Et toi, Maurice, t'embrasses pas ta belle-mère ? demanda-t-elle en tendant la joue à Maurice.

Il était évident que la mère de Jeanne avait instinctivement compris que son gendre était mal à l'aise de revenir leur rendre visite et elle faisait le premier pas pour lui montrer qu'elle ne lui tenait plus rigueur de son comportement passé.

— Ben sûr, madame Sauvé, fit Maurice en l'embrassant, visiblement soulagé.

— Justement, on se demandait la semaine passée si vous alliez avoir une chance de venir nous voir avant l'accouchement de Jeanne, ajouta Léon en tendant la main à Maurice. T'es-tu acheté un char ?

— Non, monsieur Sauvé. Je l'ai loué pour la fin de semaine.

— En tout cas, vous arrivez juste à temps pour dîner, fit Marie Sauvé.

— C'est le fun, dit Ruth à Madeleine, on va avoir de l'aide pour la vaisselle.

La remarque de la fillette fut entendue par Marie qui s'empressa de lui dire :

— Tu devrais avoir honte, Ruth Sauvé. Vous avez neuf ans, toi et ta sœur. Vous êtes capables de faire la vaisselle toutes seules.

— Bon. Arrivez, fit Léon avec bonne humeur. On va rentrer en dedans avant de sécher au soleil.

Entraînés par le petit homme, tous s'engouffrèrent dans la cuisine d'été, heureux d'échapper au soleil ardent de midi et de trouver un peu de fraîcheur.

Pendant le repas copieux servi par Marie et ses filles, on s'informa du nouvel appartement habité par le couple, des progrès de Lise et de la santé des membres de la famille Dionne. Au moment du dessert, Marie parla d'Yvon, le premier-né de Germaine, et, à mots couverts, de la possible grossesse de la femme de Bernard. Ensuite, les nouvelles paroissiales succédèrent aux nouvelles familiales, pour le plus grand plaisir de Jeanne qui connaissait tous les gens dont les noms étaient mentionnés.

Léon Sauvé, en partisan inconditionnel d'Adélard Godbout, se mit à décrire le climat d'excitation suscité par l'annonce des élections générales quelques semaines auparavant. À son avis, Maurice Duplessis n'avait aucune chance de reprendre le pouvoir, même si on se souvenait encore qu'il avait donné aux agriculteurs de la province le Crédit agricole. Il annonça à son gendre qu'Antonio Élie, l'ancien ministre de Duplessis, venait parler à Saint-Joachim ce soir-là.

— Torrieu, je veux pas manquer ça pour une terre, affirma-t-il, enthousiaste. Il paraît que Duplessis aime ben le gros Antonio. C'est à soir qu'on va savoir ce que les bleus vont nous promettre à nous autres, les cultivateurs.

— Dites-moi pas que vous croyez encore à ce que les politiciens disent! s'exclama Maurice pour inciter son beau-père à parler.

— Je crois pas aux bleus, reconnut ce dernier. C'est tous des maudits menteurs. Tout ce qu'ils ont pour eux, c'est de donner un maudit bon spectacle pendant les élections. En tout cas, je suis certain que personne va oublier que les libéraux de Godbout nous ont fait du bien et que c'est pas des hypocrites, eux autres.

— Voyons, monsieur Sauvé, vous exagérez pas un peu? fit Maurice pour provoquer son interlocuteur.

— Aïe! Oublie pas que c'est Godbout qui a fait voter l'instruction obligatoire jusqu'à seize ans. C'est les libéraux d'Ottawa qui nous ont donné les allocations familiales, protesta son beau-père en s'enflammant.

— Dites donc, beau-père, est-ce que c'est pas le gouvernement libéral de King qui a fait envoyer des Canadiens se battre en Europe? Combien il y en a qui se sont fait tuer en Normandie au mois de juin? Je pense qu'avec King, on le saura jamais.

— Il a été forcé de le faire par les Anglais, affirma Léon. Il avait pas le choix.

— Vous pensez pas que vous pourriez voter pour le Bloc populaire pour une fois? poursuivit Maurice, en verve.

— Avec Laurendeau et Raymond? T'es pas malade, toi! C'est qui ce monde-là? Je trouve qu'ils parlent trop ben. J'ai pas confiance.

— Bon, ça va faire avec la politique, trancha Marie en intervenant dans la discussion. Tu vois pas, mon vieux, que Maurice cherche juste à te faire étriver?

Tout le monde se mit à rire autour de la table. Léon finit de boire sa tasse de thé et se leva de table, imité immédiatement par ses fils Luc, Claude et Gustave.

— Bon, c'est ben beau tout ça, déclara le fermier, mais on a du foin à rentrer. Je veux ben croire qu'on n'annonce pas de pluie avant une couple de jours, mais on prendra pas de chance. On se reposerait cet après-midi si on pouvait faire les foins demain, mais on est mieux d'oublier ça avec le curé Biron. Si un cultivateur de la paroisse se risquait à le faire, il serait capable de venir l'assommer à coups de bréviaire.

— Léon Sauvé, surveille ce que tu dis devant les enfants, le réprimanda sèchement sa femme en lui jetant un regard mauvais.

Chez les Sauvé, il n'était pas question de formuler la moindre critique envers l'Église et son clergé.

— Si vous avez une vieille paire de pantalons et une chemise à me prêter, je vais aller vous donner un coup de main, offrit Maurice en se levant à son tour.

— Ben non, c'est pas nécessaire, refusa mollement son beau-père.

— P'pa, protesta Claude, on va finir plus de bonne heure si Maurice nous donne un coup de main. Ça va aller plus vite.

— Correct. Passe-lui une chemise et des pantalons.

Pendant que Maurice changeait de vêtements, Léon et ses fils se rendirent jusqu'à la charge de foin laissée devant la façade de la grange.

— Je te gage qu'il « toffera » pas deux voyages, dit Claude à son frère Gustave.

— OK, je te ga... gage une liqueur au res... restaurant qu'il va fai... faire plus lon... longtemps, bégaya Gustave.

Maurice se disait quant à lui que si des jeunes de moins de 20 ans étaient capables de faire ce genre de travail, lui, un homme fait, n'aurait aucun mal à suivre la cadence. Les trois frères Sauvé n'étaient pas plus gros et plus grands que lui.

Lorsqu'il se présenta près de la charrette chargée de foin, Claude lui demanda :

— As-tu déjà fait les foins ?

— Non.

— Bon. C'est pas ben compliqué. Tu prends des bonnes fourchées de foin et tu les lances. Si t'es sur la charge, tu lances le foin en haut, sur le plancher du fenil de la grange. Si t'es en haut, dans le fenil, tu prends le foin avec ta fourche et tu l'envoies à l'autre bout. Mon père dit que cette année, on va avoir assez de foin pour remplir le fenil jusqu'au plafond.

— Compris.

— Où est-ce que tu veux être ? Sur la charge ou dans le fenil ?

— C'est pas important.

— OK, je pense que t'es mieux dans le fenil avec Gustave pour commencer. Tu vas avoir les pieds plus solides que debout sur la charge de foin.

Maurice se hissa difficilement dans le fenil de la grange. Lorsqu'il y parvint, il faillit défaillir tant la chaleur qui y régnait était infernale. Le soleil chauffait à blanc les tôles du toit et aucun souffle d'air ne venait aérer la pièce déjà remplie au tiers de foin.

— Sacrifice ! Il fait ben chaud là-dedans, dit-il à son jeune beau-frère Gustave qui venait de prendre place en face de lui, devant l'ouverture.

— Attends, lui conseilla le jeune homme de dix-neuf ans. Tu… Tu vas voir que ça va de… devenir pas… pas mal plus chaud que ça tout à l'heure.

Puis le foin commença à arriver par l'ouverture pratiquée dans la façade de la grange. Debout au sommet de la charrette, Claude et Luc lançaient le foin avec leur fourche à un rythme qui sembla démentiel à leur beau-frère. Pour une pleine fourche qu'il envoyait au fond de la pièce, il lui semblait en arriver dix. La sueur lui coulait dans les yeux ; ses reins et ses bras protestaient déjà, à peine dix minutes après avoir commencé.

— Grouille ! Grouille, Mau… Maurice, bégaya Gustave. Si on va… va pas plus vite, on va mourir en… enterrés en dessous de la… la charge.

— Sacrement ! jura Maurice, ils ont juste à aller moins vite en bas. Ils font exprès, les petits maudits, parce que je commence.

Gustave ne répondit que par un sourire narquois. Il planta sa fourche dans le tas de foin qui grossissait à vue d'œil dans l'ouverture du fenil et il en souleva une bonne quantité pour l'expédier facilement vers le fond. Lorsque la charrette fut vidée, Gustave entraîna son beau-frère en bas.

— Viens t'en, Mau… Maurice. La deuxième voi… voiture doit déjà être a… arrivée. Mon père est allé la cher… chercher dans le champ avec la jument pendant qu'on vi... vidait l'autre. Ce coup-là, on va en... envoyer mes frères dans le fenil et on... on va prendre leur place de... dehors, sur la cha... charrette.

— Ça va être pas mal plus facile, dit Maurice Dionne, en nage, en cherchant des yeux un chiffon avec lequel éponger la sueur qui inondait son visage et son torse.

Il n'eut pas la chance de se reposer plus que quelques minutes à l'extérieur. Léon Sauvé arriva avec une seconde charrette de foin qui fut placée, à son tour, sous l'ouverture du fenil.

— C'est pas trop dur, Maurice ? lui demanda son beau-père.

— Pantoute, monsieur Sauvé. Ça va ben.

— Si c'est comme ça, je te laisse ma place et je vais aller nettoyer les bidons de lait pour le train.

Sur ces mots, Léon prit la direction de l'étable. Maurice et Gustave montèrent sur la haute charge de foin.

— C'est à notre tour de les faire travailler plus dur, dit Maurice à son jeune beau-frère. On va les faire suer un peu, ajouta-t-il, brûlant de se venger d'avoir eu si chaud dans le fenil.

— On va com... commencer d'abord par les four... fournir, répondit son jeune beau-frère. Si on veut pas se nui... nuire, il faut lan... lancer le foin cha... chacun notre tour.

— OK, acquiesça Maurice. Vous êtes prêts en haut ? demanda-t-il.

— Envoye, Maurice, qu'on en finisse, lui répondit Luc, debout dans l'ouverture du fenil.

Le travail reprit. Dès le début, Maurice comprit que l'unique avantage de se trouver à l'extérieur était d'avoir moins chaud. Pour le reste, le travail était encore plus pénible que dans le fenil puisqu'il fallait expédier plus fort le foin vers le haut s'il voulait le faire parvenir au bon endroit. Au fur et à mesure que le contenu de la charrette baissait, l'effort exigé était encore plus grand parce que la distance augmentait.

— Vous êtes pas ben vite en bas, finit par crier Claude, moqueur. Vous nous fournissez pas.

— Il y a pas le feu, Christ ! s'écria Maurice, à bout de patience. Donne-nous au moins le temps de te l'envoyer, ce maudit foin-là !

Après avoir vidé la seconde charrette, Maurice Dionne était littéralement vidé de toute énergie. La chaleur et l'effort soutenu avaient eu raison de la plus grande partie de sa bonne volonté. Il n'aurait pas fallu qu'on lui offre d'entrer se reposer dans la maison… Il aurait sauté sur l'occasion sans aucune honte.

— Bon, on a fini, annonça-t-il en laissant tomber sa fourche pour allumer enfin la cigarette dont il rêvait depuis plusieurs minutes.

— Il est juste trois heures et demie, on a tout le temps de faire au moins un autre voyage, déclara Claude. Luc, va avertir le père qu'on est prêts pour un autre voyage.

Par orgueil, Maurice n'osa pas protester. Il se contenta d'esquisser une grimace fort éloquente. Il imita ses beaux-frères en s'assoyant dans la charrette, les jambes pendantes, pendant que Léon menait son attelage au milieu du champ situé derrière sa grange. Pendant de longues minutes, Maurice et ses trois jeunes beaux-frères soulevèrent les meules de foin sec pour les projeter dans la charrette. Ensuite, ils revinrent à la grange.

— On va souper de bonne heure, déclara Léon Sauvé en descendant de la charrette. Je vais faire le train à cinq heures. On va avoir fait une bonne journée. Luc, tu vas aller chercher les vaches dans le champ pendant qu'on va commencer à décharger.

Luc partit à pied pendant que Gustave entraînait Maurice, encore une fois, dans le fenil. Le travail harassant recommença aussitôt dans la poussière soulevée par le foin très sec. Pour Maurice, le plus frustrant était de voir ses compagnons exécuter ce travail exténuant sans aucun effort apparent alors que lui éprouvait tant de difficulté. Même son beau-père, qui avait plus de cinquante ans, ne semblait pas s'essouffler en exécutant une telle besogne.

— À quelle heure vous avez commencé à matin ? demanda-t-il, à bout de souffle, à Gustave, durant un moment de répit.

— Après le dé... déjeuner, vers huit heures. Pour... pourquoi tu me de... demandes ça ?

— Pour rien.

Maurice se contenta de secouer la tête, incapable de comprendre comment ils résistaient.

Cet après-midi-là, Jeanne confia le bébé à ses jeunes sœurs et s'assit auprès de sa mère dans la balançoire placée sous l'érable centenaire, devant la maison. Même si elle écrivait régulièrement à sa mère, cette dernière voulait l'entendre raconter de vive voix ce qu'elle vivait, en l'absence de son mari.

— Comment ça va avec Maurice ? finit-elle par demander à sa fille.

— Il se replace, m'man. En tout cas, il m'a plus touchée.

— Bon. Pour le petit qui s'en vient, tu m'as écrit que tu t'étais organisée avec ton docteur pour qu'il t'accouche à la maison. Qui va te relever ?

— Je vais me débrouiller.

— Non, il faut que ce soit organisé ben avant ton accouchement, cette affaire-là, trancha Marie. Tu seras pas à l'hôpital, cette fois-là. Il faut que quelqu'un s'occupe de toi, de Lise et du bébé.

—Je pourrais peut-être demander à une voisine de venir me donner un coup de main pendant le jour, fit Jeanne d'une voix hésitante. Le soir, Maurice pourrait toujours s'occuper des enfants et du ménage.

—Avec sa patience? Ça va être beau à voir! Les enfants vont se faire bourrasser sans bon sens, fit sa mère. Laisse faire. C'est moi qui vais aller te relever.

—Vous avez ben trop d'ouvrage ici, m'man, protesta Jeanne.

—T'attends ça pour la fin août? Il y aura pas de problème. Cécile sera pas encore retournée au couvent et elle est capable de faire l'ordinaire pour ton père et les autres. Mes confitures sont déjà faites et je vais avoir le temps de faire une bonne partie de mes marinades avant d'aller rester chez vous. Quand je vais partir au commencement de la dernière semaine d'août, je te garantis qu'il restera plus grand-chose dans mon jardin.

—Là, vous me soulagez beaucoup, m'man, confessa la future mère. J'osais pas vous le demander.

—T'as de la place pour me coucher, j'espère? demanda Marie en riant.

—Ayez pas peur. On a encore un lit dans la petite chambre verte.

Les hommes rentrèrent pour souper après s'être aspergés d'eau froide à la pompe, dans le jardin.

—Pas trop fatigué de ton après-midi, Maurice? lui demanda sa belle-mère.

—Non. Ça va ben, madame Sauvé, affirma son gendre en se laissant tomber lourdement sur une chaise devant un bol de soupe fumante.

Pourtant, il n'y avait qu'à le regarder pour voir qu'il avait toutes les peines du monde à garder les yeux ouverts tant il était épuisé. Ses beaux-frères s'échangeaient des regards entendus en réprimant difficilement des sourires moqueurs.

— Si ça te tente, Mau… Maurice, proposa Gustave, taquin, t'es pas o… o… obligé d'aller à la ré… réunion avec mon père a… après le souper. Il va fai… faire encore assez clair pour aller cher… chercher une autre char… charge de foin.

— Laisse faire, Gustave. J'aime mieux aller à la réunion, dit Maurice en lui jetant un regard meurtrier.

En fait, Maurice aurait préféré se diriger tout droit vers son lit après avoir avalé sa dernière bouchée de nourriture. Il lui fallut faire un effort extraordinaire pour se lever après le repas.

— On se change et on va à l'assemblée au village, dit Léon, plein d'entrain. Ça va se faire dans la cour de l'école. On va y aller à pied ; c'est pas loin. C'est même pas à un demi-mille.

— On va prendre mon char ; ça va aller plus vite, déclara Maurice d'une voix ferme en secouant un peu la léthargie qui le gagnait.

Un demi-mille, dans l'état où il était ! La distance lui semblait aussi grande que celle existant entre la Terre et la Lune.

— Si vous al… allez au vi… village, déclara Gustave, nous autres, on embar… embarquerait ben pour aller boi… boire une liqueur au res… restaurant. Juste… justement, il y a quel… quelqu'un qui m'en doit u… une.

Au moment où les hommes montaient à bord de la Ford, Marie interpella son mari :

— Léon, que je te voie pas boire de la boisson à cette réunion-là ! Va pas nous faire honte. Pense à l'exemple que tu vas donner à tes garçons. Si tu sens la tonne en revenant, je te garantis que tu vas aller coucher dans la grange !

— Voyons donc, torrieu! Comme si j'avais l'habitude de boire, protesta Léon Sauvé en refermant la portière.

— S'il prend un coup, on… on vous promet qu'on re… regardera pas, m'man, dit Gustave en riant. On va faire sem… semblant qu'on l'co…connaît pas.

— Toi, le drôle, je vais finir par te chauffer les oreilles, lui promit sa mère avant de laisser claquer derrière elle la porte moustiquaire.

À leur arrivée au village, Maurice et les Sauvé trouvèrent la cour d'école envahie par plus d'une centaine de personnes venues de Saint-Joachim et des villages environnants pour écouter Antonio Élie. Sur la petite estrade en bois dressée près du mur de l'école, il n'y avait qu'une demi-douzaine de chaises.

Le soleil avait déjà commencé à baisser à l'horizon et il faisait heureusement un peu plus frais. Dans un coin de la cour, des bouteilles de bière circulaient, distribuées par des organisateurs de l'Union nationale.

— Est-ce qu'on va être poignés pour rester debout? demanda Maurice qui cherchait des yeux un endroit où s'asseoir.

— Ça en a tout l'air, répondit son beau-père que la chose ne surprenait pas.

— Ben, si ça vous fait rien, le beau-père, je vais aller m'asseoir proche de la clôture. Il y a un peu d'herbe là.

— Fais donc ça, mon Maurice. Je vais aller dire bonjour à des voisins et après, je vais venir te rejoindre.

Maurice regarda son beau-père se diriger vers l'endroit où on distribuait des bouteilles de bière. Il ne garda cependant qu'un très vague souvenir de cette première réunion politique à laquelle il participait. Dès qu'il s'assit, il se mit à somnoler. Seules les vociférations du candidat de l'Union nationale contre le gouvernement Godbout, les applaudissements et les huées de la foule parvinrent à le tirer de sa somnolence pendant de courts moments. Léon Sauvé, revenu s'installer à ses côtés plusieurs minutes après le début de l'assemblée, se garda bien de le déranger. Il demeura debout près de lui, goûtant chaque minute de cette rencontre.

En quittant les lieux un peu après dix heures, Maurice ne put s'empêcher de taquiner son beau-père.

— Après une réunion de même, monsieur Sauvé, vous allez ben voter pour les bleus.

— Viens pas rire de moi, toi ! protesta-t-il, horrifié à cette seule pensée. C'est un parti de broche-à-foin. Ils sont même pas capables de te servir une bouteille de bière froide. C'est mal organisé et ça veut mener la province !

———

Le lendemain matin, Maurice fut l'un des derniers à se lever. Quand Jeanne vint le réveiller, il éprouva beaucoup de difficulté à bouger tant chaque muscle de son corps était douloureux.

— Maurice, on part dans une demi-heure pour la messe. Te lèves-tu ? Mon père et mes frères viennent de finir le train.

— On déjeune pas avant de partir ?

— Voyons Maurice, tu connais ma mère. Ici, on mange et on boit jamais passé minuit le samedi soir sinon on pourrait pas aller communier à la messe du dimanche matin.

— Christ ! Je me serais ben passé de communier à matin, se plaignit Maurice. Il me semble qu'une bonne tasse de café au moins m'aurait aidé, ajouta-t-il avec humeur.

— On va prendre un bon déjeuner en revenant, promit Jeanne pour l'encourager à se lever sans faire d'histoire.

Hormis la cérémonie de son mariage, Maurice n'avait assisté qu'en une seule occasion à une messe célébrée par le curé Biron, et cela datait de l'époque déjà lointaine de ses fréquentations. Il avait oublié à quel point les homélies du pasteur étaient interminables. Lorsque le brave homme officiait, il était impossible de s'en tirer à moins de deux heures. Les paroissiens, endimanchés et entassés sur des bancs de bois étroits et inconfortables dans l'église surchauffée, attendaient la fin de la cérémonie avec un stoïcisme admirable.

Assis sur le dernier banc, près des portes, Maurice fut tiraillé durant toute la durée de la messe entre son désir de se glisser à l'extérieur pour aller fumer une cigarette et celui de demeurer dans les bonnes grâces de sa belle-mère en faisant montre d'une piété de bon aloi. Quand le curé se décida enfin à prononcer le *Ite missa est* libérateur, il s'empressa de gagner la sortie.

— C'est un vrai fou, ce maudit curé-là, dit-il à voix basse à Jeanne. Il s'imagine qu'on a juste ça à faire, l'écouter gueuler contre les péchés toute la journée.

— Va jamais dire ça à ma mère! le prévint Jeanne. Pour elle, le curé Biron, c'est un saint homme.

— Ben, moi, je suis pas un saint et j'ai faim en sacrement! jura Maurice en montant dans la Ford. Si ta mère et ton père peuvent se grouiller et arrêter de jaser avec Pierre, Jean et Jacques, on va finir par aller manger!

Un peu après le dîner, Maurice donna le signal du départ. Il devait avoir rapporté le véhicule loué avant six heures. Au moment où la voiture allait démarrer, Marie tint à ce que Maurice dépose dans le coffre arrière de la Ford une boîte remplie de pots de confitures et de marinades.

— C'est ben trop, madame Sauvé, protesta Maurice, gêné de quitter ses beaux-parents en emportant des provisions.

— Ben non, ça se mange tout seul, fit-elle avec un bon sourire. De toute façon, dis-toi que je vais aller vous aider à les manger dans un mois.

—

La Ford n'avait pas parcouru deux cents pieds dans le rang Sainte-Marie que Maurice demanda à sa femme :

— Qu'est-ce que ta mère a voulu dire quand elle a dit qu'elle allait venir nous aider à manger ce qu'elle vient de nous donner ?

— Ben, ça veut dire qu'elle va venir nous voir dans un mois.

— Dans un mois ? Mais ça va être proche en maudit de ton accouchement.

— C'est pour ça qu'elle va venir, expliqua Jeanne. Elle m'a dit qu'elle allait venir me relever.

— Comment ça, te relever ?

— Elle va venir passer une semaine chez nous pour prendre soin des enfants et faire à manger.

— Ah ben, calvaire ! s'exclama Maurice. T'as tout arrangé dans mon dos sans même m'en parler ! Il est pas question que ta mère vienne s'installer chez nous, tu m'entends ! Elle viendra pas me bosser chez nous, c'est pas vrai !

— Maurice, elle vient pas te bosser, comme tu dis, elle vient nous aider.

— On n'a pas besoin d'elle pantoute, protesta Maurice. À quoi elle va servir ? Je reviens de travailler à cinq heures tous les soirs. Je suis capable de me débrouiller pour faire le souper et le ménage.

— Il y a pas juste ça à faire. Il faut s'occuper de Lise et aussi du bébé dans la journée, tenta de le raisonner sa femme. Si le bébé se réveille pendant la nuit, t'es tout de même pas pour te lever. Tu dois aller travailler le matin ; t'as besoin de dormir ta nuit.

— Et toi ? Tu vas servir à quoi ? demanda Maurice, toujours aussi rageur. Tu vas te laisser servir comme une princesse par tout le monde ?

— C'est juste pour quelques jours, Maurice. C'est pas la fin du monde.

— Christ ! Si t'étais moins paresseuse, tu ferais comme nos mères faisaient. Tu te débrouillerais toute seule et on serait pas obligés de nourrir et d'endurer ta mère.

— Elle ne vient pas par plaisir, elle vient juste nous aider, plaida Jeanne, un peu dépassée par la réaction violente de son mari.

— Aïe ! Prends-moi pas pour un fou ! Pour elle, c'est comme des vacances de venir en ville. En tout cas, elle est mieux de sacrer son camp après trois ou quatre jours. J'ai pas l'intention de l'endurer plus longtemps que ça, que le petit soit venu au monde ou pas.

À ce moment-là, de fines gouttelettes de pluie maculèrent le pare-brise.

— Bon ! Il manquait plus que ça, ragea Maurice. Il mouille à cette heure. Quand je vais remettre le char, il va être tout crotté. Hostie ! Quand ça va mal, ça va mal ! ajouta-t-il en frappant le volant du poing.

Le reste du voyage se fit dans un silence complet. Au moment où la Ford traversait le pont Jacques-Cartier, la pluie redoubla et c'est sous un véritable déluge que Jeanne quitta la voiture devant la porte du 2350, rue Joachim pour s'engouffrer dans l'escalier qui conduisait à l'appartement.

Elle eut le temps d'aérer et de préparer le souper avant que son mari revienne de chez Lépine, l'entreprise de la rue Frontenac où la Ford avait été louée. Maurice avait attendu de longues minutes que la pluie se calme avant de

revenir à la maison à pied. Inutile de dire que cette promenade forcée sous la pluie n'avait guère amélioré son
humeur. Mais Jeanne, heureuse de sa visite chez ses
parents, fit comme si elle ne s'en apercevait pas. Elle
servit du jambon froid et des tomates. Elle ouvrit même
un pot de marinades de sa mère qu'elle déposa au centre
de la table.

Chapitre 14

L'arrivée du garçon

Ce week-end à Saint-Joachim sembla libérer Maurice Dionne d'une sorte de promesse qu'il s'était faite l'automne précédent. Tout se passa comme si le pardon officiel de ses beaux-parents lui avait laissé le champ libre pour malmener sa femme.

Trois jours à peine après le retour de Saint-Joachim, il s'en prit ouvertement à Jeanne pendant qu'elle lavait la vaisselle du souper.

— J'arrive plus, affirma-t-il en s'allumant une cigarette, confortablement assis dans l'une des deux chaises berçantes que contenait l'appartement.

— Comment ça?

— Comment ça? la singea Maurice. Tout simplement que louer un char pour aller à la campagne, ça coûte cher! Ça coûte cher aussi de rembourser les meubles qu'on a achetés aux Rondeau. Tous les samedis, il faut que je remette un peu d'argent, imagine-toi.

— Pourquoi avoir loué un char si on n'avait pas les moyens de le faire?

La question était malheureuse et Maurice sauta sur l'occasion pour exploser.

— Pour te faire plaisir, sacrement! C'est ben le temps de me le reprocher à cette heure que c'est fait! Si t'étais moins sans-cœur, on arriverait mieux! Ben non, tu passes tes journées à rien faire dans la maison pendant que je me crève à essayer de joindre les deux bouts.

Fatiguée, les jambes très enflées à cause de sa grossesse avancée, Jeanne se laissa tomber sur une chaise, au bord des larmes.

— Qu'est-ce que tu veux que je fasse de plus ? demanda-t-elle à son mari.

— Trouve-toi quelque chose pour m'aider. Arrête de te faire vivre. Ça te gêne pas de manger le pain que je gagne ?

Jeanne, le cœur gros, ne dit rien, et Maurice sortit bouder sur le balcon.

—

Tôt le lendemain avant-midi, Jeanne confia Lise à Laure Jinchereau pour quelques heures. Sa voisine du second étage lui avait souvent offert ses services gratuits de gardienne.

— Inquiètez-vous pas pour votre fille, lui avait-elle dit. J'ai le tour avec les enfants, même si j'ai eu juste deux garçons ben haïssables, dit en riant la quadragénaire.

— Je suis pas inquiète, madame Jinchereau. Je serai pas partie longtemps.

— J'espère que c'est important pour que vous sortiez, fit la voisine. Il me semble que c'est pas ben prudent de vous promener à pied, aussi avancée que vous l'êtes, dit la voisine en lui montrant son ventre proéminent.

— Soyez sans crainte, madame Jinchereau. Je vais faire attention, promit Jeanne avant de descendre l'escalier.

Jeanne se rendit d'un pas pesant jusqu'à la rue Sainte-Catherine pour prendre le tramway jusqu'à la rue Frontenac où une correspondance la laissa quelques minutes plus tard, coin Ontario. Elle marcha ensuite jusqu'à la rue Parthenais où se trouvait le vieil édifice en brique rouge à un étage de la compagnie Caplan, une entreprise spécialisée dans la confection de chapeaux pour dames.

La veille, durant la soirée, elle s'était soudainement rappelé que sa voisine, Amanda Piquette, lui avait parlé, la semaine précédente, de l'une de ses sœurs qui gagnait son argent de poche en préparant à la maison des plumes destinées aux chapeaux confectionnés par la compagnie Caplan. Selon ses dires, les patrons étaient toujours à la recherche de travailleuses.

L'entrevue chez Caplan fut brève et profitable. Il suffit de quelques minutes pour que le responsable accepte de lui livrer à domicile une poche de plumes. Il lui montra d'abord comment elle devait les arranger avec un couteau avant de lui dire qu'il lui donnerait deux sous pour chaque douzaine de plumes préparées. Enfin, il lui promit de lui faire parvenir des plumes la journée même.

Une heure plus tard, Jeanne venait à peine de réintégrer son appartement que l'homme lui apportait un énorme sac de plumes en lui promettant de passer une semaine plus tard pour reprendre le tout.

Ce soir-là, Maurice sursauta en apercevant le sac dans la chambre de Lise.

— Qu'est-ce que c'est, cette affaire-là ? demanda-t-il, intrigué.

— Des plumes pour les chapeaux.

— D'où ça vient ?

— De chez Caplan. Ils vont m'en livrer toutes les semaines et je les arrange.

— Est-ce que c'est payant ? demanda Maurice, le regard allumé.

— Non, mais ça va m'aider.

— Qu'est-ce que tu vas faire avec cet argent-là ?

— M'acheter ce qui me manque.

— Mais il te manque rien ! protesta Maurice en élevant la voix.

— Je me servirai de cet argent-là pour m'acheter du tabac, par exemple.

— Ah ben sacrement ! Il manquerait plus que tu fumes !

— C'est une farce, admit Jeanne, sarcastique.

— Tu pourrais peut-être penser m'aider à payer nos dettes, fit sèchement Maurice.

— Maurice Dionne, viens pas exagérer. Déjà que t'encaisses mon chèque d'allocations familiales ! s'insurgea Jeanne, en colère.

— D'abord, ça sert à rien ce que tu fais là.

— Oui, ça sert à te prouver que je suis pas une sans-cœur, comme tu dis, et que je suis capable de travailler, répliqua Jeanne sur un ton définitif.

Maurice se tut. Il n'y avait rien à ajouter. Mais à compter de ce jour, il exista une entente tacite entre Jeanne et lui. Elle ne travaillait jamais à ses plumes durant ses présences à la maison, ce qui enlevait à son mari tout prétexte pour exiger de connaître quelles sommes d'argent elle encaissait pour son travail à domicile. Mais à le voir effleurer parfois le sujet, Jeanne sentait bien qu'il mourait d'envie de le savoir.

—•—

Juillet prit fin sur plusieurs journées de fortes pluies. Pour une fois, on aurait dit que cette température maussade au milieu de la saison estivale avait moins d'importance à cause des nouvelles internationales et provinciales. La radio ne cessait de rapporter quotidiennement des informations encourageantes depuis le débarquement des troupes alliées sur les plages de Normandie au début du mois précédent. Si on se fiait aux reportages radiophoniques de René Lévesque, ces dernières progressaient partout, tant en France qu'en Italie. Les principales villes allemandes étaient bombardées. Dans le Pacifique, les nouvelles étaient aussi bonnes. Les bulletins d'informations faisaient état d'offensives victorieuses lancées par les Américains qui accumulaient les succès.

Au Québec, le mois d'août fut surtout marqué par une victoire écrasante de l'Union nationale sur les autres partis. Le jeune Bloc populaire n'était pas parvenu à faire élire plus de quatre candidats. Après cinq longues années dans l'opposition, Maurice Duplessis avait fait élire 48 députés et renversé le gouvernement Godbout. Après une défaite aussi cuisante, l'ex-premier ministre Godbout venait d'annoncer sa ferme intention de quitter la tête du Parti libéral, causant ainsi une grande déception à Léon qui n'avait pas cessé de croire en lui.

À la fin du mois, Marie Sauvé arriva comme prévu chez sa fille avec armes et bagages. Son frère Norbert, en visite chez des parents de sa femme à Saint-Cyrille, avait accepté de la transporter et de la laisser à la porte de chez Jeanne.

Lorsqu'elle pénétra dans l'appartement de sa fille, Marie vit la table de cuisine couverte de plumes multicolores et la petite Lise en train de se traîner sur le parquet.

— Bonne sainte Anne! s'exclama-t-elle. Veux-tu ben me dire ce que tu fais avec toutes ces plumes-là? lui demanda sa mère en déposant sa valise à l'entrée de la pièce.

— Je prépare des plumes pour les chapeaux, m'man.

— Pourquoi?

— Ça me fait un peu d'argent en surplus.

Marie ne poussa pas plus loin son interrogatoire. Elle s'installa en un tournemain dans la petite chambre verte, voisine de la cuisine. Quand elle revint dans la pièce, elle avait changé de robe et elle se mit à aider Jeanne à préparer le repas du midi.

Après le dîner, elle envoya Jeanne faire une sieste et mit sa petite-fille au lit.

— Je suis pas fatiguée, m'man, protesta la future mère.

— Va te coucher pareil, lui ordonna sa mère sur un ton sans réplique. T'as besoin de prendre des forces avec ce qui s'en vient.

Aussitôt que Jeanne eut disparu dans sa chambre, Marie s'assit devant la table en exhalant un profond soupir et elle se mit à arranger des plumes, à la place de sa fille. Lorsque Maurice arriva de son travail ce soir-là, il découvrit sans plaisir que sa belle-mère était déjà arrivée et qu'elle avait pris en main la maisonnée. Il s'efforça de lui faire bonne figure et la remercia d'être venue les aider.

Les trois jours suivants se déroulèrent selon un horaire bien défini. Les deux femmes arrangeaient des plumes tout l'avant-midi et Jeanne devait aller faire une longue sieste chaque après-midi pendant que sa mère se chargeait de Lise.

Marie savait qu'elle devait aller téléphoner chez les Géraldeau, les voisins d'en face, si les contractions commençaient durant le jour. Elle pouvait, en outre, compter sur l'aide de Laure Jinchereau, si besoin était. Toutes les affaires nécessaires à l'accouchement étaient déjà prêtes et étalées sur l'unique bureau de la chambre rose, la pièce occupée par Lise.

Au début de la soirée du 28 août, Jeanne, assise sur le balcon en compagnie de Maurice et de sa mère, ressentit les premières contractions. La grimace qu'elle esquissa n'échappa pas à Marie.

— Qu'est-ce qui se passe ?

— Je pense que le travail commence, dit péniblement Jeanne.

— Bon, on va t'aider à rentrer dans la maison et tu vas aller t'étendre. Après, Maurice sait ce qu'il a à faire.

En quelques instants, Jeanne était étendue sur son lit et Maurice dévalait l'escalier. En le voyant traverser la rue rapidement, Huguette Géraldeau, assise dans sa chaise berçante devant sa porte, se leva précipitamment.

— Ça y est? C'est commencé? demanda-t-elle au père, énervé.

— Je pense que oui.

— Bon, entrez et téléphonez au docteur. Le téléphone est sur la table du salon.

Lorsqu'il sortit du salon des Géraldeau deux minutes plus tard, la voisine lui dit :

— Si vous avez besoin de la moindre chose, gênez-vous pas, même si c'est pendant la nuit. Vous avez juste à venir sonner.

Maurice la remercia avant de remonter à l'étage pour retrouver sa femme et sa belle-mère. Cette dernière avait déjà mis de l'eau à bouillir et avait étalé sur la table de cuisine tout ce qu'il fallait pour la naissance d'un enfant. Elle avait disposé sur une épaisse couverture une serviette, du talc, une bouteille d'huile, une couche, des épingles, une bande de tissu pour protéger le nombril et du linge pour bébé.

Un gémissement de Jeanne fit sursauter le futur père.

— Énerve-toi pas, Maurice, dit Marie Sauvé à son gendre. Tout va ben. Est-ce que le docteur s'en vient?

— La garde m'a dit qu'il va être ici dans moins d'une demi-heure.

— Bon. Je m'occupe de Jeanne. Toi, tu peux surveiller l'eau qui est sur le poêle.

Charles Bernier se présenta à l'appartement de la rue Joachim un peu après neuf heures. Deux heures plus tard, tout était terminé. Jeanne avait donné naissance à un gros garçon de plus de neuf livres, en parfaite santé.

— C'est beau, dit le praticien à sa patiente en fermant sa trousse. T'as fait ça comme une grande fille. T'as même pas de points de suture. Tu te reposes quatre ou cinq jours avant de te relever et tout va aller comme sur des roulettes.

— Et le petit? demanda Jeanne d'une voix faible en regardant le gros bébé que sa mère venait de lui déposer entre les bras, une fois sa toilette complétée.

— Ton petit est en bonne santé; inquiète-toi pas. Bon, je m'en vais. T'as plus besoin de moi. Je vais repasser te voir demain, dans la journée. S'il y a pas de complications, il te restera juste à venir me voir avec ton bébé quand tu seras sur pied, disons dans un mois.

Sur ce, le médecin quitta les lieux sans se donner la peine de saluer qui que ce soit.

— Il est toujours aussi bête, l'enfant de chienne! maugréa Maurice en fermant la porte derrière Charles Bernier. Pas de danger qu'il félicite le père et la mère!

— L'important, c'est qu'il fasse ce qu'il a à faire, répondit sa belle-mère, agacée par cette saute d'humeur.

Lorsque Marie Sauvé et Maurice rentrèrent dans la chambre, ils trouvèrent Jeanne en admiration devant son premier fils.

— Tu vas me le donner et je vais le coucher dans le berceau, à côté de toi, lui dit sa mère.

— Qu'est-ce que tu penses de notre deuxième bébé? demanda Jeanne à son mari.

— Il est pas mal beau, pas vrai, madame Sauvé?

— C'est le plus beau que j'ai vu, en tout cas, admit sa belle-mère. À part Lise, ben sûr. Elle, c'est ma filleule. C'est normal que je la trouve belle.

Un large sourire de fierté illumina le visage de Jeanne durant un instant.

Le bébé fut déposé précautionneusement dans le berceau, près du lit de sa mère, et on remit de l'ordre dans la cuisine avant de se mettre au lit. La soirée avait été épuisante, surtout pour la jeune mère.

—

Les jours suivants, les Dionne reçurent plusieurs visites. Dès le lendemain soir, George Duhamel, Suzanne et Angèle Dionne vinrent voir le nouveau-né. Comme il se devait, les parents demandèrent à la grand-mère paternelle d'être la marraine de l'enfant puisque c'était un garçon.

— Je suis ben trop vieille pour être marraine, dit Angèle d'un ton bourru, insultant involontairement Marie qui avait accepté de l'être l'année précédente.

— C'est normal qu'on vous le demande, m'man, répliqua Maurice d'un ton sec. D'habitude, ce sont les grands-parents qui sont les parrains et les marraines des deux premiers.

— Je le sais ben, mais comme je suis toute seule, il faudrait aussi que tu demandes à Adrien d'être le parrain, se défendit sa mère. Un coup parti, tu penses pas que ce serait ben mieux de demander à Adrien et à Simone d'être parrain et marraine. Si tu le faisais, ça m'insulterait pas.

— Pourquoi pas ? fit Jeanne qui se rendait compte que sa belle-mère n'était guère tentée de porter son premier petit-fils sur les fonts baptismaux.

Maurice se contenta de hausser les épaules.

— Est-ce que t'accepterais d'être la porteuse, Suzanne ? demanda Jeanne en se tournant vers sa jeune belle-sœur.

— Ben sûr, répondit la sœur de Maurice, tout heureuse d'être choisie pour porter le nouveau-né à l'église.

Lorsque le couple proposa à Adrien et à sa femme d'être le parrain et la marraine de celui qu'on voulait prénommer Paul, tous les deux acceptèrent avec joie.

Le samedi suivant, Marie et sa fille organisèrent un petit goûter pour la réception d'après le baptême. Pour Jeanne, c'était le premier jour où elle avait la permission de se lever. Elle se sentait déjà assez forte pour reprendre la direction de son foyer.

Le lendemain après-midi, Jeanne, sa mère et Lise demeurèrent seules dans l'appartement pendant que le petit groupe d'invités prenait la direction de l'église Saint-Vincent-de-Paul en empruntant à pied la ruelle qui longeait la glacière. À l'extrémité de cet étroit boyau en terre battue, les gens n'avaient que quelques pas à faire pour rejoindre la rue Fullum, coin Sainte-Catherine, où s'élevait le temple.

Aucun Sauvé ne participa au baptême de Paul. Par contre, tous les Dionne, y compris la tante Gina et sa fille Berthe, assistèrent à la brève cérémonie. Le soir même, après avoir aidé à remettre de l'ordre dans l'appartement, une fois les derniers invités partis, Marie annonça à sa fille et à son gendre son intention de retourner dès le lendemain avant-midi, à Saint-Joachim.

— J'en ai parlé à mon frère Bruno cette semaine quand il est venu avec sa femme voir Jeanne et le bébé. Ils vont me ramener à la maison. Il est temps que j'aille m'occuper de mon vieux et des enfants. Je vais me compter chanceuse si les murs sont encore debout.

— En tout cas, madame Sauvé, vous nous avez ben aidés, reconnut Maurice. On vous remercie ben gros.

— Ça m'a fait plaisir.

Le lendemain avant-midi, la visiteuse prépara sa valise qu'elle déposa près de la porte. Avant de quitter sa fille, elle ne put s'empêcher de lui donner un conseil.

— Jeanne, t'as juste vingt et un ans. Ménage-toi un peu si tu veux durer.

— Je fais pourtant pas grand-chose, m'man, protesta sa fille.

— Laisse faire. Deux enfants aux couches, ça occupe pas mal. Je connais ça. À ta place, ton histoire de plumes, je la laisserais tomber. Je t'ai montré à coudre et t'as une machine à coudre. À mon avis, tu serais ben mieux de coudre du linge pour toi et les petits. Peut-être que tu pourrais même réparer du linge des voisines…

— Je vais y penser, m'man, lui promit sa fille.

— Puis, laisse-toi pas manger la laine sur le dos par ton Maurice. Fais-toi respecter, sainte bénite ! Ton mari, c'est un bon diable, mais il est ben nerveux et il est égoïste comme la plupart des hommes.

— Inquiétez-vous pas pour moi, m'man.

Après avoir remercié sa mère pour tout ce qu'elle avait fait pour elle et les siens durant la dizaine de jours qu'elle avait passés à la maison, Jeanne l'embrassa en lui promettant qu'elle et Maurice iraient la voir à Saint-Joachim aussitôt qu'ils le pourraient.

Lorsque Maurice rentra de son travail ce soir-là, il était d'excellente humeur.

— Ça fait du bien d'être enfin chez nous, dit-il à Jeanne. J'haïs pas ta mère, mais elle finit vite par me tomber sur les nerfs.

— C'est sûr qu'elle est pas aussi douce que moi, répliqua Jeanne en réprimant un sourire narquois. Elle a pas l'habitude de se laisser faire, elle.

— Whow ! Jeanne Sauvé ! Viens pas essayer de jouer la martyre avec moi, protesta son mari qui avait saisi l'allusion.

Chapitre 15

Les pensionnaires

Après la naissance de Paul, la vie reprit son cours normal chez les Dionne. L'automne s'installa peu à peu et, avec les journées maintenant plus courtes, la température refroidit progressivement.

Depuis la rentrée scolaire, un calme étrange régnait sur la rue Joachim dès les premières heures de l'avant-midi. La petite rue, vidée des dizaines d'enfants qui s'y amusaient depuis le début de l'été, ne reprenait vie qu'à l'heure du dîner et après quatre heures. De temps à autre, elle s'animait l'espace d'un instant, à l'occasion d'un cri poussé par un livreur venu s'approvisionner à la glacière. La vie des habitants du quartier se déroulait selon un rythme immuable. Chaque matin, peu après le lever du soleil, la voiture du laitier s'arrêtait devant chaque maison et dans un tintement de bouteilles de lait heurtées, le laitier procédait à sa distribution quotidienne. Quelques heures plus tard, au milieu de l'avant-midi, il était suivi par le boulanger et par le livreur de glace. Pour quelques sous, ce dernier approvisionnait les glacières dont chaque ménage avait besoin pour conserver ses aliments au frais.

Du mois de juin à la mi-octobre, le marchand de fruits et de légumes faisait son apparition, au son d'une grosse cloche, trois fois par semaine. « Des légumes, des beaux légumes frais à vendre », criait-il sous les fenêtres des ménagères. Il incitait ces dernières à venir voir et à acheter ses produits. Parfois, retentissait aussi un appel : « Guenilles ! J'achète des guenilles ! » poussé par un vieillard à l'aspect négligé qui tirait lui-même une grosse voiture à deux roues surchargée de vieux vêtements et de matelas. L'homme – un vieux Juif de la rue Saint-Laurent, selon Maurice – achetait pour quelques sous ce dont les gens ne voulaient plus. En butte aux railleries des enfants qui prenaient la précaution de se dissimuler derrière les clôtures avant de le provoquer, il arborait un air menaçant qui ne terrorisait que les plus jeunes.

Ces quelques livreurs et marchands ambulants étaient vraiment les seuls étrangers à venir troubler la paix de la petite rue Joachim, exception faite, bien sûr, de la clientèle habituelle de l'antique dépôt de glace, une clientèle dont les rangs s'éclaircissaient sérieusement au dire des voisins.

On aurait dit que dans chaque foyer, les maîtresses de maison observaient le même horaire que leurs mères et leurs grands-mères avaient respecté avant elles. Le lundi était réservé au lavage et toute la journée, on pouvait voir les cordes à linge du quartier surchargées de vêtements mouillés en train de sécher. Certaines ménagères en profitaient alors pour examiner hypocritement le degré de blancheur du linge lavé par les voisines et tirer des conclusions sur leur compétence et leur degré de propreté.

Le lendemain, la plupart de ces femmes repassaient les vêtements, conservant pour le mercredi tout le travail de reprisage. Si le jeudi était un jour sans programme précis, par contre, le vendredi était réservé au ménage hebdomadaire de l'appartement et aux emplettes de nourriture pour la semaine.

Jeanne Dionne se pliait, elle aussi, à cet horaire. Le lundi matin, dès le départ de Maurice, elle s'empressait de faire bouillir une immense cuve d'eau sur le poêle et elle tirait dans la cuisine la vieille laveuse Beaty à tordeur remisée dans le hangar. Après avoir fait manger ses deux enfants, elle séparait les tissus selon leur couleur et elle faisait ce qu'elle appelait plusieurs « brassées ». Après avoir frotté les vêtements tachés sur une planche à laver, Jeanne les déposait dans la laveuse durant quelques minutes. Ensuite, elle les passait dans l'essoreuse et les rinçait à l'eau claire avant d'aller les étendre sur sa corde à linge.

Les autres jours de la semaine, elle accomplissait exactement les mêmes travaux que ses voisines, sauf qu'elle continuait à arranger des plumes de chapeau, malgré le conseil que sa mère lui avait donné avant de la quitter le mois précédent.

Quand octobre arriva, Maurice remplaça les grosses persiennes vertes par les fenêtres doubles et il acheta quelques poches de charbon, suivant en cela la suggestion de leurs voisins du second étage, les Jinchereau.

— Vous allez voir que c'est pas chaud dans la maison, l'hiver, avait prédit Laure Jinchereau. On a essayé de chauffer juste à l'huile la première année qu'on est arrivés ici, mais ça avait pas d'allure : on gelait tout rond au mois de janvier. On a commencé à être ben juste quand on a chauffé au charbon.

———

L'hiver arriva sournoisement dès le début novembre. Un matin, les gens découvrirent que tout le paysage était devenu uniformément blanc. À leur lever, il n'y avait dans la rue que les traces laissées par le cheval et la voiture du laitier.

Les semaines suivantes, le froid devint de plus en plus vif et les gens se réfugièrent frileusement derrière les murs de leur appartement. Alors, la vie qui caractérisait le quartier sembla disparaître totalement. Plus de cris de mères impatientes appelant un enfant et plus de discussions entre voisines, debout sur le seuil de leur porte ou appuyées au garde-fou de leur balcon. Seuls les jeunes, allant et revenant de l'école, avaient l'air de régner en rois et maîtres sur la rue.

Pour sa part, Jeanne souffrait de la solitude. Avec deux jeunes enfants, il n'était pas question de descendre bavarder avec Huguette Géraldeau ou Amanda Piquette durant une heure ou deux. Malheureusement, ces deux dernières ne pouvaient monter la visiter. Amanda Piquette avait encore trois enfants à la maison et Huguette Géraldeau pouvait à peine bouger, victime de crises de rhumatisme qui lui faisaient endurer un véritable martyre. Il lui restait un exutoire : la couture.

À la fin de l'été, elle s'était rendu compte avec stupéfaction que la plupart de ses voisines étaient incapables du moindre travail de couture. Elles étaient désemparées dès qu'il leur fallait ajuster une robe ou réparer un accroc dans un vêtement. Elles cherchaient toutes désespérément quelqu'un capable de les dépanner et elles étaient prêtes à payer pour ce service. Jeanne mit quelque temps avant d'admettre que sa mère avait probablement raison de lui suggérer d'abandonner les plumes. À la réflexion, elle finit par comprendre qu'elle gagnerait peut-être un peu plus d'argent à coudre pour ses voisines qu'à travailler pour la Caplan. De plus, elle découvrit qu'elle éprouvait un réel plaisir à s'asseoir devant la vieille machine à coudre Singer à pédalier achetée le printemps précédent aux Rondeau.

Au début du mois de décembre, la jeune mère cessa volontairement de travailler pour Caplan, préférant se consacrer à la confection de vêtements chauds pour Lise et pour Paul. Elle se découvrit alors un indéniable talent de couturière. Elle était non seulement habile de ses mains, mais encore, elle manifestait une imagination débordante, tant dans la confection que dans la réparation des vêtements.

Il suffit de quelques jours pour que ses voisines se passent le mot : Jeanne Dionne acceptait de coudre pour elles et ses prix étaient très bas. Alors, quelques clientes vinrent frapper à sa porte. Jeanne eut tout de même la sagesse de ne jamais poursuivre ses travaux de couture après le souper. Lorsque son mari rentrait de son travail, il trouvait toujours la table mise et le repas en train de cuire sur le poêle. Elle savait que Maurice adorait la routine et détestait voir sa femme travailler durant la soirée. Pendant que Jeanne lavait la vaisselle du souper, il allumait la lampe et la radio déposées sur la table et le couple s'assoyait dans la cuisine, après avoir éteint le plafonnier, écoutant les nouvelles et leurs émissions préférées jusqu'à dix heures, heure à laquelle ils se mettaient au lit.

En ce début d'hiver, la grande nouvelle avait été la libération du camp de Petawawa du maire Camilien Houde qu'on venait de réélire pour un autre mandat. Le truculent Monsieur Montréal n'avait jamais été aussi populaire. Pourtant chez les Dionne, on préférait tout de même *Nazaire et Barnabé* ou les sketches comiques aux émissions consacrées à l'actualité et à la politique. Pour sa part, Jeanne éprouvait un attachement spécial pour *Je vous ai tant aimé* et *Les Joyeux Troubadours*, qu'elle écoutait chaque midi, en faisant manger ses deux enfants.

—

Un vendredi soir, deux semaines avant Noël, Maurice arriva à la maison en traînant derrière lui un sapin acheté au marché.

— Pour la première fois depuis qu'on est mariés, on va avoir un vrai arbre de Noël, annonça-t-il, tout fier, à sa femme.

Le conifère fut installé en un tournemain dans un coin du salon et le couple le décora avec les boules et les guirlandes d'ampoules multicolores achetées les Noëls précédents pour agrémenter leur chambre louée tant chez Angèle Dionne que chez Grace Beaucage. Lise, accrochée à la jupe de sa mère, manifesta bruyamment sa joie à la vue de l'arbre illuminé.

— On dirait que la petite aime ça, fit Jeanne en la prenant dans ses bras.

— Oui, mais il va falloir que tu la surveilles pour qu'elle aille pas jouer trop près. Il manquerait plus qu'elle le fasse tomber.

Maurice, une cigarette allumée à la main, s'éloigna de l'arbre de quelques pas pour l'examiner sous divers angles.

— On dirait qu'il manque quelque chose, finit-il par dire, sur un ton agacé.

Jeanne vint se planter à côté de lui et l'examina à son tour.

— C'est sûr que ce serait plus beau s'il y avait quelque chose au pied de l'arbre. Ça fait un peu nu comme ça. Peut-être qu'une crèche…

— Christ! jura-t-il, cet arbre-là a pas assez de décorations. C'est ça, l'affaire. Mais on a déjà ben assez dépensé, je mettrai pas une maudite cenne de plus pour acheter d'autres boules. Ça va faire. On arrête ça là.

— T'as raison. Il est déjà pas mal beau, l'approuva Jeanne.

Elle alla déposer la fillette dans son petit lit avant de revenir dans le salon d'où son mari n'avait pas bougé. Jeanne Dionne n'avait guère pris de poids depuis la venue au monde de son fils Paul. La jeune mère de vingt et un ans avait le teint pâle et les joues un peu creuses.

— En tout cas, cette année, je vais préparer un bas de Noël pour la petite, fit-elle en revenant dans le salon, comme si elle concluait un monologue intérieur.

— Pour quoi faire ?

— Pour la surprise, pour lui faire plaisir.

— Qu'est-ce que tu vas mettre dedans ?

— Une pomme, une orange, des bonbons clairs, peut-être des cannes de bonbon.

— Ça va être un beau gaspillage, conclut Maurice, mécontent.

Le lendemain après-midi, le jeune père de famille revint de sa visite hebdomadaire chez sa mère avec une, ou plutôt deux nouvelles.

— Suzanne attend du nouveau, dit-il en retirant son manteau et son chapeau.

— Elle a pas perdu de temps, ta sœur.

— En plus, Simone en attend un autre, elle aussi.

— C'est Adrien qui doit être fier, non ?

— Je le sais pas. C'est ma mère qui m'a dit ça.

— J'avais complètement oublié de te le dire, reprit Jeanne, mais ma mère m'a écrit cette semaine que Germaine en attend elle aussi un deuxième et Micheline, la femme de Bernard, va avoir son premier, ce printemps.

— Maudit, ça peuple dans la famille ! ne put s'empêcher de s'écrier Maurice. Si ça continue comme ça, on va tous se ramasser avec une trâlée d'enfants.

Après le souper, Jeanne montra à son mari la surprise à laquelle elle avait travaillé toute la journée. Elle avait confectionné une crèche avec du carton renforcé, crèche qu'elle avait déposée sur un tissu blanc sur lequel elle avait disposé un peu de ouate pour représenter la neige. Pour une fois, Maurice admira son ingéniosité et la vue de cette crèche lui donna une idée.

— Sais-tu qu'on pourrait peut-être construire un village de cinq ou six maisons et même une église avec ce carton-là. On pourrait même peinturer les maisons de couleurs différentes et coller du cellophane dans les petites fenêtres. En plus, si on faisait un trou à l'arrière de chacune, je pourrais installer une lumière.

C'est ainsi qu'une semaine plus tard, le pied de l'arbre de Noël des Dionne s'enrichit d'un véritable village illuminé, érigé autour de la crèche. Maurice avait même trouvé un père Noël minuscule assis dans un petit traîneau tiré par des rennes. Il avait installé de minces clôtures en plastique blanc utilisées pour baliser la route empruntée par le père Noël.

Si la famille Dionne passa Noël à Montréal cette année-là, elle eut tout de même la chance d'aller célébrer l'arrivée de l'année 1945 à Saint-Joachim. Lorsque Maurice et Jeanne rentrèrent à la maison avec leurs deux enfants, au début de l'après-midi du 2 janvier, ils avaient la nette impression d'avoir vécu des fêtes bien réussies. Ils avaient eu l'occasion de renouer avec tous les membres de la famille, de s'amuser, de bien manger et aussi, d'apprendre les dernières nouvelles.

Ainsi, Laure, toujours incapable d'enfanter, était retournée à l'enseignement dans une école de rang de Saint-Cyrille. Germaine, enceinte de sept mois, venait d'emménager dans sa propre maison à Québec, avec Jean et leurs deux enfants. Cécile terminait sa dernière année d'études et ambitionnait d'aller enseigner à Drummondville. Par ailleurs, si Claude ne parlait pas de quitter la ferme paternelle, ses cadets, Gustave et Luc, voulaient essayer de trouver un emploi à Drummondville ou à Montréal. Enfin, les jumelles étaient maintenant les dernières Sauvé à fréquenter l'école du village.

—

Janvier et février apportèrent peu de chutes de neige, mais des froids très rigoureux poussèrent Maurice à surchauffer l'appartement dont l'isolation laissait grandement à désirer. Jeanne continuait à garder un contact épistolaire avec sa mère. Les deux femmes s'écrivaient pratiquement chaque semaine.

C'est ainsi qu'au début de la première semaine de mars, Marie informa sa fille que son cousin, Jean-Guy Poitras, venait de se trouver un emploi à Montréal et que le jeune homme de dix-huit ans se cherchait désespérément une chambre à louer à un prix raisonnable. Du coup, elle demandait à Jeanne si elle ne serait pas intéressée à l'accueillir chez elle. Si tel était le cas, elle la priait de lui faire connaître le montant de la pension exigée.

Au premier abord, Jeanne eut la tentation de refuser tout net. Tout ce qu'elle savait de ce jeune cousin était qu'il était l'un des nombreux enfants de sa tante Ange Poitras, la sœur de sa mère. Puis durant la journée, elle finit par se persuader que ce serait peut-être un moyen efficace d'aider Maurice à rembourser la dette contractée auprès de sa famille pour l'achat de leurs meubles. Lorsque ce dernier revint de son travail ce soir-là, elle avait déjà choisi de lui parler de l'offre de sa mère et de le laisser décider. Elle n'émit aucun commentaire après lui avoir lu la lettre reçue.

— C'est qui ce Poitras-là? demanda Maurice, méfiant.

— Je le sais pas. La dernière fois que je l'ai vu, il devait avoir une dizaine d'années. Mais s'il est comme ses frères et ses sœurs, il doit être ben élevé.

— Qu'est-ce que tu penses de l'idée de ta mère ?

— On est déjà quatre, se crut obligée de préciser Jeanne.

— Quatre, c'est pas la fin du monde, reprit Maurice. Regarde les Gravel, en bas, ils sont neuf dans un logement comme le nôtre. À côté, les Piquette sont douze…

— Au fond, ça me dérange pas si tu veux qu'on prenne mon cousin en pension, concéda Jeanne. S'il est pas trop difficile sur la nourriture et si tu me donnes un peu plus d'argent pour le manger…

Maurice se tut durant un long moment. Sa femme voyait bien qu'il était terriblement partagé entre l'appât du gain et l'envie de conserver l'intimité de sa famille. Finalement, l'intérêt l'emporta sur son goût.

— Au fond, on peut toujours le prendre une semaine ou deux pour voir si c'est endurable, conclut Maurice. Écris donc à ta mère pour lui dire qu'il peut venir.

— Qu'est-ce qu'on va lui demander comme pension ?

— On peut pas lui demander moins que dix piastres par semaine, trancha Maurice.

— Bon. Et pour le manger ?

— Je te donnerai deux piastres de plus pour ta commande, le vendredi.

Le dimanche suivant, Jean-Guy Poitras se présenta chez les Dionne au début de la soirée. Le jeune homme de taille moyenne était proprement habillé et il avait un sourire chaleureux. On le sentait un peu embarrassé de se présenter ainsi chez une cousine dont il n'avait guère le souvenir. Jeanne s'empressa de le mettre à l'aise et elle lui montra la chambre rose qu'elle lui destinait. C'était la pièce occupée précédemment par Lise.

— Je suis ben content. Ça fait ben mon affaire, conclut le garçon en s'adressant à Maurice.

— Quand est-ce que tu veux t'installer ? lui demanda ce dernier.

— Je suis prêt. Quand vous voudrez.

— Bon, tu peux t'installer à soir, si tu veux, lui proposa le mari de sa cousine.

— Depuis trois jours, je reste dans une maison de chambres malpropre de la rue Plessis. Le temps d'aller chercher mes affaires et je reviens, dit Jean-Guy Poitras avec enthousiasme.

Les Dionne ne mirent pas longtemps à apprécier leur nouveau locataire. Chaque matin, ce dernier prenait le temps de faire son lit et de ranger sa chambre avant de partir, même s'il devait quitter la maison aussi tôt que Maurice pour aller travailler au fumage des jambons à l'abattoir Wilsil. Il n'élevait jamais aucune protestation à propos de la nourriture qui lui était servie. À l'entendre, tout était toujours très bon et il ne se permettait jamais aucune allusion au fait que certains mets, comme le bœuf haché, revenaient souvent sur la table. De plus, Maurice et Jeanne découvrirent rapidement que le jeune homme adorait les enfants. Il arrivait souvent qu'il amuse la petite Lise ou qu'il berce le petit Paul durant de longues minutes après le souper. Grâce à lui, cet hiver-là, ils purent même se permettre d'aller au cinéma à deux reprises et au Théâtre national voir Juliette Pétrie, Olivier Guimond et La Poune parce que Jean-Guy acceptait volontiers de garder les enfants.

Maurice s'entendait très bien avec le cousin de sa femme. Le calme et la pondération de ce dernier avaient même une influence apaisante sur son caractère colérique.

— Pourquoi il ne sort pas avec une fille ? finit-il par demander à Jeanne, un soir que leur locataire venait de se retirer dans sa chambre.

— Il m'a dit qu'il veut pas dépenser son argent pour ça.

— Qu'est-ce qu'il fait avec sa paye, à part payer sa pension ?

— Si je me fie à ce qu'il m'a dit, il en envoie un peu à son père et à sa mère, et il dépose le reste à la banque.

— En tout cas, on peut pas dire qu'il nous dérange ben gros, admit Maurice.

En fait, Jean-Guy Poitras possédait comme un sixième sens pour sentir quand sa présence n'était pas souhaitée par le couple. Dans ces moments-là, il s'esquivait tôt dans sa chambre ou trouvait un prétexte pour sortir.

—

Cette année-là, le printemps s'installa rue Joachim, comme sur la pointe des pieds. Lorsque la neige et la glace se mirent à fondre, le quartier fut envahi d'un mélange d'odeurs bien connues mais peu appétissantes. Elles provenaient aussi bien des cheminées de la Dominion Rubber que de celles de la compagnie voisine, la Dominion Oilcloth qui fabriquait du linoléum. La décomposition de déchets longtemps emprisonnés dans la glace n'aidait pas à améliorer l'air ambiant.

Chaque après-midi, après la classe, les écoliers habitant la rue Joachim, armés de pelles et de pics, s'acharnaient à casser la glace accumulée dans la rue et sur les trottoirs. Plus loin, quelques-uns se contentaient de creuser des rigoles jusqu'aux caniveaux pour hâter l'évacuation de l'eau de fonte.

Durant tout l'hiver, les gens avaient vainement espéré la fin de la guerre en Europe. Depuis plusieurs mois, le premier ministre King exhortait les Canadiens à faire un dernier effort parce que la période des grands sacrifices tirait à sa fin. Chez les Dionne, comme dans la plupart des foyers, on avait écouté religieusement, chaque soir, les informations à Radio-Canada pour se tenir au courant de la progression des armées alliées en Europe. Finalement, le 7 mai, une vague d'allégresse souleva toute la population canadienne quand l'Allemagne nazie capitula sans conditions. Il ne restait plus qu'à mettre fin à la guerre du Pacifique dont l'issue heureuse se dessinait lentement.

Ce jour-là, dès l'annonce officielle de la reddition de l'Allemagne, il y eut une incroyable explosion de joie dans la population montréalaise. Comme des dizaines de milliers d'autres travailleurs, les manutentionnaires du Canadien Pacifique abandonnèrent leur travail dès midi pour se joindre aux multiples groupes de fêtards qui avaient envahi les rues de la métropole. Les tramways étaient pris d'assaut par une foule en délire qui les empêchait d'avancer. Partout, on chantait et on criait, et il n'était pas rare de voir des jeunes filles embrasser de parfaits inconnus. Les policiers souriants n'osaient pas intervenir.

Il fallut deux bonnes heures à Maurice Dionne pour retourner chez lui.

— Jeanne ! l'appela-t-il en entrant dans l'appartement, ils viennent d'annoncer que la guerre est finie. Viens voir ce qui se passe en ville, ça vaut la peine. Ça a pas d'allure. On dirait que le monde est devenu fou. Prépare les petits. Je descends le carrosse.

Les deux enfants furent installés dans le landau et le couple prit la direction de la rue Sainte-Catherine où la circulation était totalement bloquée par des piétons. Des automobilistes klaxonnaient dans un tintamarre assourdissant. Un peu plus loin, coin De Lorimier, des musiciens amateurs avaient sorti leur accordéon ou leur violon et avaient entrepris de faire danser les passants. Durant près de quatre heures, les Dionne se déplacèrent tant bien que mal dans la rue Sainte-Catherine, transportés, eux aussi, par l'euphorie générale. Vers sept heures, le couple, épuisé, rentra à la maison parce que Paul et Lise avaient faim. Ce soir-là, Jeanne profita de l'absence de Jean-Guy Poitras pour apprendre à Maurice qu'elle était enceinte pour une troisième fois en trois ans. Cette fois, son mari fut incapable de contenir sa frustration. Instantanément, sa bonne humeur disparut.

— Pas un autre! s'écria-t-il. Sacrement! Comment tu fais ton compte? T'es pas capable de faire attention?

— Aïe! Maurice Dionne, t'as un maudit front de beu! explosa Jeanne à son tour. Cet enfant-là, il s'est pas fait par l'opération du saint Esprit, tu sauras.

En entendant ces éclats de voix, Lise se mit à pleurnicher, immédiatement imitée par son jeune frère, assis dans sa chaise haute.

— Christ! Fais-les taire! ordonna Maurice, exaspéré, en écrasant nerveusement son mégot de cigarette dans le cendrier. On s'entend plus parler.

— Crie moins fort, lui suggéra Jeanne en tendant une cuillerée de Pablum au bébé, tu leur fais peur.

— On se sortira jamais du trou, reprit-il, rageur, en frappant sur la table. Aussitôt qu'on prend un peu le dessus, il nous tombe toujours quelque chose sur la tête. Ça allait trop ben. Le loyer a pas été augmenté cette année et... Hostie que je suis écœuré!

— ...

— Trois... Trois petits en trois ans! Ça a pas de maudit bon sens! Il y a rien qu'à nous autres que ça arrive des affaires comme ça. Comment que tu veux qu'on s'en sorte, arrangés de même?

Sur ce, il quitta la cuisine en claquant la porte et alla s'asseoir sur le balcon, l'air buté. Il passa la soirée à fumer cigarette sur cigarette, refusant de desserrer les dents. À dix heures, il prit la direction de la chambre à coucher et se mit au lit sans avoir adressé une seule fois la parole à sa femme.

Le lendemain matin, au réveil, il sembla être parvenu à digérer ce qu'il considérait comme une mauvaise nouvelle. Il avait retrouvé son calme et il ne fit aucune allusion au bébé à venir avant de partir pour le travail. Rassurée, Jeanne resta tout de même songeuse, se demandant bien comment elle pouvait éviter la maternité.

—

Un mois plus tard, à la mi-juin, Jeanne découvrit son frère Luc devant sa porte, un lundi après-midi. Le jeune homme venait de célébrer ses dix-neuf ans. De taille moyenne, il était solidement bâti et les traits de son visage carré étaient un peu empâtés. C'était un jeune homme sérieux qui ne possédait pas un grand sens de l'humour.

— Seigneur! D'où est-ce que tu sors? lui demanda Jeanne en le découvrant planté debout sur son paillasson.

Elle portait le petit Paul dans ses bras et Lise était accrochée à sa jupe.

— Je suis venu en ville me chercher une job et j'ai pensé que ce serait pas une mauvaise idée de venir voir mon neveu et ma nièce en passant, répondit le jeune homme après avoir embrassé sa sœur.

— As-tu dîné?

— Oui, dérange-toi pas. J'avais un lunch.

— Comment ça se fait que t'es pas chez nous en train d'aider p'pa? demanda Jeanne en l'invitant du geste à la suivre dans la cuisine.

— P'pa a pas besoin de moi. Il a Claude.

— Avant, il y avait Claude, Gustave et toi pour l'aider et vous étiez pas trop pourtant.

— Oui, mais p'pa est pas capable de nous payer un salaire. Je suis pas plus niaiseux que Gustave. J'ai décidé de me trouver une job à Montréal. Je suis pas intéressé, moi non plus, à travailler pour rien toute ma vie.

En entendant Luc parler ainsi, Jeanne se souvint soudainement que son jeune frère avait toujours été très intéressé par l'argent et qu'il était inévitable qu'un jour ou l'autre, il veuille être rétribué pour son travail.

— Où est-ce que Gustave est rendu ? demanda la jeune mère, surprise.

— Il travaille à la Celanese avec Bernard, à Drummondville, mais il restera pas là encore longtemps. Tu sais ce qu'il veut faire ?

— Non.

— Il veut ramasser son argent pour s'acheter une « voiture à patates frites ».

— Arrête donc !

— Je te le dis.

— Il l'installerait où ?

— Quand il est venu à la maison, il y a quinze jours, il nous a dit qu'il louerait un terrain à Drummondville et qu'il irait avec sa voiture là où il y aura des tombolas. Il est sûr de devenir riche avec cette patente-là.

— Qu'est-ce que p'pa dit de ça ?

— Il l'a traité de « torrieu de fou » et il lui a dit qu'il allait s'endetter avec ça pour le reste de sa vie. Mais c'est pas grave. Tu connais Gustave. Quand il a une idée dans la tête, il faut se lever de bonne heure pour le faire changer d'idée.

— Et toi ? finit par demander Jeanne. Où est-ce que tu penses que tu vas pouvoir travailler ?

— Pas loin d'ici. À la Dominion Textile, au coin de Frontenac et Notre-Dame. C'est fait. C'est de là que j'arrive. Ils m'ont engagé tout de suite. Ils vont me montrer comment remplir les bobines de fil d'une série de machines à tisser. Ce sera pas facile comme job. Je commence à soir.

— Comment ça se fait que tu sois allé là ?

— C'est à cause de Bernard. Il m'a dit qu'il avait entendu dire à la Celanese que la Dominion Textile engageait. C'est pour ça que je suis venu. C'est juste plate que je sois obligé de travailler la nuit.

— Où est-ce que tu vas rester ?

— Ah là, je le sais pas trop. J'ai pensé que tu pourrais peut-être me garder aujourd'hui. Demain matin, après ma nuit d'ouvrage, je me trouverai ben une chambre quelque part dans le coin.

— À quelle heure tu commences ?

— À six heures. Je vais travailler de six heures du soir à six heures du matin.

— Dans ce cas-là, va donc te coucher quelques heures. Je vais te préparer un lunch.

Jeanne l'installa dans la petite chambre verte dont la fenêtre donnait sur le balcon arrière et elle lui confectionna des sandwiches avec de la mortadelle qu'il pourrait manger au travail durant la nuit. Avant son départ pour son premier quart de travail, quelques minutes avant le retour de Maurice, elle lui offrit généreusement :

— Demain matin, viens déjeuner avec moi avant de te mettre à chercher une chambre. De toute façon, il va être trop de bonne heure pour commencer à aller déranger le monde.

—

Lorsque Maurice et Jean-Guy rentrèrent à la maison ce soir-là, Luc Sauvé avait déjà quitté l'appartement de la rue Joachim pour aller travailler. Jeanne leur apprit la visite de son frère et le fait qu'il venait de trouver un emploi tout près, à la Dominion Textile. Son mari ne put réprimer une grimace d'agacement en apprenant la nouvelle. Luc n'était pas son beau-frère préféré, loin de là. Cependant, il n'en fut plus question de la soirée.

Au moment de se mettre au lit, la jeune femme ne put pourtant s'empêcher d'aborder le sujet.

— Je me demande ben où Luc va se trouver une chambre, fit-elle.

— C'est son maudit problème, répliqua Maurice en se glissant sous la mince couverture.

— On pourrait peut-être le garder comme chambreur, lui aussi, suggéra-t-elle.

— Voyons donc, tu sais ben qu'on n'a pas de place pour lui, trancha Maurice, agacé.

— Il travaille de nuit et Jean-Guy travaille de jour. Ils pourraient tous les deux partager la chambre rose.

— Ça fera jamais l'affaire de ton cousin, ton idée.

— Si on lui baisse sa pension à huit piastres par semaine, il pourrait ben être intéressé, reprit Jeanne sur un ton songeur.

— Et ton frère ?

— La même chose. On lui demanderait la même pension. Je suis certaine que lui, il serait content de cet arrangement-là.

— Ça me surprendrait, fit Maurice, peu convaincu.

— Tu me donnerais un peu plus d'argent pour le manger et on en aurait un peu plus pour finir de payer nos dettes plus vite. Qu'est-ce que t'en penses ?

— Je pense que c'est une idée de fou, fit Maurice tout de même alléché par la perspective de pouvoir se débarrasser d'une dette qui lui pesait de plus en plus.

— Ça coûte rien de leur en parler, s'entêta Jeanne.

— Tu peux leur en parler si tu veux, mais organise-toi pas pour qu'on perde Jean-Guy pour faire plaisir à ton frère, la mit en garde son mari en éteignant la lampe de chevet.

Comme Jeanne l'avait prévu, l'arrangement convint aux deux jeunes hommes. Jean-Guy accepta tout de suite en disant qu'il avait toujours partagé sa chambre avec deux de ses frères à la maison et qu'il ne voyait aucun inconvénient à vivre la même expérience avec son cousin si ça pouvait le dépanner.

Quand Luc Sauvé, le teint blafard, revint de sa première nuit de travail, Jeanne lui proposa de l'héberger aux conditions qu'elle avait expliquées la veille à son mari.

— J'en ai parlé à Jean-Guy tout à l'heure, et ça le dérange pas, dit-elle à son jeune frère.

— OK, accepta Luc, après un moment d'hésitation. Mais tu trouves pas que tu me charges pas mal cher pour la pension? ajouta-t-il sur un ton geignard.

— Comment ça?

— Ben, il me semble que tu pourrais me faire un prix. Après tout, je suis ton frère.

— Luc Sauvé! Tu sauras qu'à huit piastres par semaine, on cherche pas à faire de l'argent avec toi! s'emporta Jeanne. Je t'offre de te garder en pension pour te rendre service. Si ça fait pas ton affaire, tu peux aller te chercher une chambre ailleurs.

— Je pensais…

— Tu pensais quoi?

— Je pensais que vous auriez pu demander à Poitras d'aller se chercher une chambre ailleurs et…

— Non. Pas question! le coupa abruptement sa sœur.

— Bon. C'est correct, accepta le jeune homme, sans enthousiasme. Là, je suis fatigué. Je veux aller me coucher.

Luc, l'air boudeur, alla s'installer dans la chambre rose. Lorsqu'il se leva vers une heure, le jeune homme procéda à une toilette rapide au lavabo de la cuisine.

— Veux-tu ben me dire ce qui fait tout ce bruit-là ? demanda-t-il avec mauvaise humeur en s'assoyant à table devant le repas que sa sœur lui avait fait.

— La glacière.

— Est-ce qu'ils arrêtent de crier de temps en temps ?

— Aïe ! Luc Sauvé, t'es pas à la campagne ici. En ville, il y a du monde et du bruit. S'il y a trop de bruit pour toi, ferme ta fenêtre.

— C'est intelligent, ça ! Si je ferme ma fenêtre, je vais étouffer de chaleur…

— Dans ce cas-là, répliqua Jeanne, agacée, t'as pas le choix. Tu travailles de jour ou tu t'installes ailleurs qu'ici.

Jeanne le laissa à sa mauvaise humeur et retourna à sa machine à coudre qui avait été placée sous la fenêtre de sa chambre à coucher depuis l'arrivée de Jean-Guy Poitras.

—

Avec le temps, Jeanne apprit peu à peu à mieux connaître son frère cadet et elle n'apprécia pas particulièrement son caractère. Sans le dire ouvertement, son cousin Jean-Guy semblait partager la même opinion qu'elle. Pour sa part, Maurice n'était pas plus entiché de son jeune beau-frère qu'il voyait très peu.

Quelques jours à peine après l'installation de Luc, le jugement tomba.

— C'est un maudit chialeux qui a toujours quelque chose à redire sur tout, avait tranché Jeanne, exaspérée par les remarques désagréables de son frère.

— C'est vrai qu'il se plaint tout le temps, avait reconnu son cousin Jean-Guy, mais il est pas méchant.

Méchant ou pas, si Maurice avait entendu une seule fois son jeune beau-frère se plaindre de la qualité du matelas, du bruit fait par les enfants ou par les employés de la glacière ou encore de la nourriture, il l'aurait flanqué à la porte avec armes et bagages sans hésitation. D'ailleurs, Jeanne avait bien mis son frère en garde dès la première semaine de son séjour chez elle.

— Essaye de pas te lamenter devant Maurice parce que lui, il endurera pas ça.

Luc eut l'air d'avoir bien saisi le message parce qu'il n'osa jamais se plaindre devant le mari de sa sœur. Comme il travaillait la nuit, il ne rencontrait pratiquement Maurice que le dimanche.

Après un mois de juillet torride, août débuta, maussade, par quelques jours pluvieux. Au moment où on commençait à croire qu'on allait avoir droit à des averses quotidiennes durant tout le mois, le soleil revint. En fait, les trois dernières semaines apportèrent des températures vraiment douces. La vie était si agréable qu'on avait du mal à concevoir que quelques jours auparavant, les 6 et 9 août, les Américains avaient causé la mort de centaines de milliers de personnes en lançant des bombes atomiques sur les villes japonaises de Hiroshima et de Nagasaki. Lorsque la radio livra l'information, peu d'auditeurs saisirent l'ampleur des dommages causés par ces nouvelles bombes tant leurs ravages dépassaient l'imagination. Sur le coup, beaucoup y virent surtout un moyen efficace de mettre fin un peu plus rapidement à une guerre interminable. Quand les journalistes furent en mesure de donner un aperçu des dégâts provoqués par les deux nouvelles bombes, les gens furent sidérés.

— C'est pas possible une affaire comme ça! s'exclama Jeanne d'une voix éteinte en fermant la radio après un autre reportage sur la tuerie. Tout ce pauvre monde tué pour rien! J'en ai la chair de poule.

— Voyons, madame Dionne, voulut la calmer Laure Jinchereau, la voisine demeurant au second étage. Ça sert plus à rien de se tourner les sangs pour ça : c'est fait. C'est vrai que ça fait mal au cœur qu'on ait massacré du monde comme ça. Mais peut-être qu'on va y penser à deux fois avant de faire la guerre à cette heure qu'on sait qu'il y a des bombes aussi fortes.

— Ils disent que les deux villes sont complètement disparues...

— C'est vrai, mais la guerre est vraiment finie.

Le 2 septembre, la fin des hostilités avec le Japon ne suscita pas à Montréal la joie provoquée, en mai, par la reddition de l'Allemagne. On aurait dit que le souvenir de l'explosion des deux bombes atomiques venait entacher l'éclatante victoire des troupes américaines. Soudainement, on était pressé de tourner la page et d'oublier les horreurs de la guerre.

Ce vendredi soir-là, les Dionne prenaient le frais sur leur balcon, tout heureux de profiter de l'un de leurs rares moments d'intimité. Jean-Guy venait de quitter pour Drummondville où demeuraient ses parents et Luc était au travail. On sonna à leur porte.

— Veux-tu ben me dire qui vient encore nous déranger? demanda Maurice en entrant dans la maison pour aller ouvrir la porte.

Il y eut des bruits de voix, puis Gustave Sauvé fit son apparition aux côtés de son beau-frère sur le balcon.

— Bon... Bon... Bonsoir tout le mon... monde, fit le jeune homme, toujours aussi plein de vie en embrassant sa sœur, son neveu et sa nièce qui s'étaient approchés de lui.

— Tu parles d'une belle surprise ! s'écria Jeanne, tout heureuse de voir son frère. Est-ce que ça fait longtemps que t'es en ville ?

— Je suis a... arrivé cet après... après-midi, répondit Gustave en repoussant machinalement une mèche de ses cheveux noirs frisés. J'avais des a... affaires à acheter et je vou... voulais venir vous voir avant de m'en re... retourner.

— Assis-toi, l'invita Maurice en lui tendant une chaise qu'il venait de prendre dans la cuisine.

— Je suis ve... venu vous mon... montrer mon char. Il... Il est pas neuf, mais il rou... roule ben en mau... maudit.

Il ne fallut que quelques instants pour que Jeanne, Maurice et les deux enfants se retrouvent sur le trottoir, devant la vieille Plymouth noire de Gustave. Maurice en fit le tour avec l'air d'un connaisseur, décochant un coup de pied à chacun des pneus comme il l'avait vu faire par certains vendeurs d'automobiles usagées.

— Ouais, le petit beau-frère, t'es pas à pied, conclut-il en terminant son examen.

— Il faut ce qu'il... il faut, dit le jeune homme de vingt et un ans. Il... Il fait beau. Qu'est-ce que vous... vous diriez si on... on allait fai... faire un tour ? demanda-t-il en tendant ses clés à Maurice.

Heureux de l'aubaine, ce dernier s'empressa de se glisser derrière le volant pendant que son beau-frère installait sa sœur, enceinte de sept mois, et ses deux enfants sur la banquette arrière. Maurice adorait conduire. Ce soir-là, durant près de deux heures, il eut l'occasion de sillonner plusieurs rues de Montréal.

— C'est de valeur qu'on ait toujours les petits chars dans les jambes, fit remarquer le conducteur avec dépit. Ça roulerait ben mieux s'ils étaient pas là.

— En tout cas, si on avait le… le temps d'aller sur la grand… la grand-route, tu… tu t'apercevrais, Maurice, que mon char rou… roule ben en sacrifice! fit remarquer fièrement Gustave.

— Ça se sent qu'il a un bon moteur, dit Maurice pour faire plaisir à son beau-frère.

De retour à l'appartement, Jeanne insista pour garder Gustave à coucher.

— Il est ben trop tard pour retourner à Drummond-ville, fit-elle. Reste donc, et demain matin, tu vas pouvoir voir Luc.

— Ben, ça, c'est… c'est une bonne idée, finit par accepter le jeune homme. Je me lè… lèverai de bon… bonne heure et je vais l'a… l'amener dé… déjeuner au res… restaurant.

À cinq heures, le lendemain matin, Gustave se leva sur le bout des pieds pour ne pas réveiller ses hôtes et leurs enfants. Il s'habilla silencieusement. Au moment où il allait quitter l'appartement, Jeanne apparut en robe de chambre dans le salon.

— Tu pars ben de bonne heure, chuchota-t-elle.

— Ré… Réveille pas per… personne, lui demanda-t-il en lui faisant signe de baisser la voix. Je vais cher… chercher Luc pour dé… déjeuner. Si je re… reviens pas, tu diras bon… bonjour pour moi à Mau… à Maurice.

Sur ce, Gustave la remercia de son hospitalité et quitta les lieux. Avant de se rendormir, la jeune femme entendit démarrer la voiture devant la maison.

Un peu avant huit heures, Maurice et Jeanne étaient attablés devant leur déjeuner lorsque la porte de l'appartement s'ouvrit sur un Luc Sauvé, rouge de colère. Au lieu de se diriger vers sa chambre, comme il le faisait d'habitude après sa nuit de travail, il pénétra dans la cuisine.

— Es-tu tout seul? lui demanda Jeanne.

— Ben oui, répondit-il rageusement.

— Qu'est-ce que t'as fait de Gustave? Il a couché ici et il était supposé aller te chercher pour déjeuner avec toi au restaurant.

— L'écœurant! Attends que je lui mette la main dessus, explosa Luc, incapable de se contenir plus longtemps.

Jeanne jeta un regard affolé à son mari qui, pressentant un mauvais tour de son beau-frère Gustave, avait déjà du mal à conserver son sérieux.

— Bon. Qu'est-ce qui s'est passé? demanda-t-elle à son frère.

— Il est venu me chercher à l'ouvrage avec son maudit bazou noir et il m'a dit qu'il m'amenait déjeuner au restaurant, au coin de Frontenac et Sainte-Catherine. Tu sais, le gros restaurant?

— Oui, puis après?

— Comme c'était lui qui payait, j'ai pris un bon déjeuner.

— Un bon déjeuner?

— Des œufs, du jambon, des bines, des crêpes, des toasts, du jus d'orange et...

— Cré maudit! s'exclama Maurice, quand tu déjeunes, tu déjeunes, le beau-frère!

— Tu manges jamais autant que ça pour déjeuner d'habitude, lui fit remarquer Jeanne.

— Il m'avait invité...

— Et lui, qu'est-ce qu'il a mangé? lui demanda sa sœur.

— La même chose que moi.

— Bon. Pourquoi tu fais cette tête-là d'abord?

— L'écœurant! À la fin du déjeuner, il m'a dit qu'il avait besoin d'aller aux toilettes. Moi, je suis resté à table et j'ai attendu qu'il revienne.

— Puis?

— Il est jamais revenu! Quand la serveuse a mis la facture sur la table, j'ai continué à attendre. À un moment donné, elle est venue voir ce que j'attendais. C'est là que j'ai su qu'il était sorti depuis au moins dix minutes et qu'il m'avait laissé les deux déjeuners à payer. J'ai regardé par la vitrine si son char était encore là. Il y était. Savez-vous ce qu'il a fait, l'écœurant? Il m'a envoyé la main. Le temps que je paye la serveuse, il était parti. Non seulement j'ai payé son déjeuner, mais il m'a même pas ramené à la maison.

— C'est pas vrai! s'écria Maurice en riant. Ce maudit Gustave-là, il a rien à son épreuve.

— Ça t'a coûté combien ce bon déjeuner-là? demanda Jeanne, en s'efforçant de trouver un peu de compassion au fond d'elle-même.

— Deux piastres! Deux piastres! J'en reviens pas, dit Luc, des larmes dans la voix. Juste pour un déjeuner!

— Ouais! C'est tout un repas que vous avez pris, fit remarquer Maurice en reprenant difficilement son sérieux.

— Le meilleur, c'est qu'en plus, la serveuse avait l'air d'attendre un tip! Tu parles d'une effrontée! En tout cas, attends que je mette la main sur lui, il va me payer ça, l'enfant de...

— Voyons, Luc, reviens-en, le réprimanda Jeanne.

— Il a mangé une bonne partie de ma paye, finit par dire le jeune homme en tirant la petite enveloppe brune dans laquelle son salaire hebdomadaire lui était remis chaque samedi matin à la Dominion Textile.

— Pauvre toi! fit Jeanne. À ta place je m'en ferais pas trop. Tu connais Gustave. Tu sais ben qu'il va finir par te remettre cet argent-là.

— Ouais, je le connais, conclut Luc sur un ton rageur.

Il attendit quelques instants, l'enveloppe à la main, comme s'il espérait que sa sœur et son beau-frère lui annoncent une réduction de sa pension hebdomadaire en prenant en considération sa mésaventure. Lorsqu'il s'aperçut que ni l'un ni l'autre ne compatissait à ce point à ses malheurs, il tira à contrecœur le montant exact de sa pension hebdomadaire de l'enveloppe et il déposa l'argent sur le coin de la table.

— Veux-tu qu'on te réveille pour le dîner ? offrit Jeanne.

— Non, laisse-moi dormir. Je pense pas que je vais avoir faim avant l'heure du souper.

Sur ce, il tourna les talons et se dirigea d'un pas pesant vers sa chambre à coucher.

— Ben bon pour lui, ne put s'empêcher de murmurer Maurice aussitôt que la porte de la chambre se fut refermée sur son jeune beau-frère. Il est tellement cochon ! Quand c'est pas lui qui paye, il est capable de manger à s'en rendre malade. J'espère que ça va lui servir de leçon. Il devient mal juste à l'idée de sortir une cenne de ses poches. Je te dis que c'est pas drôle d'être gratteux comme ça !

Jeanne ne put s'empêcher de jeter un regard narquois à son mari avant de dire :

— Oh oui ! c'est pas drôle, répéta-t-elle. En tout cas, j'ai l'impression que c'est pas aujourd'hui qu'il va manger ses provisions cachées.

La jeune femme faisait allusion à la nourriture que son frère avait rapportée de chez ses parents deux semaines auparavant, provisions qu'il avait dissimulées soigneusement dans une boîte, sous son lit. Jeanne les avait vues en faisant le ménage et elle s'était aperçue qu'elles baissaient progressivement sans qu'il ait songé une seule fois à en offrir à ses hôtes ou aux enfants. Interrogé à ce sujet,

Jean-Guy, son colocataire, s'était contenté de hausser les épaules.

— Tu connais ton frère. Il y a pas de danger qu'il m'en offre, s'était-il contenté de dire à Jeanne.

Lorsque la jeune femme en avait parlé à Maurice, ce dernier avait été ulcéré par une telle pingrerie. Jeanne avait eu alors beaucoup de mal à se retenir de lui rappeler qu'il ne s'était pas conduit autrement à l'égard de sa propre mère lorsque Marie Sauvé leur avait donné une boîte de nourriture peu après leur mariage.

—

Au début du mois de novembre, Jean-Guy annonça à ses hôtes qu'il les quittait à la fin de la semaine pour retourner vivre chez ses parents, à Drummondville, où il avait fini par se dénicher un emploi.

Maurice et Jeanne regrettèrent vraiment le départ de ce jeune homme tranquille qui les dépannait parfois en gardant les enfants. Ces derniers s'ennuyèrent surtout de celui qui jouait si souvent avec eux. Avec son départ, les Dionne perdaient à coup sûr le plus agréable de leurs deux pensionnaires.

Quelques jours plus tard, Maurice ne put s'empêcher d'aborder le problème. De toute évidence, il y pensait depuis quelque temps.

— L'hiver est à la veille d'arriver, finit-il par dire à Jeanne, ce soir-là. Dans un mois, tu vas accoucher. On a presque fini de rembourser ma mère et mon frère.

— Pourquoi tu me dis tout ça? demanda Jeanne, surprise.

— Ben, je me disais qu'avec un autre enfant, on va avoir besoin de la chambre qu'on loue à ton frère.

— On pourrait toujours coucher Lise et Paul dans la petite chambre verte, suggéra Jeanne.

— Non, trancha Maurice, comme s'il venait de prendre sa décision. On va reprendre notre chambre et tu vas demander à ton frère de s'en trouver une ailleurs. Je suis fatigué de l'avoir dans les jambes. On va être cinq dans l'appartement ; c'est assez.

— Il nous dérange pas ben gros. Tu le vois juste la fin de semaine, tenta de plaider sa femme.

— Je viens de te dire que ça va faire, s'impatienta Maurice en élevant la voix. Je l'ai assez vu, ton frère. Ça fait presque six mois qu'il est ici.

— Bon. Tu lui donnes jusqu'à quand pour s'en aller ? demanda Jeanne qui se rendait bien compte que son mari ne reviendrait pas sur sa décision.

— Je pense qu'il est capable de se trouver quelque chose d'ici la fin de semaine. On va lui laisser jusqu'à samedi. Tu lui parleras demain matin quand il reviendra de travailler.

Jeanne dormit mal cette nuit-là. Étendue dans son lit, les yeux grands ouverts, elle se demandait comment elle pourrait présenter la chose à son frère sans l'insulter. Elle ne voulait surtout pas provoquer une dispute familiale qui aurait des répercussions jusqu'à Saint-Joachim. Finalement, elle décida de s'en tenir à la stricte vérité. Elle et Maurice avaient besoin de la chambre pour loger leur troisième enfant qui allait naître dans moins d'un mois. Lorsqu'elle aborda la question avec son frère ce matin-là, à sa grande surprise, Luc accepta sans discuter de les quitter. Il lui apprit qu'il avait déjà repéré une chambre à louer, deux maisons plus loin, au 2328, rue Joachim. Jeanne dut alors se rendre à l'évidence : la décision de son mari comblait le souhait secret de son frère. En fait, le jeune homme était trop timide pour dire carrément à sa sœur et à son beau-frère qu'il ne pouvait plus endurer le bruit fait par leurs deux enfants durant le jour. Jeanne avait beau voir à ce que Lise et Paul ne dérangent pas trop leur oncle, ils l'empêchaient souvent de dormir.

La chambre que Luc Sauvé avait trouvée était offerte par les Allard, un couple de sexagénaires retraités. Ils habitaient seuls un grand appartement bien tenu, au premier étage d'une maison en brique brune pourvue de larges balcons à l'avant et à l'arrière. Cette habitation de deux étages était probablement la plus jeune et la mieux tenue de la rue Joachim.

L'après-midi même, tout fut arrangé. Luc quitta la maison de sa sœur en emportant deux petites valises et une boîte d'effets personnels. Fidèle à son caractère, il ne pouvait pas partir sans décocher le coup de pied de l'âne.

— Madame Allard va me charger une piastre de moins que toi par semaine pour ma pension, prit-il le soin de préciser à sa sœur avec une satisfaction évidente. En plus, c'est tranquille dans la maison et pas mal ben chauffé.

Jeanne, encombrée par son gros ventre, prit ces remarques comme des critiques indirectes, ce qui ne lui plut pas particulièrement.

— Tant mieux pour toi, dit-elle un peu sèchement. Tu viendras nous voir.

— C'est sûr, promit le jeune homme avant de descendre l'escalier.

— Bon débarras ! ne put-elle s'empêcher de murmurer en refermant la porte derrière lui.

De fait, Luc ne devint jamais un visiteur très assidu chez les Dionne. Les caprices de son horaire de travail et le peu d'atomes crochus qu'il avait avec Maurice firent qu'on le vit très peu.

À la fin du mois de novembre, Gustave vint conduire sa mère chez sa sœur un lundi avant-midi. Après avoir monté sa valise, le jeune homme revint, les bras chargés de victuailles.

— V'là… Vlà le pè… le père Noël! dit-il pour faire rire la petite Lise qui le regardait, les yeux ronds.

Le jeune homme déposa ses paquets sur la table de la cuisine et s'apprêta à partir après avoir embrassé sa sœur, sa mère et ses deux neveux.

— Où tu t'en vas comme ça? demanda Jeanne, surprise de le voir se diriger déjà vers la porte. Tu vas au moins dîner avec nous autres.

— Pas… Pas le temps, annonça son frère en bégayant. Je m'en re… retourne tout de suite. Je… Je travaille à cinq heures.

— T'es sûr que c'est pas parce que tu veux pas rencontrer Luc? demanda Jeanne, en souriant. Il paraît qu'il y a un déjeuner qui lui est resté sur le cœur.

— Ben… Ben bon pour lui! déclara Gustave en riant. Le mau… maudit cochon, il a com… commandé tout ce qu'il y a… avait sur le me… menu par… parce que je payais.

— Vas-tu le rembourser?

— Je suis pas sûr pan… pantoute, répondit Gustave avant de partir.

— Luc est peut-être un peu proche de ses cennes, déclara sa mère, mais toi, Gustave, t'es un maudit haïssable.

— Ben non, m'man, protesta Gustave en riant, vous… vous dites ça parce que vous me co… connaissez pas.

Sur ces mots, Gustave dévala les marches de l'escalier. Avant même que sa sœur ait eu le temps de se rendre à la fenêtre de sa chambre pour le voir partir, le jeune homme était monté dans son auto et démarrait en faisant crisser ses pneus.

Après le départ de son fils, comme l'année précédente, Marie Sauvé s'installa rapidement dans la petite chambre verte située près de la cuisine. Même si la mère de Jeanne allait avoir cinquante ans dans quelques mois, elle demeurait toujours aussi énergique. Sa chevelure présentait peut-être plusieurs mèches grises, mais elle avait l'air de posséder une meilleure santé que sa fille dont les traits tirés et les yeux cernés disaient à quel point cette troisième grossesse en trois ans était difficile.

Il avait été entendu qu'elle allait, pour une seconde fois, prendre en charge le foyer de sa fille lorsqu'elle accoucherait au début décembre. Tout avait été planifié entre la mère et la fille, à l'insu du gendre. Lorsque Jeanne avait mis son mari au courant, quinze jours auparavant, Maurice, sentant le coup monté, était tout de suite monté sur ses grands chevaux.

— Sacrement! avait-il juré. On vient juste de se débarrasser de nos deux chambreurs qu'il nous en tombe une autre sur la tête… et celle-là, elle paye rien.

— Ah ben, il manquerait plus que ça! s'emporta Jeanne. Elle vient nous torcher et il faudrait qu'elle paye en plus!

— On n'a pas besoin d'elle.

— Toi, peut-être pas; mais moi et les petits, on en a besoin. Essaye de te rappeler tout l'ouvrage qu'elle a fait l'année passée quand elle est venue pour Paul. Elle vient pas ici par plaisir.

— En tout cas, elle est mieux de pas m'achaler, prévint Maurice, l'air mauvais en s'allumant une cigarette.

Mais il finit tout de même par rendre les armes de mauvaise grâce et Jeanne savait fort bien qu'il n'oserait pas faire d'affronts à sa belle-mère lorsqu'elle serait sur place. Il la craignait beaucoup trop pour se le permettre.

C'est d'ailleurs grâce à sa mère que Jeanne apprit que la vie de son frère Luc, chez les Allard, n'était pas tout à fait le paradis escompté. La logeuse lui avait vite fait comprendre, semblait-il, qu'elle ne voulait le voir hors de sa chambre qu'à l'heure des repas. De plus, elle l'avait sèchement remis à sa place quand il lui avait fait une remarque sur la nourriture. Elle lui avait clairement expliqué qu'il était tout à fait libre d'aller demeurer ailleurs à tout moment.

Moins de deux semaines plus tard, Jeanne accoucha de sa seconde fille qu'on prénomma Francine. En ce 9 décembre 1945, à vingt-deux ans, la jeune femme était déjà mère de trois enfants.

Chapitre 16

L'argent de Maurice

Les semaines et les mois suivants s'écoulèrent doucement, sans à-coups, apportant leur lot de joies et de peines. À vrai dire, il se passa plus d'un an avant que plusieurs faits marquants ne surviennent dans la vie des Dionne. On aurait dit que le sort avait fait en sorte de leur permettre de reprendre leur souffle durant l'année 1946 avant de les soumettre à d'autres épreuves. Au moins, à son plus grand soulagement, Jeanne n'eut pas d'enfant cette année-là et elle put consacrer toutes ses énergies à Lise, Paul et Francine.

L'année 1947 commença sans bouleversements majeurs dans la vie quotidienne de la petite famille. La jeune mère, toujours aux prises avec des problèmes d'argent, avait fini par se constituer une clientèle restreinte de voisines intéressées à lui confier de temps à autre de petits travaux de couture en échange d'une modeste rétribution. Grâce aux quelques sous que ces travaux lui procuraient, Jeanne parvenait, tant bien que mal, à boucler son budget. Au fil des mois, cet argent était devenu essentiel parce que son mari refusait de tenir compte de l'augmentation du prix de la nourriture et des vêtements. Maurice préférait lui répéter de se débrouiller avec ce qu'il lui donnait plutôt que de dénouer les cordons de sa bourse.

Par ailleurs, les journaux et la radio, même la nouvelle chaîne CKVL, continuaient de transmettre de bonnes et mauvaises nouvelles. Le nouveau premier ministre, Louis Saint-Laurent, clamait sur toutes les tribunes un message d'espoir pour les Canadiens dont un grand nombre était touché par le chômage. L'industrie de la guerre se convertissait lentement vers la production de biens de consommation. Le temps des coupons et des restrictions touchait à sa fin. La guerre appartenait maintenant au passé. Elle était bel et bien terminée. On faisait de moins en moins état des millions de Juifs éliminés dans les camps d'extermination et des 41 700 Canadiens morts durant les combats. Le procès de Nuremberg avait progressivement quitté l'avant-scène de l'actualité pour céder la place à la fondation de l'ONU et au plan Marshall dont on espérait des miracles en Europe. Pour une fois les politiciens étaient d'accord avec les grands penseurs de l'époque : il fallait maintenant regarder vers l'avenir. On sentait dans la population canadienne un profond désir de tourner définitivement la page.

Comme beaucoup d'autres, depuis la fin de la guerre, les Dionne ne portaient plus attention à l'actualité mondiale. Ils s'étaient refermés sur leur petit monde. Si un fait divers les tirait parfois de leur indifférence, leur intérêt ne durait jamais plus que quelques jours. Leurs préoccupations se limitaient à la survie et à l'avenir de leur famille.

—

Par ailleurs, en cette année 1947, Marie et Léon Sauvé ne trouvaient pas leur avenir particulièrement prometteur.

À leur grande surprise, leur fils Claude les avait aussi quittés pour aller travailler à Drummondville, comme Gustave et Bernard. Le jeune homme avait décidé d'épouser Céline Riopel, une jeune fille de Sainte-Perpétue, et il avait besoin de s'établir pour fonder une famille. Comme il avait été le dernier fils à demeurer à la ferme pour y travailler, il avait cru, jusqu'à la dernière minute, que son père la lui vendrait en lui prêtant l'argent nécessaire. Malheureusement, ce dernier était trop pauvre pour accepter cette solution. Par conséquent, le garçon de vingt-trois ans l'avait prévenu qu'il ne pouvait plus travailler à la ferme familiale sans salaire et il était parti.

Il ne restait donc à la maison que les jumelles, deux adolescentes de treize ans. À l'approche de la soixantaine, Léon était maintenant obligé de cultiver seul sa terre. Sa tâche ne lui avait jamais semblé aussi pénible. Était-ce dû à son âge ou tout simplement à la triste perspective de ne pas pouvoir la léguer un jour à l'un de ses enfants? Il n'aurait pas su le dire. Ses quatre fils semblaient bien décidés à gagner leur vie en ville et à s'y établir.

Luc désirait rester à Montréal. Gustave avait abandonné la Celanese quelques mois auparavant et il avait finalement acheté sa «voiture à patates frites», un fourgon aménagé en casse-croûte. Bernard, toujours employé à la vérification des tissus à la compagnie Celanese, avait toujours détesté le travail de la terre et il ne bougerait sûrement pas de Drummondville où il vivait avec sa femme et ses deux enfants. Claude avait pris la place laissée par Gustave à la compagnie de textiles.

Le couple de quinquagénaires était tout de même beaucoup moins préoccupé par l'avenir de leurs filles. Cécile semblait heureuse d'avoir trouvé un emploi d'enseignante à Sorel. À Québec, Germaine avait maintenant trois enfants, tout comme Jeanne. Il n'y avait que Laure qui ne parvenait pas à mener à terme ses grossesses. Jusqu'à présent, elle avait eu beau consulter le docteur Paiement de Saint-Cyrille et un gynécologue de Drummondville, il ne se passait rien. Florent Jutras et elle envisageaient même d'adopter un enfant.

Chez les Dionne, les seules nouveautés survenues durant les dix-huit derniers mois avaient été des naissances. Simone et Adrien étaient maintenant parents de deux enfants : Louise et André. Pour sa part, Suzanne avait donné le jour à un fils, Daniel. Tout ce beau monde continuait de vivre au premier étage, dans la même maison de la rue De La Roche. Angèle s'entendait beaucoup mieux avec son gendre, Gaston Duhamel, qu'avec sa fille, toujours aussi nerveuse et imprévisible.

—

En ce début de mai 1947, la température était si douce qu'on aurait dit que le printemps se hâtait avant d'être chassé par l'été. Maurice et Jeanne venaient de terminer un grand ménage de leur appartement de la rue Joachim, rue où rien n'avait changé depuis leur arrivée, trois ans auparavant. On avait beau prédire chaque année la démolition de l'antique glacière, source de tant de circulation et de bruit, il ne se produisait rien.

Luc demeurait toujours chez les Allard. Les Dionne l'apercevaient de temps à autre durant les week-ends. Le jeune homme n'avait jamais demandé à revenir habiter chez sa sœur. D'ailleurs, celle-ci aurait été obligée de refuser parce que l'appartement était maintenant à peine assez grand pour elle, son mari et ses trois enfants. Lise allait bientôt avoir quatre ans et elle partageait sa chambre avec sa sœur de près de deux ans. Pour sa part, Paul avait hérité de la petite chambre verte située près de la cuisine. Il n'y avait vraiment plus assez d'espace pour accueillir un pensionnaire.

Ces deux années sans grossesse avaient permis à Jeanne de recouvrer une meilleure santé. Elle avait pris un peu de poids et son visage s'était arrondi. La jeune mère de vingt-quatre ans semblait moins tendue.

———

Un samedi soir, à la mi-mai, Maurice alla acheter deux bouteilles de Kik cola au petit restaurant situé au coin des rues Dufresne et Morin. Il revint à la maison avec une nouvelle étonnante.

— Tu devineras jamais qui j'ai vu en revenant du restaurant, dit-il à sa femme occupée à faire la toilette du soir des enfants.

— Qui ?

— Ton frère.

— C'est normal : il est en congé.

— Attends, il était pas tout seul…

— Qui était avec lui ? demanda Jeanne avec une certaine impatience.

— Tu devineras jamais. Il était avec une des filles du bonhomme qui reste à côté de Geoffroy. Tu sais, le petit gros…

— Une des filles Marier ?

— Oui, c'est en plein ça. Il la tenait par la main et tous les deux s'en venaient sur le trottoir, les yeux dans la «graisse de bines»… En tout cas, ton frère s'est même pas aperçu que je passais à côté de lui.

— Arrête donc ! Il était avec laquelle des filles Marier ? Il y en a deux.

— Comment tu veux que je le sache ?

— La grande maigre ou la petite grassette ?

— La petite qui marche le nez en l'air.

— Ah ben, elle est bonne celle-là ! s'exclama Jeanne. Attends que j'écrive ça à ma mère…

— Tu ferais ben mieux de te mêler de tes affaires, toi, la mit en garde Maurice, redevenu sérieux. Ça nous regarde pas. Ton frère est assez vieux pour voir à ses affaires tout seul. Si ça lui tente de le dire à ta mère, il le dira lui-même.

— Une des filles Marier… Elle est bonne, celle-là, dit Jeanne, pensive.

Les Marier étaient bien connus dans le quartier et ils suscitaient bien des commentaires, souvent peu obligeants, de la part de leurs voisins. Le père et la mère se ressemblaient étrangement. Ils avaient l'apparence de pots à tabac tant ils étaient ronds et bas sur pattes. D'ailleurs, leur fils avait la même taille qu'eux. Pour leurs deux filles, c'était une autre histoire. L'aînée, Lucie, avait quelques pouces de plus que ses parents, mais tout de même une demi-tête de moins que Rose, sa sœur cadette. Mais si on se moquait des Marier, ce n'était pas à cause de leur apparence physique. On trouvait absolument ridicules les airs prétentieux que se donnaient les membres de cette famille qui demeuraient, somme toute, dans un appartement miteux, au rez-de-chaussée d'une vieille maison située sur la rue Dufresne, face à la rue Joachim. Peut-être leur sentiment de supériorité venait-il de ce qu'ils pouvaient jouir d'une pelouse grande comme un mouchoir de poche, pelouse que le propriétaire avait pris la précaution de protéger en installant une petite clôture en fer forgé ?

Rosaire Marier était garagiste et son fils Edmond avait suivi ses traces. Dans la famille, on se targuait de culture et un piano à queue occupait plus de la moitié du salon, même si personne dans le quartier ne pouvait se vanter d'avoir jamais entendu l'un ou l'autre des Marier en jouer. La présence de cet instrument était tout de même plutôt incongrue dans cette maison d'un quartier défavorisé. Par ailleurs, il fallait reconnaître que Jeanne-Mance Marier et ses filles n'étaient jamais vues en tenue négligée, même durant la semaine. Lors de leurs sorties, elles portaient toujours des toilettes hors de l'ordinaire évidemment complétées par des chapeaux aux formes exclusives.

Voir toute la tribu partir le dimanche matin pour la grand-messe de dix heures était un spectacle en soi. Même si l'église était toute proche, Joseph Marier ne s'y rendait avec sa famille qu'au volant d'une voiture d'un modèle récent aux chromes étincelants, voiture habituellement empruntée pour quelques heures au garage où il travaillait. Il fallait voir les membres de la famille Marier, tout endimanchés, s'entasser avec une lenteur étudiée dans le véhicule stationné devant la maison. Quand tout le monde était monté à bord, le conducteur démarrait lentement pour aller s'arrêter moins d'un demi-mille plus loin, devant l'église de la paroisse Saint-Vincent-de-Paul, coin Sainte-Catherine et Fullum.

Pour terminer le portrait, est-il besoin de mentionner que les filles Marier ne travaillaient pas à l'extérieur? Question de prestige. Leur unique occupation consistait à aider leur mère à tenir le foyer familial. Chez elles, il fallait que tout reluise. Rien ne leur déplaisait plus que le désordre et le bruit. Voir la portion de trottoir devant leur porte envahie par des enfants en train de chahuter les agaçait prodigieusement. Il leur arrivait souvent de les chasser, en prenant soin toutefois de le faire hors de la vue des mères. Elles savaient fort bien que les voisines auraient eu grand plaisir de s'en prendre à elles si elles les avaient surprises.

Mais comment Luc était-il parvenu à attirer l'attention de l'une des filles de Jeanne-Mance Marier? Comment s'y était-il pris pour être accepté par les parents? C'était là un mystère que Jeanne et Maurice auraient bien aimé élucider. Le lendemain après-midi, Maurice et Jeanne se préparaient à aller faire une promenade avec les enfants quand la sonnette de la porte d'entrée se fit entendre. Jeanne alla ouvrir et un instant plus tard, son frère Luc se tenait sur le palier en compagnie de Lucie Marier, vêtue d'une robe bleue assez chic et coiffée d'un chapeau un peu extravagant.

— Bonjour, on venait vous faire une petite visite, dit Luc qui sembla ne pas remarquer que les enfants étaient habillés, prêts à partir.

— Entrez, les invita Jeanne à contrecœur en s'effaçant pour leur permettre de pénétrer dans le salon.

Maurice vint les rejoindre.

— Je vous présente mon amie, Lucie Marier, dit fièrement Luc.

La jeune fille leur adressa un sourire un peu crispé.

— Je vous ai vus tous les deux hier soir, ne put s'empêcher de dire Maurice.

— Où ça?

— Sur le trottoir. Tu m'as presque marché sur les pieds.

— Je t'ai pas vu, confessa ce dernier en jetant un coup d'œil à la jeune fille.

— Je m'en suis ben aperçu.

Un ange passa. Jeanne avait envie de faire remarquer à son frère et à son amie qu'ils s'apprêtaient à sortir, mais sa bonne éducation la poussa plutôt à leur offrir un siège. La jeune fille examina avec soin le divan avant de consentir à s'y asseoir avec une grâce étudiée. Les visiteurs restèrent près d'une heure. Jeanne trouva l'expérience passablement pénible tant l'amie de son frère semblait surveiller chaque mot qu'elle prononçait. Il était évident qu'elle tenait par-dessus tout à utiliser un beau langage pour impressionner la famille de Luc.

Lorsque Jeanne ferma la porte derrière le jeune couple, elle poussa un profond soupir de soulagement.

— Tu parles d'une fraîche! s'exclama-t-elle. On dirait qu'elle se pense sortie de la cuisse de Jupiter. Ça reste dans un trou sur la rue Dufresne et ça vient lever le nez sur nous autres, comme si c'était une reine.

— Elle est pas laide, laissa tomber Maurice, hors de propos.

— Pas laide! C'est pas une beauté non plus, je te ferai remarquer, fit Jeanne, acide. En tout cas, quand je vais revoir Luc, tu peux être certain que je vais lui faire comprendre de ne pas la ramener trop souvent ici, décréta Jeanne, furieuse d'avoir été snobée.

— Il y a pas un peu de jalousie dans ça? demanda Maurice pour la faire rager.

— Laisse faire, toi, se contenta de dire sa femme avant d'aller essuyer le visage de Paul qui portait des traces de bonbon.

Pour les visites de Lucie Marier, il n'y avait pourtant pas à s'inquiéter. Les Dionne se rendirent vite compte que Luc n'avait pas l'intention de venir hanter leur appartement trop souvent en compagnie de sa petite amie.

—◆—

Quinze jours plus tard, Maurice se leva un samedi matin avec une idée pour le moins saugrenue. Il faisait un temps magnifique. Le soleil de juin réchauffait l'atmosphère. À cette heure matinale, il n'y avait encore pratiquement aucun bruit sur la rue Joachim. Après le passage du laitier, il s'était levé le plus silencieusement possible et s'était empressé de quitter l'appartement après avoir hâtivement bu une tasse de café.

Quelques minutes plus tard, Jeanne se leva et sursauta en l'apercevant par la fenêtre de sa chambre, debout de l'autre côté de la rue, près de la glacière. La voyant à la fenêtre, Maurice revint dans l'appartement sans se presser.

— Qu'est-ce que tu faisais là ? lui demanda-t-elle, intriguée.

— Je mesurais.

— Tu mesurais quoi ?

— La bande de terrain devant la glacière. Il y a six pieds de terrain tout le long de la façade de la glacière.

— Pourquoi tu t'intéresses à ça ?

— Je pense que je vais gazonner une partie de ce terrain-là, fit Maurice d'un air décidé.

— Mais c'est pas à nous autres, ce terrain-là, protesta Jeanne. C'est au propriétaire de la glacière.

— Puis après ? Qu'est-ce que tu veux que ça lui fasse que je mette du gazon sur son maudit terrain en terre où il traîne juste des cochonneries ? argumenta Maurice en s'allumant une cigarette. À part ça, j'ai pas l'intention de tout prendre le terrain devant. Je vais prendre une ving-taine de pieds, pas plus.

— Mais pourquoi tu veux faire ça ?

— Pour faire un petit parterre où, le soir, on pourra installer nos chaises pour prendre l'air.

— On va descendre nos chaises et les traverser de l'autre côté de la rue ? demanda Jeanne, stupéfaite qu'il ait une idée aussi farfelue.

— Ben oui. Puis après ?

— Les voisins, eux autres, qu'est-ce qu'ils vont penser quand ils vont nous voir là ?

— Ça, je m'en sacre, affirma Maurice d'un ton sec. Ils penseront ce qu'ils voudront.

Sur ce, le jeune père de vingt-six ans alla dans le hangar d'où il tira une vieille voiturette pour enfant et une pelle.

Sans perdre un instant, il descendit le tout sur le trottoir. Jeanne prit dans ses bras Francine qui venait de s'éveiller dans son petit lit et, par la fenêtre, elle regarda son mari se diriger vers la rue Dufresne, en tirant derrière lui la voiturette.

Une heure plus tard, Maurice était de retour à la maison, couvert de sueur.

— Je bois une liqueur et je commence, annonça-t-il en décapsulant une bouteille de Coke.

— Tu commences quoi?

— À tourber. Je suis allé sur le port.

— Comment es-tu descendu là?

— Par le viaduc de la rue Frontenac. J'ai trouvé de l'herbe le long des tracks, sur le port. J'en ai découpé des carrés et je les ai rapportés.

— Pauvre toi! C'est ben trop d'ouvrage et il fait ben trop chaud pour faire ça. Tu vas au moins être obligé de passer le râteau avant et…

— Laisse faire, l'interrompit Maurice avec un geste d'impatience. Tu vas voir que ce sera pas si compliqué que ça. Ça me surprendrait pas qu'à soir, ce soit fini.

Après avoir vidé sa bouteille de boisson gazeuse et fumé une cigarette, Maurice Dionne, plein d'énergie, retourna sur l'étroite bande de terrain en terre battue qui longeait la façade de la glacière. Aussitôt, il se dirigea vers l'extrémité située au coin de la ruelle, en face du 2350. Il se mit alors à poser, côte à côte, les bandes de mauvaise herbe découpées dans le sol ingrat du port. Chaque morceau était de longueur et d'épaisseur inégales, mais de façon générale, bien peu de terre était demeurée attachée à chacun. Le paysagiste amateur avait pris la peine de secouer un peu chaque bande pour ne pas surcharger inutilement sa voiturette.

Lorsque Maurice finit de placer côte à côte ses morceaux de «gazon», il s'aperçut avec dépit qu'il avait couvert moins de six pieds carrés de terrain. Il ne se découragea pas pour autant. Il repartit en direction du port, armé de sa pelle. Il ne revint que plusieurs minutes plus tard en tirant difficilement derrière lui la petite voiture cette fois surchargée et dont l'une des roues menaçait de quitter son essieu à tout moment.

Vers midi, le soleil se fit de plus en plus ardent et la chaleur rendit encore plus pénible tout effort physique.

Lorsque Maurice revint une troisième fois devant la glacière avec sa voiturette pleine de nouvelles plaques de gazon, il trouva quelques voisins debout sur le trottoir, probablement curieux de connaître l'identité de celui qui s'était mis en tête de tourber une bande de terrain où il n'avait jamais poussé un brin d'herbe. Des conducteurs de voitures tirées par des chevaux s'arrêtèrent même un instant pour le regarder travailler avant de pénétrer dans la glacière en secouant la tête d'un air incrédule. De toute évidence, ils trouvaient son idée pour le moins bizarre.

Maurice n'accorda pas un seul regard aux badauds. Sans prendre le moindre repos, il entreprit d'aligner avec soin ses nouvelles bandes de tourbe. Il travailla sans relâche jusqu'au milieu de l'après-midi, ne s'accordant que quelques minutes de pause pour dîner. Finalement, vers trois heures, il s'arrêta, le visage maculé de terre et couvert de sueur.

— Viens voir en bas ! cria-t-il à Jeanne, debout au pied de l'escalier.

Jeanne descendit et traversa la rue pour se planter à ses côtés devant le résultat de tant d'efforts : une bande plus ou moins verte large d'environ six pieds et longue d'environ dix-huit pieds. Cela représentait un tiers de la bande de terrain qui s'étendait devant la façade de la glacière. La surface gazonnée était constituée en grande partie de mauvaises herbes de longueur inégale.

— Qu'est-ce que t'en penses? demanda fièrement Maurice à sa femme qui n'avait pas encore ouvert la bouche.

— C'est pas mal beau, finit-elle par dire, sans le penser le moins du monde.

— Je te l'avais dit qu'on aurait un beau coin pour s'asseoir le soir, se vanta son mari.

— C'est vrai qu'on va être ben, ajouta Jeanne, sans grande conviction.

Maurice décela aussitôt un manque d'enthousiasme dans la voix de sa femme.

— Sacrement! C'est tout ce que tu trouves à dire quand je me suis crevé toute la journée pour te faire un beau parterre, explosa-t-il.

— Pauvre Maurice! Je le sais ben que t'as travaillé comme un fou pour faire ça, s'empressa de dire Jeanne pour le calmer. Je trouve juste ça de valeur que t'aies été obligé de travailler autant sur un terrain qui est même pas à nous autres.

Ces quelques mots calmèrent Maurice.

— C'est sûr que là, il est pas ben beau, reconnut-il. Mais attends que je l'aie coupé, promit-il. Je vais aller emprunter aux Piquette la vieille tondeuse à gazon qui est en train de rouiller au fond de leur cour et je vais la passer. Je te dis que notre gazon va changer de poil.

Lorsque Maurice demanda à Elzéar Piquette s'il pouvait lui emprunter sa vieille tondeuse, ce dernier ne se rappelait même plus en posséder une.

— Tu peux ben la prendre et la garder si tu veux, offrit le petit homme. Je sais même pas d'où elle vient, cette tondeuse-là. L'ancien locataire l'a laissée là et on n'y a jamais touché. J'ai jamais eu de gazon dans ma cour.

— Merci. Elle va m'être utile, fit Maurice en prenant possession de la mécanique rouillée.

— Pour moi, t'en auras pas besoin ben longtemps, lui fit remarquer son voisin.

— Pourquoi vous dites ça ? fit Maurice, intrigué.

— Ben, je connais pas grand-chose à ces affaires-là, mais il me semble qu'il faut mettre de la terre meuble avant de tourber si on veut que ça prenne. Puis il va falloir que t'arroses longtemps, sinon ton gazon va jaunir vite en batèche.

— Je vais y voir, promit Maurice en le remerciant une dernière fois.

« Qu'est-ce qu'il connaît à ça, ce vieux maudit-là ? se dit Maurice en retournant chez lui. Parce que c'est vieux, ça pense tout savoir ! »

Il huila sa tondeuse et parvint tant bien que mal à tondre le rectangle fraîchement tourbé sans trop déplacer les plaques de gazon. Ensuite, tout de même inquiété par la remarque de son voisin, il entreprit de descendre plusieurs chaudières d'eau pour arroser abondamment ce qu'il appelait son « parterre ».

Un peu avant l'heure du souper, même s'il était fatigué, Maurice prévint sa femme qu'ils allaient recevoir la visite de sa tante Gina et de sa fille, Berthe, durant la soirée parce qu'il allait leur téléphoner pour les inviter à veiller.

Ce soir-là, un peu après le repas, Maurice descendit des chaises qu'il installa fièrement sur son « parterre », sous le regard étonné des voisins. Jeanne le suivit quelques instants plus tard avec les enfants.

— As-tu vu le monde autour ? fit Maurice à mi-voix. Ils crèvent de jalousie. Je te dis qu'ils aimeraient ça être à notre place.

— C'est sûr que c'est pas mal mieux que de rester sur notre balcon, répliqua Jeanne sans trop le croire.

Maurice jeta un coup d'œil à Lise et à Paul, assis dans l'herbe, près des chaises.

— Surveille-les pour qu'ils arrachent pas le gazon, la prévint son mari, inquiet. Et toi, remue pas trop ta chaise, ça le déplace.

Lorsqu'une voiture taxi s'arrêta devant leur porte, Maurice se précipita pour aller accueillir ses invitées. Il traversa la rue en compagnie de sa tante et de sa cousine qui transportait son accordéon. Les deux femmes, d'excellente humeur, avaient même pensé à apporter quelques gâteries aux enfants. De toute évidence, Gina Deslauriers était heureuse de revoir celle qui avait partagé sa chambre d'hôpital six ans auparavant.

Après quelques minutes passées à échanger des nouvelles sur leur santé respective et sur les membres de la famille Dionne, Berthe empoigna son accordéon pour le plus grand plaisir des enfants et elle se mit à jouer des airs entraînants. Peu à peu, des voisins s'installèrent à leurs fenêtres ou sur leur balcon pour profiter de l'aubaine.

Le soleil se coucha et, progressivement, l'obscurité envahit la rue Joachim éclairée par un seul lampadaire, situé à mi-chemin entre la ruelle et la rue Dufresne. Un peu avant dix heures, on décida d'un commun accord de monter à l'appartement pour y terminer la soirée.

Lorsque Maurice se mit au lit ce soir-là, il était épuisé, mais satisfait. Il était heureux d'avoir été le centre de l'attention du voisinage une bonne partie de la journée et surtout, d'avoir accompli ce qui lui trottait dans la tête depuis le début du printemps, soit créer un petit coin de verdure pour les siens, devant sa porte. Ce jour-là, il avait vécu, en quelque sorte, son heure de gloire.

Malheureusement, le «parterre» de Maurice Dionne ne survécut qu'une dizaine de jours. La canicule de juin, alliée au manque d'eau et à l'absence de respect des enfants du voisinage, en eut rapidement raison. Il se mit à jaunir à une vitesse foudroyante et quand son propriétaire se rendit compte de sa situation désespérée, il était déjà trop tard pour intervenir. Il n'en fit toutefois pas un drame parce qu'au même moment, il eut un problème autrement plus grave à régler.

———

Le dernier vendredi de juin, Jeanne était allée faire vacciner les enfants à La Goutte de lait au début de l'après-midi. En rentrant à la maison, elle sursauta en apercevant Maurice assis dans la cuisine, en train de fumer.

— Qu'est-ce qui se passe ? Tu reviens ben de bonne heure.

Son mari ne répondit rien. Il se leva, la mine sombre, et il se dirigea vers la glacière pour y prendre une bouteille de Coke.

— Es-tu malade ? demanda Jeanne, subitement inquiète.

— Non, Christ ! Je viens de perdre ma job, si tu veux le savoir.

— Comment ça ?

— Comment tu veux que je le sache ? Mon boss m'a fait venir après le dîner et il m'a dit qu'il avait plus besoin de moi. C'est pas plus compliqué que ça !

— Voyons donc ! Ils peuvent pas te mettre dehors comme ça. Ça fait presque six ans que tu travailles pour le Canadien Pacifique.

— Ben, imagine-toi que c'est comme ça. Ils ont juste à te dire de vider ton casier et de retourner chez vous. C'est pas plus long que ça.

— Un père de famille de trois enfants…

— Ça leur en fait un pli, ça ! dit Maurice, sarcastique.

Jeanne se tut, sentant très bien à quel point son mari était touché par ce congédiement. Il devait sûrement y avoir une bonne raison à ce renvoi, mais elle savait fort bien que Maurice ne la lui donnerait jamais. Il ne se vanterait pas d'avoir commis une faute ou d'avoir été pris en défaut par son patron. En tout cas, pour lui, le coup était difficile à accepter parce qu'il avait toujours été très fier de travailler pour une aussi grosse compagnie, même si son emploi ne consistait qu'à vider les wagons de leurs marchandises.

— Comment on va faire pour arriver ? finit par demander Jeanne, ce soir-là.

— Je vais me chercher une autre job, répondit Maurice qui semblait avoir déjà repris de l'assurance. Fatigue-moi pas avec ça. Depuis qu'on est mariés, t'as toujours eu quelque chose à mettre dans ton assiette, non ? Ben, ça va continuer.

De fait, dès le lundi matin suivant, Maurice quitta très tôt son domicile, bien décidé à se trouver un emploi. Il ne rentra qu'après cinq heures, épuisé d'avoir marché sous un soleil de plomb un bonne partie de la journée. Jeanne se contenta de lui servir son repas sans lui poser de questions. Il n'y avait qu'à le regarder pour comprendre qu'il n'avait rien trouvé.

Durant tout le reste de la semaine, le jeune père de famille respecta le même horaire, sans plus de succès. Durant ses absences, sa femme priait pour qu'il trouve un emploi et elle alla jusqu'à promettre une neuvaine à sainte Anne s'il y parvenait. Le pire était de continuer à faire bonne figure devant les voisines et de ne rien raconter à sa mère dans sa lettre hebdomadaire. Il n'était pas question que quelqu'un manifeste de la pitié envers Maurice. Il ne l'aurait pas supporté.

Le week-end suivant fut l'un des pires que connut la jeune famille. Maurice et Jeanne n'avaient vraiment pas le cœur à profiter de la température exceptionnelle de ce début d'été. Ils se cantonnèrent sur leur balcon, à l'arrière de leur appartement. Maurice parla peu, plongé dans de sombres pensées. Il se tenait à l'écart des enfants, trop préoccupé par sa situation pour songer à les amuser.

Le lundi suivant, il reparut à la maison un peu après six heures. En l'entendant monter l'escalier d'un pas léger, sa femme devina qu'il avait trouvé quelque chose. Il ouvrit la porte d'entrée. Son visage et ses mains étaient partiellement noircis par un produit.

— Mon Dieu ! Qu'est-ce qui t'est arrivé ?

— J'ai trouvé une job, annonça-t-il fièrement en s'allumant une cigarette avant de se laisser tomber sur une chaise placée au bout de la table de cuisine.

— Où ?

— Chez Henderson-Barwick, dans l'ouest de la ville, sur Notre-Dame.

— Qu'est-ce que tu vas faire ?

— Plieur de feuilles d'acier.

— Ça a l'air d'un ouvrage dur.

— Ils vont pas me payer à rien faire, si c'est ce que tu veux dire, reprit Maurice. Il fait chaud dans la shop à cause des fourneaux et c'est une job salissante.

— Je voudrais pas que tu t'éreintes, reprit Jeanne avec compassion.

—T'en fais pas, c'est juste une job en attendant mieux, répliqua Maurice, tout de même sensible au fait que Jeanne s'inquiète de sa santé. L'important, c'est qu'ils vont me donner le même salaire que le CP.

━

L'été passa et il ne fut évidemment pas question de vacances pour la famille Dionne. À la fin août, en l'espace de quelques jours, on célébra le quatrième anniversaire de naissance de Lise et le troisième de Paul.

L'unique escapade que Maurice fut capable d'offrir aux siens fut une journée à Saint-Joachim, au début du mois de septembre.

Cette escapade commença de façon surprenante. Un soir, en rentrant de son travail, Maurice croisa Gérard Masson, le conducteur de taxi, voisin des Beaudet. Il ne put faire autrement que saluer l'homme qui demeurait avec sa famille à l'étage, au-dessus des Géraldeau. Comme à son habitude, l'homme était éméché. La bouche un peu pâteuse, il était en train de discuter, debout sur le trottoir, avec Elzéar Piquette. Au moment où Maurice passait à côté de lui, le chauffeur de taxi au visage raviné se tourna vers lui pour lui dire :

— J'ai remarqué que vous louez plus de char.

— J'ai pas le temps de sortir avec les enfants, expliqua brièvement Maurice. J'ai trop d'ouvrage et pas de congés.

— Vous avez pas de la parenté à la campagne ?

— Oui.

— En tout cas, quand vous serez décidé à faire un petit voyage là-bas, venez me voir avant d'aller vous louer un char. Vous allez vous apercevoir que je peux vous amener dans mon taxi pour pas mal moins cher… et vous avez même pas à conduire.

— Merci, je vais y penser, dit Maurice avant de poursuivre son chemin.

Le jeune père de famille fit encore quelques pas en direction de son appartement avant de tourner brusquement les talons et revenir vers Gérard Masson, qui s'apprêtait à traverser la rue pour retourner chez lui.

— Combien vous me demanderiez pour aller à Saint-Joachim et en revenir ?

— Saint-Joachim, proche de Drummondville ?

— Oui.

— Le même jour ?

— Oui.

— Si vous me demandez ça pour demain, je vous le fais pour vingt piastres, aller-retour.

— OK, je vous engage, décida brusquement Maurice, séduit par le prix. À quelle heure vous pouvez partir ?

— Quand vous le voudrez. Sept heures, huit heures… Ça me dérange pas.

— À huit heures, on va être prêts.

Maurice rentra chez lui où il retrouva Jeanne occupée à la préparation du souper.

— Qu'est-ce que tu dirais si on allait passer la journée chez tes parents demain ?

— Comment ça ? As-tu loué un char ?

— Non. C'est Masson, en face, qui va nous amener en taxi. Il m'a fait un prix. Il va nous prendre demain matin de bonne heure. Qu'est-ce que t'en dis ?

— Je suis ben contente. Ça fait tellement longtemps qu'on n'y est pas allés, fit Jeanne, rayonnante de plaisir.

Maurice sentit une sorte de reproche voilé dans cette dernière phrase et reprit un peu brusquement :

— Si tu veux y aller, organise-toi pour que les petits soient prêts à temps demain matin. On part à huit heures.

— On couchera pas là ?

— Je viens de te dire que c'est juste pour une journée, sacrement ! s'emporta Maurice. T'imagines-tu ce que Masson nous aurait demandé pour retenir son taxi deux jours ?

— Ça va être un beau voyage pareil, dit joyeusement Jeanne en feignant d'ignorer la saute d'humeur de son mari.

En réalité, la jeune femme était folle de joie. Elle prépara le soir même tout ce dont les enfants auraient besoin durant le voyage de manière à être prête très tôt le lendemain matin.

— Le seul problème, dit Maurice au moment de se mettre au lit, c'est de savoir où on va ben pouvoir installer Masson pendant qu'il va nous attendre...

—

Le lendemain matin, le soleil venait à peine de se dégager des nuages qui avaient envahi le ciel durant la nuit que Gérard Masson faisait monter à bord de son Chevrolet noir et jaune toute la famille Dionne. Assis près du conducteur, Maurice lui fit la conversation durant tout le trajet pendant que Jeanne s'occupait des trois enfants sagement assis sur la banquette arrière.

Après neuf heures, leur chauffeur s'arrêta d'abord devant une taverne de Verchères, puis dans une autre de Sorel, sous le prétexte de soulager sa vessie. À son retour dans l'auto, quelques minutes plus tard, son haleine révélait qu'il en avait surtout profité pour faire le plein de bière.

— Ma mère nous faisait saluer chaque fois qu'on passait devant une église ou une croix du chemin, dit Jeanne à Maurice en passant devant l'église de Yamaska.

— Moi, je salue surtout quand je passe devant une taverne, intervint Masson avec un gros rire.

Il fallait croire que ses arrêts ne lui suffisaient pas puisque à quelques reprises, le conducteur tira un petit flacon de la poche de son blouson. Il buvait chaque fois une rasade, après en avoir offert fort civilement à ses passagers qui s'empressaient de refuser.

Lorsque le Chevrolet s'immobilisa devant la maison des Sauvé dans le rang Sainte-Marie, il était près de onze heures. Jeanne commençait à avoir hâte d'arriver tant elle s'inquiétait pour la sécurité des siens avec un conducteur à moitié ivre au volant. Ce fut avec un soulagement évident qu'elle fit descendre les enfants du véhicule.

— À quelle heure je viens vous chercher ? demanda Masson avant que Maurice ne descende à son tour de l'auto.

— Où est-ce que vous allez passer la journée ?

— Inquiétez-vous pas pour ça, le rassura Masson.

— À huit heures. Est-ce que c'est trop tard pour vous ?

— Pantoute. Je vais être ici comme un seul homme.

Sur ce, le taxi noir et jaune couvert de poussière prit la direction du village de Saint-Joachim.

— Il y a pas un chat, fit Jeanne en constatant que personne ne venait les accueillir.

— Ah ben ! il manquerait plus qu'on ait fait ce voyage-là pour rien ! s'exclama Maurice, dépité.

— Surtout qu'avec Masson…

— Quoi, Masson ? aboya Maurice, énervé.

— Il est saoul comme une botte ! Il va finir par nous tuer.

— Énerve-toi donc pas avec ça, voulut la rassurer son mari. Le bonhomme boit tellement que je pense qu'il devient surtout dangereux quand il boit pas. Il m'a l'air d'être comme une éponge.

— En tout cas, il va être beau à voir à huit heures s'il va passer la journée dans une taverne de Drummondville.

— Ben non. En partant aussi tard, ça va juste lui donner le temps de dessaouler.

À cet instant précis, le couple entendit un cri en provenance de chez les voisins.

— C'est ma mère, dit Jeanne, soulagée, en saluant de la main Marie qui leur faisait de grands signes. J'aurais dû penser qu'elle était chez les Turcotte. Elle s'en vient avec les jumelles.

Elle déposa Francine sur le balcon et attendit que sa mère et ses jeunes sœurs reviennent.

— Ton beau-père s'en vient, lui aussi, dit Marie à son gendre en arrivant chez elle. Il était en train de donner un coup de main au voisin dans son étable. Qu'est-ce que tu veux ? Quand on n'a pas d'homme engagé et que les enfants sont tous partis, il faut ben s'entraider entre vieux.

Jeanne décela dans ces paroles de sa mère un peu d'amertume.

Cette journée passée chez les siens fit le plus grand bien à Jeanne. Elle eut l'occasion de parler longuement avec sa mère parce que, après le dîner, Maurice accompagna son beau-père chez Florent Jutras à Saint-Cyrille. Les trois hommes ne revinrent à Saint-Joachim en compagnie de Laure, la sœur de Jeanne, qu'à l'heure du souper.

Lorsque Gérard Masson passa prendre ses clients ce soir-là, les trois enfants somnolaient, fatigués par le grand air et le soleil pris durant la journée. Le voyage de retour se fit dans un silence presque complet parce qu'on ne voulait pas réveiller les petits. Il fut impossible à Maurice et à Jeanne de vérifier si leur chauffeur était ivre ou non. Fait certain, ce dernier conduisit très prudemment et tous se retrouvèrent sains et saufs chez eux, un peu avant onze heures. Masson eut même la gentillesse de transporter dans ses bras la petite Lise endormie pendant que les parents se chargeaient de leurs deux autres enfants et des bagages.

Après avoir fermé la porte de leur appartement, Jeanne poussa un grand soupir de soulagement.

— Es-tu contente de ton voyage ? lui demanda Maurice en quête de remerciements.

— On a fait un ben beau voyage, Maurice, mais, pour te dire franchement, j'aime mieux quand c'est toi qui conduis. Je me sens plus en sécurité.

Flatté par le compliment, Maurice lui promit que la prochaine fois, il louerait une auto.

L'automne revint, apportant avec lui la tristesse de son ciel bas et de ses jours pluvieux. Jeanne était pratiquement prisonnière de son appartement à cause de ses trois enfants en bas âge. Son unique sortie était celle du vendredi soir quand elle allait acheter les provisions de la semaine.

Avec son changement d'emploi, Maurice n'avait pas amélioré son sort, loin de là. Chez Henderson-Barwick, il exerçait maintenant un métier physiquement plus dur et son salaire n'était pas meilleur.

Par conséquent, les Dionne n'avaient pas d'argent à consacrer aux sorties. Lorsqu'une occasion extraordinaire exigeait de faire garder les enfants, ils réservaient les services de Mireille Campbell, une adolescente débrouillarde demeurant sur la rue Dufresne. Pour les situations imprévues, Jeanne pouvait toujours demander à madame Jinchereau de surveiller ses petits une heure ou deux.

Dans ces conditions, il n'était donc pas étonnant que Maurice ait conservé l'habitude de sortir seul tous les samedis. Le jeune père, endimanché, disparaissait encore chaque samedi avant-midi pour ne revenir à la maison qu'à l'heure du souper. Il en profitait pour aller rendre visite à sa mère, à Suzanne et parfois à Adrien.

Un samedi soir, à la fin septembre, Jeanne, dépitée d'être laissée au foyer, finit par lui demander :

— Ça les dérange pas de te voir arriver toujours tout seul ?

— De qui tu parles ? fit Maurice, agacé.

— De ta mère et de ta sœur.

— Pourquoi ça les dérangerait ?

— Il me semble au moins que ta mère pourrait s'ennuyer des petits et vouloir les voir de temps en temps ?

— Ma mère est pas ben forte. Les petits la fatigueraient vite.

— J'espère qu'elle demande de nos nouvelles ? Ça fait au moins un an que je suis pas allée la voir avec les enfants, ajouta Jeanne d'une voix acide.

— Ben oui, sacrement ! jura Maurice. Elle demande de vos nouvelles chaque semaine. Si ça t'énerve tant que ça que j'aille voir ma mère le samedi, je vais rester à la maison, ajouta-t-il avec mauvaise humeur.

— Mais non, protesta mollement Jeanne. Je disais pas ça pour ça. C'est normal que t'ailles voir ta mère de temps en temps.

Le samedi suivant, Maurice, l'air buté, décida de ne pas bouger de la maison. À la fin de la journée, Jeanne était sur le point de devenir folle à force de l'entendre crier sans raison après les enfants et tourner en rond, à la recherche du détail qui lui permettrait de faire une crise. Ce jour-là, elle se promit de ne plus jamais faire une remarque pour l'empêcher d'aller visiter les siens. Il était vraiment trop pénible à endurer toute une journée dans la maison.

Pourtant, la vie allait bientôt en décider autrement.

—

Au début de novembre, Maurice revint soucieux de sa visite hebdomadaire. Jeanne ne l'interrogea pas, certaine qu'il allait lui révéler rapidement la cause de son air sombre.

— La mère est malade, dit-il tout à trac, quelques minutes après avoir enlevé son manteau.

— Qu'est-ce qu'elle a ?

— Le cœur. Elle m'a dit que c'était pas ben grave, mais elle était trop faible pour rester debout après le dîner et il a fallu qu'elle aille se coucher. Suzanne m'a dit avant de partir qu'elle avait dû faire venir le docteur Robichaud mercredi passé. Il paraît qu'elle a ce qui s'appelle un «cœur de bœuf». Il lui a laissé des remèdes et il doit revenir la voir lundi.

Les deux samedis suivants, Maurice trouva sa mère alitée, amaigrie et le teint grisâtre. Angèle Dionne n'avait que soixante-cinq ans, mais on lui aurait donné dix ans de plus quand son fils la vit, tassée au fond de son lit, dans sa chambre aux rideaux tirés.

— Elle mange quasiment plus, déplorait Suzanne qui la soignait du mieux qu'elle pouvait.

— Et le docteur, qu'est-ce qu'il en dit? demandait Maurice, à chacune de ses visites.

— Il paraît qu'elle va finir par prendre le dessus, répondait Suzanne à mi-voix, d'un air désabusé.

De retour à la maison, Maurice ne pouvait que répondre à sa femme qui s'informait de l'état de santé de sa belle-mère :

— Elle continue à filer un mauvais coton. Mais elle est forte, la mère, elle va finir par prendre le dessus, se contentait-il d'ajouter comme s'il cherchait à se rassurer lui-même. Après tout, elle n'a que soixante-cinq ans.

Mais Jeanne sentait bien que l'état de santé de sa mère inquiétait sérieusement son mari.

Puis, le soir du 27 novembre, Maurice était à jeter un coup d'œil par la fenêtre de sa chambre pour regarder tomber ce qui avait toute l'apparence de la première vraie chute de neige de la saison quand il vit un taxi s'arrêter devant la glacière.

— Veux-tu ben me dire, maudit, ce que ce taxi-là vient faire devant la glacière? dit-il à haute voix à l'intention de Jeanne en train de revêtir sa robe de nuit.

— C'est peut-être quelqu'un pour les Gravel ou les Jinchereau, avança la jeune femme.

Elle n'eut pas le temps d'en dire plus. Un coup de sonnette impératif la fit sursauter.

— On dirait que c'est pour nous autres, fit Maurice, surpris, en sortant de la chambre pour aller ouvrir la porte.

— Adrien? demanda Maurice, stupéfait d'apercevoir son frère aîné au pied de l'escalier.

Il y eut des pas lourds dans l'escalier avant qu'Adrien Dionne, en uniforme de pompier, ne fasse son entrée dans l'appartement de son frère.

— Qu'est-ce qui se passe? Il est presque onze heures.

Adrien, l'air hagard, enleva son képi et secoua les flocons de neige qui y étaient tombés avant de se mettre à déboutonner son lourd manteau d'uniforme.

— C'est pas votre mère, au moins? demanda Jeanne qui avait pris le temps de passer une robe de chambre avant de rejoindre Maurice et son frère dans le salon.

Le pompier acquiesça.

— Qu'est-ce qu'elle a, la mère? demanda Maurice qui semblait venir juste de réaliser tout l'incongru de la visite tardive de son frère.

— Elle est morte durant la soirée.

— Comment ça? fit Maurice, secoué.

— Elle s'est sentie ben à l'heure du souper. Ça fait qu'elle est venue à table manger un bol de soupe avec Georges et Suzanne. Tout de suite après, elle est retournée se coucher. Vers sept heures, Suzanne est allée la voir dans sa chambre pour être certaine qu'elle avait tout ce qui lui fallait. Elle respirait plus.

Le visage de Maurice pâlit et ses yeux s'embuèrent. Il fit un effort méritoire pour se retenir de pleurer. Jeanne, s'apercevant à quel point les deux hommes étaient affectés par la nouvelle, s'empressa d'intervenir.

— Bon. Restez pas là. Venez tous les deux dans la cuisine. Je vais vous préparer une tasse de café.

Les deux hommes la suivirent dans la pièce voisine.

— Après ? Qu'est-ce qui s'est passé ? demanda Jeanne à son beau-frère.

— Suzanne a eu une crise de nerfs et Georges est venu m'avertir. Je me préparais à partir pour le poste. On a appelé le docteur. Il était trop tard. Il y avait plus rien à faire.

— Pour les funérailles ? parvint à demander Maurice.

— Suzanne a trop peur pour qu'on expose m'man dans son appartement. Elle dit qu'elle va devenir folle si le corps est là pendant trois jours.

— Qu'est-ce qui va se passer d'abord ? fit Maurice, nettement dépassé par les événements.

— On n'a pas le choix. On va la faire exposer chez Robidoux, le salon en face de l'église, à partir de demain après-midi. Pour l'enterrement, ça va se faire au cimetière Côte-des-Neiges, là où le père a été enterré.

— Qu'est-ce que je peux faire pour aider ?

— Il y a rien à faire, dit le pompier. Tout est arrangé. Bon. Il est passé minuit, reprit-il en regardant sa montre. Il est temps que je retourne à la maison. Simone est toute seule avec les petits.

Maurice s'habilla pour accompagner son frère jusqu'à la rue Sainte-Catherine, là où il serait plus aisé de trouver un taxi en maraude. Par la fenêtre, Jeanne vit les deux frères marcher côte à côte, la tête baissée pour éviter d'être aveuglés par les flocons de neige poussés par le vent.

Quelques minutes plus tard, Maurice rentra seul à la maison. Jeanne avait laissé la lampe de chevet allumée et elle l'attendait pour le réconforter. Son mari se déshabilla sans un mot et se glissa sous les couvertures.

— Tu peux éteindre la lumière, dit-il d'un ton las. Il est tard. Il faut qu'on dorme.

Il n'avait pas envie de parler et sa femme respecta son désir. Cependant, elle le sentit s'agiter durant toute la nuit. Le lendemain matin, il était debout dès cinq heures.

— Il faut que j'aille chez Henderson-Barwick pour leur dire que j'entrerai pas travailler pendant trois jours, expliqua-t-il à sa femme en endossant son manteau. Je vais revenir pour dîner. Essaie de trouver une gardienne pour les enfants.

Il y eut bien peu de visiteurs au salon funéraire pour venir saluer Angèle Dionne une dernière fois. La pauvre femme n'avait pas d'amis et sa famille se limitait à ses trois enfants, à leur conjoint, à sa sœur, Gina, et à sa nièce, Berthe. Les petits-enfants étaient tous trop jeunes pour comprendre son départ. Les funérailles célébrées à l'église de la paroisse Saint-Stanislas furent discrètes et les siens l'accompagnèrent jusqu'au lieu de son dernier repos, au cimetière de la Côte-des-Neiges où son cercueil fut déposé dans le charnier jusqu'au printemps.

———

Durant les semaines suivantes, Jeanne fut tenue à l'écart des discussions familiales qui entourèrent l'héritage laissé par Angèle Dionne.

— La mère a pratiquement rien laissé dans son compte de banque, se contenta de lui dire Maurice vers la mi-décembre. Son héritage, c'est la maison. Il va falloir la vendre pour payer l'entrepreneur de pompes funèbres et l'impôt sur les successions. Dans son testament, elle demande qu'on divise l'argent de la vente en trois. Pour les meubles, il y a pas grand-chose. Je pense qu'on va tout laisser à Suzanne qui s'en est ben occupée durant sa maladie.

— Ta sœur et ton frère sont pas intéressés à acheter la maison ? demanda Jeanne. Ils restent déjà là.

— Elle vaut ben trop cher, expliqua Maurice. Un pompier ou un policier gagne pas assez pour s'acheter une grosse maison comme celle-là. Oublie pas que c'est cinq appartements.

— Ta pauvre mère a ben ménagé pour la garder, sa maison, fit la jeune femme en se souvenant des sacrifices que sa belle-mère s'était imposée pour pouvoir la conserver.

— C'est ben de valeur, reconnut Maurice, mais il y a personne dans la famille qui est capable de l'acheter.

Les Dionne mirent du temps à accepter la disparition de leur mère. Sans être la plus démonstrative et la plus affectueuse des mères, Angèle avait été trop longtemps le pivot de cette petite famille pour que son départ ne laisse pas un vide difficile à combler.

Durant quelques semaines, Maurice ne sut pas à quoi s'occuper le samedi, du moins jusqu'à ce que sa sœur Suzanne insiste pour qu'il reprenne ses visites hebdomadaires. Il était évident qu'Adrien, Maurice et leur sœur tentaient de resserrer leurs liens après la mort de leur mère.

La période des fêtes arriva tout de même très rapidement. Chez les Dionne, le sapin de Noël fut décoré et le village de petites maisons illuminées fut installé à son pied, pour la plus grande joie des enfants.

Ce soir-là, comme chaque année, Maurice et Jeanne se disputèrent à propos des étrennes à acheter pour les enfants.

— Dans une semaine, ça va être Noël, dit Jeanne. Il va falloir se décider à aller acheter les cadeaux des enfants.

Maurice fit la sourde oreille en l'entendant. Comme d'habitude, lorsqu'il s'agissait de sortir son porte-monnaie, il se crispait.

— T'as entendu ce que je viens de te dire ? insista sa femme.

— Oui. Puis après ?

— Combien tu vas me donner ?

— Cinq, six piastres, pas une cenne de plus.

— Pour les trois ?

— Certain. Dis donc, me prends-tu pour Rockefeller, toi ?

— Où est-ce que tu veux que j'aille avec ça ?

— Si t'en veux pas, on n'en parle plus, c'est toute ! trancha Maurice en élevant la voix. L'argent, je le fabrique pas.

— En attendant, j'espère que tu trouves que ta famille te coûte pas trop cher, Maurice Dionne.

— Je la nourris, ma famille, et elle est pas dans la rue ! s'emporta Maurice en commençant à ranger dans une boîte métallique les cigarettes qu'il venait de confectionner.

— Peut-être, mais elle te coûte pas une cenne à habiller, par exemple, attaqua Jeanne, à bout de patience.

— Comment ça ?

— Ça fait combien de temps que tu m'as donné de l'argent pour m'acheter du linge ou en acheter aux enfants ?

— Sacrement ! jura Maurice, tu sais coudre, non ?

— Oui, mais pour coudre, il faut acheter du matériel et des patrons.

— Comment tu te débrouilles d'abord ?

— Au cas où tu l'aurais pas remarqué, je découds du vieux linge acheté à l'Armée du Salut pour faire des ensembles et des manteaux aux enfants.

— C'est normal que tu fasses quelque chose de tes dix doigts, trancha Maurice, rageur. T'as rien à faire de la journée pendant que je travaille.

Jeanne cessa brusquement d'essayer de le convaincre. C'était inutile. Son mari ne voulait rien comprendre. Il s'attendait qu'elle continue à se débrouiller avec le peu qu'il lui donnait. Même si le coût de la nourriture ne cessait d'augmenter, il refusait obstinément de lui allouer un dollar de plus par semaine pour l'épicerie. Il encaissait pourtant sans aucune gêne l'argent des allocations familiales chaque mois. À ses yeux, sa femme étant toujours parvenue à s'arranger avec la somme qu'il lui donnait, il ne voyait pas pourquoi elle ne pourrait pas continuer indéfiniment à réaliser les mêmes miracles d'ingéniosité. Qu'elle consacre l'argent gagné à coudre pour les voisines à boucler son budget ne le dérangeait pas. Il ne voulait même pas le savoir.

Pour sa part, la jeune mère était amère. Cette lutte incessante pour arracher à Maurice le moindre sou l'épuisait. Elle avait du mal à accepter qu'il ait toujours en poche l'argent nécessaire pour satisfaire ses fantaisies pendant qu'elle devait faire des prodiges pour procurer l'indispensable à sa famille. Par exemple, il trouvait toujours assez d'argent pour s'acheter du tabac ou des boissons gazeuses. Mais lui soutirer deux dollars pour acheter une paire de souliers à l'un de ses enfants demandait de sa part une énergie disproportionnée. Chaque fois, elle avait droit à une crise ! C'était comme arracher à froid un dent à Maurice.

Pour Noël 1947, Jeanne se procura des jouets usagés à la succursale de l'Armée du Salut située coin Sainte-Catherine et Fullum et elle les enveloppa dans du papier coloré. La veille de la Nativité, à minuit, Maurice, déguisé en père Noël, les sortit un à un de son grand sac blanc et il les remit, tout heureux, à ses trois jeunes enfants assis devant l'arbre de Noël, dans le salon. Si Lise et Francine furent contentes de leur poupée et de leurs craies de couleur, Paul adopta immédiatement la voiturette tirée par un petit cheval de bois. Durant les mois suivants, sa mère allait le voir s'amuser durant des heures à tirer l'attelage à travers les différentes pièces de la maison pour vendre des légumes à la criée.

—

Lorsqu'il s'agissait d'argent, de son argent, Maurice était d'une discrétion à toute épreuve. Jeanne ne parvenait jamais à savoir quel montant il possédait dans son compte à la succursale de la Banque d'Épargne sise au coin Sainte-Catherine et Dufresne. Si elle le demandait, elle s'attirait invariablement la même réponse :

— Occupe-toi pas de ça ; c'est pas de tes affaires. C'est moi qui gagne l'argent, pas toi.

—

L'hiver 1948 passa lentement. Le froid polaire ne fléchissait que pour permettre des chutes importantes de neige. Les gens n'en pouvaient plus de n'avoir sur leur tête qu'un ciel bas et gris quand arrivèrent enfin les premiers jours du printemps. Il y eut alors un soulagement général en voyant le soleil se mettre timidement au travail pour faire fondre les amoncellements de neige grisâtre qui encombraient chaque côté de la rue Joachim. Les jeunes troquèrent alors leurs bâtons de hockey pour des pelles. Après l'école, ils s'amusaient maintenant à étaler au milieu de la chaussée la neige accumulée sur les trottoirs pour en hâter la fonte.

La température se réchauffa à un point tel qu'à la mi-avril, il ne restait plus un grain de neige à offrir en pâture au soleil. Les ménagères en étaient déjà à l'étape où elles pouvaient balayer la portion de trottoir devant leur porte et laver leurs fenêtres. En ce deuxième samedi d'avril, c'était du moins l'occupation de Jeanne. Après le dîner, elle avait couché les enfants pour leur sieste quotidienne et elle s'était mise au travail. La veille, Maurice avait enlevé les doubles fenêtres, sans toutefois installer les lourdes persiennes en bois qu'il se proposait de peinturer quelques jours plus tard.

Elle était en train de laver les vitres de la fenêtre de sa chambre à coucher, vêtue d'une vieille robe en coton, quand elle vit une grosse voiture bleu marine descendre lentement l'étroite ruelle qui reliait la rue Morin à la rue Joachim le long de la glacière. Le lourd véhicule tourna lentement au coin de la rue et s'arrêta pile devant le 2350. La jeune femme, surprise, vit alors descendre du véhicule un Maurice, tout fier, qui regarda longuement autour de lui avant de se décider à lever la tête vers les fenêtres de son appartement. Jeanne eut la réaction instinctive de se retirer de manière à ce qu'il ne la voie pas.

— C'est pas vrai, se dit-elle à mi-voix. Il a pas encore dépensé de l'argent pour louer un char !

Il y eut un bruit de pas dans l'escalier avant que la porte de l'appartement ne s'ouvre à toute volée.

— Jeanne ! Où est-ce que t'es ?

Jeanne sortit de la chambre.

— Chut ! Tu vas réveiller les enfants. Ils dorment, dit-elle à son mari en lui faisant signe de baisser la voix.

— Viens voir, lui commanda-t-il en lui faisant signe de le suivre dans l'escalier.

Jeanne descendit sans prononcer un mot.

— Regarde, fit Maurice en se plantant à côté de la voiture bleue stationnée devant la porte.

— Dis-moi pas que t'as loué un char ?

— Ben non. Je viens de l'acheter. C'est à moi, répondit Maurice d'un air triomphant.

En entendant ces paroles, la tête de Jeanne tourna un peu.

— Tu t'es acheté un char ! Mais avec quoi ? demanda-t-elle en regardant autour d'elle pour s'assurer que les voisins n'écoutaient pas.

— Inquiète-toi pas. C'est avec mon héritage.

— Avec ton héritage ? T'as eu l'argent de ta mère et tu m'en as même pas parlé ? reprit-elle, amère.

— Je t'en ai pas parlé parce que ça te regardait pas pantoute ! fit Maurice en élevant la voix. C'est à moi que la mère a laissé de l'argent, pas à toi.

— Ah bon ! Je suis une étrangère, moi !

— Ben non, Christ ! Mais j'ai le droit de faire ce que je veux avec cet argent-là, non ? protesta son mari à qui la moutarde commençait à monter sérieusement au nez.

— T'as pas pensé qu'il était ben plus important d'avoir un frigidaire qu'un char. Notre glacière coule de partout. Elle est finie.

— Ton frigidaire attendra, la coupa Maurice, furieux.

— C'est ça, toi, tu vas jouer au riche en te promenant dans ton beau gros char pendant qu'à la maison, les petits et moi, on va se contenter d'une glacière finie.

Sur ces mots, Jeanne tourna les talons et monta à l'étage, refusant d'admirer plus longtemps l'achat de son mari. Ce dernier, blanc de rage, se remit au volant et démarra. Jeanne ne le revit qu'à la fin de l'après-midi. Maurice rentra à la maison vers quatre heures. Il semblait d'aussi mauvaise humeur que lorsqu'il l'avait quittée au début de l'après-midi. Il claqua la porte d'entrée et il se rendit directement à la glacière pour y prendre une boisson gazeuse.

— Vide-la, ta maudite glacière ! ordonna-t-il à sa femme d'un ton rogue après s'être allumé une cigarette. Ils s'en viennent te le livrer, ton frigidaire neuf.

— T'as acheté un frigidaire ? demanda Jeanne, stupéfaite.

— Ouais ! j'en ai acheté un. J'espère que t'es contente, là ! À cette heure, il me reste plus une maudite cenne ! Tout a été dépensé.

— Quelle sorte de frigidaire t'as acheté ? fit Jeanne, se refusant à plaindre son mari.

— Un Roy.

Folle de joie, Jeanne entreprit de vider la vieille glacière. Elle déposa sur la table de cuisine tout ce qu'elle en tira.

— Qu'est-ce qu'on va faire de la glacière ? demanda-t-elle à Maurice.

— Le magasin en veut pas. On va la mettre dans un coin du hangar. Pendant l'hiver, ce sera peut-être utile de l'avoir pour y mettre des affaires.

Quelques minutes plus tard, le camion du magasin Living Room Furniture de la rue Sainte-Catherine vint s'arrêter en face de la maison. Deux livreurs se mirent en devoir de hisser à l'étage le réfrigérateur neuf que les voisins purent admirer tout à loisir puisqu'ils l'extirpèrent de sa boîte cartonnée avant de le tirer de leur camion. Le réfrigérateur Roy fut installé dans la cuisine en quelques minutes.

— C'est une merveille ! s'exclama Jeanne, radieuse, en commençant à ranger à l'intérieur la nourriture qui avait été déposée sur la table. Il y a autant de place qu'on veut. C'est fini l'eau sur mes planchers avec la glace qui fond.

— Fais-y ben attention, la mit sèchement en garde Maurice. Un morceau de même, on achète pas ça tous les jours.

Après le souper, Jeanne s'empressa de faire amende honorable.

— Puis, ton char, est-ce que tu vas nous le faire essayer?

— T'as juste à descendre avec les enfants; il est devant la porte, répondit Maurice, un peu amadoué.

Toute la famille descendit l'escalier et Maurice s'empressa de déverrouiller les portières de sa nouvelle automobile pour permettre à sa femme d'en examiner l'intérieur. Il lui fit remarquer les larges marchepieds, les banquettes gris foncé bien rembourrées, les pompons bleu et gris qui ornaient le plafond de l'habitacle et surtout, le gros projecteur que le propriétaire précédent avait fait installer sur le montant du pare-brise.

— Il est neuf? demanda Jeanne.

— Ben non! fit Maurice. C'est un Oldsmobile 1939, mais il est comme neuf parce qu'il paraît que c'est un curé qui l'avait avant. C'est un char qui a presque pas roulé… en tout cas, pas l'hiver.

La jeune femme eut une forte envie de demander à son mari le coût de son achat, mais elle se retint, persuadée d'être rabrouée si elle se risquait à le faire.

Ce soir-là, Maurice fit faire une courte balade à sa petite famille avant de venir ranger sa nouvelle voiture près de la devanture de la glacière, là où l'année précédente, il avait tenté de tourber.

— Tu vas le laisser là? demanda Jeanne.

— Où est-ce que tu veux que je le laisse? Pas sur la rue, en tout cas. Des plans pour que les enfants le grafignent ou qu'un char l'accroche en tournant dans la ruelle.

— Les gars de la glacière diront rien en le voyant sur leur terrain?

— Pourquoi? Mon char les dérange pas. Je suis pas devant les portes.

Fait étonnant, dès le lendemain de son achat, son mari sembla regretter amèrement d'avoir déjà dépensé tout son héritage. Jeanne comprit un peu pourquoi lorsque sa belle-sœur Suzanne lui apprit qu'Adrien, lui, avait sagement consacré toute la somme héritée de sa mère à l'achat d'une maison.

— Est-ce que tu savais ça que ton frère avait acheté une maison avec l'argent qui vient de ta mère ? demanda-t-elle à Maurice après le départ de Suzanne et de son mari.

— Ben oui, ben oui, répondit Maurice avec impatience. Puis après ? C'est pas la fin du monde, sacrement ! Il paraît que c'est juste une vieille cabane dans le nord de la ville.

— Peut-être, mais Simone et lui vont être chez eux, dit Jeanne en affichant malgré elle un air envieux.

Cette phrase anodine eut le don de faire exploser Maurice.

— Oui, ils vont être chez eux ! s'emporta-t-il. Simone a pas demandé un frigidaire neuf, elle ! hurla-t-il avec mauvaise foi… En plus, il y a rien qui dit qu'ils vont être capables de la garder longtemps, leur maudite maison. L'argent de la mère, ça lui a juste servi à donner un acompte.

Le sujet fut clos, mais Maurice garda tout de même mauvaise conscience d'avoir dilapidé si vite son héritage. Il aurait bien aimé avoir fait comme son frère aîné, mais il était trop tard pour revenir en arrière.

Par ailleurs, Jeanne apprit rapidement que la nouvelle voiture n'existait pas pour assurer ses distractions ou même faciliter ses déplacements. Lorsqu'elle était lasse de demeurer si souvent et si longtemps enfermée dans la maison en compagnie des trois enfants, il ne lui servait à rien de proposer une petite sortie. Dans ces cas-là, elle se faisait répondre presque invariablement :

— Un char, ça marche pas à l'eau. Je suis pas pour dépenser presque toute ma paye à acheter du gaz pour te promener.

Bref, il devint très vite clair que l'Oldsmobile était le jouet exclusif de son mari. Contrairement à ce qu'on serait tenté de croire, à compter de ce samedi d'avril, les Dionne ne sortirent pas plus fréquemment parce que Maurice possédait maintenant une auto. L'unique changement apporté par la possession de ce véhicule fut que son propriétaire trouva un exutoire à son énergie en le lavant et en le frottant au moins deux fois par semaine. Si Jeanne avait cru un moment que l'Oldsmobile allait rendre sa vie plus agréable, elle dut se raviser.

Chapitre 17

Le départ de Madeleine

Deux semaines à peine après l'achat de l'Oldsmobile, Jeanne reçut une lettre de sa mère dont le ton angoissé ne manqua pas de l'inquiéter. La santé de sa jeune sœur Madeleine, l'une des jumelles, ne s'améliorait pas. Le docteur Paradis de Drummondville était encore venu visiter l'adolescente de quinze ans quelques jours plus tôt.

Au début de l'hiver précédent, la jeune fille avait contracté la scarlatine et, victime de complications, elle n'était jamais parvenue à recouvrer tout à fait la santé. Maintenant, selon le médecin de famille, ses reins étaient sérieusement affectés et ne fonctionnaient plus correctement. Jeanne devina immédiatement que si sa mère laissait percer ainsi son angoisse, c'était probablement dû au fait que l'état de Madeleine devait s'être aggravé.

Durant toute la journée, Jeanne ne cessa de penser à sa mère et à sa jeune sœur. Si son frère Luc était allé à Saint-Joachim dernièrement, elle n'aurait pas hésité à aller sonner chez les Allard pour le réveiller et lui demander ce qu'il pensait de l'état de santé de leur sœur. Mais son frère était trop pris par sa Lucie pour même songer à aller visiter ses parents. Il était donc encore moins bien informé qu'elle.

Lorsque Maurice rentra du travail ce soir-là, il ne put que remarquer la fébrilité de sa femme.

— Qu'est-ce que t'as à être sur les nerfs comme ça ? finit-il par lui demander au moment de passer à table.

— Ma mère m'a écrit. Ça s'arrange pas pour Madeleine. Ils ont encore été obligés de faire venir le docteur la semaine passée. Il paraît qu'à cette heure, ses reins sont vraiment malades.

— Bon, v'là autre chose ! s'exclama Maurice.

— Tu peux pas savoir comment ça m'inquiète de pas savoir exactement ce qu'elle a. J'ai pas revu Madeleine depuis les fêtes.

Maurice laissa passer un long moment de silence avant de proposer :

— Si ça peut te tranquilliser, on va aller voir ta sœur samedi matin.

Le samedi suivant, le départ de la famille Dionne se fit très tôt, sous une pluie fine.

— Ça, j'aime ça, se contenta de dire Maurice de mauvaise humeur en claquant sa portière d'auto. Quand on va revenir, le char va être crotté jusqu'au toit et il va me falloir deux jours pour tout nettoyer.

— Je t'aiderai à le laver, proposa Jeanne, pleine de bonne volonté.

— Pour moi, c'est pris pour la journée, cette pluie-là, reprit Maurice, sans relever l'offre de sa femme. Tu imagines ce que ça va donner quand on va prendre la route de terre jusqu'à chez ton père ?

— Oui.

— En tout cas, on va revenir avant le souper. Je veux pas conduire à la noirceur, déclara Maurice sur un ton définitif.

Maurice se trompait. À la hauteur de Contrecœur, les averses cessèrent et les nuages, poussés par un vent du sud, laissèrent la place au soleil dont les chauds rayons firent fumer l'asphalte.

À leur arrivée chez les Sauvé, Maurice et Jeanne furent accueillis par une Marie aux traits fatigués. En voyant descendre de la voiture Jeanne et sa petite famille, la figure de la quinquagénaire s'illumina et elle s'empressa d'embrasser ses trois petits-enfants avant d'inviter tout le monde à entrer dans la maison.

— Ruth est partie me faire une commission au village, dit-elle. Léon est au bout du champ, derrière la grange.

— Et Madeleine ? demanda Jeanne.

— Elle est en haut, dans sa chambre. Elle dort. Elle devrait être à la veille de se réveiller. Après le déjeuner, elle va toujours se recoucher une heure ou deux, expliqua sa mère.

— Je vais aller rejoindre votre mari, annonça Maurice en se dirigeant vers la porte.

— Mets les vieilles bottes qui sont à côté de la porte de la remise, lui conseilla sa belle-mère, sinon tu vas gaspiller tes souliers.

— C'est ce que je vais faire, madame Sauvé, dit Maurice en sortant de la maison.

Dès que Maurice fut sorti, Jeanne laissa ses trois enfants avec leur grand-mère et monta à l'étage voir sa jeune sœur.

Elle poussa sans bruit la porte de la chambre à coucher de sa sœur. Elle subit alors un véritable choc en découvrant Madeleine. À la vue de ce corps émacié recroquevillé sous une courtepointe, son cœur se serra. Les cheveux bruns de l'adolescente étaient plaqués sur son front par la sueur. Son visage était si maigre et si blême que ses taches de rousseur en étaient devenues presque invisibles. Pendant un instant, Jeanne demeura sans bouger, debout au chevet de sa sœur endormie. Le cœur lui faisait mal. Il lui fallut faire un effort pour se décider à la réveiller doucement.

— Dis donc, la marmotte, est-ce que tu vas dormir encore longtemps quand t'as de la visite qui vient de Montréal ? demanda-t-elle en s'efforçant de mettre une joyeuse animation dans sa voix.

Madeleine ouvrit lentement les yeux et il lui fallut une seconde ou deux avant de réaliser qui lui parlait. Alors, elle eut un pâle sourire.

— Avoir su que tu viendrais, je me serais pas couchée après le déjeuner.

Madeleine s'assit et posa ses pieds sur le parquet dans l'intention évidente de se lever.

— Non. Reste couchée, lui ordonna Jeanne. Repose-toi. De toute façon, on vient juste d'arriver. Ça me surprendrait que Maurice pense repartir avant le souper.

— Je me lève, dit l'adolescente sur un ton décidé. Si je me couche après les repas, c'est surtout pour faire plaisir à m'man. Tu la connais. Je pense que je la fatigue quand elle me voit traîner à rien faire dans la maison.

— T'as pourtant pas l'air bien forte, constata Jeanne à haute voix en regardant sa sœur endosser tant bien que mal sa vieille robe de chambre. Est-ce que tu te soignes au moins ?

— Mais oui. Le docteur Paradis dit que j'ai des problèmes avec mes reins, mais il est certain que ça va finir par s'arranger, fit Madeleine, un peu agacée par l'air soucieux de sa sœur. Viens, on va descendre. Je veux voir les petits.

Les deux sœurs apparurent au rez-de-chaussée sous l'œil inquisiteur de leur mère qui cherchait à trouver dans le visage de Jeanne une preuve qu'elle avait raison de s'inquiéter pour Madeleine. Pourtant, elle ne décela rien. Jeanne avait eu le temps de se composer une figure neutre pendant que sa jeune sœur descendait l'escalier devant elle.

Après le dîner, Jeanne installa ses trois enfants pour leur sieste. Madeleine, debout depuis moins de deux heures, semblait déjà épuisée.

— Pourquoi t'irais pas te reposer avec les petits ? lui suggéra sa mère. En même temps, tu les empêcherais de se relever et de se retrouver dans l'escalier.

— C'est une bonne idée, ça, l'encouragea Jeanne. Je serais moins inquiète de savoir que t'es avec eux, en haut, pendant que j'aide m'man et Ruth à laver la vaisselle.

— Correct, accepta Madeleine. Mais si je m'endors, vous partez pas sans me le dire, par exemple.

— C'est promis, fit Jeanne qui la regarda monter péniblement l'escalier.

Sa mère aussi avait suivi la lente progression de la jeune fille.

— Qu'est-ce que t'en penses ? demanda-t-elle, à voix basse, à sa fille.

De toute évidence, elle cherchait un réconfort.

— C'est sûr qu'elle a pas l'air bien forte, mais l'hiver vient juste de finir, m'man. Avec le soleil et la chaleur, elle devrait se raplomber, voulut la rassurer Jeanne.

— J'arrête pas de prier pour qu'elle guérisse.

Jeanne s'efforça ensuite de changer de sujet de conversation en s'informant de chacun des membres de la famille qu'elle n'avait pas vus depuis plusieurs mois.

— Et Luc, lui, qu'est-ce qu'il fait ? demanda la mère. Il a pas donné de ses nouvelles depuis la mi-janvier.

— Il travaille toujours, m'man. Avec son horaire de nuit, on le voit pas plus que vous, même s'il reste à deux maisons de la nôtre.

— Et sa blonde ? demanda Ruth d'un air intéressé.

— Qui vous a parlé de sa blonde ? demanda Jeanne, étonnée.

— Notre oncle Bruno. Luc est allé veiller avec elle chez eux, avant les fêtes, expliqua l'adolescente. D'après ma tante, sa blonde, c'est tout un numéro.

— Quoi ? Il est pas encore venu à Saint-Joachim avec elle ? demanda Jeanne.

— Non, pas encore, et ça presse pas, fit la mère sur un ton qui en disait long sur ce qu'on avait pu lui raconter sur l'objet de la flamme de son plus jeune fils.

Jeanne, qui avait remarqué le manque d'enthousiasme de sa mère, eut du mal à se retenir de sourire.

— Moi, en tout cas, je peux pas en dire grand-chose, ajouta-t-elle avec beaucoup de diplomatie. Sa Lucie, il l'a pas amenée souvent à la maison depuis qu'il sort avec elle.

— Si ça dure, cette histoire-là, conclut Marie Sauvé avec un air sévère, je suppose qu'on va finir par connaître cet agrès-là.

Il y eut un court silence pendant lequel toutes les trois travaillèrent à laver et à essuyer la vaisselle du repas.

— Et Gustave ? demanda Jeanne.

— Gustave vient nous voir à peu près toutes les semaines, répondit sa mère. Mais cet énervé-là conduit comme un vrai fou. Il me fait peur. Un de ces jours, il va lui arriver quelque chose.

— Claude et Bernard ?

— Ils viennent régulièrement avec leur femme et leurs enfants, eux autres aussi.

— Et Cécile est toujours à Sorel ? J'ai pas souvent des nouvelles d'elle.

— Elle est venue la fin de semaine passée et elle aime beaucoup faire la classe. Ma foi, je pense qu'elle aime plus ça que Laure.

— Pour Laure, toujours pas de nouveau ?

— Non. Elle est encore allée voir un spécialiste. Je pense que Florent et elle vont finir par se décider à adopter un petit.

— Ce serait peut-être la meilleure affaire à faire, jugea Jeanne… Et Germaine, elle? Ça fait combien de temps que vous l'avez vue?

— Elle est descendue de Québec la dernière fin de semaine de mars. Comme je te l'ai écrit, elle attend son quatrième. Je la plains pas mal, ajouta la mère en parlant de sa préférée.

— Pourquoi? Elle est malade?

— Non, mais ça lui fait toute une tâche.

Jeanne eut du mal à se retenir de faire remarquer à sa mère que la tâche de sa sœur aînée était moins pénible que la sienne. Elles avaient toutes les deux trois enfants, mais Germaine avait la chance de vivre dans sa propre maison et surtout, de profiter de l'aide d'une femme de ménage une fois par semaine. Jean, son mari, gagnait bien sa vie comme agent d'assurances et le ménage ne manquait de rien.

Marie Sauvé attendit que Ruth les quitte pour aller faire ses devoirs avant de demander à Jeanne comment se portait son ménage. Cette question était devenue rituelle chaque fois que la mère rencontrait sa fille. De toute évidence, la belle-mère se méfiait de son gendre. Ses deux visites d'une semaine chez Jeanne lors de ses deux derniers accouchements lui avaient montré quel genre d'homme Maurice Dionne était. Ses belles paroles et son apparente politesse ne la trompaient plus depuis longtemps. Évidemment, Jeanne se garda bien de lui raconter la vérité. Sa mère avait déjà bien assez de soucis avec la maladie de Madeleine.

À la fin de l'après-midi, Maurice rentra à la maison en compagnie de son beau-père. Après le repas du midi, il avait proposé à ce dernier de le conduire à Drummondville pour un achat.

— Bon. On va y aller, nous autres, déclara Maurice sur un ton décidé, quelques minutes après son arrivée.

— Pourquoi vous couchez pas ici ? offrit sa belle-mère. On a toute la place qu'il faut.

— Vous êtes ben fine, madame Sauvé, mais j'ai de l'ouvrage à faire. On se reprendra une autre fois.

— Restez au moins à souper, insista sa belle-mère.

— Merci, mais je veux revenir en ville à la clarté.

En quelques instants, les enfants furent prêts à partir. Jeanne et Maurice remercièrent leurs hôtes et souhaitèrent à Madeleine un prompt rétablissement avant de monter à bord de l'Oldsmobile. Au moment où la voiture quittait la cour de la maison paternelle, Jeanne envoya la main à son père, à sa mère, à Madeleine et à Ruth, debout sur le balcon en train de les saluer.

—

Quelques minutes plus tard, Jeanne ne put s'empêcher de demander à son mari ce qu'il pensait de l'état de santé de sa jeune sœur.

— Pour être malade, elle a l'air de l'être ; ça, c'est certain, finit par dire Maurice en s'allumant une cigarette avec l'allume-cigare de la voiture. Mais elle est jeune, elle va s'en relever, ajouta-t-il, cherchant plus à rassurer sa femme qu'à lui dire ce qu'il pensait réellement.

—J'aime pas ça, fit Jeanne, au bord des larmes. Je trouve qu'elle a une vraie mine de déterrée. Puis, elle est tellement faible… C'est pas normal que le docteur parvienne pas à la renforcir.

— Arrête donc de t'en faire. Le docteur s'occupe d'elle et ta mère la surveille. Qu'est-ce que tu peux faire de plus ?

— Rien, dit la jeune femme en poussant un soupir.

Il y eut un long silence dans la voiture avant que Maurice ne reprenne :

— On est pas pressés de retourner à la maison. On va revenir lentement par le bord du fleuve et profiter du beau temps. Quand ben même on souperait un peu plus tard que d'habitude, ce serait pas la fin du monde. Qu'est-ce que t'en penses ?

— Pourquoi pas, accepta Jeanne en faisant un effort méritoire pour cesser de penser à sa sœur. J'ai des biscuits dans mon sac pour les enfants.

Le bras appuyé négligemment sur la portière de la voiture, Maurice semblait prêt à goûter chaque instant de cette randonnée. Il prit la direction de Baie-du-Fèvre, traversa Pierreville, Saint-François-du-Lac, Yamaska et Sorel. À mi-chemin entre Sorel et Contrecœur, il aperçut un petit restaurant construit au bord de la route. Ce n'était qu'un modeste casse-croûte recouvert de déclin de bois peint en blanc. Le conducteur quitta la route et vint immobiliser son véhicule devant l'entrée, près d'une vieille camionnette rouge bosselée.

— Il est déjà six heures. Je pense qu'on est mieux de souper ici, fit Maurice d'une voix décidée.

Jeanne aurait eu envie de protester contre cette dépense inutile, mais elle connaissait assez son mari pour savoir qu'il n'en ferait tout de même qu'à sa tête. Cet arrêt imprévu dans un restaurant avec toute sa famille était un coup de tête comme il en avait parfois, quitte à le regretter peu après. Pourquoi gaspiller ainsi de l'argent qu'elle aurait pu utiliser à bon escient en achetant de la nourriture ? Il aurait été tellement plus économique d'accepter l'invitation à souper chez ses parents.

Lorsque Maurice annonça aux enfants qu'ils allaient manger des frites et des hot dogs, Jeanne dut intervenir pour les calmer tant ils étaient excités.

La petite famille descendit de l'Oldsmobile et entra. À l'intérieur, il y avait une douzaine de tables recouvertes de formica jaune flanquées de chaises de la même couleur. Un comptoir séparait la salle à manger de la cuisine proprement dite. La serveuse, une dame d'un certain âge, cessa de parler à l'unique client installé au comptoir pour venir s'enquérir de leur commande.

Le client termina son repas et quitta l'endroit avant même que la nourriture des Dionne ait été servie.

— Vous avez une belle place tranquille, dit Maurice à la serveuse pour se montrer aimable.

— Oui, mais c'est pas mal moins tranquille durant l'été.

— À cause de la route 3 qui passe devant le restaurant?

— Il y a ça, mais c'est surtout parce que mon mari et moi, on loue six petits chalets d'été qu'on a fait construire en arrière du restaurant. Ça a l'air de rien, mais ça nous attire pas mal de clients. Remarquez, si on était de l'autre côté de la route, sur le bord du fleuve, ce serait encore mieux pour les chalets. On les louerait plus facilement.

— Est-ce que je peux vous demander si c'est cher? demanda Maurice, plus poussé par la curiosité que par un réel intérêt.

— Nos prix sont raisonnables, affirma la dame. On demande quarante piastres par mois, vingt-cinq pour deux semaines ou quinze pour une semaine. Il y en a qui louent pour tout l'été, vous savez.

Sur ces mots, la serveuse retourna à la cuisine pour répondre à un appel pressant du cuisinier que le couple soupçonnait d'être son mari.

Pendant que Jeanne voyait à ce que ses enfants mangent proprement, Maurice mordait dans l'un de ses deux hot dogs, perdu dans ses pensées.

— À quoi tu penses ? finit-elle par lui demander.

— J'étais en train de me dire que ce serait peut-être pas une mauvaise idée si on pouvait louer un chalet ici pour deux semaines, au mois de juillet, par exemple.

— Mais t'as juste une semaine de congé, Maurice, protesta Jeanne.

— Je le sais, mais pendant la deuxième semaine, je pourrais toujours venir vous voir une ou deux fois. En plus, on serait pas trop loin de chez tes parents. Si ça nous tentait d'aller les voir, on pourrait y aller facilement.

— C'est sûr que du bon air et du soleil feraient du bien aux enfants, dit Jeanne, fortement alléchée par l'idée émise par son mari.

— Bon. On s'énervera pas, conclut Maurice. On va d'abord demander s'ils ont un chalet de libre au mois de juillet.

— Et peut-être qu'on pourrait aussi demander d'aller le visiter avant de le louer… si c'est pas trop cher, évidemment, poursuivit Jeanne. Tout d'un coup que c'est trop petit pour nous autres.

— Laisse-moi faire, lui ordonna Maurice en se levant de table.

Il y avait un chalet libre durant les deux dernières semaines de juillet. Les Rocheleau, propriétaires du restaurant et des chalets, leur proposèrent d'en visiter un quand ils se rendirent compte qu'ils étaient réellement intéressés.

Pendant que les enfants demeuraient sous la garde de Colombe Rocheleau, son mari, un gros homme jovial, entraîna le jeune couple vers la première maisonnette située derrière le restaurant. C'était une petite construction

de douze pieds de largeur par dix-huit pieds de profon-
deur. La façade blanche était pourvue d'un auvent jaune
installé au-dessus d'une fenêtre.

— Je vous montre celui-là, dit le propriétaire aux
Dionne en déverrouillant la porte. Les six chalets sont
pareils. Vous occupez pas de l'odeur de renfermé ; on les
a pas encore aérés pour l'été.

Maurice et Jeanne pénétrèrent dans une cuisine
réduite à sa plus simple expression. Au fond s'ouvraient
deux petites chambres et une toilette minuscule. Le mobilier de cuisine, comme celui des chambres, avait connu
des jours meilleurs. Par contre, chaque pièce était éclairée
par une fenêtre.

— C'est pas luxueux, affirma Rosaire Rocheleau en se
campant au centre de la cuisine, mais il y a tout ce qu'il
faut, et c'est pas mal tranquille. Dehors, j'ai installé des
balançoires et deux carrés de sable pour les enfants.

De retour au restaurant, il suffit de quelques minutes
pour que l'entente soit conclue.

Les Dionne revinrent à la maison le cœur joyeux et la
tête pleine de rêves. Durant tout le trajet, Jeanne et son
mari élaborèrent toutes sortes de projets pour occuper
leurs premières vacances à la campagne.

—

Le mois de mai fut marqué par le départ des Jinchereau
que Jeanne et son mari avaient appris à apprécier. Pendant
les quatre dernières années, ils avaient été des voisins
vraiment très serviables. Le couple et ses deux grands fils
avaient décidé de retourner vivre à Sherbrooke, d'où ils
étaient originaires. Jeanne perdait surtout une amie, une
confidente et une gardienne expérimentée qui avait toujours refusé d'être dédommagée.

— C'est sûr qu'on perd du ben bon monde avec les Jinchereau, déclara Jeanne, peinée par leur départ.

— Si c'est une bande d'excités qui s'en viennent vivre sur notre tête, avait déclaré Maurice, on va avoir du fun.

Mais les craintes de Maurice n'étaient pas fondées. Le premier mai, les Mérineau emménagèrent discrètement au second étage. Le couple de quinquagénaires faisait si peu de bruit que durant les deux premières semaines après leur arrivée, Jeanne se demanda souvent s'ils étaient présents ou non dans leur appartement.

À la mi-mai, Maurice et elle n'avaient pas encore eu l'occasion d'adresser la parole au mari ou à la femme. Ils les avaient à peine aperçus un dimanche matin. Réal Mérineau était un petit homme maigre au teint blafard et à la calvitie prononcée. Sa femme était un peu plus grande et bien en chair.

Ce n'est que le lundi suivant que Jeanne fit la connaissance de sa nouvelle voisine d'une façon pour le moins surprenante. Ce matin-là, il faisait un temps splendide. Comme tous les lundis, Jeanne tira très tôt sa laveuse Beaty dans la cuisine et fit bouillir de l'eau pour en remplir la cuve. Après avoir fait déjeuner ses trois enfants, elle entreprit de laver les vêtements de la famille. Quand venait le temps d'essorer les tissus dégoulinant d'eau, elle voyait à ce que les enfants ne s'approchent pas de la laveuse de crainte qu'ils ne glissent les doigts dans l'essoreuse. Ensuite, elle s'empressait de sortir sur le balcon à l'arrière de l'appartement pour étendre les vêtements essorés sur sa corde à linge. Or, depuis longtemps, elle avait pris l'habitude de placer un banc à l'extrémité du balcon, sous la corde à linge. Elle déposait son panier rempli de vêtements mouillés sur ce banc pour ne pas avoir à se pencher chaque fois qu'elle voulait prendre un vêtement.

Ce matin-là, le petit Paul, âgé de quatre ans, était demeuré sur le balcon et s'y amusait pendant que sa mère lavait dans la cuisine. Ses sœurs étaient à l'intérieur et jouaient avec leurs poupées.

Vers la fin de l'avant-midi, Jeanne rentra dans la cuisine pour essorer sa dernière «brassée», comme elle disait, quand elle dut aller s'occuper de Francine qui pleurait à fendre l'âme dans sa chambre. Soudainement, on frappa plusieurs coups rapides à la porte d'entrée de l'appartement. Sans s'interroger sur le fait bizarre qu'elle n'avait pas eu à déclencher l'ouverture de la porte extérieure située au pied de l'escalier, la jeune femme alla ouvrir. Elle se retrouva face à face avec sa nouvelle voisine du deuxième étage. L'air affolé, cette dernière la repoussa sans dire un mot et courut vers la cuisine qu'elle traversa en contournant la laveuse.

— Mais..., voulut protester Jeanne.

La femme ouvrit la porte de la cuisine à la volée et elle se précipita sur le balcon. Elle courut jusqu'à son extrémité, se pencha et attrapa par un bras le petit Paul qui hurlait en se tenant à un poteau de la rampe du balcon... Il avait les pieds au-dessus du vide.

Tout le sang sembla se retirer d'un seul coup du visage de Jeanne en voyant son fils dans cette position. L'enfant avait dû monter sur le banc et basculer par-dessus le garde-fou pour tomber sur ce qui servait d'avant-toit au balcon des Gravel, les voisins du rez-de-chaussée. Guidé par un réflexe instinctif, le gamin s'était agrippé dans sa chute à l'un des poteaux du garde-fou.

— Mon Dieu! Des plans pour se tuer! s'exclama Jeanne en prenant son fils que sa nouvelle voisine lui tendait. Comment ça se fait que...?

Dès qu'il se sentit en sécurité dans les bras de sa mère, Paul cessa de pleurer.

— Excusez-moi, madame Dionne, répondit madame Mérineau, tout essoufflée d'avoir couru. J'étais sur mon balcon en train d'étendre mon linge quand j'ai entendu un choc en dessous de moi. Quand je me suis penchée, j'ai aperçu votre petit bonhomme qui se retenait à un poteau de la galerie pour pas tomber en bas. J'ai jamais eu aussi peur de ma vie ! J'ai pas voulu vous crier de venir pour pas lui faire peur. C'est pour ça que je me suis dépêchée à descendre pour venir l'attraper avant qu'il lâche le poteau. Ouf ! Je suis soulagée, vous pouvez pas savoir comment !

— Il a jamais grimpé sur ce banc-là, se défendit Jeanne, prise de remords.

La jeune mère, secouée par la peur, tremblait encore.

— Les enfants, madame, sont tous pareils, voulut la réconforter Anne Mérineau. Ils ont souvent des mauvais plans. On peut jamais prévoir ce qu'ils ont en tête.

Les deux femmes rentrèrent et Jeanne offrit une tasse de café à son obligeante voisine. C'est ainsi qu'elle apprit que cette dernière travaillait comme vendeuse dans un magasin depuis que son mari était malade. Ce lundi-là, elle était exceptionnellement demeurée à la maison parce que ce dernier n'allait vraiment pas bien.

— Ça fait six mois que mon mari est malade et le docteur a pas l'air de savoir ce qu'il a exactement. Il est plus capable de travailler... En tout cas, je pars toujours inquiète quand je le laisse tout seul, avoua-t-elle à Jeanne.

— Écoutez, fit Jeanne. Vous avez juste à dire à votre mari de frapper sur le plancher s'il est mal pris. Moi, je suis toujours à la maison durant le jour. À ce moment-là, je monterai pour voir s'il a besoin de quelque chose.

Cette proposition sembla soulager grandement la nouvelle voisine et les deux femmes se séparèrent une heure plus tard, persuadées d'être devenues des alliées capables de s'entraider en cas de besoin.

—

Quelques jours plus tard, Jeanne aurait certainement eu besoin d'aide si elle avait pu en trouver. Une visite médicale chez le docteur Bernier venait de confirmer ce dont elle se doutait déjà depuis plusieurs jours : elle était enceinte encore une fois. Cette quatrième grossesse survenait au moment où le couple commençait à voir la lumière au bout du tunnel. Maurice s'habituait à son travail chez Henderson-Barwick et il n'avait plus de dette à rembourser. Tout allait trop bien. Il lui semblait qu'elle venait à peine d'arrêter de laver des langes. Francine venait d'avoir deux ans et demi...

À la sortie du bureau du docteur Bernier sur la rue Saint-Hubert, elle s'empressa de prendre un tramway pour rentrer à la maison. Elle n'avait vraiment pas le cœur à faire un peu de lèche-vitrine. De plus, madame Géraldeau, sa gardienne bénévole, devait attendre son retour avec impatience. Elle était si préoccupée par la réaction qu'aurait Maurice quand il saurait qu'un quatrième enfant était en route qu'elle en oublia presque de descendre du tramway coin Dufresne et Sainte-Catherine.

Lorsqu'elle lui apprit la nouvelle le soir même, il demeura d'abord sans voix avant de laisser éclater sa rage.

— Calvaire de calvaire ! explosa-t-il. Pas encore un autre ! On va être rendus à quatre ! On n'est pas sur une terre, Christ ! On n'a pas besoin d'en avoir une douzaine pour nous aider à cultiver. On n'est pas pour les corder les uns par-dessus les autres !

— On peut rien y faire, Maurice, voulut plaider Jeanne avec bon sens.

— Rien y faire ! Rien y faire ! T'aurais pu au moins faire attention, sacrement !

— Toi aussi ! répliqua-t-elle sèchement, excédée par ses lamentations.

Pris de court par cette réplique inattendue, Maurice se tut et alla se réfugier sur le balcon pour bouder. Ce soir-là, il n'ouvrit la bouche que pour avaler son souper.

Le lendemain matin, comme lors de la précédente grossesse, il sembla avoir tout oublié à son lever. La crise était passée. Le quatrième enfant naîtrait en janvier, que cela plaise ou non à son père, tout de même dépassé par l'accroissement trop rapide de sa progéniture.

———

Les premiers jours de juin furent chauds et humides. Chaque matin, lorsque Jeanne voyait passer le marchand de glace, elle s'estimait chanceuse de posséder un réfrigérateur. Finie la corvée quotidienne de vider l'eau de fonte recueillie dans le bac sous la glacière et d'essuyer les dégâts causés par la glace. Il faisait si beau qu'il lui arrivait parfois de descendre les enfants sur le trottoir et de les amener s'amuser devant chez les Géraldeau, de l'autre côté de la rue, pendant qu'elle s'entretenait avec Huguette Géraldeau.

Les trois enfants n'étaient pas bruyants. Ils pouvaient se divertir avec le même jouet durant des heures. Les rares jouets qu'ils possédaient provenaient tous de l'Armée du Salut. Même s'ils étaient usagés, ils faisaient la joie des trois bambins.

À la maison, Lise et Paul délaissaient parfois leurs jouets pour s'amuser longuement sur les deux balançoires fabriquées par leur père. Au début du printemps, Maurice avait vissé deux anneaux sous le balcon des voisins du deuxième étage et deux autres à l'entrée du hangar et il avait noué des cordes solides à ces anneaux. Le soir, à son retour du travail, il prenait plaisir parfois à pousser Lise ou Paul, assis sur l'une ou l'autre de ces balançoires improvisées.

La veille de la procession de la Fête-Dieu, Jeanne s'assit sur la balançoire suspendue au centre du balcon et se mit à se balancer de plus en plus fort, à la plus grande joie de ses enfants qui la regardaient par la fenêtre de la cuisine. Au moment où Maurice allait la mettre en garde contre une chute, les anneaux cédèrent et la jeune mère s'envola en direction du hangar où elle atterrit dans un tin-tamarre de boîtes de carton et de pots vides. Le vacarme ponctuant sa chute fut si impressionnant que Maurice, alarmé, se précipita dans le hangar.

— T'es-tu fait mal? demanda-t-il à sa femme en se penchant au-dessus d'elle.

Jeanne se releva lentement, un peu étourdie.

— Qu'est-ce qui s'est passé?

— Christ de sans-dessein! jura son mari après s'être assuré qu'elle ne s'était rien brisé. T'as vu ce que t'as fait à la balançoire? Elle est cassée à cette heure! T'es ben niaiseuse de te balancer aussi fort! C'est pour les enfants que j'ai fait ces balançoires-là, pas pour toi. En tout cas, je t'avertis, moi, je la répare pas.

Sur ces mots, il la planta là, au milieu des boîtes et des pots, et il rentra dans l'appartement.

Le lendemain matin, Jeanne se leva en boitant bas. Elle avait une magnifique ecchymose sur un bras et sa cuisse gauche était sensible comme si elle avait un muscle froissé.

— Bon, ça a tout l'air qu'on n'ira pas à la procession après la messe, déclara Maurice qui avait du mal à cacher sa satisfaction.

Contrairement à son père qui avait toujours été reli-gieux, Maurice ne fréquentait l'église que par peur d'être montré du doigt par les gens du quartier. Il n'y avait qu'à voir comment on évitait Gérard Masson et sa femme parce que le chauffeur de taxi et son épouse ne pratiquaient pas… Par conséquent, il voulait bien aller à la basse messe le dimanche – pas à la grand-messe – mais il ne s'assoyait jamais bien loin de la porte et était toujours le premier à se précipiter vers la sortie à la fin de l'office religieux. Il était d'accord pour une courte prière du soir avant de se coucher, mais pas question d'aller aux vêpres ou d'assister à la récitation du chapelet au mois de mai.

Il restait la procession de la Fête-Dieu. Les années précédentes, il s'en était sauvé en gardant les enfants à la maison sous le prétexte qu'ils ne pouvaient suivre la procession. Mais cette année, Jeanne lui avait clairement fait comprendre que rien n'empêcherait sa petite famille d'y participer. Pour Maurice, cela signifiait qu'il lui serait impossible de s'esquiver en douce après la messe. Comme sa mère, la jeune femme avait un respect inné pour le curé de sa paroisse. Or, le curé Perreault avait lourdement insisté pour que tous ses paroissiens montrent publiquement leur foi en participant à la procession. Les fidèles allaient parcourir en priant la rue Sainte-Catherine jusqu'à la rue Iberville et revenir vers la rue Fullum en passant par la rue Logan. Un magnifique reposoir avait été érigé devant l'école Champlain. L'unique raison capable de forcer le clergé paroissial à annuler cette procession solennelle aurait été une pluie diluvienne. Or, ce dimanche matin-là, il faisait un temps magnifique.

— Mais non, protesta Jeanne en faisant quelques pas dans la cuisine en retenant tant bien que mal une grimace de douleur. Je suis capable de marcher.

— Voyons donc, ça a pas d'allure, cette affaire-là, plaida Maurice. Tu vois ben que t'as ben trop de misère à avancer. En plus, il va falloir pousser un carrosse et traîner les deux autres enfants. On pourra jamais suivre. On se reprendra l'année prochaine, conclut-il sur un ton définitif.

— Non, Maurice Dionne, cette année, tu t'en sauveras pas, fit Jeanne très décidée. Lise et Paul sont capables de marcher et on va installer Francine dans le pousse-pousse.

— T'es folle, toi! s'emporta son mari qui sentait le piège se refermer sur lui. On va pas marcher pendant des heures sans avoir rien mangé. Les enfants vont brailler tout l'avant-midi.

— Laisse faire. Je fais déjeuner les enfants avant de partir. Ils ont pas besoin de jeûner, eux autres. Ils communient pas.

— En plus, il va falloir endurer la grand-messe!

— T'en mourras pas, trancha Jeanne, inflexible.

— Maudite tête de cochon! cria Maurice, vaincu par l'entêtement de sa femme.

—

À dix heures trente, après le *Ite missa est* du curé Perreault, les paroissiens sortirent de l'église Saint-Vincent-de-Paul et se massèrent sur le parvis et sur le trottoir. Le soleil était dissimulé derrière une mince couche de nuages. Déjà, les Chevaliers de Colomb, les Lacordaire, les Enfants de Marie et les Dames de Sainte-Anne déployaient leurs bannières agitées mollement par une faible brise. Les scouts, les guides et les croisés des écoles de la paroisse se regroupaient autour des responsables. Les marguilliers, l'air affairé, allaient d'un groupe à l'autre pour indiquer à chacun sa place dans la procession.

Lorsque des brigadiers improvisés furent parvenus à détourner la circulation automobile sur la rue Sainte-

Catherine avec force moulinets de bras, les membres de chaque organisme paroissial prirent place dans la rue.

— Attention aux petits chars! mettaient en garde les responsables en patrouillant d'un air important le long des rangs. Restez près du trottoir!

Pour leur part, debout sur le trottoir et dans la rue, plusieurs centaines de paroissiens attendaient avec impatience que le curé Perreault fasse son apparition.

Quelques minutes plus tard, on ouvrit les grandes portes de l'église pour laisser passer le pasteur. Ce dernier avait revêtu une lourde chape dorée et brandissait bien haut l'ostensoir. Ses deux vicaires le suivaient en retenant les pans de sa chape. Derrière venait une cohorte d'enfants de chœur vêtus d'une soutane rouge et d'un surplis blanc. Le prêtre descendit lentement les marches du parvis et vint prendre place sous le dais porté par quatre marguilliers. Quand le curé Perreault entonna le premier cantique d'une voix de stentor, un paroissien, porteur de la croix, prit la tête du défilé. Derrière le dais qui protégeait le curé et ses deux vicaires, les différentes confréries paroissiales se mirent aussitôt en branle, et les fidèles leur emboîtèrent le pas.

La procession de la Fête-Dieu prit alors la forme d'un serpent long de près de cinq cents pieds se déplaçant lentement dans les rues du quartier. Les passants qui n'y participaient pas prenaient la peine de s'arrêter et de se découvrir au passage de l'ostensoir. Tout en avançant lentement, les fidèles récitaient des prières et chantaient des cantiques.

Angle Logan et Fullum, le défilé s'arrêta et les rangs se rompirent devant le large escalier en pierre de la vieille école Champlain. Le palier et les fenêtres de la façade avaient été décorés de bandes de tissu blanc et jaune. Les Dames de Sainte-Anne avaient vu à fleurir abondamment l'autel improvisé dressé contre la porte de l'institution. Des fillettes, toutes de blanc vêtues et portant des ailes d'anges, avaient pris place à l'extrémité de chacune des marches de l'escalier en prenant bien soin de ne pas froisser leurs ailes cartonnées. Le curé gravit les marches avec une lenteur étudiée pour aller déposer l'ostensoir sur l'autel avant d'adresser son homélie aux fidèles massés devant l'école.

— Bon. Ça va faire, fit Maurice en s'emparant du pousse-pousse. Je suis pas pour passer la journée à écouter le curé, bout de Christ! Il y a déjà ben assez que j'ai dû endurer toute la grand-messe et la procession.

— Attends, c'est presque fini, chuchota sa femme.

— Non. C'est assez. Viens-t'en! J'ai faim et les enfants sont fatigués.

— On va se faire remarquer, fit Jeanne, mécontente.

— Je m'en sacre. Je suis écœuré, je te dis. Si tu t'en viens pas, je te laisse là avec les trois enfants et tu te débrouilleras comme tu pourras pour revenir à la maison.

Jeanne jeta un coup d'œil aux petits. En effet, ils avaient l'air fatigué. Elle se résigna alors à se glisser hors de la foule derrière Maurice, et la famille Dionne revint à la maison.

—

Cette année-là, la fête de la Saint-Jean-Baptiste prit un caractère tout à fait différent pour les résidants des rues Joachim et Dufresne. Pour une fois, elle ne se limita pas au défilé traditionnel de quelques chars allégoriques précédés de fanfares et de majorettes dans le centre-ville. Certains locataires de ces deux rues décidèrent d'organiser une fête de quartier.

Durant toute la journée du 24 juin, des gens se dépensèrent sans compter pour installer des ampoules multicolores de chaque côté de la rue Joachim et de la rue Dufresne. Des adolescents pleins de bonne volonté balayèrent la rue et les trottoirs. On tendit des guirlandes de papier crépon un peu partout.

Après le souper, la rue Joachim et une section de la rue Dufresne furent fermées à toute circulation automobile par des barrières improvisées. Les organisateurs avaient annoncé à l'aide de haut-parleurs, à la fin de l'après-midi, que la fête ne commencerait qu'au coucher du soleil. Pourtant, des résidants, impatients de s'amuser, installèrent leurs chaises sur le trottoir dès six heures. Ils furent vite rejoints par des voisins, des connaissances et des amis. Bientôt, les bouteilles de bière se mirent à circuler et le ton monta.

Lorsque l'unique lampadaire de la rue Joachim s'alluma, toutes les lumières multicolores s'illuminèrent en même temps et les haut-parleurs transmirent une première chanson folklorique. En un rien de temps, la rue fut envahie par des gens désireux de danser et de s'amuser.

Ce soir-là, Maurice et Jeanne ne mirent pas leurs enfants au lit à sept heures comme d'habitude. Ils leur permirent de descendre avec eux pour profiter de la fête. Assis sur le bord du trottoir, Lise, Paul et Francine eurent la chance de regarder la foule s'amuser durant plus d'une heure avant que leur père décide qu'il était temps pour eux de monter se coucher. Francine dormait déjà dans les bras de son père avant qu'il la dépose dans son petit lit. Quand Paul entendit la porte d'entrée se refermer sur son père, il se leva sur la pointe des pieds pour rejoindre sa sœur Lise dans sa chambre et regarder par la fenêtre ce qui se passait dans la rue. Il trouvait injuste de ne rien voir parce que sa chambre à coucher donnait sur l'arrière de la maison. Quand il sentit le sommeil venir, le petit garçon de quatre ans regagna son lit.

La mi-juillet arriva rapidement. Très tôt, le samedi matin, Maurice entassa dans l'Oldsmobile la nourriture et les vêtements dont les siens auraient besoin durant leur séjour de deux semaines à la campagne. Lorsque la voiture démarra enfin, Jeanne poussa un profond soupir de soulagement. Elle avait tellement souffert de la chaleur durant le dernier mois qu'elle ne rêvait plus que de quitter l'appartement surchauffé de la rue Joachim pour le chalet loué à Contrecœur. La seule ombre à son bonheur : l'état de santé de sa sœur Madeleine. Si elle se fiait à la lettre que Laure lui avait écrite la semaine précédente, la santé de l'adolescente s'était encore dégradée.

L'installation de la petite famille à Contrecœur prit moins d'un avant-midi. Les locataires des cinq autres chalets étaient sympathiques et il y avait même quelques enfants de l'âge de Lise et de Paul.

Même s'il ne pouvait bénéficier que d'une semaine de repos, Maurice avait l'air d'être bien décidé à profiter de ses courtes vacances annuelles. Pendant que Jeanne faisait connaissance avec les voisines, il s'assit à l'ombre de l'auvent jaune installé au-dessus de la fenêtre de la cuisine. Avec un soupir de profonde satisfaction, il entreprit la lecture de l'un des romans d'espionnage usagés achetés cinq cents chacun, la semaine précédente, dans une tabagie de la rue Sainte-Catherine. Il raffolait des aventures de X-13.

Malheureusement, ces vacances tant attendues par les Dionne furent brutalement interrompues trois jours plus tard. Peu avant deux heures, le mardi après-midi suivant, Maurice sursauta lorsque Colombe Rocheleau, l'épouse du propriétaire des chalets, vint lui taper sur une épaule pour le tirer de sa sieste qu'il prenait, étendu dans sa chaise longue, devant son chalet.

— Monsieur Dionne ! Monsieur Dionne ! Il y a quelqu'un qui vous demande au téléphone, fit la dame à mi-voix pour ne pas réveiller les enfants qu'elle soupçonnait d'être en train de faire la sieste.

— Moi ? demanda Maurice, mal réveillé.

— Oui, vous. Faites ça vite. J'ai des clients à servir au restaurant, dit la serveuse avec un peu d'impatience en tournant les talons.

Jeanne, alertée par les voix, apparut derrière la porte moustiquaire du chalet. Elle sortit à l'extérieur en prenant soin de ne pas la faire claquer pour ne pas réveiller les enfants endormis.

— Qu'est-ce qui se passe ? demanda-t-elle.

— Je le sais pas, répondit Maurice en se levant. As-tu dit à quelqu'un qu'on était ici ?

— Seulement à ma mère.

— Pour moi, c'est une erreur, fit son mari en se dirigeant vers le restaurant situé à quelques pieds du chalet. Je vais aller voir.

Le jeune père de famille entra dans le restaurant peu après la serveuse qui lui désigna de la main l'appareil téléphonique déposé sur le comptoir.

Demeurée seule, Jeanne eut alors une sorte de prémonition. Un malheur devait être arrivé à quelqu'un de la famille… Elle resta debout, devant le chalet, attendant impatiemment le retour de son mari.

Maurice revint moins de cinq minutes plus tard.

— Puis ? demanda Jeanne en se portant à sa rencontre.

Il garda le silence durant un court moment avant de se décider à parler.

— C'était ta sœur Laure.

— Laure ? Qu'est-ce qu'elle voulait ?

— Elle est chez ta mère et…

— Dans le temps des foins ?

— Veux-tu me laisser parler ? s'impatienta Maurice. Ta sœur nous a appelés pour nous dire que ta sœur…

— Pas Madeleine ! Qu'est-ce qui est arrivé à Madeleine ?

— Elle est morte la nuit passée.

— C'est pas vrai ! s'écria Jeanne en fondant en pleurs convulsifs. Pas Madeleine ! Le docteur disait que ça reviendrait, que ses reins iraient mieux, que…

Maurice l'entraîna à l'intérieur du chalet, malgré la chaleur qui y régnait.

— Écoute. Calme-toi un peu, tenta-t-il de la raisonner. Ta sœur était malade depuis le mois de janvier…

— Elle aurait eu seize ans ce mois-ci, hoqueta Jeanne, désemparée.

— Mais elle a jamais pris le dessus. Tu l'as vue comme moi quand on est allés chez ton père la dernière fois.

— Elle était tellement jeune, Maurice, hoqueta Jeanne.

— Qu'est-ce que tu veux qu'on y fasse ? demanda Maurice, à court d'arguments. D'après Laure, elle a pas souffert. Ta mère l'a trouvée morte dans son lit.

— Pauvre m'man ! fit Jeanne en pleurant de plus belle.

— Laure m'a dit que ta sœur allait être exposée chez vous jusqu'à vendredi matin.

Jeanne fit un effort surhumain pour surmonter sa peine et reprendre pied dans la réalité. Les trois enfants, réveillés par ses pleurs, demandaient à quitter leur chambre à coucher. Elle leur permit de venir la rejoindre après s'être essuyé les yeux.

— Je vais avoir besoin de ma robe noire et des ensembles neufs que j'ai faits aux enfants, dit-elle à son mari.

— On peut pas amener les enfants chez tes parents, protesta Maurice. Ça va être noir de monde.

— Non, c'est sûr, fit Jeanne. Mais Lise et Paul pourraient peut-être venir au moins une fois voir leur tante.

— C'est correct, consentit Maurice. Je vais aller chercher ce linge-là chez nous. Pendant ce temps-là, essaie de trouver quelqu'un capable de garder les enfants pendant qu'on ira veiller au corps.

Maurice revint à Contrecœur à l'heure du souper avec les vêtements nécessaires. Et les trois enfants furent confiés à une adolescente en vacances dans l'un des chalets voisins.

Lorsque le couple arriva à Saint-Joachim au début de la soirée, la cour des Sauvé était déjà encombrée par de nombreux véhicules. Maurice et Jeanne furent accueillis par les autres membres de la famille. Il ne manquait que Gustave et Luc. Le premier était allé chercher son frère à la gare de Drummondville.

La maison débordait de parents, de voisins et d'amis qui parlaient à voix basse. Les gens se tenaient debout tant dans la cour et sur le balcon que dans la cuisine d'été, dans la cuisine d'hiver et dans le salon. Dans cette pièce, les rideaux avaient été tirés et le cercueil en chêne où reposait Madeleine avait été posé sur des tréteaux. La chaleur des lieux était suffocante malgré le fait qu'on ait pris la précaution d'ouvrir les deux grandes fenêtres. L'odeur des fleurs déposées autour de la dépouille était si entêtante qu'on avait du mal à la supporter.

Jeanne retrouva sa mère et son père au fond de la pièce, près du cercueil, et elle les embrassa en pleurant avant de se diriger vers le prie-Dieu placé près du corps.

Même si le soleil venait de se coucher, la température ne cessait de monter dans la maison à cause de la cohue. Les uns après les autres, les hommes finirent par sortir à l'extérieur pour s'installer sur le balcon, pas très loin des adolescents qui s'étaient déjà regroupés près de la balançoire. À l'intérieur, les femmes s'étaient divisées en deux groupes. Un premier, le plus important, occupait le salon et la cuisine d'hiver pendant que le second, sous la direction de la tante Agathe, la sœur aînée de Marie Sauvé, distribuait des rafraîchissements aux visiteurs et préparait les sandwiches qui seraient servis à la fin de la veillée.

Un peu avant neuf heures, le curé Biron se présenta chez les Sauvé pour dispenser aux parents éprouvés des paroles de réconfort. Après s'être entretenu quelques minutes avec Léon, Marie et leurs enfants, le pasteur invita les gens présents à s'agenouiller avec lui pour la récitation du chapelet.

Lors de leur retour à Contrecœur, à la fin de la soirée, Maurice constata que sa femme faisait des efforts pour se montrer forte. Elle ressemblait en cela à sa mère.

— T'as vu comment ta mère a brassé Cécile ? fit –il.

— Non. Pourquoi ?

— Quand ta sœur s'est mise à pleurer fort, ta mère lui a dit de se tenir comme du monde, de pas se donner en spectacle.

— Pauvre m'man, elle avait déjà ben assez souffert d'avoir perdu mon frère André, compatit Jeanne en pensant à sa mère si éprouvée. Ça doit être pas mal dur de perdre un enfant, ajouta-t-elle comme se parlant à elle-même.

Un silence pesant tomba dans l'Oldsmobile, silence que Maurice finit par briser pour faire remarquer à sa femme :

— Avec tout ça, on sait même pas comment on va se débrouiller pour faire garder les enfants jusqu'à vendredi.

— C'est arrangé, dit Jeanne. Rachel Lacharité, la cousine de ma mère, et son mari vont les garder chez eux, à Saint-Joachim, jusqu'après les funérailles. On va pouvoir les laisser là demain si tu veux.

— C'est gênant ; on les connaît même pas, fit Maurice.

— Toi, tu les connais pas. Mais moi, je les ai vus des dizaines de fois chez nous avant notre mariage. C'est du bon monde. Ils ont pas eu d'enfants et ça leur fait plaisir de garder les nôtres.

Le lendemain avant-midi, les enfants furent conduits chez la cousine de leur grand-mère.

Les deux journées suivantes furent épuisantes pour la famille Sauvé et leurs proches. Dans la maison du rang Sainte-Marie, ce fut un défilé incessant de gens venus offrir leurs condoléances. Marie essayait tant bien que mal de reprendre le contrôle de son foyer, mais elle était si ébranlée par la mort de sa fille qu'elle finit par abandonner totalement la direction de sa maison à sa sœur Agathe, une grande femme sèche, institutrice célibataire demeurant à Nicolet. Cette dernière, aidée par Germaine, Laure, Jeanne, Cécile et Ruth, voyait à ce que les repas soient servis et qu'un minimum de ménage soit fait dans la maison de sa sœur. Pour les travaux de la ferme, les fils s'occupèrent de traire les vaches et de nourrir les animaux. On avait remis à plus tard le ramassage du foin.

Le jeudi après-midi, Maurice alla chercher Lise et Paul chez la cousine Rachel pour leur permettre de voir une dernière fois leur tante. Comme Germaine et Bernard avaient aussi amené leurs enfants dans la même intention, leur présence ne dérangerait pas trop. De plus, Cécile s'était proposée pour surveiller toute cette marmaille durant quelques heures. La jeune fille entraîna ses neveux et ses nièces à l'arrière de la maison après une courte visite au salon, et les parents n'eurent plus à s'en soucier avant leur départ.

Le vendredi matin, les funérailles de Madeleine Sauvé se déroulèrent sous un ciel gris et menaçant. Un peu après neuf heures, l'entrepreneur de pompes funèbres, accompagné de porteurs, fit son apparition chez les Sauvé. Après une dernière prière devant la dépouille de l'adolescente, la famille quitta le salon pour permettre qu'on procède à la fermeture du cercueil. Les porteurs le sortirent ensuite de la maison et le déposèrent dans le corbillard stationné devant la porte d'entrée.

Puis, toute la famille s'entassa dans les autos qui suivirent lentement la longue voiture noire pendant que le glas sonnait au clocher de l'église paroissiale. Plus d'une centaine de personnes avaient déjà pris place dans le temple quand le curé Biron, entouré de deux enfants de chœur, vint accueillir le corps à l'arrière de l'église. La cérémonie fut simple et émouvante. Le prêtre livra un message d'espoir à la famille éprouvée.

La majorité des fidèles se rassembla après la messe dans le petit cimetière situé à l'arrière de l'église pour une dernière prière avant que le corps de la jeune fille ne soit enterré à côté de celui de son jeune frère décédé quelques années auparavant.

Après la cérémonie, Jeanne n'eut pas la force de revenir passer le reste de la journée chez ses parents. Maurice et elle allèrent chercher leurs enfants chez la cousine Rachel et retournèrent à Contrecœur.

D'un commun accord, on décida d'écourter les vacances à cet endroit. Les Rocheleau se montrèrent compréhensifs en la circonstance et annulèrent la location de la seconde semaine. Le lendemain matin, les Dionne plièrent bagage et rentrèrent chez eux.

—

Pour Jeanne, le reste de l'été fut une longue suite de journées monotones partagées entre les soins à donner à ses trois jeunes enfants et les travaux domestiques. Parfois, lorsque la journée avait été particulièrement chaude et humide, Maurice consentait à amener les siens au parc Lafontaine après le souper, pour leur permettre de profiter de la verdure, du spectacle de la fontaine lumineuse et des canaux sillonnés par des embarcations.

Lorsque septembre apporta les premières soirées vraiment fraîches, les Dionne ne se plaignirent pas de la fin de la belle saison. Après le souper, la radio reprit sa place au centre de la table, près de la lampe-tulipe jaune et le couple renoua avec ses habitudes des années passées.

Après avoir mis les enfants au lit à sept heures, Maurice et Jeanne s'assoyaient paisiblement dans leur cuisine pour écouter leurs émissions radiophoniques favorites. Parfois, le samedi soir, Adrien et Simone ou Suzanne et Georges venaient jouer au 500 avec eux. Vers onze heures, les visiteurs partaient et le 2350, rue Joachim retrouvait sa quiétude.

Chapitre 18

L'année de la grève

Au début de janvier 1949, le mercure chuta à 5 ^{0}F et la métropole fut balayée par des vents arctiques durant plusieurs jours. Si cette température polaire avait peu d'importance pour Jeanne qui, aux derniers jours de sa grossesse, se déplaçait difficilement dans l'appartement, par contre, elle faisait rager Maurice. Au moment où il en avait le plus besoin, son Oldsmobile se mit à faire des siennes.

Un matin, il venait à peine de quitter la maison qu'il rentra, fou de rage, en soufflant sur ses doigts.

— Sacrement! On gèle tout rond! jura-t-il en soufflant sur ses doigts gourds. Je sais pas ce qu'il a, ce maudit bazou-là, tempêta-t-il, mais il veut rien savoir pour partir.

— Il fait pas mal froid, dit Jeanne pour le réconforter.

— Laisse faire le froid! Je viens de voir Masson partir dans son taxi. Il roule, lui… Pourtant, mon char est protégé du vent par la glacière!

Jeanne ne trouva rien à ajouter et elle continua à préparer le déjeuner des enfants qui allaient bientôt se lever.

— Avec tout ça, je vais finir par être en retard à l'ouvrage! reprit Maurice d'une voix rageuse en jetant un bref coup d'œil à l'horloge électrique suspendue au mur, près de la table dans la cuisine.

Sur ces mots, il claqua la porte d'entrée et il dévala bruyamment l'escalier. Jeanne alla jusqu'à la fenêtre de sa chambre pour voir s'il parvenait à faire démarrer l'Oldsmobile stationnée près de la façade de la glacière. Elle vit son mari se mettre au volant, mais à cause des fenêtres doubles, elle n'entendit rien. Après quelques minutes, elle le vit quitter l'auto dont il referma à la volée la portière sans prendre la peine de la verrouiller. Le chapeau bien enfoncé sur la tête, il prit la direction de la rue Dufresne d'un pas rageur.

Il revint de sa journée de travail à bord d'une remorqueuse qui tira son véhicule jusqu'à un garage de la rue Notre-Dame. Quand il rentra à la maison vers sept heures, il était encore de plus mauvaise humeur que le matin.

— Ça, c'est ce que j'appelle une journée payante! déclara-t-il avec rage à Jeanne en enlevant son manteau.

— Comment ça?

— Tu m'as pas vu? Le gars du garage est venu chercher l'Oldsmobile. Le gaz était gelé, et il paraît que mon radiateur coulait. Il a fallu que je paye tout ça.

Jeanne se garda bien de faire le moindre commentaire. Lorsque son mari était dans cet état, tout devenait un prétexte pour s'en prendre à elle ou aux enfants.

Le lendemain matin, le même scénario se reproduisit. L'Oldsmobile refusa encore obstinément de démarrer, et cela malgré les réparations coûteuses dont elle avait été l'objet la veille. Au comble de l'exaspération, Maurice flanqua un grand coup de pied à la portière pour la refermer et, encore une fois, se dirigea d'un pas rageur vers la rue Dufresne dans l'intention de prendre le tramway, rue Notre-Dame.

Le soir même, le garagiste de la veille revint en sa compagnie et la voiture fut amenée à nouveau au même endroit. Mais, contrairement à la veille, Maurice revint à pied du garage.

— Maudit bâtard! Je suis complètement gelé! s'écria-t-il en posant le pied dans l'appartement. Tu penses qu'on n'est pas malchanceux! La maudite bagnole est encore cassée! Ce coup-ci, c'est l'alternateur.

— Es-tu allé au même garage qu'hier?

— Ben oui. C'est le bonhomme Marier qui s'en occupe.

— Es-tu revenu avec ton char?

— Non, l'alternateur est pas encore installé. Je dois y retourner après le souper. Ça vaut ben la peine d'avoir un char, sacrement! Ça a pas d'allure; toute ma paye va passer à payer les réparations de ce maudit char-là!

Dès la dernière bouchée avalée, Maurice s'habilla et se rendit à pied au garage d'où il ne revint qu'une heure plus tard, la mine sombre.

— Est-ce qu'il va mieux? lui demanda Jeanne en levant la tête du vêtement de bébé qu'elle était en train de tricoter.

— Ouais! grogna Maurice… Mais il va aller mieux pour un autre.

— Comment ça?

— J'ai laissé le char au garage. Je le vends.

— Pourquoi? Tu l'aimais ben, ton Oldsmobile, fit Jeanne, surprise.

— C'est devenu un paquet de troubles. J'ai plus les moyens de faire réparer ce char-là. Marier m'a dit que j'étais mieux de m'en débarrasser pendant qu'il roulait encore. D'après lui, il en a plus pour longtemps. Le moteur est presque fini. Ça fait que j'ai mis une pancarte à vendre dessus et je l'ai laissé sur le terrain du garage.

— Marier va te le garder gratuitement?

— Ben non. Il va me prendre un petit montant s'il me le vend.

Jeanne n'ajouta rien. Elle voyait bien que Maurice se séparait à regret de sa première voiture. Il l'avait tellement chouchoutée depuis près d'un an que pour lui, c'était presque perdre un enfant.

Trois jours plus tard, l'auto était vendue. Maurice refusa de révéler le prix qu'il avait obtenu de son acheteur, mais à voir son air lorsqu'il revint à la maison après la transaction, il avait dû tirer de la vente pas mal moins d'argent qu'il ne l'avait espéré.

Plus tard, les Dionne découvriront sans beaucoup de surprise que l'Oldsmobile avait été vendue à un ami de Marier. Pendant près de quatre ans, ils auront l'occasion de la voir stationnée de temps à autre sur la rue Dufresne, devant l'appartement des parents de l'amie de Luc. Chaque fois qu'il l'apercevait, Maurice éprouvait un mélange de regrets et de colère. Le jeune père de famille avait la nette impression de s'être fait posséder par le garagiste.

— Pour un char qui achevait, finit par faire remarquer Jeanne, je trouve qu'il dure encore pas mal longtemps.

— Le vieux maudit voleur ! répétait chaque fois son mari en songeant à Rosaire Marier. Plus croche que lui, tu crèves !

—

Une semaine plus tard, Claude fit son apparition chez les Dionne. Le second fils de Maurice et de Jeanne choisit de naître de façon fort civilisée en plein jour. Son arrivée ne suscita aucun problème. Même le docteur Bernier, toujours aussi bougon, ne trouva rien à redire après avoir accouché la mère et examiné le bébé.

— Tout est correct, décréta le praticien en refermant sa trousse. T'as juste à faire attention à toi et à t'occuper de lui comme tu l'as fait pour les autres, dit-il à la mère avant de la quitter.

La vérité oblige à reconnaître que le nouveau bébé ne retint que très peu de temps l'attention de son frère et de ses sœurs. Après avoir regardé son petit visage tout fripé durant quelques instants, les enfants retournèrent à leurs jeux sans manifester plus d'émotion que nécessaire.

Durant les mois suivants, Claude se révéla tout de même un bébé assez agité, sujet à de fréquentes coliques. Cependant, il ne prenait pas beaucoup de place dans l'appartement. Il dormait dans la petite alcôve au fond de la chambre de ses parents, comme l'avaient fait avant lui Francine et Paul.

Par ailleurs, ce dernier n'avait qu'une hâte : c'était que son frère grandisse le plus vite possible de manière à partager avec lui la petite chambre verte située près de la cuisine. Depuis quelques semaines, le petit garçon de cinq ans était la proie de cauchemars qui le tenaient éveillé chaque nuit durant de longues heures. La moindre ombre se dessinant sur l'un des murs de sa chambre le faisait trembler d'effroi. Le soir, tant que ses parents étaient installés dans la cuisine à écouter la radio, tout allait bien ; il se sentait protégé. La peur n'apparaissait qu'au moment où ils se retiraient pour la nuit dans leur chambre à coucher. À compter de ce moment-là, il se mettait à guetter le moindre bruit. Le plus petit craquement l'épouvantait. Il avait beau cacher sa tête sous les couvertures, il n'y avait rien à faire.

Jeanne finit par remarquer la nervosité croissante de son fils aîné et elle s'en inquiéta.

— Il va falloir faire examiner cet enfant-là par le docteur, dit-elle un soir à Maurice. Il est nerveux sans bon sens.

— Énerve-toi donc pas pour rien, fit sèchement ce dernier. C'est pas nécessaire d'aller dépenser de l'argent chez le docteur pour ça. T'as juste à le coucher plus de bonne heure le soir. Tu vas voir que ça va le calmer.

—

Privé de voiture, Maurice Dionne dut réapprendre cet hiver-là à dépendre des transports en commun pour aller travailler dans l'ouest de la ville et revenir à la maison. Geler à attendre les tramways au coin d'une rue le déprimait et le mettait de mauvaise humeur, particulièrement à la fin de son épuisante journée de travail. Il sortait de chez Henderson-Barwick couvert de sueur. Même s'il portait un épais paletot, le froid le faisait grelotter en faisant sécher sur lui ses vêtements de travail.

Heureusement, peu après la naissance de Claude, il prit l'habitude d'effectuer ses déplacements quotidiens en compagnie d'un certain Wilbrod Leclerc demeurant au second étage de la première maison de la rue Joachim. L'homme, un grand quadragénaire maigre comme un clou, avait un emploi de soudeur dans une usine voisine de Henderson-Barwick. S'il n'en avait tenu qu'à Maurice, les deux hommes auraient continué à emprunter les mêmes tramways sans jamais se parler, mais Leclerc était une personne affable. C'est ainsi que, dès le second jour où Maurice eut à prendre le tramway coin Notre-Dame et Dufresne, le soudeur lui adressa la parole.

Moins d'une semaine après leur première rencontre, les deux hommes avaient pris l'habitude de s'attendre pour effectuer ensemble leurs déplacements matin et soir. Pour la première fois de sa vie, Maurice avait l'impression d'avoir un ami, un être à qui il pouvait tout raconter sans avoir à se vanter pour se mettre en valeur. Wilbrod avait un solide sens de l'humour et un caractère égal.

— Comment ça se fait que t'aies pas un char ? finit par lui demander Maurice, un matin où ils attendaient le passage du tramway.

— Parce que je ramasse mon argent pour m'acheter une petite maison, déclara l'autre. Ça fait des années que je mets de l'argent à la banque pour ça.

— Tu penses que tu vas être capable d'en avoir une ?

— Tu m'aurais demandé ça il y a trois ou quatre ans, je t'aurais dit « peut-être ». À cette heure, je suis sûr que ce sera pas ben long encore. Depuis qu'on a un syndicat, on est pas mal mieux payés.

— J'ai jamais été syndiqué, déclara Maurice, peu convaincu de l'utilité d'un syndicat.

— Moi, c'est la première fois. On a entré le syndicat il y a quatre ans. Le boss nous a traités de communistes quand on a menacé de faire la grève en quarante-cinq. On l'a faite durant une semaine et on a eu une bonne augmentation. En plus, nos conditions de travail ont pas mal changé ; je te le garantis.

— Ça me surprendrait qu'un syndicat entre un jour chez Henderson-Barwick. Les gars disent que c'est juste un bon moyen de se faire sacrer dehors.

— Ben, c'est sûr qu'il y a des risques quand un syndicat se bat pour t'avoir une augmentation. Tu suis les nouvelles à Asbestos ?

— Ben oui, mentit Maurice.

— T'as vu comment ça brasse depuis que les gars de la Johns-Manville ont débrayé le 13 février ? Duplessis a dit que la grève était illégale parce qu'il y avait pas eu d'arbitrage et il a envoyé 150 de ses « beus » de la police provinciale dans la ville pour faire peur aux grévistes.

— Ça fait un mois que ça dure ?

— Ben oui.

— Comment les familles de ces gars-là font pour manger ?

— Le syndicat les aide, répondit le soudeur au moment où le tramway s'arrêtait devant lui.

Le dimanche suivant, Maurice alla seul à la basse messe à l'église de la paroisse Saint-Vincent-de-Paul. Jeanne, qui avait accouché de son quatrième enfant moins d'un mois auparavant, devait attendre son retour pour aller à son tour à la grand-messe. Cette entente expliquait pourquoi le jeune père assistait à la messe malgré son peu d'envie d'y aller. Il craignait bien trop les questions sournoises de sa femme sur le message de l'évangile du jour ou sur le contenu du sermon de l'officiant pour se permettre d'aller s'installer durant l'office devant une bonne tasse de café au restaurant Rialto, coin Frontenac et Sainte-Catherine… Et pourtant, ce n'était pas l'envie qui lui manquait.

Ce dimanche-là, le curé Perreault lut une lettre pastorale de l'archevêque de Montréal. Monseigneur Joseph Charbonneau, bouleversé par la misère qui frappait les familles des ouvriers de la Canadian Johns-Manville d'Asbestos, lançait un vibrant appel à l'aide. Il demandait à toutes ses ouailles de faire des dons en argent et en nature pour secourir ces centaines de personnes en train de mourir de froid et de faim. Lorsque Maurice retourna à la maison, il ne put s'empêcher de rapporter la nouvelle à sa femme qui s'apprêtait déjà à partir pour l'église.

— Il faudrait ben qu'on donne une ou deux boîtes de conserve, lui fit-elle remarquer.

— Ben non. C'est pas nécessaire. J'ai donné une piastre à la quête spéciale qu'ils ont faite, mentit Maurice en enlevant son paletot.

Jeanne se tut, mais le regard qu'elle lui lança disait assez qu'elle ne le croyait pas. Ce geste généreux aurait été trop inhabituel.

Après s'être accroché vigoureusement jusqu'à la troisième semaine de mars, l'hiver de 1949 finit par céder la place à un printemps timide. Alors, comme par miracle, la vie sembla revenir sur la rue Joachim. Les Dionne revirent avec joie leurs voisins. Ils n'avaient pas croisé certains d'entre eux depuis l'automne précédent. Comme chaque année, les gens s'étaient barricadés frileusement dans leur appartement pendant toute la saison froide.

Durant quelques jours, Maurice dépensa son surplus d'énergie en effectuant, de fond en comble, un ménage de l'appartement. Il lava les plafonds et les murs de chacune des pièces pendant que Jeanne nettoyait les fenêtres et la vaisselle contenue dans ses armoires de cuisine. La jeune mère était heureuse. Cette année encore, il lui avait fallu dépenser des trésors d'imagination pour empêcher son mari de repeindre tout l'appartement. Pour lui, un vrai ménage se faisait avec un pinceau et un gallon de peinture. En règle générale, il considérait le lavage comme un travail inutile parce que les résultats n'étaient pas aussi apparents qu'avec une bonne couche de peinture.

Bref, à la mi-avril, Maurice se sentit désœuvré parce qu'il n'avait plus rien à faire pour occuper ses soirées et ses week-ends. Il continuait toujours à rendre visite à sa sœur Suzanne chaque samedi, mais c'était insuffisant pour dépenser son trop-plein d'énergie.

Le dernier samedi d'avril, il revint à la maison à l'heure habituelle. À son arrivée, Jeanne était occupée à préparer le souper pendant que les enfants jouaient dans le salon. Claude dormait, bien emmitouflé dans son landau, sur le balcon.

Maurice prit une boisson gazeuse dans le réfrigérateur, jeta un coup d'œil au bébé et s'assit dans sa chaise berçante après s'être allumé une cigarette. Comme son mari ne disait rien, Jeanne finit par lui demander :

— Qu'est-ce que ta sœur a de nouveau ?

— Je le sais pas ; je suis pas allé la voir.

— Où est-ce que t'as passé la journée d'abord ? demanda Jeanne, surprise, en se tournant vers lui.

— Je suis allé voir des chars.

— T'es pas pour t'en acheter un autre ! s'écria sa femme. Ça fait pas trois mois que tu t'es débarrassé de l'autre.

— Whow ! Je t'ai pas demandé ton avis, s'emporta-t-il immédiatement. Je suis allé voir des chars et j'en ai acheté un. Un point, c'est tout. Il est devant la porte.

— Sans m'en parler, encore une fois !

— Parce que ça te regarde pas. Je l'ai payé avec mon argent, ce char-là, pas avec le tien.

— Ben voyons !

— En plus, comment tu penses qu'on va pouvoir sortir de la maison avec les quatre enfants si on n'a pas de char ? On n'est pas pour rester toute notre vie enfermés entre quatre murs, sacrement !

— Ce qui m'écœure, continua Jeanne, comme s'il n'avait rien dit, c'est que t'as jamais une cenne pour rien, mais t'en trouves tout le temps pour t'acheter un char.

— C'est pas possible d'être aussi niaiseuse ! J'ai pas acheté un char neuf. C'est un vieux Chevrolet 36. Il est propre et il roule ben. J'ai pas mis une cenne de plus que l'argent que j'ai fait avec l'Oldsmobile en le vendant.

— Et ça te fatiguait d'avoir de l'argent à la banque, fit Jeanne, sarcastique.

— Non, ça me fatiguait pas, si tu veux le savoir. J'ai acheté ce char-là parce qu'on en avait besoin. Je suis pas pour faire comme mon frère et rouler des cigarettes pour les autres jusqu'à ce que j'aie ramassé assez d'argent pour m'en acheter un.

Maurice faisait allusion au fait que depuis près de deux ans, son frère aîné occupait ses soirées à fabriquer des cigarettes pour des confrères pompiers dans le but de grossir ses économies. Il avait avoué que son intention était d'employer cet argent à l'achat d'une automobile. Jeanne se referma comme une huître, refusant de poursuivre ce dialogue de sourds. Elle ne se leva même pas pour aller admirer la nouvelle acquisition de son mari, ce que ce dernier eut beaucoup de mal à accepter.

Cette scène donna naissance à une bouderie qui dura près d'une semaine. Cependant, il n'y avait qu'à voir l'ardeur avec laquelle Maurice astiquait son Chevrolet pour s'apercevoir que la grosse voiture rouge vin avait pris la place de l'Oldsmobile dans son cœur, même si elle était âgée de treize ans. Si Jeanne n'eut guère l'occasion de monter à bord du nouveau véhicule de son mari durant les semaines suivantes, Wilbrod Leclerc, quant à lui, put en profiter matin et soir, et cela, sans avoir à délier sa bourse. Maurice était trop content de montrer qu'il pouvait être généreux envers un ami.

À la fin de la première semaine de mai, Leclerc monta un matin dans le Chevrolet en affichant une excellente humeur.

— Tu devineras jamais ce qui m'arrive ! annonça-t-il à son chauffeur.

— Quoi ?

— Je déménage à la fin du mois à Saint-Lazare. Mon frère m'a trouvé une petite maison là-bas. Elle est pas neuve et il y a pas mal de réparations à faire, mais je pense être capable de me la payer.

— Qu'est-ce qui va arriver avec ta job ?

— Je change pas de job, affirma Leclerc. Je vais voyager avec mon frère matin et soir.

Durant un long moment, Maurice se tut. Il réalisait subitement qu'il allait perdre l'unique ami qu'il n'avait jamais eu.

— Ça te fait pas peur de t'embarquer avec une maison à payer? finit-il par demander au soudeur.

— Écoute, Maurice. J'ai pas vingt-huit ans comme toi, moi. J'ai quarante et un ans. Si je me décide pas à en acheter une cette année, je vais mourir locataire. Toi, t'es encore jeune. T'as le temps d'y penser. Pas moi.

Ces dernières remarques firent réfléchir Maurice.

—

Un mois plus tard, ce dernier rentra précipitamment dans l'appartement.

— Fais ça vite, commanda-t-il à sa femme. Fais comme si on se préparait à partir avec les enfants.

— Veux-tu ben me dire ce qui se passe? demanda Jeanne, étonnée par ce comportement.

— Ton frère s'en vient avec sa Lucie Marier.

Depuis quelques semaines, les visites dominicales de Luc et de Lucie Marier étaient devenues une véritable plaie pour les Dionne. Elles avaient beau ne durer généralement qu'une heure, c'était plus que ce que Jeanne et Maurice pouvaient honnêtement supporter. Mais comment décemment refuser de leur ouvrir la porte quand l'auto était stationnée devant la glacière?

Luc était ennuyeux comme la pluie et n'avait qu'un sujet de conversation : la Dominion Textile et son travail d'approvisionneur des métiers à tisser. Pour Lucie, c'était autre chose. La jeune fille faisait preuve d'un snobisme insupportable et mesurait tout à l'échelle de sa famille, ce qui était tout de même un comble quand on connaissait cette dernière. Avec elle, il n'était possible de parler que de toilettes et de mode.

Un coup de sonnette impératif empêcha Jeanne d'exprimer ouvertement son agacement. Elle regarda son mari en levant les bras en signe d'impuissance.

— Ouvre-leur, calvaire ! s'emporta ce dernier. Qu'est-ce que tu veux qu'on fasse ?

Jeanne ouvrit la porte de l'appartement et tira la cordelette qui permettait de déverrouiller la porte située au pied de l'escalier. Le jeune couple pénétra chez les Dionne. Lucie arborait un petit air pimpant qui contrastait avec la mine de papier mâché de Luc. L'horaire de travail de nuit de ce dernier expliquait, en grande partie, son teint blafard. Il avait trop peu souvent l'occasion de profiter du soleil.

— On ne vous dérange pas au moins ? demanda la jeune fille sur un ton précieux en s'arrêtant sur le paillasson.

— Ben, pas trop, fit Jeanne d'un air contraint. On se préparait juste à aller faire un petit tour avec les enfants, mais ça peut attendre un peu. Entrez. Assoyez-vous.

— On sera pas longtemps, annonça Luc. On venait juste vous annoncer une grande nouvelle.

Jeanne regarda Maurice d'un air interrogateur.

— Oui, on se fiance au mois de juillet, déclara Lucie d'un air triomphant. Mes parents ont prévu d'organiser un dîner, le dernier dimanche du mois pour célébrer ça. Malheureusement, par manque de place, ils ne vont inviter que monsieur et madame Sauvé.

— Nos félicitations, firent Maurice et Jeanne en même temps.

— Avez-vous déjà prévu une date pour vos noces ? demanda Jeanne.

—On en a discuté avec son père, fit Luc. On va se marier le deuxième samedi de juillet... l'année prochaine.

—Je vous dis que c'est beaucoup de travail, reprit Lucie d'un air important. Mon père veut que ce soit des grandes noces. En attendant, ma mère et moi, on est déjà en train de dresser la liste des cadeaux qu'on aimerait recevoir, ajouta la jeune fille en prenant une attitude gourmée.

—Ah cré maudit! ne put s'empêcher de s'exclamer Maurice avec un air faussement impressionné. On peut dire que vous êtes pas mal en avance pour vos noces.

—Non, non, dit la jeune fille, ce n'est pas la liste de nos cadeaux de noces; c'est celle de nos cadeaux de fiançailles.

—Ah oui! s'exclama Jeanne en jetant un regard stupéfait à son jeune frère.

—Luc ne s'occupe pas de ça; il n'y connaît rien, expliqua Lucie avec un petit rire agaçant. Non, mes parents et moi pensons que c'est bête de laisser les gens acheter n'importe quoi. Dans ce temps-là, on est pris avec des affaires en double et il paraît que ce n'est pas toujours facile d'aller les échanger. C'est pour ça qu'on a pensé à dresser une liste et...

Ses façons un peu maniérées de s'exprimer tapaient sérieusement sur les nerfs de Jeanne.

—Je voudrais pas te faire de la peine, la coupa Jeanne, mais j'ai ben peur que tu sois déçue. Dans notre famille, on donne pas de cadeau de fiançailles.

—Non?

—Non et Luc aurait dû te le dire. Je pense que ta mère et toi, vous travaillez pour rien.

Le visage de Lucie perdit de sa vivacité et elle adressa un regard plein de reproche à son futur fiancé.

—En plus, ne put se retenir d'ajouter Maurice avec une certaine méchanceté, si tu fais une liste de cadeaux à acheter pour tes noces, tu serais peut-être mieux de la garder pour ta famille. Les Sauvé ont pas trop l'habitude de se faire dire quoi donner.

La jeune fille, de plus en plus déçue, jeta un coup d'œil interrogateur à Luc. De toute évidence, son ami ne l'avait pas prévenue.

Une dizaine de minutes plus tard, le jeune couple quitta le 2350, rue Joachim pour laisser les Dionne amener leurs enfants en balade.

— Une vraie maudite folle ! se contenta de dire Maurice après avoir entendu la porte au pied de l'escalier se refermer sur le jeune couple. Un cadeau de fiançailles ! Quoi encore ! Ça se prend pour qui, ce monde-là ? Quand on sait que ton frère est capable de couper une cenne en quatre, ça donne envie de rire. Christ ! on dirait presque que les Marier veulent faire un coup d'argent avec ce mariage-là. Si c'est ça, ils vont avoir une maudite surprise.

— En tout cas, je te dis que ces noces-là vont être quelque chose à voir, prédit Jeanne.

— Je pense surtout que le bonhomme Marier a pas fini de voler ses clients s'il veut être capable de payer ces grandes noces-là, conclut Maurice en ricanant.

— Puis, est-ce que t'as toujours envie de nous amener faire un tour ? demanda Jeanne en prenant dans ses bras le petit Claude qui venait de se réveiller.

— Aïe ! je voulais pas pantoute sortir, moi, protesta Maurice. Je disais ça pour…

— Ça me fait rien, dit Jeanne, moqueuse, mais ils sont ben capables de revenir s'ils s'aperçoivent que le char est encore là.

Maurice consulta sa montre avant de laisser tomber :

— C'est correct. Prépare les petits. On ira pas loin, par exemple. J'ai pas envie de dépenser cinq piastres de gaz pour empêcher ton frère de revenir nous faire suer.

—

Quelques minutes plus tard, le Chevrolet roulait sur le pont Jacques-Cartier en direction de la Rive-sud.

— Où est-ce qu'on va? demanda Jeanne au conducteur.

— Je le sais pas. On va juste rouler un peu et, après ça, on reviendra à la maison.

En fait, Maurice roula assez longtemps pour se retrouver à l'entrée de Drummondville au milieu de l'après-midi. Francine et Claude dormaient paisiblement pendant que Lise et Paul, curieux, regardaient défiler le paysage. Jeanne, heureuse de ce voyage improvisé, se garda bien de faire une remarque sur la longueur du déplacement.

— On est rendus à Drummondville, annonça Maurice. On est aussi ben d'aller voir la «voiture à patates frites» de ton frère Gustave. Ça fait assez longtemps qu'il nous en parle. Te rappelles-tu où il est?

— Il me semble qu'il m'a dit qu'il était pas loin de la gare, sur la rue Lindsay.

Après quelques minutes de recherches, les Dionne découvrirent l'endroit où Gustave Sauvé stationnait ce qu'il appelait sa «voiture à patates frites», une sorte de camionnette vitrée transformée en casse-croûte roulant spécialisé dans la cuisson de frites et de hot dogs. De petites ampoules multicolores en ornaient la façade.

Gustave avait stationné sa voiture dans la cour arrière d'une maison à deux étages assez délabrée. Comme cette cour non clôturée longeait une petite rue assez fréquentée, la clientèle avait directement accès à ce restaurant sur roues. Deux vieilles tables à pique-nique en bois avaient été installées un peu en retrait à l'intention de la clientèle désireuse de consommer sur place. Lors de sa dernière visite chez les Dionne, le frère de Jeanne leur avait appris qu'il louait l'appartement du premier étage de cette maison et payait en plus à son propriétaire des frais supplémentaires pour l'électricité consommée généreusement par son commerce.

Jeanne et Maurice arrivèrent juste au moment où une violente dispute venait d'éclater entre Gustave et son propriétaire. Ce dernier, un gros homme adipeux à la mise débraillée, était debout sur son balcon du rez-de-chaussée et il menaçait le jeune homme de le faire expulser de chez lui s'il ne payait pas son loyer dès le lendemain.

— Mon petit maudit baveux, cria l'homme, exaspéré, tu vas me payer mes deux mois de loyer en retard sinon je te fais saisir toutes tes cochonneries. Il y a des limites à ambitionner sur le monde.

— Je vous… vous l'ai dit que je… je vous pai… paierais mon lo… loyer de… demain, bégaya Gustave Sauvé, rouge d'énervement.

— Pas juste ton loyer, tu m'entends? Tu me dois deux mois d'électricité aussi, lui cria le propriétaire.

— In… Inquiétez-vous pas, je vais vous pa… payer jus… jusqu'à la dernière cen… cenne, promit le jeune homme en repoussant une mèche de cheveux bruns qui lui retombait sur l'œil.

— Si t'as pas payé demain midi, mon petit baptême, je te coupe l'électricité, tu m'entends?

L'homme rentra chez lui et claqua la porte.

Gustave, vêtu d'une chemise blanche dont il avait roulé les manches, se tourna vers son véhicule dans l'intention d'y monter quand il aperçut sa sœur et son beau-frère debout sur le trottoir.

— Ah ben, la belle vi… visite! s'exclama-t-il en s'avançant vers eux, tout souriant.

— Est-ce qu'on tombe mal, Gustave? demanda Maurice qui avait de la peine à ne pas se mettre à rire.

— Ben... non, protesta son beau-frère. C'est... C'est rien, ça. Le bon... bonhomme s'énerve parce... parce que je lui... lui ai pas payé son mau... maudit lo... loyer.

— Deux mois? demanda Jeanne.

— Pis a... après? Un homme d'a... d'affaires com... me moi a pas tou... jours du «cash». Il... Il comprend pas ça, lui.

— Est-ce que ton commerce marche ben au moins? fit Maurice pour changer de sujet de conversation.

— Je com... comprends que ça mar... marche, dit fièrement Gustave. Je four... fournis pas. Je suis ou... ouvert de midi à mi... minuit, sept jours par se... semaine.

À peine Gustave venait-il de finir de parler que quatre adolescents s'approchèrent de la voiture pour donner leur commande.

— Je vais te donner un coup de main, offrit Maurice pendant que Jeanne se dirigeait vers le Chevrolet pour aller s'occuper des enfants qui étaient demeurés dans l'auto.

— Fais... Fais descendre les en... enfants pour qu'ils goûtent au moins à mes pa... patates frites, ordonna Gustave en montant dans sa camionnette, suivi de près par Maurice.

Il n'y avait qu'un étroit passage entre la cloison et le comptoir sur lequel étaient installés divers appareils. La friteuse maintenait une chaleur infernale dans cet espace restreint.

Les clients commandèrent des hot dogs, des frites et des boissons gazeuses.

— Qu'est-ce que tu veux que je fasse, Gustave? demanda Maurice.

— Com... Commence par pa... passer ce tablier-là si... sinon tu vas tout te ta... tacher, bégaya-t-il en montrant à son beau-frère un tablier plus ou moins propre accroché à la cloison.

Pendant ce temps, il mit des pommes de terre dans un panier qu'il plongea dans l'huile bouillante et il sortit des petits pains pour les hot dogs.

— Sur... Surveille les patates. Quand elles se... seront dorées, tu les en... enlèveras, dit-il à son beau-frère.

Maurice jeta un coup d'œil à Jeanne portant le bébé dans ses bras. Elle venait de s'installer à l'une des deux tables à pique-nique avec les enfants.

Moins de cinq minutes plus tard, toute la nourriture commandée était prête et Maurice remplit quatre casseaux de frites pendant que Gustave tendait à ses clients leurs boissons gazeuses et leurs hot dogs. Les adolescents quittèrent rapidement les lieux après avoir payé.

Gustave eut l'air brusquement mécontent en regardant le panier vide qui avait contenu les frites.

— Sa... Sacrifice! Mau... Maurice, tu veux me mettre dans le che... chemin! s'écria-t-il. Tu leur as don... donné ben trop de pa... patates!

— Voyons donc, Gustave, t'as vu ce que je leur ai donné. Un casseau chacun, pas plus, protesta Maurice Dionne.

— Non, c'est ... c'est pas ça, reprit le jeune beau-frère en remplissant à nouveau le panier dans le but d'offrir des frites à ses invités. Je vais te mon... montrer comment on doit fai... faire. Re... Regarde ben!

Lorsque les frites furent dorées à point, le restaurateur prit une barquette cartonnée. Il en comprima fortement la base pendant qu'il la remplissait abondamment de frites. Il la tendit ensuite à Maurice.

— T'en mets ben plus que moi, lui fit remarquer ce dernier.

À peine avait-il fini de dire ces mots qu'il s'aperçut que la barquette n'était en fait remplie qu'aux trois quarts parce qu'en la lui tendant, Gustave avait cessé de la comprimer.

— Tu devrais avoir honte, Gustave! fit Jeanne qui n'avait rien perdu du tour de passe-passe de son frère.

— Sa… Sacrifice! il faut ben que je fasse un peu d'ar… d'argent! Je fais pres… presque pas de profit sur les hot dogs et sur les li… liqueurs.

— Mais c'est du vol, ça!

— Ben non, c'est les a… affaires! protesta Gustave en riant.

—

Les Dionne restèrent avec lui environ une heure puis remontèrent à bord du Chevrolet. Avant de retourner à Montréal, ils firent un crochet par Saint-Joachim pour rendre une rapide visite aux parents de Jeanne qu'ils n'avaient vus qu'à deux ou trois reprises depuis le décès de Madeleine.

Ils trouvèrent Marie Sauvé en train de préparer le souper en compagnie de Ruth, maintenant l'unique enfant qui demeurait avec ses parents à la maison. Léon était à l'étable. Il venait de commencer son train.

— Vous allez rester à souper avec nous autres, offrit-elle après avoir embrassé tout le monde.

— Vous êtes ben fine, madame Sauvé, protesta Maurice; mais on n'a pas faim. On s'est arrêtés voir Gustave en passant et il a voulu absolument nous faire goûter à sa cuisine. On est juste venus vous dire bonjour en passant. Pendant que vous jasez avec Jeanne, je vais aller voir le beau-père.

Sur ces mots, Maurice prit la direction de l'étable après avoir spécifié à Paul de ne pas le suivre.

Durant près d'une heure, Jeanne eut l'occasion d'échanger des nouvelles avec sa mère. Les deux femmes parlèrent évidemment des futures fiançailles de Luc.

— En fin de compte, Luc s'est décidé à venir vous la présenter, sa Lucie, constata Jeanne avec un sourire moqueur.

— Oui, mais il y a pas longtemps, fit sa mère. Il nous est arrivé comme un cheveu sur la soupe dimanche après-midi passé avec sa blonde. Ils étaient pas tout seuls. Le père et la mère de Lucie étaient avec eux autres.

— Je suppose qu'ils avaient fait le voyage pour vous annoncer leurs fiançailles?

— En plein ça.

— Vous l'avez appris avant nous autres. Ils sont venus nous dire ça aujourd'hui, après le dîner. Puis, m'man, qu'est-ce que vous pensez de votre future bru? demanda Jeanne.

— Toi, fais-moi pas parler pour rien, la prévint sa mère en lui jetant un regard sévère. Je la connais pas, cette fille-là. C'est peut-être du ben bon monde; je le sais pas. Avec une mère et un père aussi bavards, je pense qu'elle a pas eu la chance de placer deux mots durant tout l'après-midi.

— Ils ont dû vous parler des grosses noces qu'ils veulent faire l'année prochaine.

— Oui. Les Marier m'ont l'air du monde qui ont ben de l'argent, ajouta Marie qui avait été impressionnée malgré elle par les grands airs des parents de sa future bru.

— Je le sais pas, m'man. Tout ce que je peux vous dire, c'est qu'ils restent dans une vieille maison, comme nous autres.

Le sujet était épuisé et les deux femmes se mirent ensuite à parler de la santé chancelante du cinquième enfant de Germaine, du petit ami de cœur que Cécile venait de se faire à Sorel ainsi que des enfants de Bernard.

Lorsque le Chevrolet reprit la route un peu après six heures, Jeanne était heureuse d'avoir pu voir ses parents. Après avoir été durement touchée par la mort de Madeleine, sa mère semblait avoir repris goût à la vie. C'était probablement sa foi qui donnait à la quinquagénaire autant de force. Jeanne se souvint alors comment sa sœur Germaine s'était fait rabrouer dans le temps des fêtes en déplorant la mort de leur jeune sœur.

— Ça sert à rien de se lamenter, ma fille, lui avait dit durement sa mère. Dieu nous l'avait donnée ; il est venu la chercher. C'était sa volonté. On n'a rien à y redire.

━

Cet été-là, la vie continua sans grande surprise. En fait, seules les fiançailles de Luc vinrent briser un peu la monotonie de cette saison pluvieuse et maussade.

Bien entendu, Maurice et Jeanne ne furent pas plus conviés que les autres membres de la famille Sauvé au dîner servi pour l'occasion chez les Marier. Cependant, ils eurent la chance de recevoir à coucher Marie et Léon la veille de l'événement. Ils étaient venus à Montréal avec Bruno Lafrance, le frère de Marie. La soirée fut joyeuse chez les Dionne, même si Luc ne trouva pas un instant pour venir saluer ses parents qui s'étaient déplacés pour assister à ses fiançailles. On ne le vit que le lendemain matin.

Vêtu d'un costume gris impeccable et soigneusement cravaté, le jeune homme se présenta chez sa sœur à la fin de l'avant-midi, après la messe de neuf heures. Il venait chercher ses parents pour les conduire chez les Marier.

— Cré maudit! mon Luc, te v'là habillé comme un premier ministre, se moqua Maurice en faisant pénétrer son jeune beau-frère dans le salon.

— Je comprends, répliqua fièrement le futur fiancé, cet habit-là m'a coûté plus qu'une semaine de salaire.

— On voit tout de suite que c'est du bon matériel, ajouta son beau-frère, en s'emparant d'une manche du veston et en la tirant vers lui, comme pour en palper le tissu.

— Attention! protesta Luc en reculant d'un pas. Tu vas le friper!

— Comment ça? Si ton habit est pas de meilleure qualité que ça, rapporte-le, dit Maurice en riant. À part ça, es-tu sûr que t'es capable de respirer? On dirait que ton col est trop serré. Tu te sens pas étouffer un peu?

— Ben non, je suis correct, fit Luc, qui n'avait pas compris l'allusion au fait qu'il allait s'engager de façon irréversible.

Il y eut un éclat de rire général.

Quelques minutes plus tard, les Sauvé quittèrent l'appartement des Dionne en compagnie de leur fils, et Jeanne les regarda par la fenêtre de sa chambre se diriger à pied vers la rue Dufresne où demeuraient les Marier.

— J'aimerais ben être un petit oiseau pour assister à ce repas-là, fit Jeanne en revenant dans la cuisine où Maurice venait de s'attabler dans l'intention évidente de fabriquer ses cigarettes pour la semaine.

— Inquiète-toi pas, dit Maurice. Il sera pas tard que tu vas voir arriver la blonde de ton frère pour te montrer sa bague de fiançailles. En plus, ton père et ta mère vont se faire un plaisir de tout te raconter dans les moindres détails.

Vers quatre heures, Maurice cessa d'astiquer son Chevrolet stationné devant la glacière pour monter à l'appartement avec ses beaux-parents de retour du repas de fiançailles.

— J'espère que vous avez pas trop mangé ? fit Jeanne en accueillant ses parents sur le palier. Mon souper est en route.

— T'en fais pas trop avec ça, s'empressa de la rassurer son père en adressant un clin d'œil à son gendre. On s'est gardé pas mal de place pour ton repas. On risque pas de poigner une indigestion avec ce qu'ils nous ont servi, ajouta le sexagénaire avec humour.

— Léon ! On parle pas de même du monde qui vient de nous recevoir, le réprimanda mollement sa femme.

— Puis, comment vous avez trouvé les Marier ? demanda un Maurice narquois en invitant ses beaux-parents à s'asseoir au salon.

— C'est du monde de la haute ; ça, c'est sûr, lui répondit son beau-père, goguenard.

— Léon ! l'avertit encore Marie Sauvé. Ris pas d'eux autres.

— Je ris pas d'eux autres pantoute, protesta le petit sexagénaire, pince-sans-rire. J'ai même envie de pleurer, ajouta-t-il avec une mauvaise foi évidente. Je trouve ça beau, moi, du monde qui boit sa tasse de café le petit doigt en l'air. En plus, du monde qui sait tout, c'est rare en torrieu !

— Ah oui ? fit Maurice, curieux.

— Et lui, Rosaire Marier, c'est un vrai musicien, ajouta son beau-père avec un air bénin. Ça a l'air de rien, mais il nous a joué, sur son beau gros piano, après s'être fait pas mal prier, comme de raison, *En roulant ma boule*, avec juste un doigt. C'est du talent, ça, Monsieur !

— Arrêtez donc ! dit Maurice en éclatant de rire.

— En tout cas, il a eu l'air pas mal surpris quand je lui ai dit qu'on avait un piano dans notre salon, nous autres aussi, poursuivit Léon.

Sa femme pouffa de rire, mais elle ne dit rien.

— Pourquoi ? demanda Jeanne à son père.

— Ah, il m'a demandé de m'asseoir au piano pour lui jouer quelque chose, mais il a pas eu l'air d'aimer ça quand je lui ai dit que chez nous, le piano, c'était juste pour l'agrément des femmes et des enfants.

— Mais ça les empêche pas d'être du bon monde, reprit Marie, qui avait retrouvé son sérieux. En tout cas, personne pourra dire que leurs filles et leur garçon sont pas bien élevés. C'est du monde qui sait se tenir. En fin de compte, je pense que Luc va entrer dans une bonne famille, même si les Marier paraissent aimer se donner des grands airs.

En entendant sa belle-mère parler ainsi des Marier, Maurice se retint à temps de dire ce qu'il pensait réellement de l'honnêteté du garagiste.

— Et la bague de fiançailles ? demanda Jeanne, intéressée à obtenir des précisions sur le bijou.

— Bien ordinaire, poursuivit sa mère. J'ai trouvé que Lucie avait du plomb dans la tête. Elle a dit qu'elle a dû se chicaner avec Luc pour l'empêcher de dépenser pour une bague avec un diamant plus gros.

— Elle a pas dû se battre ben longtemps, ne put s'empêcher de dire Maurice. On sait tous comment Luc est « gratteux ».

Cette remarque jeta un léger malaise. Les lèvres de Marie Sauvé se pincèrent et son gendre préféra abandonner le sujet.

La semaine suivante, les fiancés vinrent rendre une courte visite aux Dionne dans le but évident de leur montrer la bague de fiançailles que Lucie portait fièrement au doigt.

— Je voulais vous montrer la bague que Luc m'a achetée, dit Lucie à Jeanne en brandissant son annulaire sous le nez de sa future belle-sœur.

Il s'agissait d'une bague très ordinaire qui ressemblait beaucoup à celle que Maurice avait offerte à Jeanne sept ans auparavant.

— Elle est ben belle, Lucie, dit Jeanne sans grande conviction. À ce que je vois, mon petit frère, tu t'es lancé dans les dépenses, fit-elle remarquer à Luc assis près d'elle sur le divan du salon.

— Il faut ce qu'il faut, répliqua-t-il en se rengorgeant.

— Bon, maintenant que tu fais presque partie de la famille, Lucie, j'aimerais qu'à partir d'aujourd'hui, tu me dises « tu », poursuivit Jeanne. J'ai juste vingt-six ans, et chaque fois que tu me dis « vous », j'ai l'impression que tu parles à ma mère. Appelle-moi Jeanne, pas madame Dionne.

— Merci, Jeanne. Je vous trouve ben fine.

❧

À la mi-août, un mardi après-midi, Jeanne confia Paul, Lise et Francine à son obligeante voisine, Anne Mérineau, le temps d'aller faire examiner Claude par le docteur Bernier, à son bureau de la rue Saint-Hubert.

À son retour, la jeune mère était assez indécise. Le praticien lui avait suggéré de faire enlever les amygdales à Lise qui allait commencer l'école dans moins d'un mois.

— Je peux pas te dire si c'est une bonne chose, lui répondit Anne Mérineau. Moi, j'ai pas eu d'enfant. Tu ferais mieux de demander ça à madame Piquette. Elle en a eu dix, elle.

Consultée quelques minutes plus tard, Amanda Piquette lui apprit que tous ses enfants s'étaient fait enlever les amygdales avant d'entrer à l'école parce que, selon son médecin, la présence de ces glandes nuisait au développement des enfants.

— Moi, à ta place, Jeanne, je les ferais enlever à ton gars aussi. Il va commencer l'école l'année prochaine. T'es aussi ben de t'en débarrasser tout de suite.

Jeanne réfléchit à la suggestion de sa voisine et finit par y trouver beaucoup de sagesse. Quand Maurice rentra du travail ce soir-là, elle lui apprit ce que le docteur Bernier conseillait.

— Bon. V'là encore une autre dépense, calvaire ! jura Maurice. Combien ça va nous coûter encore, cette affaire-là ?

— Ça devrait pas être bien cher, le rassura Jeanne. Le docteur fait ça à son bureau et on ramène les enfants à la maison tout de suite après l'opération.

— Comment ça, les enfants ? C'est pas juste pour Lise ?

— J'ai pensé qu'on était aussi bien de les faire enlever à Paul, un coup partis. De toute façon, il va falloir le faire opérer, lui aussi, l'année prochaine.

— Christ de famille ! s'écria Maurice. Ça a jamais de fin !

Malgré tout, le rendez-vous fut pris pour le samedi avant-midi suivant. Ce matin-là, un peu avant neuf heures, Maurice quitta la maison en compagnie de ses deux aînés après avoir pris la peine de déposer sur la banquette arrière deux couvertures et des oreillers. Il était si occupé à les rassurer qu'il en oublia le coût des interventions chirurgicales mineures qu'ils allaient subir.

— Vous êtes chanceux, ne cessait-il de leur répéter. En revenant à la maison, vous allez pouvoir manger toute la crème en glace que vous allez vouloir. J'aimerais ça, moi, être à votre place.

Plus habitués aux taloches qu'à des paroles d'encouragement de la part de leur père impatient, les deux enfants se méfiaient de le voir ce matin-là si doux et si compréhensif.

L'infirmière du docteur Bernier fit d'abord entrer le petit Paul dans le cabinet et elle le fit étendre sur un lit. Lorsque le gamin reprit conscience, il était enroulé dans une couverture et transporté par son père dans l'escalier qui conduisait à l'appartement de la rue Joachim. Quand il voulut parler, il en fut incapable tant sa gorge lui faisait mal.

— Essaie pas de parler, lui dit son père en repoussant du pied la porte d'entrée. Ta mère t'a préparé ton lit. Tu vas être tranquille. Tout à l'heure, elle va te donner de la crème en glace.

Le petit garçon s'endormit à nouveau et ne rouvrit les yeux que quelques heures plus tard. Sa mère s'empressa de venir lui servir de la crème glacée, que les médecins recommandaient alors pour diminuer l'enflure de la gorge. Elle lui apprit que sa sœur Lise était, elle aussi, installée dans sa chambre à coucher et que son père était très fier de lui parce qu'il s'était conduit comme un grand garçon.

Quelques jours plus tard, les deux enfants reprenaient leurs activités habituelles. Ils avaient déjà oublié cette intervention chirurgicale.

—

Le lendemain de la fête du Travail, Jeanne se leva tôt pour préparer Lise à sa première journée d'école. Le petit uniforme bleu et le chemisier blanc qu'elle lui avait confectionnés durant l'été avaient été soigneusement repassés la veille et déposés sur le dossier d'une chaise.

À six ans, Lise était une jolie fillette un peu lunatique. Elle possédait de magnifiques cheveux châtains que sa mère avait coiffés en boudins la veille.

Depuis plusieurs semaines, Jeanne avait pris la peine de préparer mentalement sa fille à son entrée à l'école en lui vantant tout le plaisir qu'elle allait éprouver à apprendre à lire et à écrire.

Cependant, ce matin-là, elle était plus émue que son aînée en allant la conduire au couvent des sœurs de la congrégation Notre-Dame situé au coin des rues Dufresne et Sainte-Catherine. L'imposant édifice en pierre grise, voisin de l'église Saint-Vincent-de-Paul, était ceint par un treillis de trois pieds de hauteur. La vue des religieuses aux hautes coiffes empesées qui arpentaient deux par deux la cour de l'institution lui rappela des souvenirs de jeunesse. Dieu que cette époque était déjà loin derrière elle !

Avant de quitter sa fille, Jeanne lui rappela qu'elle devait attendre Thérèse Piquette, la petite voisine, pour revenir à la maison à l'heure du dîner.

Les jours suivants, Lise s'empressa de raconter à sa mère tout ce qui se passait durant la journée au couvent. Elle exhibait fièrement les manuels qu'on lui avait remis. Pour sa part, Paul ne perdait pas un mot des récits de sa sœur. L'école finit alors par lui sembler un endroit si passionnant qu'il n'eut plus alors qu'un désir : y aller à son tour. S'amuser avec ses jouets ne l'intéressait plus. Il voulait surtout apprendre à lire pour savoir ce que racontaient les livres colorés que sa sœur rangeait chaque soir dans son sac d'école. Souvent, il s'installait près d'elle pour la regarder faire ses devoirs sous la surveillance de sa mère.

—

En cet automne 1949, le petit monde de la rue Joachim s'apprêtait à hiverner, une autre année encore. Dans l'ensemble, il était peu troublé par les grands événements qui avaient secoué la planète depuis le début du mois de janvier précédent. La République populaire de Chine venait d'être proclamée et l'Union soviétique était parvenue à faire exploser sa première bombe atomique, mais tout cela s'était passé trop loin pour qu'on se sente concerné. Plus près, la victoire des libéraux de Louis Saint-Laurent à Ottawa n'avait pas retenu plus longtemps l'attention que l'entrée de Terre-Neuve dans la Confédération.

En fait, jusqu'au mois de mai, on avait surtout entendu parler de la grève de l'amiante à Asbestos. Presque quotidiennement, Wilbrod Leclerc avait rebattu les oreilles de Maurice avec la partie de bras de fer que se livraient depuis monseigneur Charbonneau et le premier ministre, Maurice Duplessis. Il était évident que pendant toute la durée de ce conflit de travail, la population avait penché beaucoup plus pour les grévistes que pour la Johns-Manville, une multinationale qui jouissait de l'appui du premier ministre de la province. Pour se convaincre à quel point cette politique était impopulaire dans le quartier, il suffisait de voir la réaction des gens. Même si la plupart des habitants du quartier vivaient dans la pauvreté, beaucoup n'avaient pas hésité à se priver du nécessaire pour donner aux collectes de vêtements et de nourriture, parrainées par l'archevêché, en soutien aux familles des grévistes.

— Il était temps ! s'était contenté de dire Maurice quand les grévistes avaient enfin pu rentrer au travail le 1er juillet, soit presque cinq mois après le déclenchement de leur grève.

En prononçant ces paroles, il regrettait de ne plus pouvoir discuter chaque jour avec son ami Wilbrod déménagé la semaine précédente à Saint-Lazare.

Chapitre 19

Les grands événements

Les semaines puis les mois filèrent rapidement. Le temps faisait son œuvre. Chez les Dionne, l'uniformité du quotidien n'était brisée que par de rares joies ou contrariétés. Si leur situation économique ne s'améliorait pas, elle ne s'aggravait pas non plus. Maurice travaillait toujours chez Henderson-Barwick et Jeanne continuait à boucler son budget grâce à quelques travaux de couture pour des voisines. Les soins à apporter à ses quatre enfants occupaient presque entièrement ses journées.

Au début de 1950, le caractère de Maurice s'aigrit davantage. Le père de vingt-neuf ans devint de plus en plus impatient, colérique et imprévisible. Maintenant, Jeanne devait intervenir régulièrement pour l'empêcher de frapper ses enfants pour la moindre peccadille. À la plus petite contrariété, il explosait et s'en prenait au premier enfant qui lui tombait sous la main.

Jeanne avait l'impression que son mari avait particulièrement pris en grippe son fils aîné, comme s'il voulait lui faire payer d'être protégé par elle. Le plus pénible était probablement l'aspect imprévisible et gratuit de ses colères. Les enfants ne savaient jamais dans quel état d'esprit il allait rentrer du travail. Par conséquent, ils avaient tendance à se tenir loin de leur père et à éviter de se faire remarquer par lui lorsqu'il était présent à la maison.

À la fin du mois d'avril, Jeanne se donna beaucoup de mal pour confectionner une robe de première communiante à sa fille aînée. Le résultat de longues heures de travail de couture fut une remarquable robe blanche abondamment parée de tulle et de broderies. La couturière fabriqua même une petite bourse et une cape en peau de lapin pour compléter l'ensemble. Elle avait mis tant d'efforts pour arriver à ce résultat qu'elle supporta sans broncher la crise de son mari quand elle exigea qu'il paie à sa fille des souliers blancs et des bas de la même couleur pour le grand jour.

Finalement, Maurice finit par consentir à payer les frais d'une petite fête familiale pour célébrer la première communion de Lise et il l'amena même, le samedi précédent, se faire photographier, vêtue de sa robe de première communiante, chez Photo-Modèle, rue Sainte-Catherine, près de la rue Papineau. Le photographe fut si enchanté de la photo qu'il demanda la permission aux parents d'en tirer un exemplaire agrandi qu'il plaça durant de longs mois au centre de sa vitrine. Cette photo demeura longtemps un objet de fierté pour Maurice et pour Jeanne.

La veille du jour de la première communion, les Dionne décorèrent de papier crépon blanc le salon où ils dressèrent une grande table. Ils empruntèrent des chaises à quelques voisins pour la circonstance. Jeanne passa la journée à cuisiner des pâtés au poulet et des tartes aux dattes pour les invités. Elle fit aussi des beignets et du sucre à la crème.

Le dimanche matin, Adrien et Suzanne avec leur famille ainsi que la tante Gina et sa fille, Berthe, assistèrent à la première communion de Lise avant de s'attabler chez Maurice et Jeanne. Les grands-parents Sauvé n'avaient pu venir, pas plus qu'aucun parent de Jeanne. Même Luc n'avait pu se libérer. Malgré cela, la fête fut une belle réussite. On joua aux cartes, on mangea et on rit beaucoup dans le petit appartement surpeuplé. À la fin de l'après-midi, après le départ du dernier invité, Maurice laissa éclater sa mauvaise humeur.

— Sais-tu la meilleure ? demanda-t-il à sa femme en l'aidant à ranger le salon.

— Non. Quoi ?

— Mon frère vient d'être nommé lieutenant. Il est devenu un « cheuf », ajouta Maurice en se moquant.

— Oui, Simone me l'a dit cet après-midi.

— Tu devrais l'entendre parler ; il ne porte pas à terre. Il a tellement la tête enflée que son casque de pompier doit plus lui faire.

— Voyons, Maurice, Adrien est juste content d'avoir eu cette promotion-là, tenta de le raisonner sa femme. Il paraît que les examens étaient pas mal difficiles, d'après Simone.

— Fais-moi pas rire, toi ! s'exclama Maurice, jaloux. Tu me feras jamais croire qu'il faut avoir la tête à Papineau pour éteindre un feu.

Il y eut un bref silence entre les époux avant que Maurice reprenne la parole.

— En tout cas, ça va prendre un maudit bout de temps avant que je le réinvite, lui. Je suis pas un niaiseux. J'invite pas le monde pour me faire écœurer.

— Mais Adrien t'a rien fait, Maurice, protesta Jeanne. Tu devrais être fier de lui. C'est un homme qui a du plomb dans la tête.

À peine venait-elle de prononcer ces dernières paroles que Jeanne comprit qu'elle venait de commettre une erreur.

— Ben oui ! Lui, il est fin et moi, je suis un maudit fou ! s'emporta Maurice, trop heureux de saisir l'occasion de laisser libre cours à sa mauvaise humeur. Je suppose que tu veux dire que si j'avais pas dépensé tout l'argent de ma mère en achetant un char et un frigidaire, je pourrais, moi aussi, être le propriétaire de ma maison, par exemple. C'est ça que tu veux dire, sacrement?

— Non, j'ai pas dit ça, fit Jeanne pour l'apaiser.

— Calvaire! S'il avait quatre enfants à faire vivre, mon frère, l'intelligent, il aurait pas une maudite cenne de plus que moi!

— Personne te fait des reproches, Maurice! s'impatienta Jeanne.

Pendant que Jeanne se demandait comment ils en étaient venus à parler de l'aisance financière toute relative de son beau-frère Adrien, Maurice s'enferma dans un silence rageur. Cependant, à la lumière de ses dernières paroles, il était bien évident que le jeune père de famille se reprochait encore d'avoir dépensé peut-être un peu à la légère le maigre héritage laissé par sa mère.

———

Un mois plus tard, le dernier vendredi soir de mai, il faisait une température superbe et on entendait les enfants s'amuser sur les trottoirs et dans la ruelle voisine. Maurice arriva à la maison en arborant une mine de conspirateur. Il chuchota quelque chose à l'oreille de sa femme qui lui répondit par un large sourire.

Après le souper, il se contenta de dire à Jeanne, avant de descendre :

— Donne-moi cinq minutes!

Quelques instants plus tard, la mère dit à Lise et à Paul d'aider Francine à descendre l'escalier. Elle les suivait en portant Claude dans ses bras. Toute la famille descendit l'escalier. Les enfants sortirent à l'extérieur et découvrirent leur père debout près de la porte d'entrée, près d'un tricycle rouge vin et d'une voiturette en bois. Les deux jouets étaient neufs.

— Le tricycle est pour Lise et la voiture, c'est à Paul. Essayez-les, ordonna-t-il à ses deux aînés. Mais je vous avertis, vous allez jamais dans la rue ou dans la ruelle avec ça. Si je vous prends une seule fois, je vous garantis qu'ils vont rester dans le hangar un bon bout de temps.

Lise monta sur le haut tricycle et pédala lentement en direction de la rue Dufresne en demeurant sur le trottoir. Elle était suivie de près par son frère qui avait mis son genou droit dans la voiturette et la propulsait avec le pied gauche, comme il avait vu certains jeunes de son âge le faire.

Lorsque les deux enfants revinrent vers leurs parents qui s'étaient assis sur le pas de la porte pour attendre leur retour, Francine se planta devant son père pour demander :

— Et moi ?

La petite fille de quatre ans n'acceptait pas d'avoir été oubliée dans la distribution.

— Toi, tu vas avoir le choix, intervint sa mère. Paul va pouvoir t'amener faire des tours dans la voiture et tu pourras même monter sur le marchepied en arrière du tricycle quand Lise va vouloir t'amener.

Lise, la première, offrit à sa jeune sœur une balade. Solidement agrippée au siège du tricycle, la fillette monta sur le marchepied derrière la conductrice.

— C'est pas le fun avec elle en arrière, se plaignit l'aînée en venant s'arrêter devant ses parents quelques instants plus tard. Elle est ben trop pesante.

— Si tu la trouves trop pesante, répliqua son père, le tricycle va rester en haut jusqu'à ce qu'elle soit assez grande pour pédaler toute seule.

Lise prit un air boudeur et se tut. Paul invita ensuite Francine à prendre place dans sa voiturette neuve et il la tira jusqu'à la rue Dufresne avant de la ramener, ravie.

Les enfants s'amusèrent ainsi près d'une heure avant que leur père leur donne l'ordre de rentrer dans la maison.

— Bon, ça va faire pour ce soir, décida-t-il. Il est l'heure d'aller vous coucher. Paul, reste en bas pendant que je monte le tricycle de ta sœur. Lise monte avec Francine.

Sur ce, Maurice empoigna le tricycle et monta à l'étage, derrière ses deux filles. Il fut suivi par Jeanne portant le bébé. Il revint presque immédiatement pour prendre la voiturette. Après avoir rangé les deux jouets dans le hangar, il pénétra dans la cuisine où Jeanne avait commencé à laver les enfants.

— Allez pas croire qu'on va faire ça tous les soirs, les prévint-il. En plus, je veux pas entendre dire que vous achalez votre mère pour qu'elle descende le tricycle ou la voiture, c'est clair? Il en est pas question pendant la journée quand je suis pas là.

— De toute façon, je pourrais pas dans mon état, laissa tomber Jeanne à mi-voix.

— Qu'est-ce que tu viens de dire? demanda Maurice avec le vague espoir d'avoir mal entendu.

— T'as bien compris.

— Pas encore! s'écria-t-il, comme s'il pouvait repousser l'inévitable.

— Ben oui.

— T'es certaine que tu te trompes pas? fit son mari, déjà à demi résigné.

— Au cinquième? Ce serait surprenant.

— Ah ben Viarge! Il manquait plus que ça. C'est pas demain matin qu'on va se sortir du trou! s'exclama-t-il avant d'aller se réfugier sur le balcon avec une bouteille de cola.

Jeanne se contenta de le regarder sortir de la pièce, tout de même heureuse que la nouvelle n'ait pas engendré une scène plus pénible.

— Après tout, s'il voulait pas d'enfant, il n'avait qu'à se retenir, dit-elle à mi-voix en prenant Francine dans ses bras.

———

Le vendredi soir suivant, un peu après le souper, Maurice, occupé à astiquer son Chevrolet stationné devant la glacière, vit s'arrêter la vieille Ford noire de Bernard Sauvé devant chez lui. Il abandonna immédiatement son travail pour aller au-devant de son beau-frère. À sa grande surprise, il vit d'abord descendre l'oncle Onil du côté passager.

Onil Beauchamp était le mari de l'une des tantes de Jeanne. Le couple sans enfant exploitait une ferme du côté de Saint-Sylvère. Le sémillant quinquagénaire mesurait à peine cinq pieds et un pouce, et il mettait toute sa coquetterie à étaler avec soin les rares cheveux poivre et sel qui lui restaient. Par une ironie du sort, il y avait toujours une mèche qui venait se balader devant son œil gauche, mèche qu'il s'entêtait à remettre en place avec une infinie patience. Il traînait avec lui une façon d'agir et de parler qui trahissait de loin le fermier mal dégrossi.

— Voulez-vous ben me dire ce que vous venez faire en ville tous les deux? s'écria Maurice, tout de même heureux de voir son beau-frère que son travail à la Celanese de Drummondville retenait le plus souvent près des siens.

Les trois hommes se serrèrent la main avant que Maurice leur indique le chemin à suivre pour monter chez lui.

— Ça fait combien de temps que t'es venu en ville, Bernard ?

— Je suis venu un peu avant les fêtes.

— Et vous, mon oncle ?

— Je dirais une bonne vingtaine d'années, dit le petit homme en pénétrant dans le salon des Dionne. Je te dis que ça a l'air d'avoir pas mal changé depuis ce temps-là.

Jeanne et les enfants vinrent saluer les visiteurs. L'hôtesse offrit des rafraîchissements aussitôt que Bernard et l'oncle Onil se furent assis.

— Qu'est-ce que vous venez faire en ville, mon oncle ? demanda Jeanne en servant des verres de cola.

— Ta tante Françoise et moi, on était en visite chez tes parents quand Bernard s'est arrêté pour dire qu'il s'en venait faire des commissions à Montréal. Il m'a offert de monter avec lui. Je pouvais pas refuser ça. On est supposés s'en retourner à soir, pas vrai, Bernard ?

— Oui, mon oncle. Mais avant, on va en profiter un peu. Je viens juste de finir mes commissions.

— Qu'est-ce que vous allez faire ? demanda Maurice, curieux.

— Ben, je pensais que tu pourrais peut-être venir avec nous autres et nous montrer ce qu'il y a à voir. Tu connais mieux la ville que moi. J'aimerais faire visiter un peu à mon oncle avant de retourner à la maison.

Maurice n'eut même pas un instant d'hésitation.

— Tu tombes ben ; j'ai rien à faire de la soirée.

Les trois hommes quittèrent la maison un peu après sept heures. Une heure plus tard, Jeanne mit les enfants au lit et attendit avec une impatience grandissante le retour des hommes. À onze heures, elle commença à s'inquiéter sérieusement. Ce n'était vraiment pas dans les habitudes de Maurice de rentrer si tard. De guerre lasse, elle finit par se mettre au lit, mais le sommeil ne venait pas. Le moindre bruit en provenance de l'extérieur la faisait sursauter. Elle entendait la voix des voisins qui veillaient sur le pas de leur porte ou sur leur balcon en cette chaude soirée de juin.

— Où ils sont passés, tous les trois? ne cessait-elle de répéter à mi-voix, de plus en plus inquiète. Il manquerait plus qu'ils aient eu un accident.

Un peu après minuit, elle entendit une auto s'arrêter devant la porte dans un grincement de freins. Elle se leva immédiatement pour se pencher à la fenêtre. C'était la Ford de Bernard. Lorsqu'elle se rendit compte que seul Maurice descendait du véhicule, elle eut envie de leur crier de monter boire une tasse de café, mais la crainte de déranger les voisins la retint. Elle vit Maurice se pencher à la portière du conducteur pour dire quelques mots aux occupants de la Ford, puis cette dernière fit demi-tour dans la ruelle avant de se diriger vers la rue Dufresne.

Jeanne entendit les pas de Maurice dans l'escalier et elle vint au-devant de lui.

— Seigneur! Veux-tu ben me dire d'où vous sortez tous les trois? Il est passé minuit.

— Laisse-moi d'abord entrer et enlever mes souliers, dit Maurice d'un air harassé. Tu parles d'une maudite soirée!

— Qu'est-ce que vous avez fait?

— Ben, on a commencé par aller boire une ou deux bières dans une taverne. Puis comme ton frère et ton oncle avaient pas encore soupé, on s'est arrêtés pour manger dans un restaurant. On a payé le repas de ton oncle, comme on avait payé ses bières avant.

— Il est chanceux, mon oncle Onil, dit Jeanne, sarcastique.

— Ah! C'était pas pour lui faire plaisir. On avait décidé de l'amener au parc Belmont et de le faire monter dans les manèges où ça brasse le plus.

— Pourquoi?

— Ton frère trouvait que ce serait drôle de le rendre malade. Comme ça, il disait que ton oncle se souviendrait longtemps de son voyage à Montréal.

— Tu veux dire que vous avez voulu rire de lui parce que c'est juste un pauvre habitant?

— Ben, un peu. Mais c'est pas comme ça que ça s'est passé, précisa Maurice en retirant ses chaussures.

— Qu'est-ce qui est arrivé?

— On pouvait pas l'envoyer tout seul dans les manèges. Ça fait qu'on a été obligés d'y aller chacun notre tour avec lui.

— Puis?

— Puis c'est pas lui, le vieux maudit, qui a été malade, si tu veux le savoir. C'est nous autres. Lui, il était en pleine forme et demandait pas mieux que d'essayer tous les manèges. Il a presque fallu le sortir de force du parc Belmont.

— Ah ben! Elle est bonne celle-là! s'exclama Jeanne, secrètement ravie de la mésaventure survenue à son mari et à son frère. Ça vous apprendra à rire des habitants.

— Sais-tu ce qu'il a eu le front de nous dire, le vieux sacrement, avant de partir? demanda Maurice, comme s'il n'avait pas entendu ce que sa femme venait de lui dire.

— Non.

— Il nous a dit : «Vous êtes ben fins, les petits gars, d'avoir tout payé à ma place. J'espère que ça vous a pas coûté trop cher pour essayer de rire de moi.»

— Elle est bonne, celle-là, répéta Jeanne en éclatant de rire. Mon oncle Onil est pas aussi niaiseux que vous le pensiez, hein ?

Bernard Sauvé et Maurice Dionne ne se vantèrent jamais de s'être fait posséder par Onil Beauchamp. Ils se gardèrent bien de faire la moindre allusion à cette soirée peu glorieuse. De son côté, l'oncle eut la bonté d'oublier que les deux jeunes avaient tenté de le ridiculiser et il n'en souffla pas un traître mot à personne.

—

Le premier lundi du mois de juin, une firme entreprit de démolir le four à chaux situé sur la rue Poupart, entre les rues Sainte-Catherine et Notre-Dame. La cour arrière du four possédait une entrée sur la rue Dufresne, à quelque distance de la rue Joachim. Les gens du quartier avaient du mal à imaginer que la destruction de cet immeuble vieux de plus d'un siècle signifiait la disparition de la fine poudre blanche qui recouvrait tout au moindre souffle de vent. En apprenant la nouvelle, les ménagères se réjouirent en songeant que leurs fenêtres allaient dorénavant demeurer propres plus longtemps. Pour leur part, les propriétaires d'automobiles étaient persuadés qu'ils devraient laver beaucoup moins fréquemment leur véhicule après la démolition de ce four.

Si les gens furent contents de voir raser le vieux four, ils furent surtout stupéfaits d'apprendre qu'un homme d'affaires avait décidé d'ériger sur le terrain anciennement occupé par le four et ses vieilles dépendances délabrées, un grand bâtiment moderne en brique beige qu'on allait désigner, sans fausse humilité, sous le nom de Palais des sports. Par le bouche à oreille, on apprit qu'on y présenterait de grands spectacles de lutte, dès l'hiver suivant, comme au Forum.

— Le Palais des sports va être un grand aréna moderne, révéla le maladif Réal Mérineau, le voisin d'en haut, à Maurice. Il paraît que ça va être ben beau.

— Je sais pas si ça va être beau, rétorqua ce dernier, mais ça va être certainement la construction la plus grosse et la plus neuve de la paroisse.

———

Le mois de juillet arriva enfin et Jeanne se mit fébrilement à sa vieille machine à coudre Singer pour se créer une robe digne du mariage de son frère. La jeune femme enceinte était heureuse que son état ne paraisse pas encore. À vingt-sept ans, après quatre grossesses, elle n'était peut-être plus aussi mince que lorsqu'elle était jeune fille, mais elle n'avait pas de graisse superflue. Ses cheveux bruns étaient toujours aussi beaux, mais déjà quelques petites rides presque imperceptibles apparaissaient sur son visage.

Durant les mois précédents, les Dionne avaient, somme toute, peu vu le jeune couple de fiancés. Leurs visites s'étaient espacées au point qu'ils n'étaient plus venus à la maison qu'un dimanche après-midi par mois. Cependant, Maurice et Jeanne en avaient appris assez pour savoir que le mariage serait une grande fête et que Rosaire Marier, le père de la future madame Luc Sauvé, n'avait rien épargné. Selon Lucie, la cérémonie allait être mémorable.

— Je trouve ça un peu fou de mettre tant d'argent dans ce mariage-là quand on sait que Luc et Lucie vont rester en chambre chez les Allard en revenant de leur voyage de noces, dit Jeanne à son mari.

— T'oublies que c'est pas ton frère qui paie, c'est le bonhomme Marier. C'est lui et sa femme qui veulent jeter de la poudre aux yeux et épater tout le monde. Ça donne pas plus d'argent à ton frère, cette affaire-là. Lui, il reste avec son petit salaire de la Dominion Textile.

— Deux filles d'honneur, deux garçons d'honneur, deux bouquetières… Il faut pas avoir peur des dépenses.

— Pfft, fit Maurice comme s'il se dégonflait. Tout ça, c'est du vent.

La veille de la noce, l'affaire faillit pourtant tourner au vinaigre lorsque Luc arrêta un instant chez sa sœur pour lui livrer ce qui semblait bien être un message de son futur beau-père, Rosaire Marier. Le jeune homme eut de la chance de ne pas avoir affaire à Maurice ce matin-là.

— Qu'est-ce qui t'amène ? lui demanda sa sœur en le faisant pénétrer chez elle.

— Ah ! J'arrête juste une minute pour vous rappeler que le mariage est à onze heures demain.

— Aie pas peur, on n'oubliera pas, le rassura Jeanne.

— Ah oui, je voulais vous dire que le père de Lucie aimerait ça qu'il y ait juste des chars neufs qui suivent le convertible des mariés quand on va faire un cortège. Il dit que c'est pour le coup d'œil.

— Es-tu sérieux ? ne put s'empêcher de demander Jeanne, estomaquée.

— Tu comprends, il aimerait mieux que les vieux chars soient à la fin, ajouta Luc avec un sourire, trop naïf pour s'apercevoir à quel point il était offensant.

— Sais-tu, mon frère, que je trouve ton beau-père pas mal effronté de t'envoyer nous dire ça ! ne put s'empêcher d'exploser Jeanne. Je vais faire la commission à Maurice, mais je suis pas sûre qu'il va aimer ça.

— Écoute, c'est pas moi… voulut se défendre le futur marié, se rendant compte brusquement qu'il venait d'insulter sa sœur et son beau-frère. C'est une idée du beau-père.

— Laisse tomber. Je vais faire la commission à Maurice.

Luc quitta les lieux quelques instants plus tard. Le message des Marier avait été transmis.

Lorsque Maurice rentra de chez Henderson-Barwick ce vendredi soir-là, il était fatigué de sa semaine de travail. Jeanne attendit le souper pour le mettre au courant de l'objet de la visite de son frère.

— Quoi? Qu'est-ce que tu viens de dire là? s'écria Maurice en s'étouffant avec la nourriture qu'il avait dans la bouche.

— Tu connais Luc. Il est un peu innocent, plaida Jeanne.

— Ah ben, sacrement! Il manquait plus que ça! s'emporta Maurice. La bande de maudits frais! Il faut pas être baveux à peu près pour m'envoyer dire que mon char est trop vieux pour être dans le défilé.

— ...

— Si c'est comme ça, on va pas à ces noces-là, affirma Maurice sur un ton catégorique. Demain, on reste ici. Je regrette juste une chose, c'est qu'on lui a déjà donné notre cadeau de noces, calvaire!

— Mais Maurice, j'ai travaillé quinze jours comme une folle pour me faire une belle robe.

— Tu la mettras une autre fois, fit Maurice en repoussant son assiette avant de s'allumer une cigarette.

— De quoi on va avoir l'air de pas aller aux noces? Tous les voisins savent que c'est mon frère qui se marie demain.

— Je m'en sacre. J'y vais pas. C'est clair?

— Ça va faire de la peine à mon père et à ma mère qu'on y soit pas, plaida Jeanne, catastrophée par la tournure des événements.

— C'est pas mon maudit problème!

— Voyons, Maurice, on peut pas faire ça, dit-elle sur un ton suppliant.

— On y va pas ! Point final, Christ ! Il y a personne qui va venir me rire dans la face, déclara Maurice, avant de se lever de table et de se réfugier sur le balcon en affichant un air buté.

Jeanne se leva de table à son tour et se mit à desservir après avoir ordonné aux enfants d'aller jouer dans le salon. Elle était malheureuse de la décision prise par son mari. Elle en voulait surtout aux Marier d'avoir suscité cette crise par leur vanité. Après avoir lavé la vaisselle, elle persuada Maurice de descendre le tricycle et la voiturette pour permettre aux enfants de profiter de cette belle soirée estivale. Une fois en bas, son mari décida de demeurer à ses côtés pour surveiller les enfants, mais il arborait un visage fermé qui interdisait toute discussion.

À un certain moment, le jeune père de famille sembla s'intéresser particulièrement à la voiture taxi Vétéran de Gérard Masson dont venait de descendre le conducteur d'un pas chancelant.

Le vieux taxi jaune et noir stationné devant la maison des Géraldeau était couvert de poussière et de boue. De plus, la portière et le garde-boue du côté droit étaient sérieusement bosselés.

— On dirait que monsieur Masson a eu un autre accident, fit remarquer Jeanne pour tirer son mari de sa bouderie.

— Ouais, fit Maurice d'une voix rogue.

Le silence retomba pendant un moment entre les deux époux avant que Maurice reprenne d'une voix un peu plus enthousiaste :

— Attends donc, toi. Je pense que ça me donne une idée.

Il se leva du seuil sur lequel ils étaient assis, traversa la rue Joachim et monta à l'étage, chez les Masson. Jeanne, qui n'avait pas bougé, regarda son mari parlementer durant quelques instants avec Gérard Masson avant de le voir descendre l'escalier, la mine réjouie.

Lorsqu'il revint s'asseoir à ses côtés, il se contenta de lui dire :

— C'est correct. Demain, on va aux noces de ton frère.

— T'es ben fin, Maurice, fit Jeanne, heureuse.

— Les Marier veulent pas voir mon Chevrolet trop proche du convertible des mariés : parfait! On prendra pas notre char pour aller aux noces. On va se faire conduire par Masson.

— T'es pas sérieux? fit Jeanne.

— Je viens de le retenir pour demain avant-midi. Je lui ai même demandé de pas laver son char. On va faire une petite surprise au père Marier; tu vas voir.

Ce soir-là, Jeanne se coucha tout de même un peu inquiète. Elle craignait que le comportement agressif de son mari, le lendemain, ne provoque un esclandre durant les noces.

—•—

Le lendemain matin, un soleil radieux étincelait. Il était évident qu'on allait avoir droit à une belle journée chaude. Levé très tôt, Maurice alla laver son Chevrolet, comme il le faisait tous les samedis matin. Mais il ne se donna pas la peine d'orner le capot du papier crépon blanc traditionnel. Il allait retourner à l'appartement quand une Météor bleu nuit lancée à toute vitesse vint s'arrêter près de lui dans un crissement de pneus martyrisés. Les pneus du véhicule décapotable laissèrent une longue traînée noire sur l'asphalte. Immédiatement, quelques têtes curieuses apparurent aux fenêtres pour savoir qui pouvait être l'auteur de ce vacarme dans une rue si tranquille.

— Sa… Salut le beau-frère, lui cria un Gustave Sauvé, tout à fait content d'avoir fait sursauter Maurice.

— Mon maudit Gustave ! fit Maurice en s'approchant de la voiture neuve. Cherches-tu à me faire crever d'une maladie de cœur ? Où est-ce que t'as pris ce char neuf là ?

— Dans un ga… garage, cette affaire. Il est pas mal, non ? Je l'ai… l'ai juste depuis un… un mois.

— Il est convertible, à part ça, dit Maurice avec une trace d'envie.

— Cer… Certain. C'est ben… ben plus le fun com… comme ça. Veux-tu l'es… essayer ?

— Peut-être tout à l'heure. Monte. On va aller boire une tasse de café. Ta sœur doit être en train de se préparer pour les noces.

Les deux hommes montèrent à l'étage où Jeanne les attendait. Elle aussi s'était précipitée à la fenêtre en entendant le bruit de freinage fait par la voiture.

— J'espère que tu conduis pas toujours en fou comme ça, réprimanda-t-elle son jeune frère.

— Tu sau… sauras que je chau… chauffe pas en fou. Je chau… chauffe juste un peu vi… vite, expliqua le bègue, en faisant semblant d'être insulté par la remarque.

— T'as pas amené personne avec toi ?

— Ben non. P'pa et m'man ai… aimaient mieux s'en ve… venir avec Bernard. M'man a pas vou… voulu que Cé… Cécile et Ruth mon… montent avec moi. Elles s'en viennent a… avec Germaine et Jean.

— Comment ça se fait que tu sois déguisé en pingouin, toi ? lui demanda Maurice en montrant du doigt le veston noir et le pantalon rayé portés par son beau-frère.

— Tu... Tu sauras que je suis un... un des deux gar...
garçons d'honneur. Mon frè... frère a choi... choisi le
plus beau de la fa... famille pour cette job-là. Ça s'a...
s'adonne que c'est moi.

— J'espère que c'est pas pour ça que tu t'es acheté un
char neuf ? demanda Maurice, narquois.

— Es-tu fou, toi, sa... sacrifice ? J'ai acheté ma Mé...
Météor parce que les af... affaires vont ben et parce que
j'ai be... besoin d'un char pour voyager. Je peux al... ler
nulle part avec ma voi... voiture à pa... patates frites.

Jeanne servit du café à son mari et à son frère qui
s'assirent à la table de cuisine.

— M'man m'a écrit que t'es plus à la même place à
Drummondville, fit Jeanne.

— Ben non. À cette heure, je suis juste à l'en... entrée
du pont de Trois-Ri... Rivières. Je vous dis qu'il y a de...
de l'argent à faire là. J'ai mis ma voi... voiture juste sur le
bord de la rou... route. Il y a tellement de chars qui ar...
arrêtent que je four... fournis pas.

— Où est-ce que t'es branché si t'es en plein champ ?
demanda Maurice qui se rappelait les démêlés de son
beau-frère avec son propriétaire à propos de la facture
d'électricité impayée.

— J'ai a... acheté des bon... bonbonnes de gaz. Ça
chauf... chauffe aussi ben que l'é... l'électricité et ça
coû... coûte pas plus cher.

— Est-ce que ça te coûte plus cher qu'à Drummondville pour louer le terrain ?

— Pas... Pas une cenne, déclara Gustave Sauvé.

— Comment ça ? fit Maurice, intrigué.

— Il faut que je vous ra... raconte ça, bégaya Gustave
avec un large sourire. La première jour... journée, un char
de la police pro... provinciale s'est ar... arrêtée devant ma
voi... voiture et ils m'ont de... demandé mon permis.

— Et t'en avais pas, je suppose, dit Jeanne.

— Ben non. J'étais ins... installé en pleine cam... campagne. Je nui... nuisais pas à per... personne. Ils m'ont o... obligé à par... partir. Quand j'ai vu ça, je suis al... allé au bureau de Mau... Maurice Duplessis à Trois-Ri... Rivières.

— J'espère que t'es pas allé te vanter de ça à p'pa, fit Jeanne, en riant. Des plans pour qu'il te renie.

— Ben non. Je... Je suis pas fou.

— Puis? demanda Maurice, impatient de connaître la suite.

— Puis, j'ai vu Du... Duplessis au mo... moment où il sortait de son bu... bureau. Je lui ai expli... expliqué mon af... affaire. Il m'a de... demandé qui j'étais. Tu me croi... croiras si tu veux, mais quand je lui ai dit que je m'ap... appelais Sauvé et que je ve... venais de Saint-Joa... Joachim, il savait qu'on é... était des... des rouges dans la fa... famille.

— Ayoye! fit Jeanne, en riant de plus belle.

— Je... Je lui ai dit que moi, j'é... étais un bleu et que je... je tra... travaillerais pour lui aux... aux prochaines élections.

— Il t'a cru? demanda Maurice.

— Ben sûr! Et j'ai eu le per... permis gra... gratis pour res... rester à l'entrée du pont tant... tant que je le voudrais.

— T'as du front tout le tour de la tête, Gustave Sauvé! s'exclama Jeanne, un peu époustouflée par l'effronterie de son frère.

— Pendant que... que j'y pense, ajouta-t-il à l'endroit de son beau-frère, t'au... rais pas un peu de ru... ruban blanc pour décorer ma Mé... Météor; j'ai pas eu le... le temps d'al... aller en acheter.

— J'en ai en masse, fit Maurice en se levant. Je te passe même tout mon rouleau. Moi, je m'en servirai pas.

— Com... Comment ça? demanda Gustave, surpris.

— Je prends pas mon char pour les noces de ton frère.

— Il mar... marche pas?

— Non. Il marche, répondit Maurice, mais j'ai décidé d'y aller en taxi.

— Vo... Voyons donc, Mau... Maurice, fais pas cette dé... dépense-là pour rien. Vous al... allez embarquer avec moi. Je vais al... aller vous conduire à l'église. A... Après ça, je vais a... aller chercher mon père et Luc. C'est.... C'est moi qui dois les a... amener à l'église.

— Merci, Gustave, mais j'aime mieux le taxi.

— Pour... Pourquoi?

— Écoute-le, lui suggéra Jeanne, demeurée tout de même un peu inquiète de la décision que son mari avait prise la veille.

— Parce que hier, le bonhomme Marier m'a fait dire par ton frère Luc qu'il voulait juste des chars neufs ou presque neufs dans le cortège. Est-ce que c'est assez fort pour toi, ça? Le vieux maudit, il espère que ceux qui ont un vieux char se mettent à la queue parce que ça fait pas assez riche pour lui.

— Il... Il est effronté rare, le bon... bonhomme! s'exclama Gustave.

— Ça fait que je prendrai pas mon Chevrolet qui a quatorze ans, mais qui est ben propre, comme t'as pu le voir avant de monter, conclut Maurice Dionne. Non, je prends un taxi, et pas n'importe lequel. Viens voir.

Maurice entraîna son beau-frère à la fenêtre de sa chambre d'où il pouvait voir le vieux taxi Vétéran jaune et noir, très sale et bosselé, de Gérard Masson.

— J'ai même demandé au chauffeur de pas le laver, précisa Maurice, sur un ton triomphant.

— En tout cas, il va être vi… visible de loin, dit Gustave Sauvé, incapable de réprimer un rire communicatif.

Une heure plus tard, la jeune gardienne, Mireille Campbell, arriva chez les Dionne. Ils avaient retenu les services de l'adolescente pour garder les enfants jusqu'à la fin de l'après-midi. À son arrivée, Jeanne, vêtue de sa robe bleue neuve, venait d'aider Maurice à attacher son col en celluloïd.

— Il m'étouffe, dit Maurice en se penchant devant le miroir de la commode de la chambre à coucher autant pour vérifier le nœud de sa cravate rouge qu'il avait décidé de porter avec son costume gris que pour s'assurer que ses cheveux n'étaient pas déplacés.

Une odeur musquée envahit brusquement la pièce quand Maurice s'aspergea de lotion Old Spice.

— On ferait peut-être ben mieux d'aller à l'église à pied, fit remarquer Jeanne dans une dernière tentative de faire abandonner à son mari son idée de monter dans le taxi de Gérard Masson.

— Laisse faire, dit son mari. J'ai pas réservé ce taxi-là pour rien. En plus, on n'est pas pour arriver à l'église à pied, comme des quêteux.

À leur arrivée à l'église Saint-Vincent-de-Paul, Maurice chuchota quelques mots à l'oreille de Gérard Masson avant de le laisser repartir pendant que Jeanne s'avançait à la rencontre des membres de sa famille déjà massés sur le parvis de l'église.

— Luc est déjà en dedans avec ton père, lui dit Marie en l'embrassant. On n'attend plus que la mariée. Au fait, pourquoi êtes-vous venus en taxi ?

— Une idée de Maurice, répondit évasivement Jeanne en embrassant ses sœurs qui s'apprêtaient à pénétrer dans le temple.

La famille Marier, beaucoup moins nombreuse que les Sauvé, ne formait qu'un tout petit groupe au pied des marches. Les filles d'honneur, les garçons d'honneur et les bouquetières, debout sur le trottoir, attendaient avec impatience l'arrivée de la mariée.

— La Lucie a peut-être changé d'idée, fit remarquer Bernard Sauvé à Maurice.

— Pas de saint danger que ça arrive, rétorqua son beau-frère sur un ton plaisant. Tu peux être certain que son père va la traîner à l'église par une couette si jamais elle hésite à venir. Avec l'argent qu'elle lui coûte à matin, elle est mieux de pas reculer.

Soudainement, une énorme Cadillac noire décapotable vint s'immobiliser lentement devant l'église. Rosaire Marier, en habit de cérémonie, s'extirpa difficilement de la limousine pour tendre la main à sa fille vêtue d'une magnifique robe blanche prolongée par une longue traîne en tulle.

Le père et la fille, précédés par les bouquetières et suivis par les filles et les garçons d'honneur, firent une entrée majestueuse dans l'église. Les parents et les curieux qui avaient déjà pris place à l'intérieur eurent tout le loisir d'admirer le petit cortège qui se dirigea avec une lenteur étudiée vers la sainte table devant laquelle Luc, debout, attendait sa promise.

L'abbé Laverdière célébra la messe et bénit l'échange de vœux.

À la fin de la cérémonie, le couple de nouveaux mariés descendit l'allée centrale aux sons de la marche nuptiale de Mendelssohn. Les invités s'entassèrent ensuite sur les marches du parvis pour la traditionnelle photo de groupe.

— Aïe! t'as vu ça? demanda Bernard à Maurice en lui montrant un policier ganté de blanc prêt à interrompre la circulation sur Sainte-Catherine pour permettre aux voitures de former un convoi qui allait défiler dans les rues du quartier en klaxonnant.

— D'après toi, est-ce que c'est Marier qui l'a engagé.

— Certain.

— Il y a pas à dire ; il faut avoir de l'argent à gaspiller.

— Ouais, fit Maurice, mais as-tu vu la bagnole qui s'est installée juste en arrière de la grosse Cadillac noire ?

— Le taxi sale ?

— Oui. Tu me croiras si tu le veux, mais c'est le mien. Et je peux te garantir qu'il lâchera pas le char des mariés...

— Pourquoi un taxi ? T'as un problème avec ton Chevrolet ?

— Non. Luc t'a pas dit que son beau-père aimerait mieux que les vieux chars, comme le tien et le mien, se tiennent à la queue du cortège ?

— Non. J'ai pas vu mon frère avant la messe. Mais il t'a pas dit ça pour vrai, l'innocent ? demanda Bernard, n'en croyant pas ses oreilles.

— Ben oui.

— Attends donc, toi. Tu vas voir que si j'ai une chance de me glisser parmi les premiers chars, je me gênerai pas, promit Bernard en se dirigeant déjà vers sa vieille Ford.

Sur ce, Maurice fit signe à Jeanne de s'approcher et il l'entraîna avec lui vers le taxi dont Masson venait d'ouvrir cérémonieusement l'une des portières arrière.

L'air moqueur, Maurice attendit l'arrivée des nouveaux mariés près de la Cadillac. Luc, l'air stupéfait, regarda le vieux taxi un long moment, incapable de faire un pas de plus. Il fallut que Lucie le pousse du coude pour qu'il se décide à l'aider à prendre place sur la banquette arrière de la Cadillac.

Du coin de l'œil, Maurice vit le père de la mariée se précipiter vers le policier dont il avait retenu les services, probablement pour lui enjoindre d'empêcher le taxi de se glisser derrière la limousine.

— J'espère que la police vous fait pas peur, dit Maurice à Masson en refermant la portière après avoir pris place dans la voiture taxi.

— Pantoute! déclara le chauffeur qui semblait avoir mis à profit le temps qu'avait duré la cérémonie pour écluser quelques verres. Vous voulez être derrière la Cadillac, vous allez y être, ajouta-t-il sur un ton décidé.

Lorsque le gros policier arrêta la circulation en direction de l'est pour permettre à la Cadillac d'avancer, le taxi noir et jaune suivit à moins de trois pieds de distance. Masson ignora superbement les coups de sifflet rageurs du policier et sa main levée. Une fois le cortège en branle, il n'y avait plus rien à faire; rien ne pouvait déloger le taxi de la place qu'il occupait.

— T'es pas raisonnable, Maurice, répétait Jeanne, partagée entre le fou rire et la colère. Le père de Lucie va en faire une maladie.

— Tant mieux! Qu'il crève, le vieux Christ!

— Voulez-vous que je klaxonne, moi aussi? demanda Gérard Masson qui trouvait la situation des plus plaisantes.

— Faites donc ça, lui permit Maurice. Il faut ben que le monde remarque qu'on est là, nous autres aussi.

Quand les Dionne se présentèrent à l'entrée de la salle de banquet, au restaurant du joueur de hockey Émile Bouchard, rue De Montigny, ils durent imiter les autres invités et aller offrir leurs félicitations aux parents des mariés et aux jeunes époux. En les apercevant, les visages de Rosaire Marier et de sa femme se fermèrent et c'est du bout des lèvres qu'ils les remercièrent d'être venus.

— S'il avait pu me tuer en me regardant, le bonhomme Marier l'aurait fait, dit un Maurice Dionne triomphant à ses beaux-frères. À ben y penser, je crois que je vais attendre un petit bout de temps avant d'aller faire réparer mon char à son garage.

Quoi qu'il en soit, cette petite vengeance d'amour-propre rendit Maurice heureux toute la journée.

Peu après le dîner, Gustave tira son beau-frère à l'écart.

— Sa… sacrifice! Maurice, je pen… pensais pas que Rose, la sœur de Lu… Lucie, était une au… aussi belle fille.

— Ah non! Tu vas pas me dire que tu vas demander au père Marier de préparer tout de suite une autre noce, plaisanta Maurice qui avait bu quelques bouteilles de bière.

— Ben non. Mais on com… commence à trouver ça pla… plate. Ça fait que j'ai de… demandé à sa mère si je pou… pouvais amener sa fille fai… faire un tour dans mon con… convertible.

— Et elle veut pas?

— Non. Elle veut ben, mais… mais il faut qu'on ait un cha… chaperon.

— Écoute, Gustave, je peux pas laisser Jeanne toute seule pour aller tenir la chandelle entre vous deux, plaisanta son beau-frère.

— Non, mais peut-être que je pou… pourrais amener Lise ou Paul, si… si ça te dé… dérange pas.

— Demande ça à leur mère, fit Maurice en montrant Jeanne en grande conversation avec sa sœur Germaine. Mais je t'avertis, mes enfants me racontent tout. Si tu fais quelque chose de pas correct avec la petite Marier, organise-toi pour que ton chaperon te voie pas.

Gustave obtint la permission de Jeanne après avoir promis à sa sœur de conduire lentement. Lorsqu'il se présenta à la maison, Lise faisait une sieste. Il amena donc avec lui son neveu Paul. L'enfant, tout heureux de faire une balade en voiture décapotable, s'assit sur le siège arrière et ne dérangea pas le couple pendant toute la durée de la promenade.

—

Cet été 1950 ne devait cependant pas prendre fin sans un drame.

La journée de la fête du Travail s'achevait sur une pluie fine, comme s'il était nécessaire de faire comprendre aux écoliers que leurs vacances prenaient fin et qu'ils devaient retourner en classe le lendemain matin. Ce soir-là, Jeanne avait préparé soigneusement l'uniforme bleu de Lise ainsi que les vêtements de Paul qui allait faire son entrée à l'école Champlain, rue Fullum. La jeune mère venait d'envoyer au lit les enfants quand la sonnette de la porte d'entrée la fit sursauter.

— Laisse faire, je vais ouvrir, lui dit Maurice qui s'apprêtait à allumer la radio.

Maurice fit entrer Luc et Lucie qui laissèrent leur parapluie mouillé près de la porte.

— Vous êtes déjà revenus de Saint-Joachim ? demanda Jeanne en sortant de la chambre des filles.

Le samedi précédent, le jeune couple l'avait prévenue qu'ils partaient passer trois jours chez les Sauvé.

— Ben oui.

— Tu m'avais pas dit que tu resterais là jusqu'à demain midi ? Entrez. Assoyez-vous.

— Ben, c'est ce qui était prévu, intervint Lucie en faisant des mines, mais il est arrivé quelque chose…

— Quoi ? fit Jeanne, soudain inquiète. À qui ?

Luc jeta un coup d'œil à sa jeune épouse avant de dire :

— C'est à Gustave qu'il est arrivé un accident. Avant-hier soir, il revenait à Drummondville après avoir passé sa journée à sa «voiture à patates frites» quand il a frappé un petit Proulx en bicycle sur la route. Il faisait noir. Il l'a pas vu pantoute.

— Où? demanda Maurice.

— À Saint-Zéphirin, dans un rang.

— Puis?

— Il l'a tué.

— Il l'a tué! s'exclamèrent Maurice et Jeanne en même temps.

— Pauvre petit gars, fit Jeanne. Sa famille doit avoir de la misère à accepter ça.

— Je pense que p'pa et m'man ont autant de peine que si c'était un de leurs enfants qui s'était fait écraser.

— Et Gustave? il doit être tout à l'envers!

— Pire que ça, fit Lucie. Il est à l'hôpital Sainte-Croix de Drummondville.

— Il a été blessé dans l'accident? demanda Jeanne.

— Non, mais il s'est senti mal après l'accident, reprit Luc. Ils ont dû l'amener en ambulance à l'hôpital. Le docteur lui a trouvé des grosses lésions au cœur.

— C'est pas l'accident qui a causé ça? fit Jeanne.

— Non, il paraît qu'il les avait déjà. D'après le spécialiste, ajouta Luc Sauvé, l'accident les a aggravées.

— Il est à l'hôpital pour combien de temps? demanda Maurice.

— On le sait pas, lui répondit son beau-frère. Bon, on va vous laisser. On tenait juste à venir vous donner les dernières nouvelles avant d'aller nous coucher. Notre valise est même pas encore défaite.

Après le départ du couple, Maurice s'aperçut à quel point la nouvelle avait bouleversé sa femme.

— Il fallait ben s'attendre à ce qu'il lui arrive quelque chose, lui dit-il. Tu le sais comme moi : il conduit comme un vrai fou. Je suis certain que ça va le calmer, cet accident-là.

— Je pense surtout à m'man, fit Jeanne. Pauvre elle ! Aussitôt que ça commence à se replacer, il y a autre chose qui lui tombe sur la tête.

— Si ça peut te calmer, on ira voir ton frère à l'hôpital en fin de semaine, s'il est encore là.

———

Le lendemain matin, peu après le départ de leur père pour le travail, Paul et Lise se levèrent et se préparèrent pour l'école. La fillette retournait au couvent sans aucun enthousiasme. Elle n'avait pas conservé d'excellents souvenirs de sa première année chez les dames de la congrégation Notre-Dame. Tout en vantant son obéissance, ces dernières n'avaient pas cessé de lui reprocher d'être lunatique et un peu paresseuse durant toute l'année scolaire.

Pour Paul, commençait une aventure qu'il avait appelée de tous ses vœux depuis plusieurs mois. Maintenant que sa sœur fréquentait l'école, il n'avait qu'une hâte : quitter ses jouets pour enfin apprendre à lire et à écrire. Il se souvenait vaguement de l'énorme édifice en pierre grise de la rue Fullum pour y être allé en compagnie de sa mère le printemps précédent pour s'y inscrire, mais cette école ne lui faisait pas peur.

— Paul, tu vas bien écouter Gilles Géraldeau et faire ce qu'il va te dire de faire, lui ordonna sa mère. Regarde toujours comme il faut avant de traverser les rues.

— Ben oui, m'man, répondit le garçon en passant les bretelles de son sac d'école vide.

La semaine précédente, il avait été convenu avec les Géraldeau que leur aîné, Gilles, accompagnerait son frère René et Paul Dionne à l'école, et les ramènerait après la classe. L'élève de 7e année était un gros garçon sérieux à qui Jeanne pouvait faire confiance.

En posant les pieds dans la cour, à l'arrière de l'école Champlain, Paul découvrit un monde nouveau. La haute clôture grillagée protégeait un large espace asphalté traversé par des lignes blanches sibyllines. Ce matin-là, les plus petits s'étaient réfugiés dans un coin pendant que les grands criaient, se bousculaient et couraient dans tous les sens. Quelques enseignants sillonnaient l'endroit en compagnie de quelques élèves heureux de les revoir.

Soudainement, un gros homme apparut devant l'unique porte de l'école qui s'ouvrait sur la cour et il agita une grosse cloche. L'effet de cette dernière sur les élèves fut immédiat : ils se figèrent à l'endroit où ils étaient et un silence pesant s'abattit sur la cour pendant que des instituteurs sortaient un à un de l'école pour s'aligner aux côtés du gros homme.

— Les élèves de la 2e à la 7e année, approchez-vous en silence jusqu'aux professeurs, dit-il d'une voix forte. Quand je vous nommerai, vous irez vous placer en rang devant le professeur qui lèvera la main.

L'homme n'avait pas fini de parler que trois enseignantes assez âgées se détachèrent du groupe de leurs collègues pour aller vers les plus jeunes élèves demeurés debout au fond de la cour. La plupart d'entre eux se tenaient peureusement près de leurs mères qui les avaient accompagnés en ce premier jour de classe. Chacune des enseignantes tenait une liste de noms en main.

Quelques minutes plus tard, Paul se retrouva en train de suivre une vieille dame aux cheveux blancs coiffés en chignon appelée madame Clément. Elle guida son groupe de vingt-cinq garçons dans le sombre sous-sol de l'antique école Champlain et lui fit monter un escalier en bois vétuste avant de pénétrer dans une classe abondamment éclairée par six larges fenêtres. Il ne lui fallut que quelques minutes pour faire visiter aux enfants le vestiaire, un étroit corridor situé à l'arrière de la classe, et désigner à chacun le pupitre qu'il occuperait durant toute l'année.

Paul se retrouva assis derrière le premier pupitre d'une rangée, face à un grand tableau noir et à faible distance de l'estrade sur laquelle était installé le bureau de l'institutrice. Bien qu'un peu dépaysé par ce grand local peint en deux teintes de vert, il fut heureux de prendre possession, ce matin-là, de ses premiers livres de classe. Pour lui, une grande aventure venait de commencer.

—

Le samedi après-midi suivant, les Dionne entassèrent leurs quatre enfants dans le vieux Chevrolet pour aller rendre visite à Gustave, toujours hospitalisé à l'hôpital Sainte-Croix de Drummondville. À la vue du visage blafard de son jeune frère, Jeanne eut un coup au cœur. Le jeune homme de vingt-cinq ans si plein de vie n'en menait pas large, étendu sur son lit.

—Je suis pas mort, sa… sacrifice! bégaya-t-il en se rendant compte de la réaction de sa sœur et de son beau-frère. Je fi… file juste un mau… mauvais coton. La preuve, c'est qu'ils vont… vont me lai… laisser sortir la semaine pro… prochaine.

—J'espère que tu vas te calmer un peu après ça, le morigéna Jeanne.

—In… Inquiète-toi pas pour moi. Ça va ben al… aller, lui dit son frère pour la rassurer.

Une semaine plus tard, Gustave quitta l'institution et après une quinzaine de jours de convalescence chez ses parents, il reprit son travail. Si Jeanne pouvait se fier à ce que lui écrivait sa sœur Laure de Saint-Cyrille, sa santé n'était tout de même pas fameuse et il avait perdu l'allant qui le caractérisait depuis toujours.

—

Chez les Dionne, le petit Paul se rendit compte que ses débuts à l'école allaient être beaucoup moins faciles qu'il ne l'avait imaginé. L'apprentissage de l'écriture, par exemple, lui réservait une mauvaise surprise.

Dès le premier jour où madame Clément entreprit de faire former leurs premières lettres à ses écoliers, la vieille institutrice s'aperçut que le gamin utilisait sa main gauche, ce qui était absolument défendu. Alors, durant plusieurs semaines, l'enseignante et sa mère, à la maison, lui imposèrent des exercices pour l'obliger à écrire avec sa main droite. Devant cet obstacle, tout enfant moins passionné par l'école aurait pris cette dernière en aversion. Ce ne fut pas le cas de Paul. L'enfant tenait tellement à apprendre à écrire et, surtout, à lire les textes présentés dans ses livres de classe qu'il ne se laissa pas rebuter par cette difficulté.

Comme si ce n'était pas assez, cet automne-là, son père affichait une mauvaise humeur presque permanente. Tout l'énervait et il avait la main de plus en plus leste pour corriger ses enfants.

Un soir, à la fin du mois de novembre, son fils aîné eut la malchance d'échapper une tasse qui éclata en morceaux en touchant le sol. Aussitôt, ce fut l'explosion de colère et l'enfant dut encaisser une gifle et aller se coucher immédiatement après le souper. Le lendemain soir, Maurice revint de son travail avec une tasse en acier qu'il avait fabriquée à son travail et il la déposa brutalement devant Paul à l'heure du repas.

— À partir de tout de suite, c'est là-dedans que tu vas boire. Comme ça, tu vas arrêter de casser notre vaisselle.

Le gamin, le cœur gros, n'eut pas le choix d'utiliser cette tasse étrange. Mais il en fut si mortifié qu'il éprouva une rancune qui ne disparut jamais totalement.

Chapitre 20

La fin de la glacière

Les premières semaines de l'hiver 1951 donnèrent l'impression que le ciel avait l'intention d'enfouir les Montréalais sous une montagne de neige. Les tempêtes succédèrent aux tempêtes. À la mi-janvier, quand un ciel sans nuages annonça l'arrivée des grands froids, beaucoup poussèrent un soupir de soulagement.

Enceinte de neuf mois, Jeanne avait de plus en plus de mal à se déplacer sur ses jambes enflées. Lise et Paul avaient beau fréquenter l'école toute la journée, il lui restait tout de même Francine et Claude à surveiller en plus d'avoir à exécuter tout son travail de ménagère. La fillette de cinq ans et son frère de deux ans étaient passablement plus agités que leurs deux aînés. Malgré son état, la jeune femme de vingt-sept ans parvenait encore à tenir sa maison propre, à nourrir les siens et à coudre. En outre, il lui arrivait de temps à autre de monter au second étage pour aller voir ce dont Réal Mérineau avait besoin.

L'état de santé du voisin n'avait pas cessé de se détériorer depuis quelques mois. Sa femme travaillait maintenant six jours par semaine et elle avait toutes les peines du monde à payer les médicaments que son mari devait ingurgiter pour calmer ses douleurs. Au début de l'automne, le médecin avait diagnostiqué un cancer des os.

Pour sa part, Jeanne avait tenu sa promesse. Elle montait porter secours au malade quand il frappait sur le plancher avec sa canne. La future mère en frissonnait lorsqu'elle entendait de chez elle les plaintes presque incessantes du quinquagénaire alité.

Jeanne avait aussi établi chez elle des règles pour ses enfants qui fréquentaient l'école. Ils pouvaient s'amuser jusqu'à l'heure du souper, repas servi habituellement très tôt. Parfois, elle permettait à Paul d'aller jouer au hockey avec le petit René Géraldeau dans la cour de ce dernier, jusqu'à ce que l'obscurité tombe. L'important était que tous les enfants soient à la maison et prêts à passer à table quand leur père rentrait du travail. Après le souper, elle supervisait les devoirs de Lise et de Paul, une fois la vaisselle lavée avec leur aide. En règle générale, tous les enfants étaient mis au lit à sept heures précises.

Le 31 janvier, en fin de soirée, Jeanne eut ses premières contractions. Comme il avait été convenu, Maurice s'empressa d'alerter Anne Mérineau qui vint chercher Claude et Francine pour la nuit. Ensuite, il fit habiller Paul et Lise, et il les conduisit chez les Géraldeau d'où il appela le docteur Bernier. Trois heures plus tard, la jeune mère donna naissance à un gros garçon qu'on prénomma André. La famille Dionne comptait dorénavant cinq enfants.

Dès le lendemain, on installa Claude dans la chambre verte occupée par Paul et le berceau du bébé prit place dans l'alcôve de la chambre de ses parents.

Après le baptême d'André, la routine reprit vite ses droits chez les Dionne. Elle ne fut brisée qu'en une occasion, à la fin du mois de février. Ce soir-là, Maurice rentra en retard de son travail. Jeanne n'eut pas le temps de lui demander ce qui l'avait retardé.

— Maudite bagnole pourrie! s'écria-t-il en enlevant rageusement ses couvre-chaussures.

— Qu'est-ce qui est arrivé?

— Le Chevrolet est fini! Fini! Le moteur a brûlé.

— C'est pas réparable?

— Non. Je viens de te le dire qu'il est fini, Christ! jura Maurice. Au garage, ils m'ont donné juste vingt-cinq piastres pour mon char. À cette heure, on est à pied.

Sa femme ne dit pas un mot, se gardant bien d'ajouter à sa frustration évidente.

— Ça va être le fun encore! On va être poignés dans la maison sept jours sur sept! poursuivit Maurice avec rage. Plus moyen de sortir. Christ, que ça va être plate!

Jeanne aurait pu rétorquer qu'il était bien rare qu'il les amène quelque part. C'était surtout lui qui utilisait l'auto pour aller au travail et pour sa sortie du samedi chez sa sœur.

— Si on n'avait pas tant de petits aussi, on pourrait se payer un char qui a du bon sens au lieu d'avoir toujours des sacrements de minounes…

Jeanne ne dit pas un mot. Elle se contenta de retourner au poêle dans l'intention de réchauffer le souper de son mari.

— Viens manger. C'est prêt, lui dit-elle.

Pour Maurice, se retrouver sans automobile représentait une sorte de déchéance. À ses yeux, il venait de glisser au bas de l'échelle sociale. En perdant son Chevrolet, il était revenu à la case départ. Il appartiendrait dorénavant à la même classe que ceux qui devaient attendre le tramway pour aller et revenir du travail. Dans cette perspective, posséder même un vieux véhicule était préférable à n'en posséder aucun.

— C'est toute une vie, ça! se plaignit-il ce soir-là en se mettant au lit. Tu travailles comme un esclave cinq jours

par semaine et tout ce que tu peux te payer, c'est des rou-
leuses et les petits chars.

Jeanne aurait pu lui dire qu'elle ne s'en offrait pas
autant malgré son travail sept jours sur sept, mais elle
préféra ne rien dire pour ne pas envenimer les choses.

—

Avec l'arrivée du printemps, l'univers de Lise et de
Paul s'élargit peu à peu. Les deux enfants apprirent vite
que la découverte d'une bouteille vide de boisson gazeuse
signifiait la possibilité d'encaisser deux cents chez
Geoffroy ou au petit restaurant-épicerie situé au coin des
rues Dufresne et Morin. Avec ces cents, on pouvait
s'acheter six boules noires ou deux sacs de croustilles
Maple Leaf à un cent. Mais pour arriver à mettre la main
sur ces bouteilles, il fallait être les premiers à explorer les
poubelles avant que les éboueurs passent le lundi matin.
On ne faisait pas ce genre de trouvailles tous les jours. Par
contre, Paul avait découvert que le lundi matin, on pouvait trouver dans certaines poubelles les bandes dessinées
publiées par les hebdomadaires *La Patrie* et *Le Petit
Journal*. C'était là une source de lecture non négligeable.

Un lundi matin, à la mi-avril, le gamin rentra à la
maison à peine quelques minutes après l'avoir quittée.

— M'man, avez-vous vu qu'on pouvait plus passer par
la ruelle pour aller à l'école. Ils l'ont bloquée.

— Qui a fait ça?

— Des hommes. Ils disent qu'ils vont commencer à
démolir la glacière aujourd'hui et que c'est trop dangereux de passer par là.

— Arrête donc! fit sa mère en se précipitant vers la
fenêtre de sa chambre pour voir ce qui se passait devant
chez elle.

Jeanne vit immédiatement qu'une barrière avait été placée à l'entrée de la ruelle qui s'ouvrait à droite du vieux bâtiment en bois devant lequel deux énormes camions étaient stationnés. Déjà, quelques ouvriers étaient occupés à appuyer des échelles contre la façade dans l'intention évidente de se rendre sur la toiture.

— Bon. Ça a tout l'air que c'est pour de bon, cette fois-ci, dit-elle à mi-voix. Ils vont enfin la démolir. Dans ce cas-là, fais le tour par la rue Dufresne et fais attention en traversant la rue Sainte-Catherine, ajouta-t-elle d'une voix plus forte à l'intention de son fils.

Depuis l'arrivée des Dionne rue Joachim, on avait évoqué tellement souvent devant eux la démolition prochaine du vieil édifice que Jeanne avait fini par ne plus y croire. Pourtant, le déclin du commerce de la glace était très apparent depuis deux ou trois ans. De moins en moins de livreurs venaient s'approvisionner quotidiennement à la glacière. Malgré cela, un fait demeurait certain : sa présence était encore une source importante de bruits et de circulation. Les résidants de la petite artère n'allaient sûrement pas pleurer la disparition de ce bâtiment laid et malodorant.

Durant toute la journée, le tintamarre causé par les ouvriers fut tel que Jeanne dut maintenir les fenêtres de l'appartement fermées pour que le petit André puisse dormir. En outre, l'intense va-et-vient de camions transportant des matériaux obligea les parents à garder leurs plus jeunes enfants à l'intérieur par crainte d'un accident. Au retour de Maurice, ce soir-là, la toiture en tôle avait été totalement arrachée.

— Dis-moi pas qu'on va enfin être débarrassés de cette cochonnerie-là, dit-il à Jeanne en entrant dans la maison.

— On le dirait, et j'ai ben hâte de voir la vue que ça va nous donner en avant quand la glacière sera plus là.

Après le repas, Maurice se joignit à la vingtaine de badauds rassemblés devant l'édifice pour évaluer la quantité de travail qui restait à accomplir avant sa disparition complète.

Il n'y eut pas de temps perdu. Deux jours plus tard, il ne restait plus debout que la charpente du bâtiment surplombant d'une trentaine de pieds de hauteur ce qui avait tout l'air d'une épaisse litière brunâtre de bran de scie. On aurait dit une vieille ossature noircie qui ne demandait qu'à s'écrouler.

Ce soir-là, personne n'aurait eu l'idée de douter de l'arrivée définitive du printemps tant l'air était doux. Jeanne et Maurice étaient descendus quelques instants pour examiner l'endroit après avoir laissé la garde des plus jeunes à Lise.

— Qu'est-ce que c'est, d'après toi ? demanda Jeanne à son mari, en lui indiquant la matière brunâtre. Ça sent ben mauvais, cette affaire-là.

— Ça a tout l'air du bran de scie. Il doit y en avoir des tonnes. C'est avec ça qu'ils couvraient leurs blocs de glace pour les empêcher de fondre trop vite.

— En tout cas, on a déjà une bonne idée de ce qu'on va voir quand tout ça va être à terre, poursuivit Jeanne en regardant entre les piliers qui soutenaient les poutres du toit.

De fait, ils allaient bientôt voir de leurs fenêtres la petite rue Morin et l'arrière de l'église Saint-Vincent-de-Paul protégée par une haute clôture en bois peinte en gris.

Quelques heures plus tard, les Dionne venaient à peine de se mettre au lit quand ils furent tirés de leur premier sommeil par la sirène toute proche d'une voiture de police. Les éclats rouges d'un gyrophare étaient visibles sur les vitres de la fenêtre. Une voiture de police dans la rue Joachim ! C'était un événement. Le couple se leva en hâte pour se précipiter vers la fenêtre. Jeanne et Maurice aperçurent un petit attroupement de personnes, la plupart en vêtements de nuit, devant ce qui restait de la glacière. Deux autos-patrouilles de la police municipale étaient stationnées devant leur porte.

— Veux-tu ben me dire ce qui se passe ? fit Jeanne.

— Viens, on va aller voir, dit Maurice en mettant son pantalon.

Tous les deux descendirent l'escalier et rejoignirent les curieux. Ils reconnurent les Piquette et les Géraldeau au premier rang de la foule qui ne cessait de grossir. Ils rejoignirent leurs voisins.

— Qu'est-ce qui se passe ? leur demanda Maurice en tentant d'aplatir de la main ses cheveux hérissés.

— Il y a un homme debout sur une poutre, en haut, lui dit Huguette Géraldeau. Regardez. On le voit. Il crie depuis tout à l'heure qu'il veut sauter dans le vide.

— C'est le petit Roy, déclara un inconnu dans leur dos. Je l'ai vu passer avec ses chums tout à l'heure. Ils avaient l'air saouls toute la gang. Je l'ai entendu. Il leur a crié qu'il avait pas peur de grimper en haut.

— Je sais pas comment il a fait pour monter, mais il sera pas facile à faire descendre de là, intervint Elzéar Piquette.

Brusquement, un policier braqua un projecteur vers les poutres et tous les spectateurs purent voir distinctement le jeune homme debout sur une poutre étroite, à une trentaine de pieds de hauteur. Il faisait de la haute voltige et il ne gardait son équilibre qu'en tendant les bras de chaque côté de son corps.

— S'ils l'aveuglent avec leur projecteur, il va finir par perdre l'équilibre, c'est sûr, prédit Léopold Géraldeau.

— Il va se tuer ! fit Jeanne à mi-voix, comme si le bruit de sa voix avait pu provoquer la chute de l'ivrogne.

— Bouge pas ! On va aller te chercher, cria un policier dans un porte-voix.

Tout ce que le représentant des forces de l'ordre obtint fut un chapelet de blasphèmes. Puis, deux hommes apparurent, portant une longue échelle qu'ils tentèrent maladroitement d'appuyer contre la poutre sur laquelle l'imprudent se tenait. Au lieu de demeurer immobile et d'attendre du secours, ce dernier se mit à s'éloigner de l'échelle en marchant sur la poutre étroite, comme un funambule.

Tout le monde retint son souffle en le voyant se déplacer.

— Aveuglez-le pas avec votre projecteur, dit un badaud aux policiers, il va tomber.

Les quatre hommes en uniforme semblaient dépassés par l'événement et le responsable du projecteur n'éclaira plus le visage de l'équilibriste. Comme s'il n'avait attendu que ce signal, ce dernier fit alors un pas de côté et partit en vol plané. Il y eut un « Oh ! » d'horreur dans la petite foule et certains curieux s'élancèrent immédiatement vers le chantier de démolition pour se rapprocher du corps qui gisait sur le sol comme une poupée désarticulée.

Immédiatement, les policiers entrèrent en action et firent reculer les badauds. Moins de cinq minutes plus tard, une ambulance, probablement mandée sur les lieux avant même que la chute se produise, s'ouvrit un chemin dans la foule à coups d'avertisseur. Les ambulanciers se précipitèrent vers le corps en transportant une civière. Le malheureux fut rapidement déposé à l'arrière de l'ambulance qui quitta les lieux, toutes sirènes hurlantes.

Quelques minutes plus tard, tout était terminé. Après le départ des policiers, la foule se dispersa rapidement.

Le lendemain après-midi, l'information filtra que le jeune Roy avait survécu presque miraculeusement à sa chute. Il s'en était tiré avec des fractures aux deux jambes.

Si certains imputaient cette chance au fait qu'il était ivre, d'autres croyaient, dur comme fer, qu'il avait surtout eu la chance de tomber sur une épaisse couche de bran de scie qui avait servi à amortir sa chute.

Quoi qu'il en soit, toute trace de l'antique glacière avait disparu dès les derniers jours d'avril. Cependant, la satisfaction des résidants de la rue Joachim fut de courte durée quand ils se rendirent compte que le terrain vague qui lui avait succédé devenait peu à peu un dépotoir où les déchets s'accumulaient et où des voyous du quartier prenaient l'habitude de se réunir pour préparer leurs mauvais coups.

—

Quelques jours après le vol plané du jeune Roy, Jeanne décida d'aborder de front l'épineuse question de la première communion de Paul.

L'année précédente, on avait organisé une belle fête pour celle de Lise. La jeune mère voulait en faire autant pour son fils. Tout le problème venait de ce qu'elle avait été capable de confectionner tous les vêtements de la première communiante sans demander un sou à son mari. Pour un garçon, c'était une autre paire de manches. Elle ne pouvait tout de même pas lui confectionner un costume.

— Qu'est-ce qu'on fait pour la première communion de Paul ? finit-elle par demander à Maurice un vendredi soir.

— Ben, il fera sa première communion comme les autres, répondit Maurice, désinvolte.

— Oui, mais pour ça, il va falloir l'habiller.

— Comment ça, l'habiller ? Tu me feras pas croire qu'il a pas du linge propre à se mettre sur le dos, s'emporta immédiatement Maurice.

— Maurice Dionne, fais donc pas semblant de pas comprendre ! fit Jeanne, exaspérée. Tu sais comme moi qu'on demande que les enfants aient un habit bleu marine, une chemise blanche, une boucle et un brassard.

— Et tu t'imagines que je vais acheter tout ça ! s'écria Maurice. Mais t'es malade, toi ! Il en est pas question ! Pas une maudite cenne ! Débrouille-toi avec ce que t'as. J'ai pas d'argent.

— Mais t'as assez d'argent pour fumer et boire du Coke tant que tu veux, par exemple, lui reprocha sa femme.

— Ça, sacrement, c'est pas de tes maudites affaires ! jura Maurice, rouge de colère.

— C'est de valeur, mais il y aura pas de miracle ! répliqua Jeanne sur le même ton. On va avertir ton frère Adrien de pas se déranger la semaine prochaine pour la première communion de son filleul parce qu'il la fera pas. Son père est trop pauvre pour l'habiller.

En disant ces mots, elle avait employé un argument massue. Comme chaque fois qu'il se sentait comparé à son frère, Maurice voyait rouge. Son vieux complexe d'infériorité refaisait surface.

— Écœure-moi pas avec mon frère ! hurla-t-il avant de s'allumer une cigarette.

— En tout cas, son André, lui, a fait sa première communion le mois passé, ajouta perfidement Jeanne avant de quitter la pièce. Son père a dû avoir les moyens de l'habiller comme du monde...

Maurice occupa sa soirée à fumer, enfermé dans un lourd mutisme.

Le lendemain avant-midi, immédiatement après avoir avalé la dernière bouchée de son déjeuner, le père ordonna à son fils :

— Va te peigner ; tu t'en viens avec moi.

En voyant le père et le fils prendre la direction de la rue Dufresne ce matin-là, Jeanne fit des prières pour que Maurice ait changé d'idée et se soit résigné à acheter les vêtements nécessaires pour la première communion de Paul. Maurice et Paul prirent le tramway et descendirent devant un grand magasin situé au coin des rues Amherst et Sainte-Catherine. En moins d'une heure, le père acheta à son fils son premier costume avec pantalon long, une chemise blanche, une ceinture en cuir, une boucle bleue, un brassard blanc de premier communiant, des chaussettes et même une paire de souliers noirs.

Sur le chemin du retour, Maurice ne cessa de demander à son fils s'il était content de ce qu'il venait de lui acheter. Le gamin, fou de joie, remerciait chaque fois son père.

— On va faire une surprise à ta mère, déclara Maurice, alors qu'ils s'avançaient à pied sur la rue Dufresne, les bras chargés de paquets. On va aller au carré Bellerive et tu vas aller te changer dans les toilettes.

Le père et le fils traversèrent la rue Notre-Dame au coin de la rue Dufresne et ils pénétrèrent dans le petit édicule érigé au centre du parc. Le fait que ces toilettes publiques n'étaient fréquentées généralement que par les vagabonds et les ivrognes du quartier ne dérangeait pas Maurice.

Paul endossa rapidement ses vêtements neufs. Le coup d'œil satisfait que lui jeta son père à sa sortie de la cabine lui prouva que tout était comme il se devait.

— Mets pas ton brassard. Tu le mettras dans l'escalier, en arrivant.

L'entrée de Paul dans l'appartement ne passa pas inaperçue. Sa mère eut un coup au cœur en voyant son petit homme aussi bien habillé. Rayonnante, elle fit le tour de son fils en félicitant Maurice d'avoir choisi un aussi beau costume. Elle fit grand cas de la qualité de la chemise et de la ceinture ainsi que de la beauté des souliers.

Le père avait prévu de se plaindre du coût exorbitant de tous ces achats, mais la vue du plaisir de son fils et de la satisfaction de Jeanne le firent changer d'idée. Il préféra mettre l'accent sur les rabais qu'il était parvenu à arracher de haute lutte à un vendeur malhonnête. L'admiration manifestée par sa femme le récompensa largement de cette entorse à la vérité.

Huit jours plus tard, seuls Adrien, Simone et leurs trois enfants assistèrent au repas offert à l'occasion de la première communion de Paul. D'un commun accord, Jeanne et Maurice avaient décidé que dorénavant, ils n'inviteraient plus que le parrain et la marraine lorsque l'un de leurs enfants ferait sa première communion. Jeanne avait à nouveau confectionné des pâtés, des tartes et des beignets, et Paul eut droit à plusieurs cadeaux du couple. Il commençait à s'y habituer. Il était, et de loin, celui qui était le plus gâté par son parrain et sa marraine depuis sa naissance. Adrien et Simone n'oubliaient jamais de lui offrir un cadeau tant à son anniversaire qu'à Noël.

⎯

Un mois plus tard, Paul aperçut un petit attroupement devant la porte de sa maison, à la fin d'un après-midi, au moment où il revenait de l'école. Les gens faisaient un demi-cercle devant une ambulance noire et ils chuchotaient entre eux. L'enfant allait se précipiter dans l'escalier pour monter chez lui quand Huguette Géraldeau le retint par l'épaule.

— Attends un peu, Paul, il y a des hommes dans l'escalier qui descendent quelque chose de pesant.

— Qu'est-ce qu'il y a, madame Géraldeau? demanda le gamin, déjà en train d'imaginer que sa mère était tombée malade.

— C'est monsieur Mérineau, lui répondit-elle tout bas. Il est mort.

Au moment où la voisine prononçait ces paroles, deux brancardiers apparurent dans l'entrée. Ils portaient une civière sur laquelle un corps entièrement recouvert d'un drap blanc était étendu. Dès leur apparition, un silence total tomba sur les curieux et on put entendre les cris d'une femme à l'étage. La civière fut placée à l'arrière de la voiture noire, la portière fut refermée et les deux hommes montèrent à bord. La foule recula lentement pour laisser passer le véhicule. L'attroupement se dispersa aussitôt et Huguette Géraldeau monta chez les Dionne à la suite de Paul. En entrant dans le salon, l'enfant et la voisine trouvèrent Jeanne en train de tenter de consoler Anne Mérineau, effondrée sur le divan. La pauvre femme pleurait toutes les larmes de son corps et était au bord de la crise de nerfs.

— Je vais m'occuper des petits, fit Huguette en entraînant les enfants hors du salon.

— Voyons, madame Mérineau, dit doucement Jeanne. C'est une libération pour lui d'être enfin parti. Il souffrait le martyre depuis des mois, le pauvre homme. Il en pouvait plus.

— Je le sais ben, dit la quinquagénaire entre deux hoquets. Il faisait tellement pitié. Qu'est-ce que je vais devenir, moi, toute seule?

— Vous avez de la famille. Elle va s'occuper de vous, inquiétez-vous pas, fit Jeanne, rassurante. Elle s'est ben occupée de votre mari. Elle va aussi prendre soin de vous. Vos belles-sœurs vous laisseront pas toute seule.

En effet, depuis près d'un mois, les trois sœurs de son mari s'étaient relayées au chevet du mourant et elles avaient pris toutes les mesures nécessaires quand la fin de leur frère sembla inévitable.

La voisine se moucha bruyamment dans le mouchoir qu'elle venait de tirer de l'une de ses manches.

— Où est-ce qu'il va être exposé? demanda Jeanne.

— À Saint-Jérôme, parce que toute notre famille vient de là, répondit Anne Mérineau entre deux hoquets.

Une heure plus tard, des neveux de la veuve vinrent la chercher. Jeanne la vit monter à bord de leur voiture, armée d'une petite valise dans laquelle elle avait entassé rapidement quelques vêtements de deuil.

Quand Maurice rentra ce soir-là, il apprit sans surprise le décès de son voisin.

— Sacrement! Il était presque temps qu'il parte, dit-il sans aucune trace de compassion. C'était rendu que ses lamentations faisaient peur aux enfants la nuit.

— Penses-tu qu'on va pouvoir aller le voir exposé?

— Où est-ce qu'il va être?

— À Saint-Jérôme.

— Ben non. Comment tu penses qu'on peut aller là-bas? On n'a pas de char.

Les Dionne ne purent aller rendre leurs derniers hommages au disparu et ils n'assistèrent pas, non plus, à son enterrement. Ils ne revirent brièvement Anne Mérineau que deux semaines plus tard, quand elle entreprit de vider l'appartement dans lequel elle avait vécu avec son mari. Elle allait dorénavant vivre chez l'une de ses belles-sœurs, veuve comme elle.

Avant de partir, on se promit de se revoir et de se visiter. Mais Jeanne savait maintenant ce que valait ce genre de promesse. Elle avait formulé la même quand elle avait quitté Grace Beaucage, sept ans auparavant… Il en avait été de même pour les Jinchereau lorsqu'ils avaient quitté leur appartement.

Après le décès de Réal Mérineau, une sorte de calme un peu irréel tomba sur la maison. Pourtant, l'appartement du second étage ne demeura vide que quelques semaines. À la fin du mois de juin, les Beaulieu, un couple de quadragénaires, vint occuper les lieux. Ces nouveaux locataires étaient peu bruyants et leur visage fermé décourageait toute tentative de familiarité.

Francine fut inscrite à son tour au couvent des dames de la congrégation Notre-Dame pour le mois de septembre suivant, quelques semaines avant que Paul et Lise terminent leur année scolaire. Si les commentaires de madame Clément étaient élogieux à l'endroit de Paul, les religieuses continuaient à reprocher à Lise d'être lunatique et peu appliquée.

— T'es mieux de changer, toi, fit sa mère en prenant connaissance de son relevé de notes de fin d'année. Oublie pas que c'est toi qui vas être responsable de ta sœur l'automne prochain.

L'été débuta très mal.

Gustave Sauvé dut être hospitalisé à nouveau pour des problèmes cardiaques au début de juillet. Dans la famille, on avait beau tenter de garder un bon moral en se répétant qu'un homme de vingt-sept ans ne pouvait pas avoir le cœur malade au point de mettre sa vie en danger, il n'en restait pas moins qu'on était inquiet chez les Sauvé.

Les seuls répits aux températures torrides du mois de juillet vinrent de quelques violents orages qui se déclenchèrent, le plus souvent, à la fin de la journée. Après chaque forte pluie, les résidants de la rue Joachim s'empressaient d'envahir leur balcon ou leurs fenêtres pour profiter de quelques instants de fraîcheur.

Durant cette période, Jeanne se rendit compte de la difficulté de contrôler cinq jeunes enfants à la recherche d'un endroit où dépenser leur énergie. Si elle pouvait permettre à Paul et à Lise de jouer sur le trottoir, sans trop s'éloigner de la maison, il n'en restait pas moins qu'elle devait surveiller étroitement Francine, Claude et André. Comme il aurait été agréable de jouir d'un terrain de jeux ou, à tout le moins, d'une cour où les enfants auraient pu s'amuser ! Mais il n'en était pas question. Il n'y avait à la disposition des petits que l'étroit balcon qui menait au hangar où il leur était défendu de jouer.

Cet été-là, le sort de Maurice ne fut guère plus enviable que celui de sa femme. Chaque soir, il rentrait sale et exténué par dix heures de travail à la chaleur des fourneaux chez Henderson-Barwick. En pénétrant dans l'appartement, il répétait invariablement les mêmes mots :

— Christ que je suis écœuré de faire cette job-là ! En plus, ça me prend une heure de petit char pour m'en revenir après ma journée d'ouvrage. Ça a pas d'allure !

Quand arriva le temps de sa semaine de vacances annuelles, à la mi-août, il ne put se permettre qu'une folie : louer une auto chez Lépine pour la durée d'un week-end.

— Prépare tout ce qu'il faut pour les petits pour la fin de semaine, dit-il à Jeanne, le vendredi soir. Demain matin, on part de bonne heure. On a un grand voyage à faire et j'ai pas envie d'être poigné à l'entrée du pont, ajouta-t-il en songeant aux postes de péage du pont Jacques-Cartier qui étaient engorgés chaque week-end.

Les enfants, excités par la perspective d'un voyage en auto, eurent tant de mal à s'endormir ce soir-là que leur père dut les menacer de les confier à une gardienne pour les calmer.

Le lendemain matin, dès le lever du soleil, on entassa les cinq enfants dans la Studebaker jaune de location. Maurice prit alors la direction du pont Jacques-Cartier qu'il traversa sans mal. En deux jours, les Dionne se rendirent non seulement chez les grands-parents, à Saint-Joachim, et chez Laure et Florent Jutras, à Saint-Cyrille, mais ils poussèrent même une pointe vers Québec pour rendre une brève visite à Germaine et à Jean Ouimet, l'agent d'assurances. Ce fut l'unique sortie familiale de l'été, mais elle fut appréciée par toute la famille et on en parla longtemps au retour.

⎯

Lorsque septembre revint, Jeanne se retrouva seule à la maison durant la journée avec ses deux plus jeunes enfants. Elle ne se sentit aucunement coupable d'éprouver un certain soulagement de n'avoir plus à se soucier de Lise, Paul et Francine pendant la plus grande partie de la journée. Maintenant, avec trois enfants d'âge scolaire, la rentrée à l'école prenait l'allure du retour à la routine.

L'automne ramena ses longues journées grises et pluvieuses balayées par des vents de plus en plus froids. Un grand avantage de la saison venait de ce que les odeurs nauséabondes de la Dominion Rubber et de la Dominion Oilcloth n'envahissaient plus l'appartement parce qu'on maintenait le plus souvent les fenêtres fermées à cause de la température fraîche. Lorsque Maurice entreprit d'enlever les vieilles persiennes vertes pour les remplacer par les fenêtres doubles, un samedi matin d'octobre, sa femme eut un moment de déprime.

Après avoir rapidement calculé, elle réalisa qu'elle voyait son mari faire ce travail pour la huitième fois… Huit ans déjà ! Et un autre hiver qui approchait… Toujours les mêmes recommencements…

— Nous v'là encore encabanés pour six mois, laissa-
t-elle tomber.

— Qu'est-ce que t'as à te plaindre ? rétorqua Maurice
avec brusquerie. T'as même pas à sortir le matin pour
gagner ce que tu manges. T'as juste à attendre au chaud
que je te donne de l'argent.

— Je me plains pas, répondit Jeanne. Je trouve juste
que le temps passe bien trop vite.

Durant un court moment, elle songea à la vie
qu'avaient connue ses parents. Il lui sembla qu'elle était
plus belle que la sienne, rue Joachim. Mais elle préféra
garder ses réflexions pour elle. Maurice lui jeta un bref
coup d'œil et se contenta de soulever les épaules avant de
s'emparer des persiennes qu'il alla déposer au fond du
hangar.

Chapitre 21

L'expulsion

La porte de la petite chambre verte s'ouvrit avec fracas et la tête du père s'encadra dans l'ouverture.

— Lâche tes livres et va jouer dehors! cria Maurice à son fils, étendu sur son lit en train de lire une histoire dans l'un de ses livres de classe.

À trente ans, Maurice Dionne n'était pas beaucoup plus gras que le jour de son mariage. Il avait conservé de cette époque sa moustache mince et ses lunettes à fine monture métallique. Seuls son visage aux traits plus marqués et sa calvitie naissante étaient des preuves que les dix dernières années ne l'avaient guère ménagé.

— Grouille-toi! ajouta-t-il plus durement.

À contrecœur, l'enfant de sept ans quitta sa chambre pour endosser son manteau d'hiver et chausser ses bottes, puis il descendit lentement les marches de l'escalier qui conduisait à la porte d'entrée. Avec qui allait-il pouvoir jouer? À quoi? Il n'avait ni bâton de hockey ni rondelle. Quand il avait la chance de pratiquer parfois ce sport au retour de l'école, son ami René lui prêtait un vieux bâton qui avait appartenu à son frère Gilles. Après avoir regardé s'il y avait des jeunes en train de jouer à l'extérieur, il se décida à traverser la rue pour voir s'il ne pouvait pas convaincre René Géraldeau de venir dehors avec lui.

À l'intérieur, Jeanne, qui avait regardé son fils aîné traverser la rue Joachim vers la maison des Géraldeau, ne put s'empêcher de dire à son mari :

— Pourquoi tu le laisses pas tranquille, cet enfant-là ? Il te dérangeait pas dans sa chambre en train de lire.

— Je veux pas qu'il devienne une tapette, se contenta de répondre Maurice. C'est pas normal qu'il aime mieux rester en dedans à lire ses maudits livres plutôt que d'aller jouer dehors.

— On est en plein mois de janvier. C'est pas humain de l'envoyer dehors. Il y a pas un enfant sur la rue.

— Inquiète-toi donc pas pour ton petit Paul, il va rentrer dans la maison quand il va être gelé, répliqua Maurice sur un ton sarcastique.

Paul Dionne ne put jouer avec son copain qu'une dizaine de minutes avant que ce dernier ne déclare forfait à cause du froid. Alors, il revint vers la maison. Il avait froid aux pieds et aux mains. Comme il ne pouvait décemment revenir aussi rapidement chez lui sans se faire disputer par son père, il poussa la porte d'entrée et il s'assit dans le noir, sur les premières marches de l'escalier intérieur. Il était au moins à l'abri du vent. Il quitta l'endroit à peu près une heure plus tard lorsqu'il entendit quelqu'un ouvrir la porte de l'appartement du deuxième étage.

—

À la mi-février, les Dionne eurent le plaisir de recevoir la visite des parents de Jeanne qu'ils n'avaient pas vus depuis l'automne précédent. Ils n'avaient pu aller les visiter durant les fêtes parce que Maurice n'avait pas d'auto. Se déplacer en train aurait été trop coûteux et difficile avec cinq jeunes enfants.

Claude était leur chauffeur.

— Mon Dieu! s'exclama Jeanne en aidant sa mère à retirer son manteau, c'est rare que vous venez nous voir, surtout en plein hiver.

— C'est à cause de ton frère Claude, dit son père en lui adressant un clin d'œil. Il s'est pendu après nous autres pour qu'on vienne avec lui en ville.

— Mon oncle Norbert et ma tante les ont invités à dîner quand ils sont venus aux fêtes, expliqua ce dernier. Ils se décidaient pas. Je leur ai dit que je les conduirais et qu'on en profiterait pour venir vous dire un petit bonjour à toi et à Luc.

— T'as eu une bonne idée, fit Maurice. Êtes-vous arrêtés chez Luc avant de venir?

— Oui, mais il était déjà parti travailler.

— Lucie vous a pas fait entrer? demanda Jeanne, surprise.

— Lucie était pas là. Elle devait être chez son père, fit Marie en prenant dans ses bras le petit André que Jeanne lui tendait.

— C'est pas grave, dit Claude, goguenard. Elle et Luc, on peut pas dire que c'est du monde ben recevant…

— Claude! l'avertit sa mère, sévère.

Jeanne et Maurice se regardèrent brièvement. Ils partageaient le même avis. À aucun moment depuis leur retour de voyage de noces, le couple n'avait trouvé le temps de les inviter. Même s'ils étaient encore en pension chez les Allard, ils auraient pu s'arranger pour les recevoir, ne serait-ce qu'une heure.

— Claude a une nouvelle à vous annoncer, dit Marie pour changer de sujet de conversation.

— Laquelle? demanda Jeanne, curieuse.

— Je me marie au début du mois d'août, l'été prochain.

— Avec Céline?

— Certain.

— Où est-ce que vous allez rester ?

— J'ai pas le choix. Je travaille encore à la Celanese avec Bernard ; ça fait qu'on va se trouver un appartement à Drummondville.

— Ça vous fait pas vieillir, ça, le beau-père ? demanda Maurice. Vous allez avoir six de vos enfants mariés. Il vous restera juste Gustave, Cécile et Ruth.

— C'est la vie, fit Léon, le visage soudainement plus grave. Mais inquiète-toi pas, mon Maurice, toi aussi, tu vas vieillir… comme tout le monde.

Mais les Dionne virent bien à sa réaction que le sexagénaire était déçu de la tournure des événements. S'ils se fiaient à ce que sa femme avait mentionné à de nombreuses reprises dans ses lettres adressées à Jeanne, il avait espéré, contre toute logique, que Claude changerait d'avis et abandonnerait la Celanese pour venir s'installer sur la ferme paternelle. Mais il fallait croire que les économies de Claude ne lui permettaient pas d'acheter la ferme. Peut-être avait-il perdu tout simplement le goût du travail de la terre ? En tout cas, si succéder à son père avait été longtemps son rêve, tout indiquait qu'il y avait définitivement renoncé.

———

Les giboulées de mars furent accompagnées par une bien mauvaise nouvelle : Gustave avait été hospitalisé d'urgence de nouveau à l'hôpital Sainte-Croix de Drummondville. Malgré tout, rien ne laissait supposer que son état s'était aggravé. Les informations livrées par sa mère dans sa dernière lettre n'étaient pas particulièrement alarmantes.

Deux jours après la réception de cette lettre, Huguette Géraldeau vint frapper à la porte des Dionne un peu avant l'heure du souper.

— Jeanne, quelqu'un te demande au téléphone. Il paraît que c'est urgent.

Jeanne s'empressa d'endosser un manteau et de laisser la garde des enfants à Lise en lui disant :

— Si ton père arrive pendant que je suis pas là, dis-lui que je reviens tout de suite.

Pendant qu'elle descendait l'escalier derrière sa voisine, Jeanne se demandait ce qui pouvait bien motiver cet appel téléphonique qui ne pouvait venir que de ses parents. Ils étaient les seuls à qui elle s'était permis de donner le numéro de téléphone de la voisine. Ce ne pouvait qu'être grave, sinon sa mère n'aurait jamais osé déranger Huguette.

Sa voisine lui indiqua l'appareil noir posé sur une petite table du salon pendant qu'elle se retirait discrètement dans sa cuisine.

— Oui, c'est toi, Cécile ? Qu'est-ce qu'il y a ? demanda Jeanne, nerveuse. Comment ça se fait que t'es pas à Sorel ? Tu fais pas l'école aujourd'hui ?

Durant un court moment, Jeanne écouta ce que sa jeune sœur lui disait au bout du fil. Ses yeux se remplirent de larmes et sa gorge se serra.

— Mon Dieu, c'est pas vrai ! eut-elle seulement la force de dire.

— Jeanne, veux-tu avertir Luc et Lucie ? Je sais pas où appeler pour les rejoindre, lui demanda sa sœur d'une voix chevrotante.

— C'est correct, je vais m'en occuper, prononça difficilement Jeanne. Merci de m'avoir appelée.

Sur ces mots, Jeanne raccrocha et se laissa tomber sur la chaise placée près de la table de salon.

— Pas des mauvaises nouvelles au moins ? demanda Huguette en entrant dans la pièce.

— Mon frère Gustave vient de mourir à l'hôpital, hoqueta Jeanne avant de se mettre carrément à pleurer.

— Qu'est-ce qui s'est passé ?

— Ils savent pas trop. Il paraît qu'ils l'ont trouvé mort dans son lit un peu après le dîner.

— C'est son cœur qui a lâché ?

— Mais ça a pas d'allure, se révolta la jeune femme. Gustave venait juste d'avoir vingt-sept ans. C'est ben trop jeune pour mourir.

Huguette Géraldeau laissa sa jeune voisine pleurer tout son saoul durant quelques minutes. Elle n'intervint que pour lui dire :

— Tiens, voilà ton mari qui arrive.

Jeanne se reprit. Sans perdre un instant, elle remit son manteau, s'excusa auprès de sa voisine de l'avoir dérangée et elle se précipita à la suite de Maurice qui venait de pousser la porte d'entrée de la maison.

— Maurice ! le héla-t-elle.

Maurice tourna la tête, surpris de voir arriver sa femme seule, sans les enfants.

— Qu'est-ce que tu fais dehors ? Qui garde les enfants ? demanda Maurice en commençant à escalader l'escalier.

— Lise s'en occupe. J'ai été partie juste deux minutes. Quelqu'un nous a téléphoné chez les Géraldeau.

— Qui ça ?

— Cécile.

— Cécile ? Pourquoi ?

— Gustave est mort cet après-midi, déclara Jeanne, la voix éteinte.

Maurice, stupéfait, s'arrêta brusquement au milieu de l'escalier.

— Comment ça, mort ?

— Ils l'ont trouvé mort dans son lit cet après-midi.

— Calvaire! jura Maurice. Veux-tu ben me dire comment ils soignent le monde dans cet hôpital-là?

— Ils ont fait leur possible, j'imagine, rétorqua Jeanne en passant devant son mari.

Le couple entra dans la maison sans dire un mot de plus. Maurice était presque aussi secoué que sa femme. Gustave avait toujours été son beau-frère préféré. Il avait toujours apprécié son sens de l'humour et son côté frondeur. Soudain, il réalisait que le jeune homme allait beaucoup lui manquer.

La soirée fut occupée à rechercher une gardienne. Trouver une personne prête à surveiller et à nourrir cinq enfants n'était pas une sinécure. Cette fois-ci, ils ne pouvaient compter sur la jeune Mireille Campbell. La jeune fille travaillait maintenant durant le jour. La chance sourit tout de même aux Dionne quand Maurice revint à la maison après être allé téléphoner à sa sœur, Suzanne, et à son frère, Adrien, pour leur apprendre la nouvelle. Sa sœur s'était proposée pour venir garder les enfants jusqu'au jour des funérailles. Elle allait arriver le lendemain avant-midi avec ses deux enfants.

— J'allais oublier! s'exclama soudainement Jeanne. Cécile m'a demandé d'avertir Luc et sa femme.

— Laisse faire; je vais y aller, déclara Maurice en remettant son manteau qu'il venait à peine de retirer.

Maurice revint à la maison moins de cinq minutes plus tard.

— J'ai fait le message à la femme de ton frère, dit-il à Jeanne. Elle va le lui dire demain matin, quand il reviendra de travailler.

Ce soir-là, Jeanne, épuisée, se coucha très tard. Elle avait dû retoucher la robe noire qu'elle avait portée trois ans et demi plus tôt lors des funérailles de sa jeune sœur

Madeleine. De plus, elle avait préparé de la nourriture pour les trois jours suivants parce qu'elle ne voulait pas que sa belle-sœur soit astreinte à cuisiner du matin au soir pour nourrir sa marmaille.

——

Tôt, le lendemain avant-midi, Maurice alla louer une voiture et s'empressa d'aller chercher Suzanne et ses deux enfants chez elle, rue De La Roche, avant de prendre la route en compagnie de sa femme.

— On n'amène pas Luc et Lucie ? demanda Jeanne au moment de partir.

— Ça me tente pas pantoute, fit Maurice. Je vois pas pourquoi je les traînerais. Tu connais ton frère. Il offrira même pas une cenne pour payer le gaz, encore moins pour payer la moitié de la location.

— …

— En plus, il va vouloir partir pas mal plus tard. Il aura pas le goût de faire tout le chemin jusqu'à Saint-Joachim avant d'aller dormir un peu. Oublie pas qu'il a travaillé toute la nuit.

— Il aurait pu dormir en chemin, plaida Jeanne qui éprouvait un peu de pitié pour son jeune frère.

— Non, trancha Maurice. Son beau-père peut lui passer un char sans problème. Qu'il se débrouille tout seul.

Le couple arriva à Saint-Joachim un peu avant midi.

Le salon des Sauvé avait été disposé de la même manière que pour l'exposition du corps de Madeleine. À l'arrivée des Dionne, la maison était étrangement silencieuse. Les premiers visiteurs n'arriveraient probablement qu'une heure ou deux plus tard, au début de l'après-midi.

434

Marie Sauvé, les traits un peu plus creusés que d'habitude, vint accueillir sa fille et son gendre.

— Venez le voir, leur dit-elle en les entraînant dans le salon, vers le cercueil posé sur des tréteaux masqués par un drap noir. On dirait qu'il dort. Il paraît qu'il a pas trop souffert avant de partir.

Pendant que Jeanne et son mari se recueillaient devant la dépouille, Cécile et Laure vinrent entourer leur mère.

— Venez manger quelque chose, m'man. Vous avez besoin de forces, dit Laure avec autorité. Maurice, Jeanne, venez aussi. Le dîner est prêt.

— J'ai pas faim, murmura sa mère.

— Ça fait rien, m'man ; il faut vous forcer, sinon vous tiendrez pas le coup.

Quelques instants plus tard, Léon rentra dans la maison en compagnie de Florent Jutras et de ses fils Bernard et Claude. On aurait dit que le décès de ce troisième enfant avait tassé un peu plus le petit homme.

— Tous les enfants vont être ici dans pas longtemps, affirma-t-il. Germaine et Jean descendent de Québec. Lucie vient d'appeler chez les Turcotte. Elle nous fait dire que Luc va dormir une heure ou deux et il va louer un char pour venir. Ils devraient être ici au milieu de l'après-midi.

Sur ce, Léon Sauvé s'assit lourdement dans sa chaise berçante, incapable de détacher son regard du salon où reposait son fils Gustave.

Les deux journées suivantes furent très éprouvantes pour tous les membres de la famille Sauvé qui avaient l'impression de revivre l'été 1948. Les visiteurs furent encore plus nombreux et il fallut servir des collations et nettoyer les lieux chaque jour.

Lorsque le matin des funérailles arriva enfin, il fut accueilli avec un secret soulagement. Chacun avait hâte de pouvoir se retrouver seul avec sa peine. Comme le sol du petit cimetière de Saint-Joachim n'était pas encore dégelé, le convoi funèbre s'arrêta à la porte du charnier et c'est à cet endroit que le curé Biron dispensa aux membres de la famille et aux amis quelques dernières paroles de réconfort.

De retour à la maison l'après-midi même, Maurice et Jeanne remercièrent avec effusion Suzanne de s'être occupée de leurs enfants. Pendant que Maurice ramenait sa sœur et ses enfants chez elle, Jeanne prépara le souper.

Ce soir-là, le père et la mère étaient si épuisés par ces trois derniers jours qu'ils se mirent au lit en même temps que leurs enfants, à sept heures.

———

Le mauvais sort sembla vouloir s'acharner sur les Dionne en ce début d'année 1952.

Francine venait à peine de célébrer sa première communion, trois semaines après les funérailles de son oncle Gustave, que Maurice revint à la maison au début d'un mercredi après-midi. Jeanne sursauta en entendant soudainement une clé jouer dans la serrure de la porte d'entrée. Elle était seule devant sa machine à coudre dans la chambre des filles. Claude et André faisaient leur sieste, comme au début de chaque après-midi.

Elle se précipita vers la porte et elle arriva juste au moment où son mari pénétrait dans l'appartement.

— Essaies-tu de me faire un poisson d'avril? lui demanda-t-elle, intriguée par une arrivée aussi hâtive.

— Laisse faire tes niaiseries, lui ordonna-t-il, de mauvaise humeur.

— Qu'est-ce qui se passe encore?

— Il se passe qu'ils viennent de me crisser dehors, sacrement! jura Maurice en se dirigeant vers la cuisine.

— Comment ça?

— Ils ont plus assez de commandes. Ils mettent à la porte les plus jeunes.

— Ils peuvent pas te faire ça. Ça fait presque cinq ans que tu travailles pour eux autres, protesta Jeanne qui saisissait peu à peu l'ampleur du drame. T'as cinq enfants à nourrir…

— Si tu t'imagines que ça va les faire pleurer!

Il était évident que Maurice était durement secoué par ce renvoi et Jeanne eut la sagesse de ne pas ajouter de pression supplémentaire.

— Veux-tu que je te prépare une tasse de café? offrit-elle à son mari.

— Bonne idée, fit-il en s'assoyant au bout de la table de cuisine.

— De toute façon, ça sert pas à grand-chose de se mettre à l'envers. T'es un bon travaillant; tu finiras ben par te trouver une autre job, ajouta-t-elle en guise d'encouragement.

Maurice ne se donna pas la peine de lui répondre. Il s'enferma dans un lourd silence, occupé déjà, en cet après-midi du mois d'avril, à faire mentalement l'inventaire des endroits où il irait se présenter le lendemain matin pour décrocher un emploi.

Quatre jours lui suffirent pour trouver un travail, ce qui était tout de même pas mal pour un ouvrier non spécialisé dépourvu de tout diplôme. La chance voulut qu'il se présente le lundi suivant au siège social de la Dominion Oilcloth situé au coin des rues Parthenais et Sainte-Catherine, à deux pas de la rue Joachim. On avait justement besoin d'un concierge doublé d'un gardien de nuit. Quand Maurice révéla au directeur du personnel qu'il était père d'une famille nombreuse et qu'il occupait un appartement appartenant à la compagnie depuis presque neuf ans, ce dernier lui donna le poste sans marquer la moindre hésitation.

L'unique inconvénient de ce nouvel emploi était qu'il s'agissait d'un travail de nuit.

— Ça y est, j'ai trouvé une job, et pas loin à part ça! déclara Maurice avec enthousiasme en rentrant chez lui cet après-midi-là.

— Où?

— Au coin de Parthenais, à la Dominion Oilcloth.

— Ouf! Je suis soulagée, ne put s'empêcher de dire Jeanne, tout sourire.

— Oh! ce sera pas facile, ajouta Maurice. Il va falloir que je m'habitue à travailler la nuit. Le jour, tu vas être obligée de surveiller les enfants pour que je puisse dormir.

— On va s'arranger, déclara sa femme, pleine de confiance. Je vais m'organiser pour les faire tenir tranquilles tous les six…

Sur le coup, Maurice ne réagit pas. Il lui fallut quelques secondes pour réaliser la portée de ce qu'il venait d'entendre.

— Tous les six?

— Tous les six, répéta Jeanne, à mi-voix.

— Calvaire! Viens pas me dire qu'il y en a un autre en route?

Jeanne se contenta de hocher la tête. Son mari ferma les yeux un instant, comme assommé par la nouvelle.

— On s'en sortira jamais, finit-il par dire encore une fois, sur un ton découragé.

— On n'a pas le choix, fit Jeanne, réaliste. On va l'accepter, comme on a accepté les autres. Le bon Dieu va nous aider.

— Christ! Il est mieux de nous faire gagner le Sweepstake! conclut Maurice, hargneux.

———

Après le décès de Gustave, la perte de l'emploi de Maurice et la nouvelle grossesse de Jeanne, les Dionne auraient bien souhaité jouir d'un peu de chance, ne serait-ce que pour leur permettre de goûter au printemps lumineux qui venait de s'amorcer. Mais le sort en avait décidé autrement.

Une semaine à peine après avoir commencé son travail de concierge à la Dominion Oilcloth, Maurice fut réveillé en sursaut au milieu de l'avant-midi par un étrange grondement. La chambre à coucher était plongée dans l'obscurité parce que le rideau avait été tiré devant la fenêtre. Il jeta un coup d'œil au réveille-matin posé sur sa table de chevet : dix heures trente. Il dormait depuis moins de deux heures. De mauvaise humeur d'avoir été réveillé, il se leva en maugréant et il traversa la maison pour découvrir Jeanne assise avec Claude et André sur le balcon, à l'arrière.

— Qu'est-ce qui a fait ce bruit-là ? demanda-t-il par la fenêtre ouverte de la cuisine.

— Je le sais pas, répondit Jeanne. C'est pas les enfants, en tout cas. Ils étaient avec moi. Ça a l'air d'être venu de la ruelle.

Alors que Maurice se dirigeait vers sa chambre dans l'intention de se remettre au lit, quelqu'un sonna à la porte. Maurice sortit sur le palier pour ouvrir la porte d'entrée située au pied de l'escalier.

— Monsieur, avez-vous vu ? demanda un inconnu tout excité. Il y a une partie du mur de votre maison qui vient de tomber dans la ruelle.

— Hein! Quand ça ?

— Il y a pas cinq minutes.

— J'arrive, dit Maurice avant de rentrer dans l'appartement pour mettre hâtivement ses chaussures.

Sans perdre un instant, il se précipita dans l'escalier pour aller voir, non sans avoir crié à Jeanne qu'il revenait tout de suite. En posant le pied sur le trottoir, il vit une demi-douzaine de personnes rassemblées près de sa porte et regardant d'un air consterné un amoncellement de vieilles briques répandues au milieu de la ruelle qui longeait la maison.

Levant la tête, il s'aperçut qu'au sommet du mur, sur près de trois pieds de hauteur, les briques s'étaient détachées pour aller s'écraser, deux étages plus bas, dans la ruelle.

— Cette maison-là est un vrai danger public, déclara une femme à sa voisine. Un enfant qui aurait passé par là aurait pu être tué.

— J'espère que la police a été avertie, dit une voix dans le dos de Maurice.

— Ouais, opina un vieil homme en fixant le mur. Vous avez vu, ajouta-t-il en ne s'adressant à personne en particulier, il y a comme un ventre de bœuf au milieu du mur. Je serais pas surpris que tout le mur finisse par tomber. C'est vrai que cette maison-là a l'air vieille comme la lune.

— En tout cas, avança un autre badaud, le propriétaire aura pas le choix; il va être obligé de la faire réparer.

Maurice quitta le groupe et monta chez lui. Avant de se remettre au lit, il prit la peine d'aller expliquer à Jeanne ce qui s'était produit.

— Ça, on peut dire qu'on est chanceux pour une fois, conclut-il avant de retourner se coucher. Notre bail est encore bon pour un an et la compagnie pourra pas augmenter notre loyer, même si Smith va être obligé de se grouiller et de venir faire des réparations à la maison.

Maurice Dionne n'avait jamais éprouvé une grande sympathie à l'égard du responsable de l'entretien des maisons possédées par la Dominion Oilcloth dans le quartier. L'homme en faisait le moins possible et finissait toujours par trouver une échappatoire aux réparations à effectuer.

Cet après-midi-là, Maurice vit la camionnette bleue de Smith stationnée dans la ruelle au moment où il se mettait en route pour aller travailler. L'intendant et deux employés étaient occupés à récupérer les briques tombées, briques qu'ils jetaient sans précaution à l'arrière du véhicule. Maurice ne leur adressa pas la parole. Il se contenta de les contourner pour se diriger vers l'extrémité de la ruelle qui permettait d'accéder à la rue Fullum, la rue voisine de la rue Parthenais.

Le lendemain avant-midi, Jeanne aperçut par la fenêtre un inconnu solidement campé sur ses jambes sur le trottoir, en face de la maison. L'homme examinait avec soin l'édifice tout en prenant des notes sur un calepin. Un peu plus tard, elle le vit aller dans la ruelle pour regarder de plus près le mur de l'immeuble partiellement écroulé. Pendant un moment, la jeune mère crut qu'il viendrait sonner à la porte de l'un ou l'autre des locataires de la maison, mais l'homme n'en fit rien. Après son examen, il monta à bord de sa voiture laissée devant chez les Géraldeau et il disparut.

Deux jours plus tard, un peu après midi, Maurice se leva immédiatement après le départ des enfants pour l'école et, pendant que Jeanne lui préparait son dîner, il descendit vider la boîte aux lettres. Il remonta un instant plus tard en tenant deux lettres.

— Tiens. T'as une lettre de ta mère, dit-il à sa femme en lui tendant une enveloppe blanche.

Toujours debout au milieu de la cuisine, il ouvrit ensuite une grande enveloppe qui lui était adressée et il en tira une feuille qu'il se mit à lire.

— Ah ben calvaire! jura-t-il. Il manquait plus que ça!

— Qu'est-ce qu'il y a?

— Sais-tu ce que c'est, ce papier-là? Ça vient de la Ville. Ils appellent ça une ordonnance d'é… d'éviction.

— Ça veut dire quoi?

— Je sais pas ce que ce mot-là veut dire, mais si je sais lire, dans la lettre, on nous donne un mois pour sortir de la maison.

— Ben, voyons donc! s'exclama Jeanne, alarmée.

— Je te le dis, Christ! explosa Maurice en lui tendant la lettre. Tiens, lis-la!

Le responsable de la sécurité des bâtiments avisait officiellement les locataires des appartements portant les numéros 2348, 2350 et 2352 de la rue Joachim qu'ils avaient trente jours pour libérer les lieux. La maison avait été jugée dangereuse et devait être démolie dans les plus brefs délais.

— Ben, voyons donc! s'écria Jeanne, incrédule. C'est pas possible, ça! Ils ont juste à réparer la maison. Pourquoi la Ville oblige pas la Dominion Oilcloth à la faire réparer?

— Comment tu veux que je le sache, moi? rétorqua Maurice, dépassé de toute évidence par les événements.

À ce moment-là, les Dionne auraient aimé avoir tissé des liens plus serrés avec les Gravel du rez-de-chaussée et les Beaulieu, les nouveaux locataires du second étage. Les trois familles auraient pu alors s'entendre pour exiger une compensation ou, à tout le moins, obtenir qu'on leur offre un autre appartement pour remplacer celui d'où on les chassait. Malheureusement, les relations avec les Gravel avaient toujours été assez froides et, dans le cas des Beaulieu, elles étaient inexistantes.

— Il est pas question qu'on parte comme ça, avec les enfants sur les bras, décréta Maurice. S'ils veulent nous sacrer dehors, ils vont nous trouver d'abord un logement, un logement assez grand pour nous autres et au même prix, à part ça ! De toute façon, on peut tout simplement pas se trouver un appartement comme ça. Dans deux jours, c'est le premier mai. Tous les bons appartements ont déjà été loués. En plus, quand est-ce qu'on pourrait faire ça ? Moi, je travaille la nuit et il faut ben que je dorme un peu pendant la journée. Toi, avec les enfants, t'es pas pour te mettre à courir partout pour trouver quelque chose. Non, non. On n'a pas le choix ; il faut les forcer à nous trouver quelque chose.

Le seul fait d'avoir expliqué la situation à haute voix à sa femme sembla conforter Maurice dans sa résolution. Il prit l'ordonnance d'éviction de la Ville et il la déposa sur le réfrigérateur, bien décidé à l'ignorer.

Dès la semaine suivante, les Beaulieu déguerpirent avec leurs quelques meubles sans demander leur reste. Ils furent imités le samedi suivant par les Gravel. Ce matin-là, très tôt, les neuf membres de la famille se mirent à transporter dans un vieux camion leurs maigres possessions. À midi, leur appartement était totalement vidé et la famille s'entassa dans deux voitures de parents venus les chercher. Selon Amanda Piquette, ils avaient eu la chance de trouver un appartement, mais plus petit, sur la rue Poupart, près de la rue De Montigny.

Le soir même, des voyous du quartier pénétrèrent dans l'ancien appartement des Gravel. Durant près d'une heure, les vitres des fenêtres éclatèrent et ils s'amusèrent à lancer sur les murs de vieilles boîtes de conserve découvertes dans la cave. Maurice aurait bien aimé avoir le

courage de descendre pour chasser les intrus qui empêchaient les siens de dormir, mais il ignorait combien ils
étaient. Par chance, les Piquette, qui venaient de se doter
du téléphone, finirent par alerter la police. L'apparition du
gyrophare d'une auto-patrouille mit en fuite les vandales.

Le lundi suivant, deux camions d'une entreprise de
démolition vinrent stationner devant la maison et cinq
ouvriers se mirent à jeter par terre le mur de brique qui
menaçait de tomber. Ils en profitèrent pour obstruer tem-
porairement avec de vieilles planches les ouvertures de
l'appartement du rez-de-chaussée.

Puis il y eut une longue accalmie. Les Dionne eurent
alors l'impression de vivre sur une sorte d'île déserte. Il
n'y avait plus aucun bruit dans l'immeuble lorsque leurs
enfants étaient couchés. Les Piquette et les Géraldeau, au
courant des intentions de Maurice et de Jeanne de résister
à leur expulsion, venaient leur adresser de temps à autre
des paroles d'encouragement.

Trois jours avant l'échéance où ils devaient avoir libéré
les lieux, un certain Armand Tremblay apparut un matin
sur le pas de leur porte. L'homme était un petit quinquagénaire tiré à quatre épingles et portant des lunettes sans
monture. Lorsque Jeanne vint lui ouvrir, il enleva
poliment son chapeau pour se présenter.

— Bonjour, madame Dionne, je m'appelle Armand
Tremblay. Je m'occupe de la gérance des maisons de la
Dominion Oilcloth.

— Vous voulez parler à mon mari, je suppose?
demanda Jeanne.

— Il n'est peut-être pas nécessaire de le déranger,
madame, fit l'homme en esquissant un pâle sourire. Je voulais seulement m'assurer que vous vous rappelez bien que
vous devez avoir quitté la maison vendredi matin au plus
tard.

— Attendez, mon mari va vous parler, lui dit Jeanne en lui faisant signe d'entrer dans le salon. Fermez la porte, s'il vous plaît; mon plus jeune pourrait tomber dans l'escalier.

Tremblay entra et ferma la porte derrière lui pendant que Jeanne allait réveiller son mari. Maurice sortit de la chambre à coucher en maillot de corps, serrant la ceinture du pantalon qu'il venait de passer.

— Bonjour, monsieur Dionne. Je regrette de vous avoir réveillé. Je voulais juste vous dire... commença Tremblay.

— Oui, je le sais, l'interrompit Maurice, de mauvaise humeur d'avoir été réveillé si peu de temps après s'être mis au lit. Moi, ce que j'ai à vous dire, c'est que j'ai cinq enfants et un sixième en route. Il est pas question qu'on bouge d'ici avant que vous nous ayez trouvé un autre appartement assez grand pour nous autres, et au même prix.

— Voyons, monsieur, protesta le petit homme, c'est pas raisonnable ce que vous demandez là. C'est pas la faute de la Dominion Oilcloth si vous devez partir. C'est la Ville qui a décidé de jeter la maison à terre parce qu'elle est devenue trop dangereuse. Nous autres, on n'y peut rien.

— Oui, vous pouvez faire quelque chose, reprit Maurice, entêté. Vous pouvez nous trouver un appartement. On n'est pas des chiens, calvaire! On peut pas nous jeter dans la rue comme ça avec nos enfants. On n'a pas de place où aller.

— En cherchant bien, vous pouvez sûrement trouver un appartement décent, voulut raisonner Tremblay.

— On peut pas, rétorqua Maurice Dionne, buté. Moi, je travaille la nuit, et ma femme doit garder les enfants durant le jour. En plus, vous nous arrivez avec cette nouvelle-là presque au commencement de mai, quand tous les bons appartements sont déjà loués.

— Bon. Moi, j'ai fait mon travail, monsieur Dionne, conclut le petit homme, apparemment à bout de patience. Je suis juste venu vous prévenir. Je pense que vous allez au devant de beaucoup d'embêtements si vous n'êtes pas partis vendredi.

— On verra, fit Maurice en lui ouvrant la porte.

Le gérant sortit de l'appartement et la porte claqua dans son dos.

Le vendredi matin, l'équipe de démolisseurs revint et se mit au travail, s'attaquant cette fois-ci à la brique de la façade et du mur de côté. Le lendemain soir, il ne restait plus une brique sur trois des quatre côtés de la maison. On avait mis à nu partout la charpente en bois du vieil édifice de deux étages.

Le lundi, Smith apparut très tôt le matin sur le chantier et il pénétra dans la cour arrière de l'immeuble. Il sursauta en voyant Jeanne en train d'étendre en toute quiétude sur sa corde à linge le linge qu'elle venait de laver.

— Quand allez-vous partir, madame Dionne ? lui cria-t-il. Ça va devenir pas mal dangereux pour vos enfants si vous vous entêtez à rester là. À matin, les ouvriers vont commencer à enlever la brique en arrière et ils vont démolir les balcons et les hangars.

— C'est mon mari qui décide, monsieur, se contenta de lui répondre Jeanne avant de rentrer dans son appartement.

L'homme quitta l'endroit en haussant les épaules et, toute la journée, la maison résonna des coups de pioche des démolisseurs.

Le lendemain matin, les ouvriers revinrent sur les lieux, mais ils refusèrent de poursuivre leur travail. Jeanne et Maurice, embusqués derrière leurs fenêtres ouvertes, les entendirent discuter avec leur contremaître.

— On peut pas continuer, affirma un grand roux. C'est trop dangereux pour la famille qui reste encore au premier étage.

— Ils ont juste à sacrer leur camp, répliqua le contremaître, de mauvaise humeur.

— Ça, c'est pas notre problème. Que la Dominion Oilcloth s'arrange pour vider la maison et nous autres, on va la jeter à terre. Il y a des enfants là-dedans. On n'est pas pour risquer d'en tuer un pour te faire plaisir.

Le contremaître disparut durant quelques minutes pour revenir en compagnie de Tremblay et de Smith qu'il était probablement allé chercher au siège social de la compagnie, rue Parthenais. Les trois hommes firent lentement le tour du chantier avant de tenir un bref conciliabule entre eux. Puis Smith et Tremblay laissèrent sur place le contremaître et se décidèrent à monter à l'étage et à venir frapper à la porte des Dionne. Maurice alla leur ouvrir.

— J'ai parlé à mon patron, fit Tremblay en pénétrant dans l'appartement. Il m'a donné la permission de vous faire visiter le seul logement pas loué qu'on a. Il est prêt à vous le laisser pour vingt piastres par mois, s'il fait votre affaire.

— Non, trancha Maurice d'un ton décidé. On vous a dit qu'on voulait un logement au même prix. Je suis pas plus riche que la dernière fois qu'on s'est vus. Ici, on paye dix-huit piastres par mois.

— En tout cas, venez au moins voir de quoi il a l'air, l'invita Tremblay, apparemment pressé de se débarrasser de cette corvée.

Il était évident que le petit quinquagénaire faisait des efforts méritoires pour demeurer poli et patient.

— Il est où cet appartement-là d'abord ? demanda Maurice, soupçonneux.

— Ici, sur Notre-Dame, proche de Fullum. Il est en face du carré Bellerive. Je peux vous dire qu'il est pas mal plus grand que celui-ci, à part ça. On a juste à passer par la ruelle, ça va aller plus vite, ajouta le responsable pour l'inciter à se déplacer.

— C'est correct, fit Maurice. Donnez-moi deux minutes. Vous m'avez réveillé, mentit-il. J'ai même pas eu le temps de finir de m'habiller.

Quelques instants plus tard, les trois hommes prirent à gauche en sortant de la maison et parcoururent environ trois cents pieds dans la ruelle avant de tourner à droite. Après une trentaine de pieds supplémentaires, ils se trouvèrent face à un cul-de-sac. À droite commençait la petite rue Archambault, une rue un peu semblable à la rue Joachim ; tandis qu'à gauche s'ouvrait une grande cour en forme de L.

Smith, qui marchait un peu en avant des deux autres, entra dans la grande cour dont le fond était occupé par l'arrière d'une demi-douzaine de vieilles maisons à deux étages appuyées les unes contre les autres. Des autos étaient stationnées de façon un peu aléatoire partout dans la grande cour poussiéreuse traversée en hauteur par d'innombrables cordes à linge. Des cris d'enfants excités par leurs jeux venaient de toutes les directions.

— On est mieux de passer par la rue Notre-Dame, monsieur Tremblay, dit Smith en se tournant vers celui qui semblait être son patron direct. La porte d'en arrière est fermée par un loquet, si je me rappelle ben.

Tremblay hocha la tête et lui fit signe de poursuivre son chemin.

Les trois hommes traversèrent le segment le plus court du L pour rejoindre la rue Fullum, firent quelques pas pour atteindre la rue Notre-Dame et tournèrent à gauche. Ils s'arrêtèrent devant la dernière des quatre portes de la troisième maison, soit celle portant le numéro 2321. La porte à demi vitrée était couverte d'une peinture verte écaillée et surtout, d'une épaisse couche de poussière.

Maurice leva la tête pour regarder l'édifice. Il s'agissait d'une vieille maison délabrée en brique, encore plus ancienne que celle d'où on voulait le chasser. S'il se fiait aux adresses, la maison comptait six appartements : deux au rez-de-chaussée et quatre autres répartis sur les deux étages supérieurs.

— Le logement qui est libre est celui du bas, dit Tremblay en faisant signe à Smith d'ouvrir la porte.

Les deux hommes regardèrent ce dernier se battre durant un moment avec la serrure récalcitrante de la porte. Il n'y avait qu'une petite marche de ciment pour accéder à l'appartement.

Finalement, l'homme parvint à déverrouiller la porte d'entrée et il s'effaça pour laisser passer devant lui ses deux compagnons. Ils étaient dans un petit vestibule d'une longueur d'environ trois pieds. Tremblay ouvrit une seconde porte vitrée qui donnait accès à un long couloir.

Dès qu'il posa le pied dans l'appartement, Maurice détecta une odeur de moisissure mêlée à d'autres effluves indéfinissables.

— Ça sent ben mauvais ! s'exclama-t-il en fronçant le nez.

— C'est normal, monsieur Dionne, répliqua Tremblay. Ça fait un bon bout de temps que l'appartement a pas été aéré.

— En tout cas, c'est haut ici, ajouta Maurice en levant la tête pour regarder le plafond.

La pièce avait près de dix pieds de hauteur.

— Les plafonds de tous les appartements en avant ont cette hauteur-là, dit Smith d'un ton tranchant. Il y a juste en arrière où les plafonds sont plus bas.

— En tout cas, j'en reviens pas comme ça sent drôle, insista Maurice en jetant un coup d'œil à deux grandes pièces communicantes situées à sa droite, pièces éclairées par une seule fenêtre donnant sur la rue Notre-Dame.

— Ça sent juste le renfermé, répéta Smith à son tour, agacé. Des fenêtres ouvertes et une bonne couche de peinture vont faire vite disparaître cette senteur-là.

— Ici, vous pouvez vous faire deux grandes chambres à coucher ou une chambre et un salon, comme vous le voudrez, expliqua Armand Tremblay. Regardez dans le couloir, il y a un renfoncement où l'ancien locataire a laissé une fournaise au bois et au charbon. Ça, monsieur, ça devrait être suffisant pour avoir des pièces bien chauffées durant l'hiver.

Smith poursuivit jusqu'au bout du couloir qui aboutissait à une grande pièce de quinze pieds sur neuf pieds qui n'était éclairée que par une longue et étroite fenêtre située près d'une encoignure.

— Le plancher penche pas mal, fit remarquer Maurice.

— C'est normal, monsieur Dionne. C'est une vieille maison, dit Tremblay. Mais inquiétez-vous pas, elle est solide, celle-là.

— Ici, on est dans la salle à manger, expliqua Smith. La porte à gauche, c'est la porte qui donne sur la cave. Vous avez une grande cave qui va avec l'appartement. Ici, à droite, c'est une autre grande chambre, ajouta-t-il en poussant une porte. Elle a une fenêtre qui ouvre sur la cour, en arrière.

Maurice ne jeta qu'un coup d'œil distrait à la pièce. Tremblay se dirigea ensuite vers une petite pièce située à l'extrémité de la salle à manger. Immédiatement, Maurice s'aperçut de quelque chose d'anormal.

— Dites donc, la senteur de moisi a l'air de venir d'ici. On dirait que le prélart a été posé directement sur la terre. Est-ce que ça se peut qu'il y ait pas de plancher en dessous? ajouta-t-il en tapant du pied sur le couvre-plancher usé.

Tremblay regarda Smith et lui fit signe de parler.

— En fait, cette partie de l'appartement a été ajoutée il y a bien longtemps. Vous avez juste à regarder : les plafonds sont pas mal plus bas. Il y a jamais eu de plancher en bois dans la cuisine, dans les toilettes et dans la petite chambre au fond. Je peux vous dire que ça a toujours été comme ça et il y a jamais eu de plainte des locataires, expliqua Smith.

— Je suppose aussi qu'ils ont jamais demandé d'avoir un plancher, fit Maurice, sarcastique.

— Pour le prix du loyer, ils pouvaient tout de même pas demander la lune, répondit sèchement le responsable de l'entretien.

— Mais l'hiver, ce monde-là devait geler comme des rats.

— Ils se sont jamais plaints.

Maurice s'avança dans un petit couloir d'une longueur d'environ six pieds sur lequel s'ouvrait une étroite salle de bain pourvue d'une antique baignoire sur pattes et d'une cuvette surmontée d'un caisson en bois contenant l'eau. Il se rendit au bout du couloir pour examiner sommairement la dernière pièce de l'appartement, soit une petite chambre dont l'unique fenêtre était masquée en partie par un amoncellement de terre et l'escalier qui conduisait aux balcons des étages supérieurs. Il revint dans la cuisine éclairée par une porte partiellement vitrée et par une petite fenêtre. Ses deux compagnons l'attendaient, appuyés contre un petit comptoir.

— On peut pas dire que c'est un château, laissa tomber Maurice d'un air dégoûté.

— Non, reconnut Tremblay, mais admettez que le loyer est aussi pas mal bas. C'est tout ce que je peux vous offrir, monsieur Dionne. J'ai pas d'autre appartement libre.

— Là, ma femme l'a pas vu, mais je peux vous garantir, en tout cas, qu'il est pas question qu'on entre dans cet appartement-là s'il y a pas de plancher posé dans les trois pièces du fond. On n'est pas des animaux. On vivra pas dans une maison avec un plancher en terre battue, Christ ! Il y a tout de même des limites.

Smith allait répondre quelque chose quand son supérieur leva une main pour lui signifier de se taire.

— D'accord, monsieur Dionne, monsieur Smith va venir vous poser un plancher dans la cuisine, dans la salle de bain et dans la petite chambre.

— Je vous avertis tout de suite : je paie pas plus que dix-huit piastres par mois pour un logement comme ça.

Le gérant eut un geste d'exaspération, comme s'il prenait le ciel à témoin de ce qu'il lui fallait endurer. Après un instant de réflexion, il finit par accepter.

— OK pour dix-huit piastres, concéda-t-il à contre-cœur.

— Bon. Vous allez me laisser une semaine pour que je peinture partout.

— Écoutez, fit Tremblay dont la patience commençait à s'user sérieusement. L'équipe d'ouvriers qu'on a engagée pour démolir la maison de la rue Joachim a déjà pris du retard parce que vous êtes pas partis à temps, comme les autres, il...

— Ce serait pas arrivé si vous nous aviez trouvé un appartement à temps, le coupa Maurice. En plus, vous me ferez pas croire qu'ils sont pas capables d'attendre une semaine de plus pour la jeter à terre, cette maudite cabane-là. Moi, je peux pas peinturer et nettoyer partout avec ma femme si on a les cinq enfants dans les jambes. En plus, vous, est-ce que vous feriez coucher vos enfants dans une soue pareille ?

Tremblay réfléchit un instant avant de céder encore une fois.

— Bon. C'est correct. Je vous donne une semaine pour vous installer. Mais je vous avertis, monsieur Dionne, et c'est pas une menace en l'air, si vous êtes pas sortis de votre appartement de la rue Joachim mardi prochain, c'est la police qui va vous expulser par la force. Là, j'ai vraiment fait plus que mon possible pour vous aider.

— Laissez-moi une clé, demanda Maurice en tendant la main. Je vais aller chercher ma femme pour lui montrer l'appartement.

Les trois hommes se séparèrent sur le trottoir de la rue Notre-Dame. Quelques minutes plus tard, Maurice revint à la maison, tout excité.

— Demande à la Géraldeau si elle pourrait pas garder les enfants une demi-heure. Je pense qu'on a trouvé ce qu'il nous faut. On a fini par gagner.

Huguette Géraldeau accepta de surveiller Claude et André pendant que le couple allait visiter le nouvel appartement offert par la Dominion Oilcloth.

— Je suis certaine que si les autres avaient su qu'on pouvait faire plier la Dominion Oilcloth, ils auraient fait comme vous autres, leur dit leur voisine au moment où ils partaient.

— Je le sais pas, fit Maurice. Vous savez, c'est loin d'être un château. Je dirais même que c'est pire que ce qu'on a ici.

Maurice entraîna sa femme jusqu'à ce qui était appelé à devenir leur nouvel appartement.

En découvrant l'endroit, Jeanne se sentit vidée de toute énergie. C'était bien pire que tout ce qu'elle avait imaginé. Sa déception fut si forte qu'elle ne put s'empêcher de murmurer, plantée au milieu de la salle à manger :

— Mais c'est une vraie soue à cochons ! Quelle sorte de monde pouvait ben rester ici ?

Maurice l'entendit et son sang ne fit qu'un tour.

— Sacrement ! Retombe sur terre, la princesse ! Tu parles comme si on avait le choix ! C'est tout ce qu'on peut avoir pour dix-huit piastres par mois. On le prend ou Tremblay nous fait sortir de notre logement par la police la semaine prochaine. C'est ça ou rien !

Jeanne se reprit difficilement.

— Je le sais ben, répondit la jeune femme, la mort dans l'âme.

Depuis un moment, elle regardait fixement le plancher de la cuisine. Maurice suivit son regard.

— Ça, c'est pas la fin du monde. Je me suis arrangé avec Smith. Demain, il va venir poser un vrai plancher dans la cuisine, dans la salle de bain et dans la petite chambre, en arrière.

— C'est correct.

— C'est sûr que c'est correct, reprit Maurice en feignant un enthousiasme qu'il était loin d'éprouver. On va tout nettoyer et peinturer, et dans une semaine, on va venir s'installer. C'est plus grand que sur la rue Joachim et, en plus, on a une cour pour les enfants et une cave. Je sais pas si t'as remarqué, mais notre fenêtre de salon donne sur le carré Bellerive. Quand il va faire beau, on va pouvoir aller pique-niquer là.

— C'est vrai que c'est plus grand, convint Jeanne en regardant la cour en terre battue où le vent poussait des papiers gras le long des murs des maisons et des hangars. En plus, ça va être pratique de rester ici. T'es presque collé sur la Dominion Oilcloth et t'auras pas loin à marcher pour aller travailler. Il y a aussi les enfants qui auront pas à changer d'école.

— Bon, on va dire à Tremblay qu'on le prend, son logement. Toi, tu vas retourner à la maison t'occuper des enfants pendant que je vais aller acheter ce qu'il faut pour faire un grand ménage. On n'a pas de temps à perdre.

—

Les jours suivants, Maurice ne dormit que deux ou trois heures chaque jour en rentrant de son travail avant de se diriger vers le 2321, rue Notre-Dame pour laver et repeindre. Très souvent, Jeanne l'accompagnait avec ses deux plus jeunes enfants durant les heures où les aînés étaient à l'école. Pendant que Maurice s'affairait, elle nettoyait tout à fond avec de l'eau javellisée.

Pour sa part, Armand Tremblay avait tenu parole. Deux jours suffirent à Smith et à un menuisier pour construire des planchers avec des feuilles de contreplaqué dans les trois pièces qui en étaient dépourvues. Au moment où le responsable de l'entretien allait s'esquiver après avoir ramassé ses outils, Maurice eut la chance de l'intercepter pour lui montrer l'état de la cave.

— Ça a pas d'allure, dit-il à Smith. Il y a au moins trois pieds de cochonneries sur le plancher de cette cave-là. Si ça se trouve, ça doit être plein de rats. Moi, je veux pas de vermine. Il va falloir que ce soit nettoyé, et c'est pas à moi à le faire.

— J'en parlerai à Armand Tremblay, promit Smith avant de quitter les lieux.

Lorsque le samedi matin arriva, il restait encore tant de travail à effectuer dans l'appartement que Maurice décida de ne pas aller se coucher après sa nuit de travail. Une heure plus tard, il vit arriver avec reconnaissance son frère Adrien et son beau-frère, Gaston Duhamel. Armés de pinceaux et d'escabeaux, les deux hommes venaient lui prêter main-forte. Le dimanche, ils revinrent même l'aider à terminer ses travaux de peinture et à poser un linoléum neuf dans la cuisine et dans la petite chambre.

Le lundi matin, il faisait une chaleur écrasante. Malgré tout, Maurice emprunta à son voisin, Elzéar Piquette, une antique voiture à bras dans l'intention de déménager seul la plus grande partie des affaires de la famille en passant par la ruelle et la grande cour. Il avait prévenu son patron qu'il n'entrerait pas travailler ce soir-là.

— Tu vas te crever à faire ça tout seul, protesta Jeanne en le voyant s'apprêter à transporter dans l'escalier des objets beaucoup trop lourds.

— J'ai pas le choix, sacrement! jura Maurice, dégoulinant de sueur. On n'a pas les moyens de payer un camion de déménagement.

Durant toute la journée, il transporta une bonne partie de leurs possessions empilées tant bien que mal sur le lourd véhicule qu'il tirait comme une bête de somme. À la fin de l'après-midi, l'aîné des Piquette, un robuste jeune homme de dix-huit ans, vint l'aider à descendre et à transporter les meubles les plus lourds comme le réfrigérateur, le poêle, le mobilier des chambres à coucher et la laveuse.

Le déménagement ne prit fin qu'au moment où le soleil s'apprêtait à se coucher. Pour la dernière fois, Maurice traîna péniblement la lourde voiture en bois jusque chez les Piquette. Il salua ses voisins avant de laisser tomber la clé de l'appartement dans la boîte aux lettres du 2350, rue Joachim. Ensuite, il tourna définitivement le dos à l'endroit où il avait vécu neuf ans pour se diriger lentement vers sa nouvelle maison.

Il pénétra dans son nouvel appartement par la porte arrière qu'il verrouilla derrière lui. Les enfants étaient déjà couchés. Tout était calme dans la maison. Jeanne, épuisée, était assise dans une des deux chaises berçantes de la salle à manger. Tout sentait bon la peinture fraîche.

— T'as l'air mort de fatigue, dit-elle à son mari qui venait de se laisser tomber dans l'autre berçante.

— Je crois ben que personne va être obligé de me bercer à soir pour m'endormir, répondit Maurice dont les traits tirés disaient assez le degré d'épuisement.

— En tout cas, on est chez nous et c'est propre, conclut Jeanne en regardant autour d'elle, comme si elle cherchait à apprivoiser le nouveau milieu dans lequel elle allait être appelée à vivre.

— Tu vas voir; on va être mieux ici que sur la rue Joachim, prédit Maurice en bâillant. C'est comme si on recommençait tout en neuf.

Le silence retomba dans la pièce. Jeanne devint songeuse. Qu'allaient-ils maintenant devenir? Elle entendit un enfant rire en dormant. C'était Claude. Elle se dit que le monde des rêves l'attendait, elle aussi.

FIN DE LA PREMIÈRE PARTIE

Table des matières